Martin Schüller

Die Seherin von Garmisch

Oberbayern Krimi

Weltbild

Besuchen Sie uns im Internet:
www.weltbild.de

Genehmigte Lizenzausgabe für Verlagsgruppe Weltbild GmbH,
Steinerne Furt, 86167 Augsburg
Copyright der Originalausgabe © 2010 by
Hermann-Josef Emons Verlag
Umschlaggestaltung: zeichenpool, München
Umschlagmotiv: www.shutterstock.com
Gesamtherstellung: GGP Media GmbH, Pößneck
Printed in the EU
ISBN 978-3-86365-388-0

2016   2015   2014   2013
Die letzte Jahreszahl gibt die aktuelle Lizenzausgabe an.

1

Der Adler, der ihre Sinne bis über die Wolken trägt, schenkt ihr noch einen Blick auf den makellosen Sternenhimmel, dann stürzt er sich hinab. Er durchstößt den dichten, nassen Schleier, lässt sie die Lichter der Stadt sehen, und die Schwärze der Berge. Dorthin, ins Schwarz, in die Dunkelheit trägt er sie.

Je näher sie dem Schwarz dort kommen, um so mehr löst es sich in Grau auf. Konturen bilden sich, Schemen gewinnen Form. Wald kann sie erkennen, ein Reh, unbewegt im Gebüsch, eine Rotte Wildschweine, die ihre Spur zwischen die Bäume pflügt.

Und einen Menschen.

Er ist jung, ein Kind noch fast, hockt auf dem Boden einer Mulde, die Arme um den Körper geschlungen. Vor Kälte – oder vor Furcht?

Der Adler kreist über ihm, bevor er sanft im Wipfel einer hohen Kiefer landet. Er lässt sie ins Rund sehen. Sie erkennt den Ort, eine Schotterstraße, einen Holzlagerplatz, sie weiß: Hier war sie schon, aber sie kann sich an den Namen des Ortes nicht erinnern.

Dann zeigt der Adler ihr den Mann mit der Waffe.

Er steht versteckt hinter den Bäumen am Rand des Platzes auf der anderen Seite der Straße, fast unsichtbar in seiner dunklen Jacke.

Jetzt hört sie etwas. Ein Fahrzeug nähert sich aus dem Tal. Bald darauf rollt ein schwarzes Motorrad auf den schlammigen Platz. Es hält mit laufendem Motor. Der Fahrer, unkenntlich unter Helm und Schutzbrille, streift einen schwarzen Rucksack vom Rücken und stellt ihn auf den Boden.

Dann fährt er wieder an, dreht eine ruhige Kurve und rollt zurück auf die Straße. Er fährt weiter den Berg hinauf.

Das Motorrad ist noch nicht außer Hörweite, als der Junge aus der Senke kriecht und eine kleine Taschenlampe anschaltet, in deren Schein er die Straße überquert.

Der Adler zeigt ihr sein Gesicht, und sie erschrickt. Sie kennt den Jungen. Nicht beim Namen, aber sie weiß, wer er ist; sie hat ihm schon gegenübergestanden, in ihrer eigenen Stube.

Der Junge nähert sich dem Rucksack. Sie will ihm eine Warnung zuschreien, aber der Adler erlaubt es nicht, das tut er nie. Er zeigt ihr nur den Mann, der sich lautlos aus der anderen Richtung dem Rucksack nähert – und das dunkle Metall in seiner Hand.

Der Junge kann ihn nicht hören und in der Schwärze der Nacht erst sehen, als ihn der Lichtkegel der Taschenlampe trifft. Und da ist es zu spät. Dem Jungen entfährt ein erschreckter Schrei. Die Waffe in der Hand des Mannes stößt Feuer aus, zweimal, und noch einmal.

Sie ringt um Atem, hat das Gefühl zu ersticken an ihrer Stummheit. Der Adler stößt sich sanft von dem Ast ab, auf dem er geruht hat. Lautlos, mit ausgebreiteten Schwingen gleitet er über das Geschehen hin. Dann fliegt

er davon. Steigt hinauf, immer höher, in die Wolken, er-
reicht sie, steigt weiter in die feuchte, blinde Watte.
    Und dort lässt er sie fallen.

Johanna Kindel wachte schlagartig auf. Keuchend und
um Atem ringend tastete sie nach der Nachttischlampe
und setzte sich auf. Die Luft kam kalt durch das kleine,
auf Kipp stehende Fenster, hinter dem schwarze Nacht
herrschte, aber ihr Nachthemd war klamm und feucht
von Schweiß. Sie begann zu zittern, doch es war nicht die
Kälte. Sie zitterte vor Angst.
    Von der Tür her ein flüsterndes Rufen.
    »Großmama?«
    »Es is nix, Danni«, antwortete sie.
    »Aber warum hast geschrien?«
    Johanna stand auf. Sie streifte ihre Pantoffeln über und
öffnete die Tür.
    Daniela sah zu ihr auf mit der ganzen Besorgnis, zu der
ein zehnjähriges Mädchen fähig war. Johanna beugte sich
zu ihr hinab und nahm sie in den Arm.
    »Hast geträumt?«, fragte Danni.
    Johanna nickte und zog die Nase hoch.
    »War's einer von *dene* Träum?«, fragte die Kleine.
    »Na«, antwortete Johanna entschieden. »Was redst da
wieder? I hob dacht, mir warn einig?«
    »Aber du hast geschrien!«
    »Es *gibt* solche Träum ned, hörst!«
    »Aber Tante Mariandl hat doch gesagt…«
    Danni wandte sich halb ab und versuchte, sich aus ihrer
Umarmung zu befreien.

Johanna ließ sie los. »Da hat die Tant an Spaß gmacht, des hab i dir schon so oft gsagt«, sagte sie sanft.

Dannis Augen waren halb hinter ihren glatten blonden Haaren verborgen, aber Johanna sah die Tränen darin.

»Mach dir keine Sorgen, mei Kloans. Ois werd gut.«

»Wirklich?«

Johanna zwang sich zu einem Lächeln. Mit einem entschiedenen Nicken log sie ihre Enkelin an.

»Und jetzt gemma wieder ins Bett«, sagte sie bestimmt.

Danni gehorchte. Johanna wartete, bis sie in ihrem Zimmer verschwunden war, dann ging sie leise über den Flur zur Stiege und sah hinauf. Durch den Spalt der Dachbodentür leuchtete ein schwacher Lichtschein. Johanna setzte einen Fuß auf die unterste Stufe, aber das laute Knarren, mit dem die Stiege darauf antwortete, ließ sie innehalten. Es hatte keinen Sinn, jetzt an Severins Tür zu klopfen. Wahrscheinlich würde er Kopfhörer tragen und seine Bassgitarre spielen und sie gar nicht hören. Und wahrscheinlich würde er sie auch nicht hineinlassen.

Sie ging zurück in ihr Zimmer. Der Wecker zeigte nach drei. Sie streifte das klamme Nachthemd vom Körper und holte ein frisches aus dem Kleiderschrank. Dann schüttelte sie Kissen und Federbett auf, drehte beide um und legte sich wieder ins Bett.

Sie lag wach im Licht ihrer Nachttischlampe. Es *gab* diese Träume. Natürlich. Der Adler begleitete sie seit dem Ende ihrer Kindheit, bald fünfzig Jahre nun.

Sie hatte schon lange Zeit zu niemandem mehr darüber gesprochen. Oft, meist sogar, gab es auch gar nichts zu erzählen. Der Adler zeigte ihr das Land, den Himmel, die Berge, sogar das Meer manchmal. Und Geschehnisse, die sie nicht verstand. Handlungen von Menschen, die sie nicht kannte.

Und sie sah Menschen sterben – und geboren werden. Den Tod und das Leben. Ja, der Adler hatte ihr viele Tode gezeigt. Sanfte und harte, schmerzhafte und unerwartete. Wichtige und unwichtige.

Die wichtigen – die für Johanna Kindel wichtigen, die beiden wichtigsten von allen –, die hatte er ihr *nicht* gezeigt.

Und dafür war sie dankbar.

Es war fast so wie vor dreizehn Jahren, als sie das letzte Mal vom Adler erzählt hatte. Damals hatte sie es sehr bereut. So sehr, dass sie es nie wieder getan hatte. Und es war die richtige Entscheidung gewesen.

Aber nun war alles anders. Sie kannte diesen Jungen, und das Gesicht des Mörders würde sie nie mehr vergessen. Sie wusste nicht, was sie tun sollte.

Sie schlief erst ein, als hinter den Gardinen ihres kleinen Fensters bereits der Morgen dämmerte; und als viel zu bald darauf ihr Wecker fiepte, musste sie alle Kraft aufbieten, um aufzustehen und den Kindern das Frühstück zu machen.

Danni kam als Erste, wie eigentlich immer. Sie gab Johanna einen nach Zahncreme schmeckenden Kuss auf den Mund und rutschte dann auf die Bank.

»Geht's dir besser, Großmama?«, fragte sie.

Johanna nickte lächelnd, aber offenbar hatte die Nacht solche Spuren in ihrem Gesicht hinterlassen, dass sie nicht einmal eine Zehnjährige überzeugen konnte.

»Oder bist krank?«, fragte Danni.

»Na«, antwortete Johanna nur und begann, Pausenbrote zu schmieren. »Weißt, wann der Seve in de Schul muss?«

»Zur zweiten, glaub i«, antwortete Danni. Sie biss in ihr Nutellabrot und ließ Johanna nicht aus den Augen – großen, besorgten Kinderaugen. »I möcht nicht, dass du krank wirst«, sagte sie ernst.

»I pass scho auf mi auf«, antwortete Johanna, ebenso ernst.

Sie würde alles tun, dass Danni und Severin nicht allein zurückblieben; solange es irgendwie ging, würde sie bei ihnen bleiben, bei ihnen bleiben müssen.

Sie durfte keine Fehler machen. Die Kinder brauchten sie. Auch wenn Severin das anders sah.

So anders, wie siebzehnjährige Buben etwas anders sehen konnten. Ganz anders eben.

Als Severin herunterkam, war Danni schon weg. Es blieben ihm keine fünf Minuten fürs Frühstück, wenn er den Bus nicht verpassen wollte. Er gab ihr natürlich keinen Kuss, und wenn, hätte der wahrscheinlich nicht nach Zahncreme geschmeckt.

Er stieß nur ein Brummen aus, schenkte sich einen Kaffee ein und trank ihn geräuschvoll. Er schien nichts essen zu wollen, wie so oft.

Johanna sorgte sich deshalb, er magerte mehr und mehr ab. Jungen im Wachstum mussten essen, aber er tat es nicht, zumindest nicht in ihrer Gegenwart. Sie hatte ihm Brote mit Käse belegt und eingepackt. Wurst und Fleisch aß er gar nicht. Er hatte sie geradezu beschimpft, als er einmal Salami auf seinem Brot vorgefunden hatte, nachdem er sich zum Vegetarier erklärt hatte. Immerhin den Käse hatte sie ihm abhandeln können.

Sie bemerkte erleichtert, dass er ein sauberes T-Shirt trug. Natürlich war sein Kleiderschrank stets voll mit sauberer Wäsche, aber er trug immer dieselbe schwarze Jeans und wechselte zwischen höchstens drei ebenfalls schwarzen, mit grauslich bluttriefenden Motiven bedruckten T-Shirts. Und er hatte immer dieselbe Lederjacke an, die er auf dem Flohmarkt in Oberau gekauft hatte.

Dass er seit einigen Monaten Kajal um die Augen trug, erschien ihr neben dem allem als Kleinigkeit. Selbst die beiden Piercings in der Augenbraue konnte sie besser ertragen als die feindselige Wortkargheit, mit der er sie traktierte.

»Severin?«, sprach sie ihn vorsichtig an.

»Was«, antwortete er nur, ohne sie anzusehen.

»Der Bua, der mit dir Musi macht, wie hoaßtn der? Der Nette.«

Severin sah sie misstrauisch an. »Warum?«

»Nur so …« Sie sah ihn nicht an, sondern griff nach der Dose mit den Pausenbroten. »Mir is nur kommen, dass i dem sein Namen gar ned kenn.«

»Weiß ned, wenst meinst.«

»Der mit dene rötliche, dünne Haar. Mit dem nettn Gsicht, dem rundn.«

»Spacko«, sagte Severin und trank seinen Kaffee aus.

»Spacko? Des is doch koa Name!«

»So heißt er bei uns.« Severin griff nach der Plastikdose und steckte sie ohne Dank in seine Umhängetasche.

»Und wie heißt der wirklich?«

»Wann di jemand beim Namen nennt, dann heißt halt so. Und wannst einen Namen hast, bei dem di keiner nennt, dann heißt ned so. Deshalb heißt er *wirklich* Spacko.«

Er schloss seine Tasche. Dann streifte er die Rucksacktasche mit seiner Bassgitarre über.

»Hab Prob nach der Schul«, sagte er und ging aus der Stube.

Johanna hörte die Haustür lautstark zufallen. Sie stützte die Stirn in die Hände und schloss die Augen.

Sie dachte nach. Dachte an »Spacko«, wie er verrenkt dalag auf dem schlammigen Boden des Parkplatzes. Sah das vom Blitzen der Waffe erhellte Gesicht des Mannes, seine ungerührten Züge, als er dem Sterben des Jungen zusah.

Sie ging hinüber ins Wohnzimmer zu dem alten, weinroten Tastentelefon und griff nach dem Telefonbuch, das darunterlag. Zögernd blätterte sie darin. Wen konnte sie fragen nach »Spacko«?

Sie kannte kaum einen der Buben mit Nachnamen. Sie entschied sich für Frau Schreier, die Mutter von Inga, einem Mädchen, mit dem Severin bis vor einiger Zeit gemeinsam Hausaufgaben gemacht hatte. Jedenfalls hatten die beiden das behauptet. In den letzten Monaten hatte Inga sich allerdings nicht mehr sehen lassen.

»Griaß Gott, Frau Schreier, die Kindel Johanna hier.«

Frau Schreier klang überrascht, als sie ihren Namen hörte.

»I hob nur a Frag, Frau Schreier. Unser Severin, der hat an Freind, so an Kloana, an bisserl an Gwamperter, mit am freindlichn Gsicht. Die Buam hoaßen eam Spacko. Kennens den vielleicht mitm vollen Nam?«

»Da fragen Sie mich was …« Frau Schreier dachte nach. »Die geben sich ja alle so komische Namen heut … Ich glaub, ich weiß, wen Sie meinen. Inga hat ihn mal Oliver genannt, wenn ich mich recht erinnere. Den Nachnamen weiß ich aber auch nicht.«

Frau Schreier versprach, Inga zu fragen, wenn sie aus der Schule kam; dann erkundigte sie sich noch, warum Severin sich nicht mehr bei ihnen blicken ließ, und seufzte verstehend, als Johanna ihr die Frage zurückgab.

»Kinder halt«, sagte Frau Schreier noch, bevor sie auflegte.

Johanna wählte eine zweite Nummer, die des Sekretariats des Werdenfels-Gymnasiums. Die Sekretärin war freundlich und entgegenkommend, aber sie bat um Verständnis, dass sie bei tausendeinhundert Schülern nicht jeden Oliver kennen könne. Dann meinte sie sich aber zu erinnern, dass vor einem Jahr ein Oliver Speck nach der zehnten Klasse abgegangen war. Und das war, wie sie in vertraulichem Ton hinzufügte, eigentlich schon mehr, als sie am Telefon erzählen durfte.

Johanna bedankte sich und blätterte weiter im Telefonbuch. Es gab nur einen Eintrag unter dem Namen »Speck«, und dort meldete sich niemand.

Müde legte sie den Hörer auf und setzte sich wieder an den Tisch. Der Adler zeigte ihr Bilder, Szenen, aber nie wusste sie, *wann* das, was sie er sie sehen ließ, passierte.

Er hatte ihr das Sterben von Menschen gezeigt, die

13

schon Wochen tot waren. Aber ein-, zweimal auch das von solchen, die ihr tags drauf auf der Straße begegneten.

Es war schlimm. Jedes Mal. Meistens waren es ja Alte, Greise oder Schwerkranke. Aber einmal war es ein Kind gewesen, das sie gar nicht kannte. Der Adler hatte ihr gezeigt, wie es vor einen Lastwagen lief. Und wenig später, sie saß im Zug nach Mittenwald, er war gerade angefahren, da sah sie das Kind an der Hand seiner Mutter den Bahnsteig entlanggehen. Fröhlich hüpfend.

Es waren diese Momente, die sie den Adler verfluchen ließen. Aber ihre Flüche beeindruckten den Adler so wenig wie ihre Gebete. Tag für Tag hatte sie in der Kirche gekniet, jahrelang, hatte gebetet, dass er sie in Ruhe lassen, jemand anderen mitnehmen solle. Aber er kam immer wieder, wann und sooft er wollte. Manchmal ließ er sie für Wochen in Frieden, so lange, dass sie dachte, er habe sie vergessen, aber irgendwann kam er doch immer wieder und nahm sie mit, ohne dass ihn scherte, was er ihr antat.

Johanna schenkte sich noch einen Kaffee ein, den dritten, den sie sich sonst immer verkniff, und überlegte angestrengt, wo der Ort sein konnte, den der Adler ihr gezeigt hatte. Sie wusste, dass sie schon einmal dort gewesen war, aber es wollte ihr nicht einfallen.

Eine schmale, steile Forststraße, grauer Schotter, ein Holzlagerplatz. Es gab so viele davon rund um Garmisch, aber sie wusste, dass sie diesen Ort kannte. Und dann, plötzlich, sah sie die Straße vor sich, die sich von Burgrain steil zum Grubenkopf und weiter zum Reschberg und zum Felderkopf hochschlängelte. Dort waren sie oft gewandert, vor Jahren, als das Bienerl noch lebte und Severin noch klein war und mit Freude steile Berge hinaufgelaufen war. Dort gab es so einen Platz, irgendwie übergeblieben beim Bau des Weges. Sie hatten dort auf ein paar großen Steinen gesessen und gevespert.

Mit einem entschlossenen Nicken stand sie auf und räumte den Frühstückstisch ab. Dann zog sie ihre blaue Windjacke über, griff nach dem Schlüssel für ihren kleinen Nissan und verließ das Haus.

* * *

Erster Kriminalhauptkommissar Schwemmer sah zweifelnd und mitleidig auf seine Frau hinunter, die sich mit schmerzverzerrtem Gesicht Zentimeter um Zentimeter an seiner Hand aus der Waagerechten zog. Es dauerte endlos, bis sie aufrecht saß, und noch einmal fast genauso lange, bis sie die Füße auf dem Boden hatte.

»Burgl, ich ruf jetzt Doktor Vrede an. Das guck ich mir nicht länger an«, sagte Schwemmer. »Seit drei Tagen geht das jetzt schon. Lass dir doch *bitte* eine Spritze geben.«

Aber Burgl sah ihn nur an, und er knickte ein, bevor er richtig angefangen hatte. Sie hatte eine so tief sitzende Abneigung gegen Spritzen, dass selbst ein Drei-Tage-Hexenschuss sie nicht dazu brachte, sie aufzugeben.

In Zeitlupe zog sie sich an seiner Hand hoch.

»Im Stehen geht's schon wieder«, sagte sie und lächelte ihn an.

Schwemmer schüttelte den Kopf. »Mag ja sein, aber wie kommst du die Stiege runter?«

»Das geht schon«, sagte sie und strafte den Optimismus in ihrer Stimme Lügen mit ihrer Körperhaltung.

Schwemmer warf einen Blick auf die Uhr, dann ging er zu seinem Nachttisch, nahm das Telefon aus der Ladeschale und rief sein Büro an.

»Frau Fuchs«, sagte er, als seine Sekretärin sich meldete, »ich komm eine halbe Stunde später heute. Hab ich irgendwelche Termine?… Oh…«

Frau Steinbach. Die hatte er vergessen. Frau Steinbach von den Mietwäsche-Steinbachs. Sie hatte den Plan, im Landkreis einen Verkehrskasper zu engagieren, der Kindern richtiges Verhalten im Verkehr nahebringen sollte, so wie sie es in Hamburg gesehen hatte. Der EKHK Dengg von den Uniformierten war in Urlaub, und mit niederrangigen Vertretungen ließ sich eine Frau Steinbach nicht abspeisen. Und da es ihr ein dringendes Anliegen war, war der Termin um halb acht.

Ein Puppenspieler, dachte Schwemmer. Ein Puppenspieler für Kinder.

Im dritten Jahrtausend.

»Sagen Sie ihr… Sagen Sie ihr irgendwas. Ich müsse einen Mord aufklären oder so was… Ja, danke, Frau Fuchs.« Er stellte das Telefon wieder an seinen Platz, griff nach der Packung mit dem ABC-Pflaster und folgte seiner Frau, die auf dem Weg zur Treppe bereits locker zweieinhalb Meter zurückgelegt hatte.

Er kam am Ende dann fast vierzig Minuten zu spät, weil er in der Rießerkopfstraße hinter der Müllabfuhr hängen geblieben war und nicht mehr rückwärts in die Waxensteinstraße ausweichen konnte, da dicht hinter ihm ein

Möbelwagen fuhr. Seine Laune war deutlich unter mittel, als er endlich an seinem Schreibtisch saß.

Und das war offenbar merklich, denn Frau Fuchs brachte unaufgefordert, sofort und freundlichst einen Becher Kaffee. Mit einem mütterlichen Lächeln im Gesicht wartete sie geduldig, bis er den ersten Schluck getan und seine Züge sich etwas geglättet hatten.

»Da ist noch einer von der Zeitung«, flüsterte sie dann. »Der war nicht angemeldet, wartet aber.«

Schwemmers Gesicht zerfaltete sich wieder.

»Was will der denn?«, fragte er mit jammerndem Unterton. »Kann Schafmann sich nicht um den kümmern?«

»Hauptkommissar Schafmann ist im Einsatz«, flüsterte Frau Fuchs sanft.

»Was ist denn?«

»Grabschändung. In Grainau.«

»Oha«, sagte Schwemmer. Das klang nach lästigem Ärger. Wahrscheinlich war es das Beste, jemanden von der Zeitung nicht mehr im Haus zu haben, wenn das bekannt wurde.

»Dann bitten Sie den Herrn herein. Sagen Sie ihm aber, ich hätte nur ein paar Minuten über.«

Frau Fuchs verschwand, und Schwemmer hatte gerade seinen zweiten Schluck Kaffee genommen, als ein glatt wirkender Endzwanziger sein Büro betrat, der sich als Herr Schmitz von der SZ vorstellte. Das Gespräch war wenig problematisch, Herr Schmitz wollte nur eine kurze Einschätzung zum Zusammenhang zwischen Tourismus und Drogenkriminalität und war mehr an knackigen Statements als an Fakten interessiert.

Nach fünf Minuten bedankte Herr Schmitz sich, aber bevor er seinen Block zuklappte, fragte er:

»Und was ist das für ein Mord, den Sie da aufklären?«

Schwemmer sah ihn irritiert an. »Ich weiß jetzt gerade nicht, was Sie meinen«, sagte er.

»Ihre Sekretärin hat eben einer Dame, die da mit mir wartete, gesagt, Sie seien durch einen Mordfall aufgehalten worden.«

Schwemmer räusperte sich und hoffte inständig, nicht rot anzulaufen, aber er fühlte, wie seine Wangen heiß wurden.

»Es ist … äh … zu früh, zu dem Fall etwas zu sagen. Es steht ohnehin noch in Frage, ob es sich überhaupt um ein … ähm … Tötungsdelikt handelt.«

»Können Sie mich denn auf dem Laufenden halten? Meine Karte haben Sie ja.« Herr Schmitz lächelte ihn an – irgendwie hinterhältig, wie Schwemmer fand.

»Natürlich … natürlich, das machen wir.«

Herr Schmitz verabschiedete sich freundlichst. Sobald die Tür sich hinter ihm geschlossen hatte, sank Schwemmer stöhnend in seinem Drehstuhl zusammen. Es dauerte einen Moment, bis seine innere Schimpftirade auf den Leiter der Kriminalpolizeistation Garmisch-Partenkirchen, einen gewissen Balthasar Schwemmer, abgeklungen war. Dann bestellte er bei Frau Fuchs noch einen Kaffee und griff zum Telefon.

Er rief Verena Hoibl an, Mitarbeiterin des Jugendamtes und alte Freundin von Burgl. Wie er erhofft hatte, würde sie gegen Mittag einige Außentermine haben und bei der Gelegenheit mal nach Burgl schauen, wie sie es gestern schon getan hatte. Gleichwohl konnte Vreni nicht mit Kritik hinter dem Berg halten an dem Ehemann, der es nicht schaffte, seine Frau einfach mal zum Arzt zu bringen.

»Probier's doch selber mal, blöde Kuh«, murmelte Schwemmer, aber erst, nachdem er aufgelegt hatte.

Frau Fuchs brachte den zweiten Kaffee, und er griff nach den Akten, die die Nachtschicht hinterlassen hatte. Er ging die Fälle durch, fand keinen Grund zur Kritik an der Arbeit der Kollegen und näherte sich halbwegs seiner Normalform, von der seine Mitarbeiter wussten, dass sie sich zur Gänze nicht vor halb zehn einstellte. Mittlerweile waren sie darauf eingerichtet und reagierten mit einer Mischung aus Toleranz und Zeitmanagement. Denn sie wussten: In aller Regel lohnte es nicht, selbst dringende Probleme früh mit Schwemmer zu besprechen, weil sie sowieso erst nach halb zehn gelöst wurden. Und nach halb zehn ging dann alles einfacher, schneller und angenehmer.

So wunderte es Schwemmer wenig, als um neun Uhr zweiunddreißig Hauptkommissar Schafmann an die Tür klopfte und eintrat. Er nickte Schwemmer einen kurzen Gruß zu und setzte sich.

»Wie geht's zu Hause?«, fragte er zum Auftakt.

»Gehen geht gar nicht«, antwortete Schwemmer. »Sitzen auch nicht. Stehen geht. Liegen nur halb. Und bei dir?«

»Grippe bei der Kleinen, eine Sechs in Mathe beim Großen, neue Schlittschuhe fällig beim Kleinen, Waschmaschine kaputt, und ich glaub, ich krieg Gicht. Meiner Frau geht's gut, danke.«

»Wieso Gicht?«

»Ich hab ein Stechen am Gelenk vom großen Zeh. Links.«

Er zeigte auf seinen Fuß, der in einer sehr undienstlich wirkenden Sandale steckte. Da sie zudem der Witterung ziemlich unangepasst schien, trug Schafmann darin dicke Stricksocken.

»Nur damit's nicht so drückt«, sagte Schafmann, als er Schwemmers Blick bemerkte.

Schwemmer war es auch um halb zehn noch zu früh für eine der Krankengeschichten aus Schafmanns unerschöpflichem und immer wieder aufgestocktem Vorrat. »Lass uns über was Erfreulicheres reden«, sagte er.

»Ich hätte eine Grabschändung im Angebot.«

»Von mir aus«, sagte Schwemmer, aber Schafmanns Miene war ungewohnt ernst.

»Miese Sache«, sagte er. »Nicht nur ein paar umgekippte Marterl diesmal. Die haben richtig gegraben.«

Er warf einen kleinen Stapel Fotos auf den Tisch vor Schwemmer.

Schwemmer blätterte sie durch. Eigentlich nicht spektakulär, eine Grube halt. Die Erde war wüst verstreut worden, offensichtlich hatte man von Anfang an nicht vorgehabt, das Loch wieder zu schließen. Das Kreuz war umgekippt, aber es sah nicht wirklich geschändet aus, eher, als sei es bei der Arbeit im Weg gewesen.

»Sind sie runter bis zum Sarg?«

»Ja, aber nicht rein, Gott sei Dank. Vielleicht sind sie gestört worden.«

»Wessen Grab ist das?«

»Gehört einer Familie Kunkel. Da ist vor drei Monaten

20

eine Frau Antonia Kunkel, geborene Stubschreiner, begraben worden. Verstorben mit hundertvier.«

»Jessas. Und *die* gräbt man wieder aus … Spurenlage?«

»Sohlenabdrücke, scheinen von zwei Personen zu stammen. Dräger sucht noch.«

»Verdacht?«

»Der Zeuge, der das entdeckt hat, ein Herr Gärtner, der meint, es gäb da eine Rockband.«

»Wieso eine Rockband?« Schwemmer griff nach seinem Kaffee. »Die proben in der Nähe in einer alten Fabrikhalle. Der Gärtner meint, das seien Satanisten.«

»Das fehlt noch. Wissen wir da was drüber?«

»Nein. Keinerlei Erkenntnisse.«

»Satanisten!«, murmelte Schwemmer. »Das erzähl ich auf keinen Fall der Zeitung, bevor wir das nicht wasserdicht haben.«

»Am besten nicht mal dann«, sagte Schafmann. »Das gibt nur Nachahmer. Aber es weist auch nichts auf irgendwelche Rituale hin oder so was, da ist nur gegraben worden.«

Das Telefon läutete und signalisierte einen Internruf von Frau Fuchs. Schwemmer nahm ab.

»Ich hab die Wache am Apparat«, sagte sie. »Unten ist Frau Kindel, Johanna Kindel.«

Sie sagte das in einem Ton, als wüsste Schwemmer selbstverständlich, wer das sei, was allerdings nicht der Fall war.

»Und?«, fragte er also.

»Sie möchte Sie sprechen.« Nun klang Frau Fuchs, als würde Schwemmer eine Ehre erwiesen.

Er runzelte die Stirn.

»Wer ist diese Dame denn?«

»Die Seherin!«, sagte Frau Fuchs, hörbar fassungslos ob seiner Ahnungslosigkeit.

»Hä?«, stieß Schwemmer hervor, »die *Seherin*?«, und sah erstaunt zu Schafmann, als er den »Oh Gott« murmeln hörte.

»Soll warten«, sagte er in den Hörer und legte auf.

»Die Kindel?«, fragte Schafmann.

»Ja. Wer ist das?«

Schafmann kratzte sich verdrossen am Kopf.

»Das war vor deiner Zeit. Aber du hast noch von ihr profitiert, könnte man sagen. Sonst hättest du deinen Job erst drei Jahre später gekriegt.«

»Muss ich das verstehen? Du sprichst in Rätseln!«

»Der Fall, in den sie verwickelt war, hat deinen Vorgänger, EKHK Lortzig, mehr oder weniger in die Frühpensionierung getrieben. Nicht direkt, aber dass er sich davon nicht mehr richtig erholt hat, ist ein offenes Geheimnis.«

»Allzu offen wohl nicht. Sonst wüsst ich doch davon, oder?«

»Da redet hier keiner gerne drüber ...«

»Und was hat diese Dame damit zu tun?«

Schafmann holte Luft. »Die Kindel galt vielen im Ort als Seherin. Sie hat in den Sechzigern mal einen unerwarteten Todesfall korrekt vorhergesagt. Sie hat dem Pfarrer erzählt, dass irgendeine junge Frau bald sterben würde. Ein paar Tage später hatte die tatsächlich einen Blinddarmdurchbruch, und bis der Arzt oben auf dem Hof war,

war's zu spät. Und dieser Pfarrer, der Depp, hat nix Besseres zu tun, als das rumzuratschen.«

»Der Pfarrer?« Schwemmer schüttelte fassungslos den Kopf. »Damit war die Sache doch quasi offiziell?«

»Genau«, sagte Schafmann. »Sie war keine, die Aufhebens um sich machte, aber die Leute haben ihr die Bude eingerannt. Obwohl ihre Trefferquote eigentlich ziemlich mager war. Und dann, das war …«, Schafmann dachte einen Moment nach, »… sechs- oder siebenneunzig muss das gewesen sein, da hatten wir einen Mordfall in Farchant. Ein junger Mann, mit einem Messer bestialisch zugerichtet, zum Schluss mit einer Kugel in den Kopf regelrecht hingerichtet, wie mit einem Fangschuss. Wir hatten ein paar Spuren, aber keine Resultate. Nix.«

»Habt ihr die Waffen gefunden?«

»Eben nicht. Die sind nie aufgetaucht, das war das Hauptproblem. Lortzig war stocksauer. Hier war eine Atmosphäre … Wochen ging das. Und dann steht auf einmal die Kindel in der Tür und sagt, der Kugler Alois war's.«

»Und wie kam sie darauf?«

»Nun, sie hat's eben *gesehen*. Sie war sich ganz sicher. Nun hatten wir diesen Kugler durchaus auf der Liste, hatten aber nichts gefunden, bis dahin. Wir haben dann weitergebohrt und doch noch das ein oder andere zutage gefördert, bis der alte Felbermayr bei der Staatsanwaltschaft meinte, wir hätten genug Indizien. Er hat Anklage erhoben. Und dann hat das Landgericht in München uns das Ganze *derart* um die Ohren gehauen, dass wir wie die letzten Deppen dastanden. Freispruch mit Pauken und Trompeten. Wir haben uns verhoben. Dabei …« Schafmann brach ab. Mit finsterer Miene sah er zum Fenster hinaus.

»Dabei was?«, fragte Schwemmer, obwohl er an Schafmanns Gesicht ablesen konnte, was der Kollege dachte.

»Dabei bin ich mir sicher, dass er es wirklich war, der Kugler. Einen anderen haben wir jedenfalls nicht ermittelt. Der Fall ist ungeklärt.«

»Wer ist denn dieser Kugler?«

»Bauunternehmer, ziemlich reich. Nicht irgendwer. Lortzig bekam es jedenfalls am Herzen.«

Schwemmer verstand. Er wusste, welche Meinung Schafmann und die Kollegen von Lortzig hatten. Er war der immer noch unerreichte Held. Natürlich respektierten sie Schwemmer, aber die Stufe des Respekts, mit dem die alten Hasen von EKHK Lortzig redeten, hatte er noch lange nicht erreicht. Die acht Jahre, die er jetzt Chef war, standen aber auch in keinem echten Verhältnis zu den dreiundzwanzig, die Lortzig hinter sich gebracht hatte.

Gut Ding will eben Weile haben. Vielleicht würde er ja auch mal als Legende in Rente gehen, dachte Schwemmer und vernahm gleichzeitig im Hinterkopf das herzliche Lachen seiner Frau.

Wie auch immer: Jetzt stand Johanna Kindel wieder in der Tür. Die Frau, die nach Schafmanns Meinung Lortzig das Genick gebrochen hatte.

»Immerhin«, sagte Schwemmer, »haben wir keinen ungeklärten Todesfall.«

»Ja, ja«, brummte Schafmann.

»Vielleicht weiß sie ja was über deine Satanisten.« Es war als Scherz gemeint, fiel aber ins Leere.

»Seit damals hat sie sich geweigert, irgendwas vorauszusagen«, sagte Schafmann ernsthaft. »Nicht mal das Geschlecht von Kindern, dabei war sie darin ziemlich gut. Lag jedenfalls besser als dieser Scharlatan, dieser Kurtzbecker.«

Diesen Namen kannte Schwemmer. Gegen Kurtzbecker hatte es Anzeigen wegen Betrugs gegeben, von denen eine sogar einen Strafbefehl zur Folge gehabt hatte. Er versprach eine Geschlechtsvorhersage anhand von Handschriftenproben der Mutter, bei fehlerhafter Voraussage gab es das Geld zurück. Das Konzept war genial:

Kurtzbecker versprach immer Mädchen und hatte so eine Trefferquote von fünfzig Prozent – ohne Risiko. Solange er Leute fand, die das mitmachten, war es eine todsichere Sache.

Schwemmer hatte es fast widerstrebt, die Anzeige zu verfolgen. Er fand das Angebot gar nicht betrügerisch. Für ihn war es eine offene Verarschung.

Am Ende hatte dann weniger der Strafbefehl als das Umsichgreifen von Ultraschalluntersuchungen der Sache ein Ende bereitet. Kurtzbecker hatte mittlerweile auf die Vorhersage von Gewinnzahlen umgestellt. Bisher waren keine Klagen bekannt geworden. Aber es gab Gerüchte, er praktiziere neuerdings auch Geistheilung.

»Und was machen wir nun mit Frau Kindel?«, fragte Schwemmer. »Ich kann sie ja schlecht wegschicken.«

»Hör dir halt an, was sie will.« Schafmann zuckte die Achseln. »Aber ich bleib hier.«

»Na klar«, antwortete Schwemmer und griff zum Telefon, um die Dame von Frau Fuchs hereinbitten zu lassen.

Frau Fuchs hielt ihr mit fast unterwürfiger Haltung die Tür auf, aber als Frau Kindel das Büro betrat, war Schwemmer fast ein bisschen enttäuscht. Die »Seherin« war das Musterbild einer einfachen Frau. Sie grüßte höflich, aber nicht unterwürfig, war schlicht, aber nicht schlecht gekleidet, trug einen Stoffbeutel in der Hand und wirkte in keiner Weise auffällig. Fast kam es Schwemmer vor, als kenne er sie, aber er konnte sich genauso an irgendjemand anderen erinnern, wie er sich klarmachte. Er schätzte sie auf Ende sechzig, und sie schien wach und kräftig.

Schwemmer stellte sich und Schafmann vor. »Nehmen Sie Platz, Frau Kindel«, sagte er.

Sie setzte sich auf den freien Besucherstuhl und stellte den Beutel auf dem Boden ab.

»Den Herrn Schafmann kenn i no von damois«, sagte sie und nickte ihm zu.

Schwemmer spürte die Spannung zwischen den beiden. Für einen Moment überlegte er, Schafmann doch zu bitten, sie allein zu lassen, verzichtete dann aber darauf.

»I woaß ned, wie i ofanga soll«, sagte Frau Kindel zögernd. Sie hob ihren Stoffbeutel wieder vom Boden und zog eine braune, unbeschriftete Flasche hervor.

»Zunächst amoi«, sagte sie. »Des is für Eana Frau Gattin. Franzbranntwein mit Arnika, zum Einreibn.«

Schwemmer sah sie fragend an.

»Des tuat guat bei am Hexnschuss«, sagte Frau Kindel.

»Ääh…«, sagte Schwemmer, und Schafmann sah verblüfft zwischen Schwemmer und Frau Kindel hin und her.

»Sie hat doch an Hexnschuss, oder? Seit drei Tag?«

Schwemmer nickte stumm.

»So hat's mir die Hoibl Vreni verzählt, gestern«, sagte Frau Kindel.

Schwemmer räusperte sich, und Schafmann sah zur Decke.

»Sie kennen die Frau Hoibl?«, fragte Schwemmer höflich.

»Sie kommt alle paar Monat vorbei, wegn da Kinder. Gestern war's da und hat von eaner Freindin verzählt, der Schwemmer Burgl, der maladn, und da hab i dacht, wann i herkomm …«

Frau Kindel verstummte, sie sah zu Schafmann, der sie aufmerksam, aber distanziert beobachtete.

»Könnt ma vielleicht unter vier Augn redn?«, fragte sie Schwemmer.

Schwemmer wollte ablehnen, aber Schafmann stand auf, bevor er antworten konnte, und ging grußlos hinaus. Von der Tür her warf er Schwemmer noch einen warnenden Blick zu, als lasse er ihn nun mit einem gewalttätigen Verbrecher allein.

Als er gegangen war, hob Schwemmer auffordernd eine Hand.

»Sie kennen de oiden Gschichtn?«, fragte Johanna Kindel.

»Nicht genau«, antwortete Schwemmer und vermisste Schafmann schon, bevor er wusste, was die Frau überhaupt von ihm wollte.

»Diesmal is genauso«, sagte Frau Kindel, so leise, dass Schwemmer sie kaum verstand.

»Fast genauso«, korrigierte sie sich.

»Und was ist der Unterschied?«, fragte Schwemmer.

»Damals hab i des ois erst vui später zum Sehn kriagt. Wochen später.«

»*Was* haben Sie denn damals gesehen?«, fragte Schwemmer.

Frau Kindel sah zur Seite, während sie antwortete. »I hab gsehn, wie der Kugler Alois den Buam abgstochen hat, als wär's a Sau. I hab sein Gsicht gsehn dabei. Jede Bewegung, jedn Stich hab i gsehn. Und am End, da hat er a noch gschossn. In den Kopf. Aber freilich glaubns oam des ned, bei Gericht.«

»Wenn Sie so etwas sehen, wie muss ich mir das vorstellen? Wie geht das vor sich?«, fragte Schwemmer mit gerunzelter Stirn.

»Des möcht i ned sagn. Ned noch amoi. I kann Dinge sehn, manchmal. Und i kanns mir ned aussuchn.«

Sie sah ihn an, offen, nicht verbittert. Sie beklagte nicht, dass ihr nicht geglaubt wurde. Sie wusste es einfach und akzeptierte es.

»Und diesmal?«, fragte Schwemmer. »Was ist dieses Mal anders?«

»Diesmal is wohl grad erst gschehn. Letzte Nacht. Oder die davor.«

Die senkrechten Falten in Schwemmers Stirn blieben mittlerweile stabil. »Können Sie denn auch Zeiträume sehen?«

»Na. Aber i kenn den Buam, dens derschossen habn. Vor zwoa Tag hat er noch glebt.«

»Ein Bub wurde erschossen? Und wer ist der Junge?«

Zum ersten Mal wirkte sie nun doch verlegen. »Des woaß i ned gnau.«

»Aber Sie kennen ihn doch, sagten Sie eben.«

»A Freind von meim Buam is der. De machen zsamma Musi. Also was die Buam so Musi nenna, heitzdag. Sicha woaß i nur, dass seine Freind eam Spacko heißn. I glaub, er heißt Oliver Speck, aber sicher bin i ned.«

»Oliver Speck? Spacko?«, versicherte sich Schwemmer. Er griff gewohnheitsmäßig nach seinem Block, um den Namen zu notieren, ließ es dann aber bleiben. »Also Sie haben – wie auch immer – gesehen, dass Spacko erschossen wird. Und von wem?«

»I kenn den Mann ned. Aber wiedererkennen tat i eam scho.«

»Aber Sie wissen nicht genau, wann es passiert ist, und nicht, wo.«

»Na. Wo, woaß i.«

»Aha …« Schwemmer sah sie fragend an.

»An Holzplatz auf halber Höh an da Straßn am Grubnkopf. I bin heit Morgn naufgfahrn. I war do. Und des hab i gfundn.«

Schwemmer sah ihr misstrauisch zu, wie sie einen Gefrierbeutel aus der Stofftasche holte und vor ihn auf den Tisch legte. Er nahm den Beutel und besah sich den Inhalt.

Es war ein langes, rötliches Haar. An einem Ende war es brüchig versteift.

Wie von getrocknetem Blut.

»Des is dem Buam sei Farb. Da san noch mehra davon.«

»So.«

Schwemmer spitzte die Lippen. Die Sache begann, einiges an Peinlichkeitspotenzial zu entwickeln. Er konnte nicht auf ein einzelnes Haar hin eine offizielle Ermittlung starten, auch wenn es möglicherweise blutverschmiert war. Insbesondere dann nicht, wenn es von einer notorischen – und notorisch unzuverlässigen – Hellseherin angebracht wurde.

Andererseits waren ihre Angaben präzise genug. Wenn er nichts unternahm und die Frau hatte recht – aus welchem Grund auch immer –, dann war er erst recht blamiert.

»Das Beste ist, wenn Sie zunächst mal herausfinden, wer dieser Spacko wirklich ist. Und dann feststellen, ob er tatsächlich verschwunden ist.«

»Des mach i a. Aber i woaß ned, wie lang's dauert. Und wenn's regnet? Dann san die Spurn da drobn fort.«

Schwemmer lehnte sich in seinem Stuhl zurück und sah aus dem Fenster. Dicke Wolken hingen um die Spitze des Wank. Es sah nicht direkt nach einem Gewitter aus, aber das Aprilwetter war seit Tagen typisch unstabil.

Er sah Frau Kindel an, und sie erwiderte seinen Blick. Nicht unsicher oder verlegen, sondern klar und geradeaus. Sie war sich der Situation vollständig bewusst. Sie wusste, dass sie Unmögliches verlangte.

Aber sie hatte keine Wahl. Denn sie wusste, was sie wusste. Und sie hatte getan, was ihr blieb: den Schwarzen Peter bei Schwemmer ablegen.

Er griff nach dem Telefon und wählte das K3 an.

»Habt ihr einen Mann frei, für eine Stunde etwa?«, fragte er, als der Kollege sich meldete.

»Das ist schlecht«, erhielt er zur Antwort. »Dräger ist noch nicht aus Grainau zurück. Und zwei Mann haben

Grippe. Ich bin der Einzige hier im Moment. Ist es dringend?«

»Nein, vergessen Sie's«, sagte Schwemmer und legte auf.

Wieder sah er zu Frau Kindel, die unverwandt seinen Blick erwiderte. Er konnte sie warten lassen, bis Dräger wieder da war. Das mochte noch eine gute Stunde dauern, in der sie auf dem Gang den misstrauischen Blicken der Kollegen ausgesetzt war, während die interne Gerüchteküche brodelte.

Er konnte Schafmann schicken, aber das würde weder der noch Frau Kindel wollen.

Er konnte sie wegschicken.

Kopfschüttelnd und mit einem kleinen Seufzer stand er auf und öffnete die Tür zum Vorzimmer.

»Frau Fuchs«, sagte er. »Ich bin mal eine Stunde aus dem Haus.«

* * *

Johanna folgte in ihrem kleinen japanischen Auto dem dunkelblauen Passat des Kommissars. Er hatte sie nicht gebeten, in seinem Wagen mitzufahren, und das war ihr auch recht. Sie fühlte sich unwohl mit fremden Menschen in einem Auto, litt unter der erzwungenen Nähe. Trotzdem war ihr schon klar, dass diese nicht erfolgte Aufforderung weniger eine Unhöflichkeit als ein Zeichen der Distanz war.

Dieser Schwemmer war ihr nicht unsympathisch. Er wirkte um einiges menschlicher und einfühlsamer als Hauptkommissar Lortzig, den sie immer als grob empfunden hatte, jedenfalls im Umgang mit ihr, damals. Er hatte sie angeschrien, nach Kuglers Freispruch, als sei das alles ihre Schuld. Dabei hatte sie nur die Wahrheit gesagt. Hatte dem Richter von dem Adler erzählt und die Fragen des Verteidigers beantwortet, so gut sie konnte. Aber das war nicht gut genug gewesen. Seine Fragen waren immer schärfer geworden und die Stimme immer höhnischer, und irgendwann hatte das Publikum angefangen zu kichern und bald darauf zu lachen, und sie hatte ihre Tränen nicht mehr kontrollieren können. Gedemütigt wie eine dumme, kleine Pute hatte sie dagestanden, eine erwachsene Frau, Mitte fünfzig damals schon, Mutter und Großmutter.

Sie hatte vor all diesen höhnischen Menschen geweint und sich schon dort, im Gerichtssaal zu München, geschworen, dass sie niemals und niemandem mehr etwas berichten würde von dem, was der Adler ihr zeigte. Sie würde nie mehr darum betteln, dass ihr geglaubt würde, was sie doch wusste.

Aber das Schlimmste war Kuglers Gesicht gewesen, das Gesicht des Mörders, den sie freilassen würden. Das feiste und hinterhältige Grinsen, das er ihr gezeigt hatte, als sie geschlagen aus dem Zeugenstand gewankt und klar war, dass sie verloren hatten, sie und Lortzig.

Und die Erinnerung an dieses Gesicht war es auch, die sie veranlasst hatte, ihren Schwur zu brechen.

Sie erreichten Burgrain und bogen am Ende in die Feldernkopfstraße. Bald endete der Teerbelag. Es wurde steiler, und der kleine Motor ihres Wagens kämpfte, um dem kraftvollen Diesel Schwemmers zu folgen. Sie fuhr durch die dichte, grauweiße Staubfahne, die Schwemmers Auto hinter sich herzog. Nach ein paar Minuten erreichten sie den Holzplatz. Sie hielten am Rand an und stiegen aus.

Johanna war sich anfangs nicht ganz sicher gewesen, ob es der richtige Ort war. Die Holzstapel waren dort, auch die Mulde auf der anderen Seite des Wegs, doch die Bäume schienen nicht ganz zu passen. Aber als sie die blutigen Haare gefunden hatte, waren ihre Zweifel verschwunden. Hier musste es passiert sein.

Schwemmer sah sie schweigend und auffordernd an. Er trug eine kleine Mappe in der Hand. Sie ging zielsicher zur Mitte des Platzes, und er folgte ihr.

Sie hatte einige Steine zu einem kleinen Haufen getürmt, ein paar Schritt entfernt von der Stelle, an der sie die Haare gefunden hatte.

Sie führte ihn hin und wies auf den roten Fleck auf dem Boden. Er war nicht besonders groß, halb so groß wie ihr Handteller etwa, und da klebten immer noch zwei dünne, vielleicht zehn Zentimeter lange rötliche Haare, die sich in eine Klette gewickelt hatten.

»Da hat's drinklebt, in dem Bluat. So wie die zwoa do a.«

Schwemmer ging in die Knie und besah sich den Fleck. Dann öffnete er die Mappe. Sie enthielt eine Reihe kleiner Werkzeuge, daneben eine Packung mit Einweghandschuhen und etliche verschließbare Plastiktüten. Schwemmer zog sich einen Handschuh über, zog mit einer Pinzette die Haare aus dem Fleck und verstaute sie samt der Klette in einer der Tüten. Er nahm einen Spatel aus der Mappe und beförderte eine Probe der dunkelroten Masse in eine zweite Tüte. Dann verschloss er beide, richtete sich auf und sah sich um.

Schwemmers Miene war missmutig, als wäre ihm lieber gewesen, hier nichts zu finden. Und Johanna war sich sicher, dass es genauso war.

»Zeigen Sie mir mal, was sich Ihrer Meinung nach hier abgespielt hat«, sagte er.

Sie zeigte ihm den Baum, hinter dem der Mann gewartet hatte, den Punkt, an dem der Rucksack gestanden hatte, und wo Spacko war, als der Mann auf ihn geschossen hatte.

Schwemmer sagte nichts, aber er sah abschätzend von dort aus zu dem Fleck mit den Haaren, der sich fast zehn Meter entfernt befand. Sie sah ihm an, was er dachte.

Denn sie hatte das Gleiche gedacht, als sie den Fleck gefunden hatte. Wie sollten die Haare und das Blut dorthin gekommen sein?

Schwemmers Blick verlängerte die Linie von dem Punkt, an dem sie standen, über den Fleck hinaus und ging in dieser Richtung zum Waldrand. Sie folgte ihm. Dort war dichtes Gehölz, das er sich ansah, so wie sie es eben schon getan hatte. Es gab dort keine Spur, dass hier etwas hineingetragen oder -geworfen worden wäre.

Sie zeigte ihm noch die Mulde, in der der Junge gehockt hatte. Aber auch hier fand sich nichts, was irgendeinen Hinweis gegeben hätte.

Schweigend gingen sie zurück zu den Wagen.

Schwemmer räusperte sich, bevor er sprach. »Das ist zu wenig, Frau Kindel. Das werden Sie verstehen.«

Sie nickte. »Trotzdem vergelt's Gott, Herr Kommissar. Und drei Hand voll einreibn, mitm Branntwein. In da Früh und am Abnd.«

Schwemmer hob zum Abschied die Hand und stieg in

seinen Wagen. Sie sah ihm hinterher, wie er die Straße hinabrollte. Dann ging sie noch einmal den Platz ab, um sicherzugehen, nichts übersehen zu haben. Als sie wieder an ihrem Auto angelangt war, überkam sie erneut der Zweifel, am richtigen Ort zu sein.

Aber einen anderen kannte sie nicht.

* * *

Schwemmer steckte sein Handy in die Halterung der Freisprecheinrichtung und rief Burgl an, während er den Wagen die Serpentinen nach Burgrain hinuntersteuerte.

Es war die Hoibl Vreni, die sich meldete.

»Und?«, fragte Schwemmer. »Wart ihr beim Arzt?«

Vreni erläuterte wortreich, dass dem Patienten immer die letzte Entscheidung zustehe, es eigentlich gar nicht wirklich notwendig sei und man überhaupt der Schulmedizin nicht blind hinterherlaufen sollte.

Schwemmer widersprach nicht.

»Sag, wo ich dich grad am Apparat hab«, sagte er stattdessen. »Du kennst die Johanna Kindel, hab ich gehört. Was hast du denn mit der zu schaffen?«

Die Tonlage von Vrenis Stimme erhöhte sich merklich. Mit der Familie Kindel hatte sie nur gelegentlich dienstlich zu tun, und darüber durfte sie nicht sprechen, wegen Datenschutz.

»Ich bin immerhin die Polizei«, sagte Schwemmer und gönnte sich ein kleines, boshaftes Grinsen.

Eben drum erst recht, meinte Vreni dazu. Da müsse er ihr schon dienstlich kommen.

Schwemmer versprach, das zu tun. »Ach, noch was: Wisst ihr beim Jugendamt irgendwas über eine Satanisten-Rockband in Grainau?«

Vrenis empörte Antwort ließ darauf schließen, dass sie sich nun ernsthaft von ihm auf den Arm genommen fühlte und nicht bereit war, das weiter hinzunehmen. Es gelang ihm mühsam, sie von der Ernsthaftigkeit seiner Frage zu überzeugen, deren Antwort er ja quasi schon bekommen hatte, und fast vergaß er darüber, sich Burgl geben zu lassen, aber nur fast.

»Sitzen geht wieder«, berichtete sie ihm stolz.

Er versprach ihr Entenkeulen mit Blaukraut und Semmelknödeln zum Abendessen, aber sie bestand auf Eierbandnudeln mit Steinpilzpesto und Rohkostsalat als Beilage und verband die Forderung mit einem Hinweis auf den schwindenden Bordeauxvorrat im Keller.

»Für heut reicht's noch«, sagte Schwemmer leichthin, aber sie hatte recht. Strategische Entscheidungen standen an.

»Ich freu mich auf dich«, sagte Burgl noch, bevor sie auflegte, und brachte so das erste echte Lächeln dieses Tages auf sein Gesicht.

Dieses überstand noch einige Überlegungen zur notwendigen Aufstockung ihrer Weinreserven, erlosch aber bald, als seine Gedanken zu Spacko, dem sichergestellten Haar und zu Frau Kindel zurückkehrten.

Sein Ausflug mit der Seherin dürfte in der Wache mittlerweile allen bekannt sein. Und dass er seine Reputation damit befördert hatte, bezweifelte er stark. Er war in eine unangenehme Situation geraten, ohne einen Fehler gemacht zu haben. Um seinen Ärger darüber zu unterdrücken, benötigte er den Rest der Fahrt. Bevor die Kindel ihm nicht bewies, dass dieser Spacko überhaupt verschwunden war, würde er nichts unternehmen. Er würde nicht einmal Dräger das Haar geben. Totschweigen würde er die Sache.

Als er den Wagen auf dem Parkplatz der Wache abstellte, hatte er seine Laune wieder einigermaßen eingepegelt. Sie erhielt aber sofort den nächsten Schlag, als er beim Aussteigen die dicke, grauweiße Staubschicht auf der dunkelblauen Metalliclackierung sah, die einen außerplanmäßigen Waschstraßenbesuch unabdingbar machte.

Auch deshalb betrat er sein Büro direkt vom Flur aus, weil er das unbestimmte Gefühl hatte, seine fragile Stimmung in Frau Fuchsens Vorzimmer weiterer Beeinträchtigungen auszusetzen.

Er griff zum Telefon und rief in Schafmanns Büro an. Erst nachdem er den Kollegen herbeizitiert hatte, warf er sich in seinen Stuhl und verbrachte die Zeit damit, sich die Sehnsucht nach einer Zigarette auszureden.

»Und?«, fragte Schafmann, sobald er die Tür hinter sich geschlossen hatte.

»Nix«, antwortete Schwemmer.

»Nix?«

Schwemmer meinte in Schafmanns Blick eine Prise Spott zu entdecken, war sich aber nicht sicher. »Nix Verwertbares. Und ich möchte, dass du das ventilierst unter den Kollegen. Wir tun nichts, was mit irgendeiner Seherin zu tun hat.«

Schafmann nickte ernst; er zog einen Stuhl zu sich heran und setzte sich. »Ich versteh schon«, sagte er. »Aber irgendwas hatte die doch. Sonst wärst du doch nicht mit ihr weggefahren.«

»Sie glaubt, sie hat was. Ich sage, sie hat nichts. Basta.«

Schafmann sah ihn verwundert an. »Basta? Das hör ich dich aber selten sagen.«

Schwemmer zuckte die Achseln. »Es gibt keinen Fall. Das wollte ich sagen.«

»Wo warst du denn mit ihr?«

»Ja, sag amal …« Beinah hätte Schwemmer mit der flachen Hand auf den Tisch gehauen.

»Vielleicht solltest du es *doch* erzählen. Gibt sonst Gerüchte«, sagte Schafmann und begleitete den Satz mit einer begütigenden Handbewegung.

»Nein«, sagte Schwemmer nur. Schafmann lag falsch. Wenn er erzählte, *wo* er mit der Kindel gewesen war, kam zwingend als Nächstes die Frage nach dem *Warum*. Und *dann* kamen die Gerüchte.

»Es heißt, ihr wärt die Feldernkopfstraße hochgefahren«, sagte Schafmann.

Schwemmer sah ihn ungläubig an. »Woher kommt das denn?«

Schafmann rückte seinen Stuhl näher an Schwemmers Schreibtisch heran. Er beugte sich vor, sprach leise und ruhig. »Das ist das aktuelle Gerücht. Ich weiß nicht, wer das gestreut hat. Aber ich wette, die Nachricht, dass du mit der Seherin unterwegs bist, hat anderthalb Sekunden nach dir das Gebäude verlassen. Und zwar x-fach. Wir kennen doch unser Füchschen. Das halbe Werdenfelser Land wird nach euch Ausschau gehalten haben.«

Schwemmer brummte etwas Unverständliches. »Gerüchte sind Gerüchte«, sagte er dann. »Offiziell ist: Es gibt nix.«

»Wie du meinst«, sagte Schafmann.

»Hast du was zu deinen Satanisten?«, fragte Schwemmer.

»Herr Gärtner, der Zeuge, hat den Kollegen gezeigt, wo der Proberaum dieser Band ist…« Schafmann stand auf, trat an die Karte des Landkreises, die die halbe Wand einnahm, und tippte auf eine Stelle in der Nähe des Zugspitzbahndepots. »Die Frage ist, wann man da einen antrifft. Da steht natürlich kein Name dran, und die Nachbarn kennen die Musiker auch nicht. Junge Männer, um die zwanzig und jünger. Die Herrschaften sollen ziemlich abweisend sein. Man ist dort nicht glücklich über die, aber es gab bisher keinen Grund zur Beschwerde. Das Gebäude gehört einem Herrn Schieb aus Hammersbach. Haben wir bisher nicht erreicht.«

»Schieb«, murmelte Schwemmer. »War da nicht mal was…? Nichts Großes, aber irgendwas klingelt da bei mir.«

Schafmann zuckte die Achseln. »Überprüf ich.«

»Sag mal…« Schwemmer sah Schafmann betont nachdenklich an. »Kannst du mir vielleicht aktuell einen trinkbaren Bordeaux unter fünfzehn Euro empfehlen?«

»Nein«, sagte Schafmann.

Kaum dass Schafmann die Tür zum Flur hinaus war, klopfte es an der zum Vorzimmer. Frau Fuchs streckte den Kopf herein.

»Was gibt's?«, brummte Schwemmer.

»Ich wusste gar nicht, dass Sie wieder da sind«, sagte sie ungewohnt schüchtern.

»Kommen Sie mal rein, Frau Fuchs«, sagte Schwemmer.

Sie trat ein und schloss die Tür hinter sich. Schwemmer sah sie ernst an. Frau Fuchs errötete und wich seinem Blick aus.

»Interna, Frau Fuchs, heißen so, weil sie intern sind«, sagte Schwemmer ruhig.

Frau Fuchs nickte.

»Schön«, sagte Schwemmer. »Noch was?«

Das Rot auf Frau Fuchs' Wangen wurde noch ein wenig intensiver. »Frau Doktor Isenwald bittet um Ihren Rückruf«, sagte sie.

»Um was geht's?«, fragte Schwemmer, aber Frau Fuchs drehte sich wortlos um und verließ das Büro. Schwemmer sah alarmiert auf die Tür, die sie hinter sich geschlossen hatte.

Sehr skeptisch zog er sein Telefon zu sich heran und wählte die Nummer der Staatsanwaltschaft in München.

Frau Isenwalds Sekretärin stellte ihn sofort durch, und Sekunden später meldete sich die junge Staatsanwältin.

»Ja, was ist denn da bei Ihnen los, Herr Schwemmer?«, fragte sie in ihrer typisch fröhlichen Munterkeit, von der Schwemmer schon gelernt hatte, dass sie keinesfalls mit Harmlosigkeit zu verwechseln war.

»Auf was heben Sie ab, Frau Isenwald?«, fragte er vorsichtig zurück.

»Na, zuerst ruft mich der Herr Schmitz von der *Süddeutschen* an und fragt nach einem Mordfall, von dem ich keinerlei Kenntnis habe.«

Schwemmer unterdrückte ein Stöhnen, aber Isenwald war noch nicht fertig.

»Und als ich mich bei Ihnen danach erkundigen möchte, sagt mir Ihre Frau Fuchs, dass es dabei wohl um ›die Sache mit der Seherin‹ ginge. Der Begriff ›Seherin‹ ruft bei uns im Haus immer noch ein gewisses Misstrauen hervor, wie Sie vielleicht wissen. Kurz gesagt, Herr Schwemmer, ich habe das Gefühl, es gibt Sachen, die Sie mir vielleicht erzählen sollten.«

Schwemmer, den Hörer in der Linken, den Kopf in die Rechte gestützt, schloss die Augen.

»Es ist gar nichts, Frau Isenwald«, sagte er. »Überhaupt nichts.«

»Ein bisschen viel Rauch für kein Feuer, jedenfalls für meinen Geschmack, Herr Schwemmer. Unsinnige Presseanfragen sind das eine, aber die dienstliche Auskunft Ihrer Sekretärin, Sie seien mit einer Seherin zu einem Tatort unterwegs, hat mich doch stutzen lassen.«

»Frau Isenwald …« Schwemmer seufzte. »Die Frau Kindel war hier. Sie hat einen Verdacht. Ich wollte direkt die Luft aus der Sache lassen, deshalb bin ich mit ihr rausgefahren. Es gibt eine mögliche Spur, aber ich rechne nicht damit, dass das ein Fall wird. Und was den Herrn Schmitz angeht: Das war ein reines Missverständnis.«

»So«, sagte Isenwald. »Und das war's?«

»Genau.«

Isenwald schwieg einen Moment. »Was für eine mögliche Spur ist das?«, fragte sie dann.

»Haare, vielleicht Blut. Stammt beides von einem unge-

41

teerten Holzlagerplatz im Wald. Zu einer Spur würde das nur, wenn man es zuordnen könnte.«

»Zu wem?«, fragte Isenwald.

»Die Kindel hat wieder einen Mord gesehen, und...« Schwemmer unterbrach sich. »Frau Isenwald, bitte, ersparen Sie mir die Details. Was erwarten Sie von mir? Wie soll ich auf paranormale Zeugen reagieren?«

»Angemessen«, antwortete Isenwald trocken.

»Das hab ich getan«, sagte Schwemmer ernst.

»Gut«, sagte die Staatsanwältin, und Schwemmer hatte den Eindruck, dass sie es auch meinte. »Jetzt müssen Sie nur noch Ihren Leuten klarmachen, wie man mit Informationen umgeht, in so einem Fall.«

»Da haben Sie völlig recht«, sagte Schwemmer.

»Lassen Sie die Haare untersuchen und teilen Sie mir das Ergebnis mit. Außerdem möchte ich einen Bericht über die Aussagen der Seherin.«

»Was?«, fragte Schwemmer überrascht. »Wollen Sie, dass wir eine Akte dazu anlegen?«

Die Antwort ließ für Isenwalds Verhältnisse ziemlich lange auf sich warten.

»Nein«, sagte sie schließlich. »Ich möchte, dass Sie persönlich ein Gedächtnisprotokoll über jeden Kontakt zu Frau Kindel anfertigen und mir zukommen lassen. Offiziös.«

»Ungern«, sagte Schwemmer. Offiziös reichte nie, um was zu erreichen, aber immer, um Ärger zu bekommen.

»Wir sollten vermeiden, unvorbereitet in eine Grube zu fallen«, sagte Isenwald.

»Sie meinen, ich soll die Grube vorbereiten, in die ich

dann geschubst werde?«, fragte Schwemmer ohne jede Ironie.

»Vielleicht sollten wir das nicht am Telefon besprechen«, sagte Frau Isenwald, und Schwemmer stimmte ihr zu.

»Lassen Sie uns abwarten, was die Untersuchung der Haare ergibt, dann reden wir noch mal«, schlug Isenwald vor, und Schwemmer wunderte sich über ihren ungewohnt konzilianten Ton.

Man verabschiedete sich, und er legte auf. Die Ellbogen aufgestützt, senkte er den Kopf und strich sich mit beiden Händen durch die Haare. Dann stand er auf. Langsam ging er zur Vorzimmertür und öffnete sie.

Frau Fuchs saß vor ihrem Computer und tippte. Schwemmer blieb schweigend in der Tür stehen, und Frau Fuchs wagte nicht, ihn anzusehen. Angestrengt starrte sie auf den Bildschirm und hackte auf ihre Tastatur ein. Fast eine halbe Minute hielt sie das durch, dann wurde ihr Tippen langsamer und hörte dann ganz auf. Sie senkte den Kopf. Immer noch sah sie Schwemmer nicht an.

»In einer halben Stunde will ich jeden, der irgendwie abkömmlich ist, in der Kantine haben«, sagte Schwemmer.

Frau Fuchs nickte und zog die Nase hoch. Auf ihren Wangen zogen ein paar Tränen ihre glänzenden Spuren.

Schwemmer ging zurück in sein Zimmer und zwang sich, die Tür nicht zuzuknallen. Er hatte sich gerade hingesetzt, als nach einem nachlässigen Klopfen Kommissar Dräger von der Spurensicherung hereinkam. Er warf sich lässig in einen der beiden Besucherstühle und grinste Schwemmer gut gelaunt an.

»Was ist das denn für eine Geschichte mit der Seherin?«, fragte er.

Dräger war erst seit anderthalb Jahren in Garmisch, also in Sachen Johanna Kindel noch unbeleckter als Schwemmer. Aber seine Nonchalance ging Schwemmer gegen den Strich. Er hätte sich kaum gewundert, wenn Dräger die Füße auf seinen Schreibtisch gelegt hätte, und momentan fehlte es ihm an Toleranz für solche Entspanntheiten.

»Es gibt keine Geschichte«, blaffte er, und seine Miene brachte Dräger ungehend dazu, das Grinsen abzustellen.

»Das scheint ja ein großes Ding gewesen zu sein, damals«, sagte er ernsthaft.

Schwemmer nickte bestätigend. »Gibt es irgendwas zu der Grabschändung, das ich noch nicht weiß?«, fragte er dann.

»Zwei brauchbare Fußspuren. Die sind sicher. Auf dem Kreuz waren so viele Fingerabdrücke, dass wir da vielleicht auf einen Zufallstreffer hoffen können. Eigentlich war das alles ziemlich unspektakulär. Einfach nur ein Loch.« Dräger zuckte die Achseln. »Aber gab's denn irgendwas von der Seherin?«, fragte er, und Schwemmer merkte sehr wohl, wie mühsam der junge Kommissar seine Neugierde im Zaum hielt. »Irgendwas wird's doch gegeben haben, da droben.«

»Da droben?«, fragte Schwemmer, mehr der Form halber.

»Na ja, Felberkopf, oder wie das da heißt.«

Dräger stammte ursprünglich aus Niedersachsen. Für ihn war ein Berg wie der andere: in erster Linie im Weg.

Schwemmer zog die flache Schreibtischschublade auf

und warf Dräger die drei Plastiktüten zu: seine beiden verschlossenen und den offenen Gefrierbeutel, den Frau Kindel mitgebracht hatte.

»Fundort: Boden. Schotter und Erdreich, wird befahren, aber nicht oft«, sagte er.

Dräger sah sich die Haare und die rotbraune Masse in den Beuteln an. Er führte die Beutel bis auf wenige Zentimeter an die Augen, dann steckte er sie in die Tasche seiner braunen Tweedjacke und grinste Schwemmer an.

»Könnte schnell gehen«, sagte er und stand eilig auf.

»Moment noch«, sagte Schwemmer, als Dräger schon an der Tür war.

Dräger sah ihn an und nickte ergeben: Ihm war klar, was Schwemmer zu sagen hatte.

Dräger war geschieden und lebte seit einem knappen Jahr wieder mit einer Frau zusammen. Natürlich wäre das keinerlei Erwähnung wert, arbeitete die Dame nicht bei der Staatsanwaltschaft München und hörte auf den Nachnamen Isenwald.

»Ich habe grade alle in die Kantine beordert«, sagte Schwemmer. »Das gilt auch für Sie. Und was ich da sagen werde, gilt ganz *besonders* für Sie.«

Dräger nickte höflich, dann ging er hinaus.

* * *

Schwemmer trabte so energisch wie grantig die Treppe hinauf. Sein kollektiver Anpfiff in der Kantine hatte nicht länger als drei Minuten gedauert. Seine Leute hatten stumm zugehört, ein paar, die sich unschuldig fühlten, hatten gefeixt, aber einige, ganz besonders Frau Fuchs, hatten ziemlich schuldbewusst dreingeschaut.

Wenn er ehrlich war, war es ihm genauso um seine eigene Psychohygiene gegangen wie um die disziplinarische Maßnahme. Er hatte Dampf abgelassen, wie Burgl ihm das immer riet, und die Rede war ihm in seinem gerechten Zorn wohl auch ganz eindrucksvoll gelungen. Trotzdem machte er sich keine Illusionen, was ihre Nachhaltigkeit anging. Aber für die nächsten Tage wenigstens würden sich Frau Fuchs und ihre Mittäter zurückhalten, sodass er mit ein bisschen Glück die Seherinnen-Geschichte aus der Tür hatte, bis die Diskretion der Dienststelle das nächste Mal leckschlug.

Er setzte sich entschlossen an den Schreibtisch und begann mit der Erledigung der undelegierbaren Aufgaben eines EKHK: Beurteilungen schreiben, Belobigungen aussprechen, Kopierpapier bestellen. Er hatte gerade ein Achtel seines notwendigen Tagespensums erledigt, als Schafmann reinkam.

»Der Zeuge aus Grainau hat angerufen«, sagte er mit einem schiefen Grinsen. »Die Satanisten haben wohl grade Probe.«

»Fährst du hin?«

»Eigentlich wollt ich kurz zum Arzt«, sagte Schafmann. »Wegen meinem Zeh.«

Schwemmer senkte den Blick auf die Papiere vor sich und schwieg. Schafmann war ein guter Polizist und ihm bei Weitem der liebste der Kollegen, aber seine Hypochondrie war nervenzehrend.

Wenn er sich wenigstens mal krankschreiben lassen

würde, dachte Schwemmer. Rennt von Arzt zu Arzt, und wenn er wirklich mal was hat, spielt er den Helden.

»Und? Wen schickst du?«, fragte Schwemmer.

»Ich hab keinen«, sagte Schafmann. »Der eine ist bei einer Vernehmung, einer hat frei und der andere Grippe.«

Schwemmer verstand. Er wollte gerade ausholen, Schafmann zur Verschiebung seines Arzttermins zu verdonnern, als er dem Kollegen in die Augen sah. Schafmann zwinkerte ihm leicht zu, und Schwemmer begriff, was hinter der plötzlichen Personalnot steckte.

Geh einfach mal an die Luft, bedeutete Schafmanns Blick; nutz die Gelegenheit und lenk dich mal ab. Mach mal was anderes. Könnte doch ganz lustig werden.

»Na schön«, sagte Schwemmer betont dienstlich. »Wenn du keinen hast, dann muss *ich* das ja wohl machen. Gibt es schon einen Bericht?«

Schafmann hatte ihm das Papier auf den Tisch gelegt, bevor er den Satz beendet hatte.

»Dann bin ich mal weg«, sagte Schafmann. Er lächelte Schwemmer zu, dann war er aus der Tür.

Schwemmer überflog den dünnen Bericht, dann machte er sich auf den Weg nach Grainau.

* * *

Wenn Johanna Kindel aufgesehen hätte, hätte sie das Fenster von Schafmanns Büro sehen können. Aber sie sah nicht auf. Sie stand mit gesenktem Kopf vor dem Grab der Familie Kindel.

»Theodor Kindel«, stand auf dem Marterl, »1935–1999«. Und »Sabine Kindel, 1974–1999«.

Sie betete, was ihr nirgendwo schwerer fiel als hier. Aber sie tat es, wie sie es immer getan hatte, rang sich ein monotones Gebet ab, in der Hoffnung, es würde nicht schaden.

Zwei emaillierte Fotos waren auf dem Kreuz befestigt. Eines zeigte eine junge Frau von herber Schönheit, deren melancholischer Blick den Betrachter direkt zu durchschauen schien.

Auf dem anderen war ein kräftiger, gut aussehender Mann in seinen Sechzigern zu sehen, er hatte volles, dunkles Haar ohne eine einzige graue Strähne und ein warmes Lächeln, das Johanna immer noch das Herz brechen konnte, wenn die Erinnerung daran zu stark wurde.

Johanna strich sanft über die Bilder ihres Mannes und ihrer einzigen Tochter, dann ging sie in die Hocke, zupfte ein paar Unkräuter und richtete den Strauß in der Steckvase.

»I woaß ned, was i machn soll, Theo«, murmelte sie.

Johanna schloss die Haustür auf. In der Diele streifte sie sich die Schuhe von den Füßen und stellte sie ordentlich nebeneinander in den Schuhschrank unter dem runden Spiegel. Dabei rückte sie Dannis Sandalen und Severins schwarze Basketballschuhe an ihre Plätze. Dann streifte sie ihre Filzlatschen über und ging in die Küche.

Danni hatte am Nachmittag Sport und würde über Mittag bei einer Schulfreundin bleiben. Severin hatte gesagt, er habe Probe, was bedeutete, dass sie nicht die geringste Ahnung hatte, wann er nach Hause kommen würde.

Du musst was essen, sagte sich Johanna und bereitete sich eine Brotzeit mit einer Tasse Schnellkaffee. Aber als sie die Brotscheiben und den Schinken ansah, verließ sie jeder Appetit. Sie musste sich regelrecht zwingen zu essen. Wenigstens die Wärme des Kaffees tat ihr wohl.

Sie aß auf und schob dann ihren Stuhl ans Telefon. Erneut wählte sie die Nummer der einzigen Familie Speck im Telefonbuch an. Dieses Mal meldete sich eine Frauenstimme

»Griaß Gott, i bin de Kindel Johanna«, meldete sie sich so unbefangen wie möglich. »I woaß ned, ob i da richtig bin bei Eane. I such an Oliver Speck.«

»Ja, das ist mein Sohn«, antwortete die Stimme. »Hat er wieder was angestellt?«

»Na …« Johanna brachte ihre kleine vorbereitete Notlüge vor. »I hab nur a Joppn gfundn, bei unserm Buam, dem Severin, und i hab dacht, des konnt scho de vom Oliver sei. Aber i bin gar ned sicher, ob's wirklich da Oliver … weil, se hoaßn eam ganz anders …«

Olivers Mutter ließ ein kleines, trauriges Lachen hören. »Ach ja. Spacko nennen die Buben ihn. Das findet er gar nicht lustig.«

»I hab eam lang ned mehr gsehn«, sagte Johanna vorsichtig.

»Ich auch nicht.« Frau Speck räusperte sich, dann zog sie die Nase hoch.

»Frau Speck, i …« Johanna suchte nach Worten, aber sie wusste nicht, was sie sagen sollte. Aber dann brach es aus Frau Speck hervor.

»Ich hab doch alles versucht. Ich weiß nicht mehr, was

ich machen soll.« Johanna konnte sie kaum verstehen durch ihr Schluchzen. »Letztes Jahr hat er die Schule hingeworfen, und mein Mann hat ihm gesagt, dann machst halt eine Lehre, und erst hat er ja auch gut gearbeitet, hat der Meister gesagt, aber seit drei Wochen ist er nimmer da gewesen. Wenn mein Mann das erfährt. Der ist auf Montage. Ich hab mich noch gar nicht getraut … Und jetzt …«

Frau Speck brach nun vollends in Tränen aus, und Johanna fühlte einen immer härter werdenden Kloß im Hals.

»Und jetzt ist er seit zwei Tagen nicht mehr zu Haus gewesen, und ich weiß nicht, wo er steckt«, schluchzte Frau Speck.

»Warns denn scho bei der Polizei?«

»Nein! Ich kann doch nicht … ich mein, er ist doch schon siebzehn, da kann ich doch nicht … vielleicht ist er ja nur bei einem Mädel …«

»Gehens zur Polizei. Bittschön. Sonst müssens Eana am End Vorwürf macha.«

»Was glaubens denn, was ihm passiert sein könnte?«

»I woaß ned …«

Frau Speck schwieg eine Weile. Ein paarmal hörte Johanna sie die Nase hochziehen. »Ich schau mal … Danke für Ihren Rat. Pfüat Eana«, sagte sie dann und legte auf.

Johanna saß auf ihrem Stuhl und senkte den Kopf. Eine halbe Minute verharrte sie so. Dann riss sie sich zusammen. Sie nahm den Hörer wieder ab und wählte die Nummer der Polizeiwache.

Hauptkommissar Schwemmer war nicht im Haus, wurde ihr von seiner Sekretärin mitgeteilt. Sie wunderte sich ein wenig, wie abweisend die Dame war. Am Morgen war sie noch so zuvorkommend gewesen. Sie hinterließ die Nachricht, Oliver Speck sei seit zwei Tagen nicht zu Hause gewesen.

Dann stand sie auf, ging in die Waschküche und warf Sechzig-Grad-Wäsche in die Maschine. Etwas Besseres gab es jetzt nicht zu tun für sie.

* * *

Es war eine kleine, alte Fabrikhalle. Sie stand außer Sicht der nächsten Wohnhäuser, nah am Waldrand im Schatten des Zugspitzbahndepots. Vor der schweren Stahltür wartete sichtbar ungeduldig ein Mann auf Schwemmer. Es war Herr Gärtner, ein hagerer Endfünfziger mit dichtem grauem Haar, festem Händedruck und empörtem Gesichtsausdruck.

»Seit einer Stund sind die zugange, da unten«, sagte er. »Ich hab aufgepasst. Es ist keiner rausgekommen.«

»Nett, dass Sie hier Wache schieben«, sagte Schwemmer. »Was hätten Sie denn unternommen, wenn einer rausgekommen *wäre*?«

Der Mann sah ihn verblüfft an. Darüber hatte er sich offenbar noch keine Gedanken gemacht.

»Wieso glauben Sie denn eigentlich, das seien Satanisten?«, fragte Schwemmer.

»Schaun Sie die halt an«, antwortete Herr Gärtner nur.

»Sie meinen, die sehen so aus?«

»Freilich.«

»Und wie sehen Satanisten aus?«

»Na, so wie diese Burschen! Ich bin mal da unten gewesen…« Er wies auf die Stahltür. »Die haben ein Pentagramm an der Wand!«

»Dann will ich das mal überprüfen«, sagte Schwemmer.

»Sie sollten da nicht alleine runtergehen«, sagte Gärtner, als Schwemmer die schwere Stahltür aufschob.

»Machen Sie sich keine Sorgen, ich bin bewaffnet«, antwortete Schwemmer. Das stimmte zwar nicht, schien ihm aber passend.

»Ich wart hier«, sagte Gärtner entschlossen.

Schwemmer nickte ihm dankbar zu und schloss die Tür wieder hinter sich. Drinnen schüttelte er mit leisem Lachen den Kopf über seinen besorgten Leibwächter. Eine einzelne nackte Glühbirne erhellte die Treppe, die hinter der Tür in den Keller hinunterführte. Die unverputzten Betonwände waren von Graffiti bedeckt, deren Botschaft sich ihm nicht erschloss. Als er den Fuß auf die erste Stufe setzte, ertönte von unten ein dumpfes Dröhnen, das bald darauf von einem scharfen Sirren begleitet wurde. Dann setzte schneidend grell eine Rhythmusgitarre ein.

Schwemmer ging die Treppe hinab. Mit jedem Schritt wurde das Dröhnen lauter. Unten, gegenüber dem Treppenabsatz, war tatsächlich ein großer fünfzackiger schwarzer Stern auf rotem Grund an die Wand gesprüht. Das von einem Kreis umgebene weiße A in seiner Mitte zeigte allerdings, dass es sich um etwas ganz anderes als ein Pentagramm handelte. Aber Schwemmers Erinnerungen an solche Sterne waren auch so nicht sehr positiv. Zum ersten Mal hatte er es als Leiter einer Bereitschaftshundertschaft in Wackersdorf damit zu tun gehabt.

Der Gang bog nach links ab und endete vor einer weiteren Stahltür, hinter der offenbar die Quelle des Getöses lag. Die Tür hatte einen festen Knauf statt einer Klinke. Schwemmer pochte dagegen, aber er merkte sofort, dass dies sinnlos war. Gegen den Lärm im Innern kam er nicht an.

Er wartete auf eine Pause, in der sein Klopfen gehört werden konnte, aber für lange Zeit kam keine.

Mittlerweile erkannte er eine gewisse Struktur in dem Lärm. Er vermutete, dass es sich um einen Bass und zwei Gitarren handelte, ein Schlagzeug hörte er nicht. Dann fing jemand an zu brüllen, eine tiefe, kehlige Stimme, die sich aber kaum gegen die Instrumente durchsetzen konnte. Ein Text war nicht zu verstehen.

Schwemmer hörte nur halb zu. Er mochte Phil Collins. Zu »richtiger« Rockmusik fehlte ihm irgendwie der Zugang. Einmal hatte Burgl ihn mitgeschleift zu einem AC/DC-Konzert ins Olympiastadion, und er hatte sich ziemlich gelangweilt. Auf Burgls mitleidigen Blick hatte er etwas von »zu alt für so was« gemurmelt, was sie mit der Feststellung konterte, dass vier der fünf Mitglieder von AC/DC älter seien als er.

Schwemmer zuckte für sich die Achseln. Man muss ja nicht alles gut finden, dachte er.

Als Bub hatte sein Vater ihn bei der Musikkapelle Garmisch abgegeben, mitsamt dem alten »Infanterie-Cello«, wie er das Baritonhorn nannte, das seit Generationen in der Familie Schwemmer weitervererbt wurde. Der kleine Hausl hatte sich sehr bemüht, aber als er sich vier quälende Jahre später in Richtung des 1. FC verabschiedete, war auf beiden Seiten eine große Erleichterung spür-

bar gewesen. Nur sein Vater schien enttäuscht und über-
eignete das Bariton Schwemmers Vetter Sebastian. Der
spielte zwar auch nicht besser, aber dem machte es wenigstens Spaß. Er war allerdings auch schon sechzehn und
durfte bei den Proben Bier trinken.

Schwemmer trat von einem Fuß auf den anderen. Vielleicht vermochte er die Qualität des Stückes, das durch die
Tür dröhnte, nicht zu beurteilen, aber eines war es gewiss:
lang. Gitarrensolo folgte auf Strophe folgte auf Gitarrensolo. Er versuchte sich vorzustellen, wie das Ganze klänge,
wenn auch noch ein Schlagzeug mitspielte. Es würde zumindest noch lauter.

Urplötzlich, ohne erkennbaren Anlass, endete die Musik. Schwemmer trat sofort an die Tür und klopfte kräftig.
Einige Augenblicke später wurde von einem jungen Mann
geöffnet, der wohl gerade über eine Bemerkung lachte, die
jemand im Raum gemacht hatte. Er sah Schwemmer zunächst gar nicht an, offenbar erwartete er jemand anderen.
Erst als er aus den Augenwinkeln seinen Irrtum erkannte,
fuhr sein Kopf herum. Sofort stellte er sich in die Tür und
zog diese zu sich heran, so, dass Schwemmer kaum in den
Raum hineinschauen konnte.

Der junge Mann sagte nichts. Er mochte zweiundzwanzig sein. Seine Haare waren an den Seiten kurz geschoren,
oben eine Handbreit lang und blutrot gefärbt. Er trug eine
abgewetzte schwarze Lederhose, an deren Gürtelschlaufen
silberne Ketten baumelten. Sein schwarzes T-Shirt war
mit einem Monsterschädel bedruckt, unter dem etwas in
einer unentzifferbaren Schrift stand. Er sah Schwemmer
schweigend an.

»Wer isn da?«, fragte eine Stimme im Raum.

»Keine Ahnung«, sagte der junge Mann kühl.

Schwemmer zog seinen Dienstausweis.

»Schwemmer, Kripo Garmisch«, sagte er. »Darf ich reinkommen?«

Im Gesicht seines Gegenübers arbeitete es. »Eigentlich nicht…« Er drehte den Kopf. »Das ist ein Bu… Polizist«, rief er in den Raum, worauf von dort ein unterdrückter Fluch zu hören war.

»Tja«, sagte Schwemmer.

»Ich muss Sie nicht reinlassen, oder?«

»Nein.« Schwemmer sah ihn freundlich an. Etwas freundlicher sogar, als ihm zumute war. »Aber es würde eine Sache unnötig verkomplizieren, von der ich noch nicht mal weiß, ob es überhaupt eine Sache ist.«

»Muss ich das verstehen?« Der Blick des jungen Mannes war wach und vorsichtig, und Schwemmer nahm das genau wahr. Der Bursche war clever.

»Würden Sie mir Ihren Namen sagen?… *Das* müssen Sie«, setzte Schwemmer hinzu, als der junge Mann zögerte.

»Schieb«, sagte der nur. »Siegfried.«

»Sind Sie der Besitzer dieses Gebäudes?«

»Nein, das gehört meinem Onkel.«

Schwemmer nahm einen süßlichen Geruch wahr, der aus dem Proberaum kam.

»Wie gesagt, Sie müssen mich jetzt nicht reinlassen. Ich würde es Ihnen aber raten. Es wäre völlig formlos. Wenn ich aber wiederkommen müsste, wäre es *sehr* förmlich. Wahrscheinlich wäre dann auch ein Kollege vom RD dabei.«

»Eine Drogenrazzia? Hier?« Der junge Mann lachte und hob Schwemmer spöttisch beide Hände entgegen. »Nehmen Sie mich einfach fest, das ist für alle einfacher.«

Schwemmer versuchte, sich nicht anmerken zu lassen, wie gut ihm die Idee gefiel.

»Ich will nur mit Ihnen sprechen. Mit Ihnen allen.«

Herr Schieb zögerte noch ein wenig, dann gab er die Tür frei. Schwemmer trat in den Proberaum.

Es war nichts auf Anhieb Auffälliges darin zu entdecken. Neben Schieb waren noch zwei junge Männer da, ein paar Jahre jünger als er, siebzehn oder achtzehn, schätzte Schwemmer. Beide hatten lange schwarze Haare, glatte der eine, der eine Gitarre umhängen hatte, lockige der andere, der gerade seinen Bass an eine imposante Lautsprecherbox lehnte. Beide waren ähnlich gekleidet wie Schieb, also überwiegend in Schwarz.

An die Wände waren alte Teppiche genagelt, darauf klebte ein gutes Dutzend Konzertplakate von Bands, die Schwemmer nicht kannte, düster designed, mit gotisch wirkenden Schriftzügen. Schwemmer gelang es, die Namen »Brutal Truth« und »Terrorizer« zu entziffern, dann gab er es auf. Das alles wirkte weniger bedrohlich als postpubertär. Es gab weder Kerzen noch Pentagramme, Altäre oder Ähnliches. Außerdem war es für Satanismus einfach zu unaufgeräumt. Zumindest für Schwemmers Vorstellung davon. Der niedrige, fensterlose Raum war vollgestellt mit Verstärkern und Instrumenten. Die Luft war verbraucht und klamm. Ein Schlagzeug mit zwei riesigen Basstrommeln und zahllosen Becken nahm den meisten Platz ein. Es saß aber niemand dahinter. Auf den meisten der Verstärker stand je ein überquellender Aschenbecher. In einer der hinteren Ecken warteten Dutzende leerer Bierflaschen darauf, in Pfand eingetauscht zu werden. Daneben ein flaschenbetriebener Gasofen, der nicht lief. Außer einem uralten, verschlissenen Sofa gab es keinerlei Möbel. Ein ganz normaler Proberaum, genau wie die meisten, die Schwemmer bisher gesehen hatte.

Er sah die drei Musiker freundlich an, aber deren Mienen blieben misstrauisch bis feindselig. Schwemmer stellte sich mit Rang und Namen vor.

»Wie heißt Ihre Band denn?«, fragte er dann.

»›Rattenbrigade‹«, nuschelte Herr Schieb.

Schwemmer lachte ungläubig.

»I glab ned, dass Eane des gfalln tat, wos mir da macha«, sagte der andere Gitarrist trotzig.

»Zum Musikhören bin ich nicht gekommen«, antwortete Schwemmer fröhlich.

»Zwegs wos nachad?«, fragte der Gitarrist.

»Würden Sie mir Ihren Namen sagen?«, fragte Schwemmer und zog seinen Notizblock.

»I? I bin da Schober Girgl«, erhielt er zur Antwort.

»Georg Schober, Siegfried Schieb«, notierte Schwemmer.

»Und? Wos wollns jetzt?«

»Es hat gestern Nacht einen Zwischenfall auf dem Friedhof drüben gegeben«, sagte Schwemmer. »Weiß einer von Ihnen etwas darüber? Haben Sie vielleicht etwas gesehen? Oder einen Hinweis?«

»An Zwischenfall aufm Friedhof? Wos hoaßt des?« Der

Schober Girgl lachte auf. Plötzlich wirkte er erheblich entspannter. »Hod da Gärtner wida Gspenster gsehn?«

Auch Schieb lachte. Es klang erleichtert. Der jähe Stimmungsumschwung im Raum war bemerkenswert.

»Es gab eine Grabschändung«, sagte Schwemmer ernst. »Das ist keine Bagatelle. So etwas wird von uns sehr ernst genommen.«

»A Grabschändung! Und da kimmts zerscht zu uns. Des is fei logisch.«

»Wir haben einen Hinweis bekommen. Und den überprüfen wir.«

»Wos hat Eane der Gärtner denn verzählt? Mia san Satanisten?«

»Nein. Nur, dass Sie so aussähen.«

Die drei lachten.

»Mia spuiln koan Death-Metal. Mia spuiln Grindcore«, sagte Schober. »Mia ham nix am Huat mit dene depperten Teifianbeter.«

»Mia san politisch«, setzte der Bassist ernst hinzu Es waren die ersten Worte von ihm, seit Schwemmer im Raum war.

Schwemmer nickte. Nicht, dass er inhaltlich wirklich verstanden hätte, was gerade gesagt worden war, aber sein Gefühl sagte ihm, dass die drei beim Thema Friedhof ein reines Gewissen hatten. Das warf allerdings die Frage auf, welches Thema sie zuvor so bedrückt hatte. Es mochte das Haschisch sein, das gewiss mindestens einer von ihnen in der Tasche hatte. Aber irgendwie glaubte Schwemmer das nicht so ganz. Er musterte einen nach dem anderen.

»Würden Sie mir auch Ihren Namen sagen?«, fragte er den Bassisten.

»Severin Kindel«, antwortete der.

»Kindel?« Schwemmer zog die Brauen hoch. »Sind Sie verwandt mit Johanna Kindel?«

Der Junge nickte verdrossen. »Mei Großmama.«

Das ist ja ein Ding, dachte Schwemmer. Er sah zu dem unbemannten Schlagzeug.

»Und Ihr Trommler fehlt heute?«, fragte er.

»Kimmt z' spat, wie oiwei«, maulte Schober.

»Heißt er zufällig Oliver Speck?«

Die drei sahen ihn überrascht an.

»Kennens den?«, fragte Schober.

»Nur dem Namen nach. Erwarten Sie ihn noch?«

»Der kimmt ned imma. Der is a bisserl larifari«, sagte Schober. »Da Spacko nimmt des ois ned so ernst.«

»Ned ernst gnug jedenfalls«, sagte Kindel.

»Interessieren Sie sich tatsächlich für unsere musikalischen Interna?«, fragte Schieb. Er schien sich für denjenigen zu halten, der hier das Sagen hatte.

»Haben Sie Herrn Speck heute schon gesehen?«, fragte Schwemmer.

»Heit? Na. Heit ned«, sagte Schober.

Auch die beiden anderen schüttelten den Kopf.

»Und gestern?«

»Warum fragen Sie das?«

»Tut nichts zur Sache«, sagte Schwemmer. »Haben Sie ihn gestern gesehen?«

»Ja«, sagte Schieb. »Gestern war er hier.«

Schwemmer nickte und sah sich noch einmal um. Aber

nach wie vor konnte er nichts entdecken, was ihm irgendwie verdächtig vorgekommen wäre. »Dann will ich nicht weiter stören.« Er ging zur Tür. »Viel Erfolg für Ihre Band«, sagte er, die Klinke der offenen Tür schon in der Hand. »Aber das mit dem Haschisch sollten Sie lassen, in Zukunft.«

Er schloss die Tür hinter sich. Einer der Gitarristen schickte ihm einen wütend heulenden Akkord hinterher.

Schwemmer legte noch das Ohr an die Metalltür, aber falls drinnen ein Gespräch geführt wurde, war es für ihn nicht hörbar.

Er stieg die Treppe hinauf. Als er aus dem Haus trat, sah ihn Herr Gärtner erwartungsvoll an.

»Haben Sie die nicht verhaftet?«, fragte er.

»So weit sind wir noch nicht«, sagte Schwemmer, und Gärtner nickte verständnissinnig.

»Klar«, murmelte er. »Da braucht man mehr Leute für...«

* * *

Auf dem Weg zurück zur Wache fuhr Schwemmer seinen Passat erst in die Waschstraße an der B 23, um den Staub der Feldernkopfstraße loszuwerden. Dann hielt er beim Krois Ferdl, dem Weinhändler seines Vertrauens.

»Wieso versteift ihr euch eigentlich immer so auf Bordeaux?«, fragte Ferdl, nachdem Schwemmer ihn um Rat wegen der fälligen Nachrüstung seines Weinkellers gefragt hatte. »Wenn du das gleiche Geld für einen Spanier ausgibst, bist du eigentlich immer besser bedient.«

Schwemmer verzog in stillem Protest den Mund. Im Prinzip hatte der Ferdl natürlich recht, aber aus einem Spanier machte auch der beste Preis der Welt keinen Bordeaux. Was Wein anging, pflegte Schwemmer seine Vorurteile, und für ihn schmeckte Rioja irgendwie nach Spanplatte.

Aber der Ferdl ignorierte seine schiefe Lippe einfach und marschierte in seinen Laden hinein. Schwemmer trottete hinterher.

»Hier!« Ferdl streckte ihm zwei Flaschen entgegen. »Ein 04er Crianza. Ribera del Duero. Zweiundzwanzig Euro die Flasche. Für dich neunzehn, wenn du zwölf Stück nimmst.«

»Crianza? Schon wieder Barrique …«, maulte Schwemmer.

»Jetzt probier ihn halt mal!« Der Krois Ferdl sah ihn an wie eine Mutter ihr Kind, das seine Suppe nicht essen will. Und so nahm Schwemmer ihm brav die beiden Flaschen aus der Hand und folgte ihm zur Kasse.

Er sah auf die Uhr. Es war Feierabend, aber er würde auf jeden Fall noch einmal im Büro vorbeischauen. Er brachte es nicht fertig, nach Hause zu gehen, ohne sich persönlich versichert zu haben, dass sein Schreibtisch wirklich leer gearbeitet war.

Er fand aber nichts darauf außer einigen Telefonnotizen von Frau Fuchs, darunter die unerfreuliche Auskunft von Johanna Kindel, dass Oliver Speck seit zwei Tagen nicht zu Hause gewesen sei. Schwemmer hatte kaum in seinem Drehstuhl Platz genommen, als ein gut gelaunter Kommissar Dräger hereinkam und sich grinsend in den Besucherstuhl fallen ließ. Dräger war in der Dienststelle dafür berüchtigt, das Wort »Feierabend« nicht im aktiven Wortschatz zu führen.

»Ich habe eine ungefähre Vorstellung vom Tatablauf«, sagte er.

Schwemmers Augenbrauen wanderten fragend in die Höhe.

»Ich nehme an, der Täter hat das Opfer mit dem Auto überrollt.«

»Das können Sie aus dem bisschen erkennen, was ich Ihnen da mitgebracht habe?«, fragte Schwemmer. »War es denn überhaupt Blut?«

»Oh ja! Ich denke, es lief folgendermaßen ab: Der Täter kam aus dem Wald. Zunächst hat er seiner Begleitung die Kletten aus dem Haar gezupft und diese auf den Boden geworfen. Dann ist er in sein Auto gestiegen und hat den Frosch überfahren.«

»Frosch?«, fragte Schwemmer.

»Und bei der Begleitung dürfte es sich um einen Setter gehandelt haben. Hundehaare, die in Amphibienblut kleben. Das war alles.«

»Und wo ist der Frosch?«, fragte Schwemmer lahm.

»Im Profil der Reifen, würde ich annehmen. Theoretisch kann auch jemand draufgetreten haben. Aber der hätte sich den Frosch wahrscheinlich aus der Sohle gepult. Dann hätten Sie ihn da gefunden.«

»Ich hab ja gesagt, dass nix ist«, brummte Schwemmer. »*Das* dürfen Sie Frau Isenwald ruhig erzählen heut Abend.«

Dräger stand in seiner elastischen Art auf.

»Wir reden privat nicht über die Arbeit«, sagte er. »Das musste ich ihr versprechen. Wenn ich mich nicht dran halte, flieg ich raus.«

Mit einem Lachen ging er aus der Tür.

Schwemmer betrachtete nachdenklich sein Telefon und überlegte, ob er Johanna Kindel anrufen sollte, um ihr Drägers Erkenntnisse mitzuteilen. Aber er ließ es bleiben.

* * *

»Geht's dir besser, Großmama?«, fragte Danni mit der ernsten Besorgnis einer Zehnjährigen.

»Viel besser.« Johanna lächelte sie an, aber Dannis Miene blieb skeptisch. Sie griff nach ihrem Milchglas und nahm einen tiefen Schluck.

»I hab ein Tor geschossen«, sagte sie, einen breiten Milchbart auf der Oberlippe.

»Und? Habts gwonnen?«

»Na. Unentschieden, glaub i.«

Das Telefon läutete, und wie immer war Danni blitzartig von ihrem Platz auf der Bank herunter.

»I geh dran!«, rief sie. »Danni Kindel«, meldete sie sich.

Johanna schmunzelte, wie immer, wenn sie das Kind so ernsthaft den großen Hörer ans Ohr halten sah.

»Die Frau Speck«, sagte Danni und hielt ihr den Hörer hin.

Johanna nahm den Hörer und meldete sich.

»Grüß Gott, Frau Kindel«, hörte sie Frau Speck sagen. »Ich wollt nur sagen, der Oliver hat mir gesagt, das wär nicht seine Jacke.«

»Is der denn wieda do?« Unwillkürlich spannten sich Johannas Muskeln an. Da Bua lebt, dachte sie.

»Er ist grad heimgekommen War bei einem Freund, sagt er.«

»Des gfreit mi aber arg für Eane.«

»Dankschön, Frau Kindel. Ich bin auch arg erleichtert. Es war lieb, dass Sie angerufen haben wegen der Jacke. Servus!«

»Servus«, sagte Johanna und legte auf.

»Was war denn?«, fragte Danni mit vollem Mund, die Lippen nun voller Nutella.

»Ach, nix für di«, antwortete Johanna leichthin. »Wisch dir liaba d'Goschn ab.«

Danni wischte mit ihrer Papierserviette den Mund ab und lachte, als sie die dunkelbraunen Nougatspuren darin sah.

»Darf i fernsehn?«, fragte sie dann, und Johanna nickte.

»Super«, quiekte Danni. Das Brot noch in der Hand, stürmte sie aus der Küche in die Wohnstube hinüber.

Johanna schloss die Tür hinter ihr und setzte sich an den Tisch. Sie brauchte Ruhe zum Nachdenken. Zuerst überlegte sie, Hauptkommissar Schwemmer anzurufen, aber dann ließ sie es bleiben. Sie musste sich zuerst klarwerden, was zu tun war.

Oliver Speck war nicht ermordet worden.

Sehen Sie, würden sie ihr auf der Polizei sagen, da haben Sie also danebengelegen, Frau Kindel. Wieder mal. Das kennen wir ja mittlerweile. Aber Johanna wusste es besser.

Oliver Speck war nicht ermordet worden.

Er würde ermordet werden.

* * *

Schwemmer bückte sich, um durch die Scheibe des Backofens einen Blick auf die verlockend knusprig aussehenden Entenkeulen darin zu werfen.

»Viertelstunde noch«, murmelte er und sah auf die Küchenuhr. Dann setzte er das Wasser für die Nudeln auf.

Burgl saß sehr aufrecht auf dem Stuhl am Küchentisch und schnitt Tomaten klein, vor sich auf dem Tisch ein Glas Rotwein, an dem sie bisher nur gerochen hatte.

»Vielleicht hat der Ferdl ja recht«, sagte sie.

»Das werden wir gleich feststellen.«

Schwemmer nahm sein Glas, das er auf der Arbeitsplatte geparkt hatte, und setzte sich zu ihr.

Er nahm noch eine Nase von dem neuen Spanier, dann stieß er sein Glas an Burgls.

»Nieder mit der Hexe«, sagte er.

Sie lachten beide und nahmen einen ersten Schluck.

Burgl nickte anerkennend. Aber Schwemmer war nicht zufrieden.

»Für zweiundzwanzig Euro hatt ich schon ein bisschen mehr erwartet«, brummte er. »Vorn ist er ja schön voll, aber hinten fehlt's.«

»Der braucht noch Luft«, sagte Burgl.

»Überhaupt: Ich frag ihn nach einem Bordeaux bis zwanzig Euro, und er kommt mir mit einem Spanier für zweiundzwanzig.«

Burgl lachte. »Ein Geschäftsmann ist der Ferdl schon. Aber vielleicht solltest du auch mal deine Preiskategorien überdenken. Ich glaub, zwanzig Euro ist albern. Entweder zehn oder fünfzig«, sagte Burgl und fuhr mit dem Zerteilen der Rohkost fort.

Schwemmer nahm einen zweiten Schluck, der ihm schon ein wenig einleuchtender vorkam, und beschloss, mit seinem abschließenden Urteil noch zu warten. Er dachte über Burgls Bemerkung nach. Da sie höchstens zu hohen Festen mal fünfzig Euro für eine Flasche Wein ausgaben, dürfte er in Zukunft in aller Regel nur noch zehn ausgeben. Er würde das ausprobieren, zumal das seinem Gehalt auch eher entsprach.

Schwemmer trat an den Herd und warf einen prüfenden Blick in den Nudeltopf, in dem das Wasser noch ein paar Minuten vom Sieden entfernt schien. Burgl erhob sich mühsam von ihrem Stuhl und griff nach der Schüssel mit den Möhren.

»Da fällt mir ein …«, sagte Schwemmer und ging aus der Küche.

Er nahm den Autoschlüssel vom Haken neben der Tür und trat hinaus in die kühle Luft des Frühlingsabends. In der Einfahrt schloss er den Wagen auf und holte die Flasche Franzbranntwein aus der Mittelkonsole, wo er sie vergessen hatte. Als er wieder in die Küche kam, stand Burgl in verquerer Haltung am Herd und schüttete Nudeln in das sprudelnd kochende Wasser.

»Ist schon Salz drin?«, fragte sie.

»Nein. Setz dich wieder hin. Ich mach das.«

»Was ist das?«, fragte sie, als sie die Flasche in seiner Hand sah.

»Von Frau Kindel. Damit reib ich dich nachher ein. Gleich nach dem Essen. Aber nur, wenn du dich jetzt hinsetzt.«

Gehorsam schlich sie wieder zu ihrem Stuhl. Schwemmer warf eine Handvoll Salz in den Topf und rührte mit dem Kochlöffel die Nudeln durch. Er stellte die Eieruhr auf acht Minuten, dann brachte er Burgl die Flasche Arnika-Branntwein an den Tisch. Sie schraubte die Flasche auf. Als sie daran roch, kniff sie erschreckt die Augen zu.

»Huch! Das ist stark. Wie kommst du denn *daran*? Vreni hat mir erzählt, das Zeug sei super.«

»Tja…« Schwemmer berichtete ihr in kurzen Worten von Frau Kindels Besuch, den nicht vorhandenen Spuren und dem leicht beunruhigenden Anruf von Frau Isenwald.

Als die Nudeln gar waren, schwenkte er sie in dem superleckeren Steinpilzpesto, das Burgl auf dem Georgimarkt entdeckt hatte, und servierte sie zu den Entenkeulen, die er ausschließlich leicht gesalzen und dann bei niedriger Temperatur geduldig gebacken hatte. Burgl hatte den Salat aus Möhren, Tomaten, Radieschen, Äpfeln und Walnüssen schon auf zwei kleine Schüsseln verteilt und sah ihm erwartungsvoll entgegen.

»Danke fürs Kochen«, sagte sie mit warmer Stimme, als er die Teller hingestellt und sich zu ihr gesetzt hatte. »Ich würd dir ja einen Kuss geben, aber ich komm nicht dran.«

Schwemmer erhob sich und beugte sich zu ihr hin, um das Problem zu lösen.

Als er nach dem ersten Bissen Ente den nächsten Schluck von dem Crianza nahm, fand er ihn schon fast überzeugend.

Ist halt immer auch eine Frage der Stimmung, dachte er.

»Die Kindel hat ja seit damals gar nichts mehr geweissagt«, merkte Burgl zwischen zwei Bissen an.

»Was weißt *du* denn darüber?«, fragte Schwemmer.

»Nur, was die Vreni mir erzählt hat.«

»Also so ziemlich alles, nehm ich mal an.«

»Hack nicht immer auf meinen Freundinnen rum«, sagte sie, aber sie lachte dabei. »Die Kindel hat's nicht leicht«, fuhr sie ernst fort. »Ihr Mann und ihre einzige Tochter sind bei einem Autounfall ums Leben gekommen Vor neun oder zehn Jahren.«

»Oh …« Schwemmer zog die Brauen hoch. Davon hatte Schafmann ihm nichts erzählt.

»Ja. Und die Tochter hatte zwei Kinder und keinen Vater dazu. Einen Bub und ein kleines Mädchen. Die war noch ein Baby, als der Unfall passierte. Die zieht die Kindel alleine groß.«

Schwemmer rief sich das Bild der Frau in Erinnerung. Ja, da war Trauer in ihren Augen gewesen. Aber keine Resignation. Ihm war sie wie eine Kämpferin vorgekommen. Ein Mensch, der Schicksalsschläge einsteckte und dann wieder aufstand.

»Die vom Jugendamt wollten ihr die Kinder damals erst gar nicht geben. Weil sie ja diesen Ruf hatte, nach dem Prozess.«

Schwemmer seufzte. In der Haut des Sachbearbeiters hätte er auch nicht stecken wollen.

»Aber sie hat das doch irgendwie durchgedrückt«, sagte Burgl. »Vreni betreut sie seit ein paar Jahren. Sie sagt, es hätte eigentlich nie Probleme gegeben.«

»Auf den Buben sollte sie vielleicht mal ein Auge haben«, sagte Schwemmer.

»Wieso?«, fragte Burgl neugierig.

»Ist halt ein schwieriges Alter«, sagte Schwemmer und

ärgerte sich über seine Bemerkung. Dass ein Siebzehnjähriger gelegentlich einen Joint rauchte, machte ihn ja nicht zwangsläufig zu einem Fall fürs Jugendamt. Solange es nicht zur Gewohnheit wurde.

Er hatte gerade den letzten Bissen Ente in den Mund geschoben, als das Telefon im Wohnzimmer zu läuten begann.

»Ich würd ja«, sagte Burgl, »aber ich kann nicht.«

Schwemmer spülte die Ente mit einem kleinen Schluck Crianza hinunter, dann stand er auf und ging ins Wohnzimmer. Die Nummer auf dem Display war ihm unbekannt. Er nahm ab.

»Lortzig«, sagte eine tiefe Stimme am anderen Ende.

»Grüß Gott«, sagte Schwemmer, und es klang, als stünde dahinter ein Fragezeichen. Lortzig hatte ihn noch nie privat angerufen, selbst sein letzter Anruf im Büro war so lange her, dass Schwemmer sich nicht mehr an den Grund erinnern konnte.

»Das ist mir recht unangenehm, Sie privat zu belästigen, aber …« Lortzig räusperte sich umständlich. »Aber mir ist zu Ohren gekommen, dass die Kindel bei Ihnen war.«

»Ja«, sagte Schwemmer. »Das hat ein bisserl arg schnell die Runde gemacht. Schneller, als ich es mir gewünscht hätte.«

»Nun ja, Herr Kollege, aber das zeigt Ihnen schon, mit was Sie es da zu tun haben. Wenn so etwas im Raum steht …«

»Was meinen Sie mit ›so etwas‹?« Schwemmers Frage klang schärfer, als er eigentlich beabsichtigt hatte. Aber nicht schärfer, als er sie gemeint hatte.

»Ich meine, wenn Sie sich auf paranormale Phänomene einlassen. Wenn es unwissenschaftlich wird.«

»Herr Lortzig, niemand hat sich auf irgendetwas ›eingelassen‹.«

»Herr Kollege, wenn Sie nicht aufpassen, verlieren Sie ruck, zuck die Kontrolle.« Lortzig klang durchaus nicht beschwichtigend, aber Schwemmer hatte ohnehin nicht die Absicht, sich beschwichtigen zu lassen.

»Frau Kindel hat heute um ein Gespräch gebeten. Ich hab mir höflich angehört, was sie zu sagen hatte. Und ich habe festgestellt, dass es keine Grundlage für irgendwelche Ermittlungen gab. Das war alles. Hätte ich die Dame rausschmeißen sollen?«

»Vielleicht. Ich habe Sie an meinem Haus vorbeifahren sehen, heute Mittag, Sie und Frau Kindel. Nicht zufällig, sondern weil man mich vorher deshalb angerufen hatte. Ich weiß auch, dass Sie der versammelten Mannschaft die Leviten gelesen haben. Auch das hat man mir Minuten später berichtet. So viel übrigens zur Wirkung Ihres Vortrags.«

»Worauf wollen Sie hinaus, Herr Lortzig? Ich weiß, dass Sie im Haus immer noch gut vernetzt sind.«

»Herr Schwemmer, wenn *ich* das alles erfahre, wer erfährt es noch? … *Das* wollte ich Ihnen zu bedenken geben. Lassen Sie sich nicht mit der Kindel ein. Sie ist eine nette alte Dame und wahrscheinlich sogar ein guter Mensch. Aber sie wird Sie in Teufels Küche bringen. Einen schönen Abend wünsch ich Ihnen noch. Habe die Ehre, und empfehlen Sie mich Ihrer Gattin.«

Lortzig legte auf.

Schwemmer knallte den Hörer auf die Gabel. Das fehlt noch, dachte er. Er spürte einen Wutkloß im Hals.

Burgl sah ihn forschend an, als er die Küche wieder betrat. »Was ist los?«

Er setzte sich, kopfschüttelnd.

»Das war der Lortzig«, sagte er.

»Was wollte *der* denn?«

»Mich vor der Kindel warnen.«

»Und deshalb ruft der *hier* an? Abends?«

Schwemmer zuckte die Schultern und griff nach seinem Glas. »Als ob den das was anginge«, brummte er.

Burgl schob ihre Hand über seine und streichelte sie. »Heh«, sagte sie sanft. »Jetzt lass dir aber von dem nicht den Abend verderben.«

»Ja, ja«, antwortete Schwemmer und zwang sich zu einem Lächeln. »Muss man vielleicht auch verstehen, den Lortzig. Er hat ja wirklich schlechte Erfahrungen gemacht.«

»Was hättest du denn getan, an seiner Stelle?«

»Damals? Weiß nicht. Aber bestimmt hätte ich heute nicht hier angerufen.«

»Was machst du, wenn sich herausstellt, dass sie recht hat?«

»Hat sie ja nicht. Da oben gibt es keine Spur eines Verbrechens… Glaubst du als Psychologin etwa an so was?«

Burgl lachte. »Fünfundsiebzig Prozent der deutschen Bevölkerung geben an, schon mal paranormale Erlebnisse gehabt zu haben. Was heißt also ›daran glauben‹? Es gibt unerklärliche Phänomene, so viel steht fest.«

»Hältst du es allen Ernstes für möglich, dass sie wirklich solche Sachen *sieht*?«

»Warum nicht? Viel interessanter wäre aber die Frage, *wie*.«

»Sie kann sich nicht aussuchen, was sie sieht, sagte sie.«

»Ja, das ist eigentlich immer das Problem. Diese Menschen machen das nicht absichtlich. Es passiert ihnen. Und sie können es nicht kontrollieren.«

»Und wer sind ›diese Menschen‹?«

»Es gibt immer wieder welche, die solche Visionen haben oder wie immer du das nennen willst. Denk an den Irlmaier von Freilassing. Nur so als Beispiel.«

»Himmel, das ist doch fünfzig Jahre her.«

»Mag sein. Aber der hatte immerhin eine gerichtliche Bestätigung, kein Gaukler zu sein. Und er hat immer noch Fans.«

»Aber hat der nicht immer nur vage etwas erkannt? Die Kindel behauptet, alles klar zu sehen. Menschen und Situation. Nur leider Ort und Zeit nicht.«

»Es gibt halt keine Regeln für so was«, sagte Burgl lächelnd. »Das ist bei allen Betroffenen unterschiedlich.«

»Aber werden nicht regelmäßig rationale Erklärungen für diese Sachen gefunden?«, fragte Schwemmer.

»Oft«, sagte Burgl. »Aber nicht immer.«

Schwemmer schwieg missmutig und roch an seinem Wein.

»An der Uni Freiburg gibt's eine Beratungsstelle«, sagte Burgl. »Ruf doch mal da an.«

»Würden die mir was anderes erzählen als du?«

Burgl zog zweifelnd ihre Stupsnase kraus.

»Dacht ich mir. Leg dich mal aufs Sofa. Dann reib ich dich ein.«

Er half ihr vom Stuhl hoch, und sie schlich ins Wohnzimmer. Schwemmer ließ ihr einen Vorsprung und trank in der Zeit sein Glas leer. Denn griff er sich Frau Kindels Flasche und folgte seiner Frau nach nebenan.

Sie war gerade dabei, sich vorsichtig zentimeterweise auf der Couch niederzulassen. Als sie es geschafft hatte, schob er ihr den Pullover und das darunter befindliche Shirt hoch. Einen BH trug sie nicht, wie meist, wenn sie im Haus und unter sich waren, und er genoss es, die Fingerspitzen über ihren nackten Rücken gleiten zu lassen. Er öffnete die Flasche und goss etwas daraus in seine hohle Hand. Die aufsteigenden Dämpfe trieben ihm Tränen in die Augen.

Burgl stieß ein zischendes Geräusch aus, als er die Flüssigkeit auf ihrem Rücken verrieb.

»Kalt«, sagte sie und ein paar Sekunden später: »Jetzt wird es heiß.«

Schwemmer rieb sanft und vorsichtig ihre Wirbelsäule entlang, bis sich der Branntwein verflüchtigt hatte, dann wiederholte er die Prozedur zweimal, wie Frau Kindel es verordnet hatte.

»Ich glaub, das hilft wirklich«, sagte Burgl, als er fertig war, aber für sein Gefühl stand sie genauso langsam vom Sofa auf, wie sie sich hingelegt hatte.

* * *

Danni war schon über eine Stunde im Bett, als sie endlich Severins Schlüssel in der Tür hörte. Er kam herein, ohne Licht in der Diele zu machen. Er brummte ihr einen Gruß durch die offene Küchentür zu, während er seinen Gitarrenrucksack und die Umhängetasche abstreifte. Dann griff er nach dem Geländer der Stiege.

»Seve, i muass mit dir redn«, sagte Johanna.

»Wieso?«, fragte er misstrauisch.

Aber er blieb stehen, und das war schon eine Menge für sie.

»Bitte, Bua. Kimm her und mach d' Tür zu.«

Ihr Ton war so flehend gewesen, dass er tatsächlich gehorchte, wenngleich alles an ihm Widerspruch und Misstrauen ausdrückte. Er kam in die Küche und drückte sich auf die Küchenbank, so weit entfernt von ihr wie möglich.

»Mogst was essn?«

Sie wies auf den Tisch, den sie extra für ihn mit Brot und Käse gedeckt gelassen hatte, aber er schüttelte den Kopf.

»Host denn scho gessn?«

»Ja, ja«, antwortete er abwehrend.

»Mogst a Hells?«

Er sah sie überrascht an. Eigentlich erlaubte sie ihm nicht, zu Hause Bier zu trinken, obwohl es ihm von Rechts wegen längst erlaubt war.

»Scho«, antwortete er.

»I a. Hol uns zwoa ausm Kühlschrank. Aber dazu muasst was essn, hörst?«

Severin zuckte die Schultern und holte zwei der vier Flaschen aus dem Kühlschrank, die sie extra besorgt hatte. Sie griff nach dem Messer, säbelte eine Scheibe Brot ab und begann, es mit Butter zu bestreichen. Severin holte ihr ein Glas aus dem Schrank und schenkte ihr ein. Für sich selbst beließ er es bei der Flasche.

Sie belegte das Brot mit ein paar dünnen Scheiben Appenzeller und schob ihm den Teller zu. Dafür, dass er eigentlich nichts essen wollte, griff er auffällig hastig zu.

»Was willst denn?«, fragte er kauend.

»Da Spacko, dei Freind, was machtn der so?«

»Machn? Was meinst damit?«

»Na, so überhaupts. Beruflich. Oder mit seine andern Freind.«

Auf Severins Stirn bildete sich eine steile Falte.

»Was hastn immer mitm Spacko? Da hast heut früh schon nach gfragt.«

»I hob nur wos ghört…« Sie wich seinem Blick aus und trank von ihrem Bier. Es rann kühl und angenehm durch ihre Kehle, und sofort glaubte sie, die Wirkung des Alkohols zu spüren.

»*Was* hast ghört?« Severin hatte noch nicht getrunken. Er sah sie an, wach und aufmerksam.

»Dass er was vorhot. Drobn, an der Stroßn am Grubnkopf, aufn Reschberg nauf.«

Severin setzte langsam die Bierflasche an. Er nahm einen langen Schluck, dann stellte er die Flasche genauso langsam wieder ab.

»Was vor? Was meinstn damit?«, fragte er vorsichtig.

»I woaß a ned gnau. Wos Gefährlichs.«

»Da weißt mehr als i«, sagte Severin und starrte an ihr vorbei. »Wer erzählt denn so an Schmarrn?«

»Kennst du ned. A oider Freind.«

Severin führte die Bierflasche wieder zum Mund und nuckelte daran herum. Er schwieg lange.

»Hast wieder träumt«, murmelte er endlich, ohne sie anzusehen.

Johanna wusste nicht, was sie antworten sollte. Sie hatte nie mit den Kindern über ihre Träume gesprochen, in der Hoffnung, sie von all dem fernzuhalten. Aber sie hatten natürlich doch davon erfahren.

Das Mariandl, Theos Schwester, hatte es der Danni erzählt, nicht böswillig, gedankenlos nur, nach der dritten Maß im Festwochenzelt, was die Johanna doch mal für eine Berühmte gewesen ist, früher, als sie noch geweissagt hat.

Severin war damals vier gewesen, als es den Prozess in München gab, und ganz spurlos war der Trubel wohl nicht an ihm vorbeigegangen.

Irgendwer wird gewiss einem von Severins Schulkameraden erzählt haben von der Kindlerin, die geträumt hat, dass der Kugler Alois den Buben in Farchant erstochen hat.

»*Hast* träumt?«, insistierte Severin. Jetzt sah er sie an, und sie konnte dem Blick ihres Enkels nicht standhalten.

»Jo. I hob träumt«, sagte sie und sah dabei die Tischplatte an.

»Und was?«

»Da is oaner mit a Pistoln. Der derschiaßt eam.«

»Der schiaßt? Aufn Spacko?«

»Der schiaßt eam tot …«

Sie wagte nicht, ihn anzuschauen, rechnete damit, von ihm ausgelacht zu werden. Aber von Severin kam kein Laut. Sie sah scheu zu ihm hinüber. Er starrte nun die Decke an, und er hatte die Augen seiner Mutter. Johanna konnte die Tränen nicht zurückhalten.

»Seve«, flüsterte sie heiser.

Er sah nicht zu ihr her. »Ja«, antwortete er nur.

»Irgndwos woaßt doch…«

Severin trank von seinem Bier. Dann senkte er den Blick von der Küchendecke auf den Tisch vor sich und sah verwundert auf das halb gegessene Käsebrot auf seinem Teller, als hätte er es noch nie gesehen.

Und als dann sein Blick zu ihr zurückkehrte, war er anders, ganz anders, als sie erwartet hatte. Angst stand darin. Und etwas Großes, was sie dort nicht erwartet hatte: Vertrauen.

»Der derschiaßt eam? Am Grubnkopf?«, fragte Severin, ganz ernst, ohne jeden Spott.

»Jo.«

»Scheiß.«

Er nahm einen letzten Schluck aus der Flasche, dann war sie leer. Er sah die Flasche an, irgendwie ratlos. Johanna stand auf und holte ihm eine neue aus dem Eisschrank. Sie öffnete sie und stellte sie ihm hin.

»Scheiß«, sagte er wieder und griff nach der Flasche.

»Du woaßt doch was! Ned?«

Severin schüttelte langsam den Kopf. »Wissen tu i nix.«

»Aber wos *denn*?«, flehte sie.

»Die ham was vor. Was, weiß i ned. I dacht, nur da Schibbsie und da Girgl. Dass da Spacko a, des hab i ned gwusst… Und wann?«

»Des *woaß* i doch ned«, sagte sie heftig. »Nie woaß i des. Des is ja des Schlimme.«

Sie hatte die Papiertaschentücher aus ihrer Kitteltasche gezogen und nestelte an der Packung herum, bekam sie nicht auf. Tränen liefen ihre Wangen hinunter, und sie wischte sich mit dem Handrücken über die Augen.

Severin beugte sich vor. Er nahm ihr sanft die Taschen-tuchpackung aus der Hand, zog ein Tuch heraus und gab es ihr.

»Zerscht hob i dacht, 's war ois scho passiert, aber jetzt …«

»I hab an Spacko heut Nachmittag noch gsehn«, sagte Severin, als sie nicht fortfuhr.

Sie schwiegen, jeder in Gedanken.

»Kann man des aufhaltn, was d' da träumst?«, fragte Severin nach einer Weile.

»Wie meinstn des?«

»I mein, wenn's die Zukunft is, die du siehst, *is* es dann die Zukunft? *Wird's* passiern? Oder ned? Kann man's ändern?«

Johanna schüttelte den Kopf.

»I woaß ned. 's war noch nia so, dass i des hätt versuchn könna. Nur beim erstn Moi, als i gsehn hob, wie die Bach-bäuerin gstorbn is, da hätt man was machen könna, aber der Pfarrer hats mia ja ned glabt. Erst hintennach, da hat er's rumgratscht. Als ois z' spat war.«

»Dann müsst man's halt versuchn«, sagte Severin leise. »Vielleicht könnt man's verhindern.«

»Aber wie? Mia können uns doch ned a jede Nacht drobn in den Wald hockn … Und i bin a ned ganz sicher, ob's da am Grubnkopf is. Oder ned doch woanders.«

Severin stand wortlos auf und ging hinaus in die Diele. Er tastete die Taschen seiner Lederjacke ab, zog sein Handy hervor. Dann drückte er auf den Tasten herum und hielt es ans Ohr. So kam er wieder in die Küche und schloss die Tür hinter sich.

Er schüttelte leicht den Kopf.

»Mailbox«, sagte er, und dann, nach kurzem Zögern: »Spacko, Chef hier. Ruf mi zruck.«

»Chef« war sein Spitzname, das wusste Johanna – und auch, dass er keineswegs der Chef war, weder in der Schule, noch in der Band. Es hatte sich nur irgendwie aus »Sev« entwickelt. Der Chef der Band hieß Schibbsie, obwohl Severin die meisten Stücke schrieb. Schibbsie kam von Schieb, Siegfried. Johanna hatte ihn nur zweimal gesehen, und das war auch schon bald ein Jahr her, damals, als die Buben die Band gegründet hatten. Schibbsie hatte den Proberaum, und so war seine Position von Anfang an eine besondere. Auf Johanna hatte er allerdings den Eindruck gemacht, als zweifle er ohnehin nicht im Geringsten an seiner eigenen Vortrefflichkeit.

A rechter Gschwoischädl, hatte sie damals gedacht.

Und nun »hatte er was vor«.

»Wie kimmst eigntlich drauf, dass der Schibbsie was vorhat?«, fragte Johanna.

»I glaub, des hat was mitm Petr zu tun. Des is a Slowak, der is erst seit a paar Wochn da. Mit dem steckens immer zsamm, und wenn i dazukomm, redens über was anders. Und glauben, i merk's ned.«

»Und was könnt des sei?«

»I hab überhaupt kei Ahnung ned. I will's auch gar ned wissen.«

»Muaßt denn wirklich mit dene spuiln? Gibt's denn ned andre Leit, die a Gitarrn ham?«, fragte Johanna leise.

»Na!«, antwortete Severin heftig. »Des is *meine* Band. Mia machn *meine* Musik. Und des lass i mir ned kaputtmachn.«

Severin trank aus seiner Flasche.

»Aber jetzt, des is doch was anders ...«, sagte Johanna. »I moan, wenn dem Spacko wirklich ...«

»Noch ist ja nix passiert«, unterbrach Severin sie. »Und i will ned mei Band riskiern, verstehst? Die Band is des Wichtigste, was i hab.«

Johanna schwieg dazu, sie hatte geahnt, dass er so etwas sagen würde.

»De Polizei glabt mia a ned«, sagte sie stattdessen.

»Warst scho da?« Severin sah sie alarmiert an.

»Heit Mittag ... Warum schaugst so?«

Severin antwortete nicht. Wieder vermied er ihren Blick. Er nahm sein Handy vom Tisch und stand auf.

»Die Bulln brauchn mir ned. I red mitm Spacko, wann er sich meldt, dann schaun mer weiter.«

2

Der Adler stürzt sich hinab, senkrecht, aus riesiger Höhe. Sie hat keine Furcht, genießt den freien Fall entlang schroffer Felswände. Drunten ein kleiner Ort. Die Häuser, eben noch winzige Würfel, werden größer, deutlicher, unterscheidbar. Immer tiefer geht es hinab, dann fängt der Adler den Sturz ab, gleitet weg von den Felsen, hinüber zum Ort, darüber hinweg in einer sanften Kurve. Sie erkennt den Ort nicht, den der Adler ihr zeigt. Die Häuser liegen friedlich in der Sonne. Sie sieht Menschen auf den Straßen, sieht Autos und ein Fahrrad fahren. Und dann, aus dem Nichts, ein Feuerball; vom Boden aufsteigend, von dort, wo eben noch ein Haus stand, wird ein rot und gelb glühender Ball hochgeschleudert. Der Adler fliegt geradewegs hinein. Die Hitze blendet sie, sie atmet den erstickenden Rauch, wird betäubt vom Donner der Explosion.

Dann lässt der Adler sie fallen.

* * *

Es war eine sanfte Berührung an der Wange, die Schwemmer weckte. Das Erste, was er wahrnahm, war der Duft von Kaffee. Er lächelte und schnurrte ein wenig, bevor er die Augen öffnete. Burgl saß auf dem Bettrand. Sie beugte sich zu ihm herab und küsste ihn auf die Stirn.

»Guten Morgen«, hauchte sie. Sie duftete nach Shampoo und Hautcremes.

Schwemmer warf einen Blick auf den Wecker. »Wieso hat der nicht geklingelt?«

»Weil ich ihn ausgemacht habe«, sagte Burgl. »So ist's doch schöner, oder?«

»Ja ... aber ...« Er sah sie mit gerunzelter Stirn an. Erst jetzt wurde ihm klar, was an der Situation nicht stimmte. »Was ist denn mit deinem Rücken?«

Sie zuckte lächelnd die Schulter.

»Viel besser«, sagte sie.

Sie nahm den Kaffeebecher, den sie auf seinem Nachttisch abgestellt hatte, und reichte ihn Schwemmer. Er richtete sich halbwegs auf und nahm einen vorsichtigen Schluck, der Kaffee war noch sehr heiß.

»Reibst du mich noch mal ein, bevor du gehst?«, fragte Burgl.

»Da kannst du dich aber drauf verlassen. Das scheint ja das absolute Wundermittel zu sein.« Er setzte sich auf und klopfte mit der Hand neben sich aufs Bett. Burgl kam gehorsam herum, reichte ihm die Flasche, die auf ihrem Nachttisch stand, und legte sich auf den Bauch. Nicht voll elastisch, aber doch ganz anders als gestern Abend.

Die Dämpfe des Franzbranntweins weckten ihn endgültig auf. Er schob Burgls Pyjamajacke hoch und verrieb eine Handvoll der Flüssigkeit auf ihrem Rücken, der ihm auffällig rosa vorkam

»Brennt das sehr?«, fragte er.

»Schon. Aber es hilft eben.«

»Placeboeffekt«, brummte Schwemmer.

»Ich sagte ja auch: Es hilft. Nicht: Es wirkt«, erhielt er zur Antwort. »Mir ist Branntwein, der hilft, lieber als eine Spritze, die wirkt.«

»Ich hab mal gelesen, Hexenschuss sei überhaupt psychosomatisch.«

»Jetzt hör mal zu, du Schlauberger: Mit wem glaubst du hier zu reden? Doch nicht etwa mit einer Diplom-Psychologin, oder?«

»Isjagut«, murmelte Schwemmer. Es musste an der frühen Stunde liegen, sonst wäre ihm die Unvorsichtigkeit nicht unterlaufen, Burgl auf ihrem ureigenen Terrain herauszufordern.

»Glaubst du, bloß weil ich nicht mehr praktiziere, hab ich keine Ahnung mehr von der Materie? Und eins solltest sogar du als Amateur wissen: Ein psychosomatischer Hexenschuss tut kein bisschen weniger weh als ein physiologischer. Und wer heilt, hat recht.«

Schwemmer unterdrückte ein »Jaja« und verteilte stattdessen schweigend die Portionen zwei und drei auf dem mittlerweile leuchtend roten Rücken seiner Frau, dann zog er ihr die Pyjamajacke wieder runter und deckte sie zu. Er beugte sich zu ihr hinunter und hauchte ihr einen Kuss in den Nacken. »Danke für den Kaffee«, flüsterte er. »Und schlaf noch schön.«

Als Antwort erhielt er ein Knurren, von dem er wusste, dass es viel liebevoller gemeint war, als es klang.

* * *

Danni war schon aus dem Haus, als Severin in die Küche kam.

»I hab's noch a paarmal probiert. Spacko geht ned dran«, sagte er.

Johanna schob ihm die Plastikbox mit seinen Pausenbroten zu.

»Merci«, sagte er ernst, dann nahm er einen hastigen Schluck Kaffee. »I muss los.« Er steckte seine Brote ein. »I versuch's weiter, beim Spacko«, sagte er.

Sie lächelte zum Abschied, dann war er aus der Tür. Langsam stand sie auf, streifte ihre Windjacke über und griff nach dem Autoschlüssel.

Der Morgenhimmel war blau, aber gesprenkelt von zerzausten Wolkenfetzen. Johanna schloss gerade die Garage auf, als sie angesprochen wurde. Auf dem Bürgersteig stand Frau Heinckes – Heißt sie so?, dachte Johanna. Sie wohnte in der Talackerstraße, Johanna kannte sie nur flüchtig, hatte sich gerade einmal an der Wursttheke im Tengelmann länger mit ihr unterhalten.

»Entschuldigung, Frau Kindel …«

Frau Heinckes näherte sich zögernd und sah sich um, als wolle sie sich versichern, allein mit Johanna zu sein.

»Frau Kindel, stimmt das, dass Sie wieder weissagen?«

»Wie kommens denn da drauf?« Johanna setzte eine abweisende Miene auf, aber das schien Frau Heinckes nicht zu merken.

»Ich hab das gehört, heut früh beim Bäcker …«

»Beim Bäcker? Ja, Herrgottsakra…«, entfuhr es Johanna. Das durfte nicht wahr sein! Hatte dieser Schwemmer das tatsächlich rumgeratscht?

»Es ist ja nur wegen unserm Florian. Der macht doch Abitur dieses Jahr, und da wollt ich Sie fragen, ob Sie mir sagen können, ob er es schafft.«

Johanna schüttelte resigniert den Kopf.

»Er schafft's nicht?«, fragte Frau Heinckes erschrocken.

Johanna wusste nicht, ob sie lachen oder weinen sollte.

»Lernt der Bua denn?«, fragte sie schließlich.

»Ja, er ist fleißig.«

»Dann schafft er's a.«

Frau Heinckes strahlte sie an. »Danke, Frau Kindel«, sagte sie erleichtert. Sie suchte in der Einkaufstasche herum, die an ihrem Handgelenk baumelte, und zog ihr Portemonnaie heraus.

»Was machens denn da? Herrschaftszeiten, i nehm do kein Geld!«

Als hätte sie nichts gehört, zog Frau Heinckes einen Zwanziger daraus hervor und versuchte, ihn ihr in die Hand zu drücken.

»Na! Lassens des!«

Aber Frau Heinckes griff nach ihrem Handgelenk und friemelte mit der anderen Hand den Geldschein in ihre geschlossene Faust.

»Nur als Dankeschön«, sagte sie, dann ging sie eilig weiter die Straße hinunter.

* * *

Schafmann trug solide Haferlschuhe, wie Schwemmer einigermaßen befriedigt feststellte, als der Kollege sein Büro betrat. Er wirkte sogar gut gelaunt.

»Keine Gicht?«, fragte Schwemmer.

»Harnsäurewert ist im grünen Bereich.«

»Und was war's dann?«

»Wahrscheinlich sind meine neuen Joggingschuhe zu eng.«

»So ...« Schwemmer unterdrückte ein Grinsen.

»Wie war's bei den Satanisten?«, fragte Schafmann.

»Dieser Herr Gärtner sieht Gespenster«, sagte Schwemmer. »Die Burschen sind allenfalls was fürs RD. Oder den Staatsschutz. Wenn nächstes Mal Schmierereien an der Kriegergedächtniskapelle sind, würd ich da mal nachfragen. Satanisten sind das jedenfalls keine.«

Es klopfte an der Tür, und Frau Fuchs schaute herein. Sie wirkte verschüchtert.

»Was gibt's denn?«, fragte Schwemmer.

»Da ist schon wieder die Frau Kindel«, flüsterte Frau Fuchs.

Schwemmer stieß ein Seufzen aus. »Was will sie denn?«

»Sagt sie mir nicht.«

Schwemmer sah Schafmann an. »Steht was Dringendes auf dem Zettel?«

»Nein«, antwortete Schafmann.

»Schad«, sagte Schwemmer.

»Dann will ich nicht stören«, sagte Schafmann und griff nach der Türklinke.

»Nix da«, sagte Schwemmer. »Diesmal bleibst du hier.« Und dann, zu Frau Fuchs: »Sie möchte einen Moment warten.«

Frau Fuchs schloss die Tür hinter sich.

»Und wenn sie nicht reden will, wenn ich im Raum bin?«, fragte Schafmann.

»Dann soll sie halt wieder gehn.«

Schafmann lachte leise. »Was ist denn? Warum so ungnädig?«

»Gestern Abend ruft mich doch tatsächlich der Lortzig zu Hause an«, brummte Schwemmer und griff nach seiner Kaffeetasse.

»Wegen der Kindel?« Schafmann wirkte nicht überrascht. »War das das erste Mal?«, fragte er.

»Ja. Wieso?«

Schafmann grinste ein bisschen. »Ich glaube nicht, dass du hier viele Dinge tust, von denen Lortzig nichts erfährt.«

Schwemmer ließ die Schultern sinken und sah Schafmann beleidigt an. Ihm fehlten die Worte.

»Für die nächsten Jahre wirst du damit noch leben müssen. Es sind natürlich die alten Hasen, die ihn informieren. Und die sterben naturgemäß irgendwann aus.«

»Na toll«, sagte Schwemmer unwillig. »Wahrscheinlich bin ich dann auch schon in Pension.«

»Ja. Und dann halt ich dich auf dem Laufenden, was dein Nachfolger so treibt.« Schafmann lachte.

Schwemmer seufzte. »Sei's drum«, murmelte er.

»Was hat Lortzig denn gesagt?«, fragte Schafmann.

»Die Kindel sei vielleicht ein guter Mensch, brächte mich aber in Teufels Küche.«

Schafmann wirkte amüsiert. »Da könnte er recht haben.«

»Wie denn? Es *gibt* keinen Mordfall. Das ist ja wohl ein wesentlicher Unterschied zu damals.«

»Immerhin steht sie schon wieder vor der Tür. Ich würd dir ja gern mit einem Rat zur Seite stehen – wenn ich nur die geringste Idee hätt, was sie dir gestern erzählt hat.«

Schwemmer nickte einsichtig und gab ihm einen Abriss von Frau Kindels Aussage, wenn man die so nennen mochte, ihrem gemeinsamen Ausflug zum Grubenkopf und der von Dräger zerpflückten Spur.

Schafmann hörte sich die ganze Geschichte in respektvollem Schweigen an.

»Das klingt ja halbwegs beruhigend«, sagte er dann.

»Schön, dass du das so siehst. Ich bitt sie jetzt rein, und du versuchst, freundlich zu bleiben, ja?«

Schafmann nickte gnädig, und Schwemmer rief Frau Fuchs an.

Als Frau Kindel in den Raum kam, wirkte sie anders als am Tag zuvor, müder und schwächer. Ihre Augen sahen aus, als hätte sie geweint. Schwemmer bot ihr mit einer Geste Platz an, und sie sank auf den Besucherstuhl.

Ein paar Sekunden sammelte sie sich, schnäuzte sich kurz in ein Papiertaschentuch, dann sah sie Schwemmer an und rang sich ein Lächeln ab.

»Hat's gholfn, da Franzbranntwein?«, fragte sie.

Schwemmer nickte. »Meine Frau ist Ihnen sehr dankbar«, sagte er.

»Hat scho mei Muatter angsetzt.«

Weiter sagte sie nichts, sie knetete das Papiertaschentuch zu einem kleinen Klumpen zusammen.

»Was können wir für Sie tun?«, fragte Schwemmer.

Einen Moment starrte sie auf den Papierrest in ihrer Faust, dann sah sie Schwemmer entschlossen an.

»Warum hams des rumgratscht? Dass i hier gwesn bin.«

Schwemmer schluckte.

»D' Leit frogn mi auf der Stroßn, ob i eane was sogn könnt. Beim Bäcker ratschens drüber.«

Schwemmer rutschte unbehaglich in eine andere Sitzposition. Schafmann verzog hilflos das Gesicht.

»Frau Kindel«, sagte Schwemmer und hüstelte, »Sie sind halt immer noch eine Bekanntheit im Ort …«

»Aber wer hat's denn nausposaunt? I ned!«

»Ich auch nicht, Frau Kindel«, sagte Schwemmer. »Offiziell haben wir gar nichts –«

»Offiziell! Schaugns all die Leit o, draußn aufm Gang. Starrn mi o wia a Außerirdische, bloß weil i do warten dua.«

»Falls das Gerücht durch einen meiner Mitarbeiter in die Welt gekommen sein sollte, muss ich um Entschuldigung bitten«, sagte Schwemmer ernst.

»Falls …«, murmelte sie und sah in ihren Schoß. »Des nutzt mir grad gar nix.«

»Es tut mir leid, aber mehr als eine Entschuldigung kann ich Ihnen nicht anbieten.«

Sie nickte nur, ohne jemanden anzusehen.

»Es sei denn, Sie möchten vielleicht einen Kaffee«, setzte Schwemmer in versöhnlichem Ton hinzu.

Nun sah sie ihn an.

»Jo«, sagte sie. »An Kaffee, da sog i ned na.«

Ihr Blick wirkte immer noch verletzt, aber sie schien bereit, seine Entschuldigung anzunehmen. Schwemmer griff zum Telefon und bat bei Frau Fuchs um Kaffee.

»Die Haare«, sagte er dann bedauernd. »Das waren Hundehaare Und es war auch kein Menschenblut.«

Sie nickte, als hätte sie nichts anderes erwartet.

»Warn scho arg dünn, de Haar«, sagte sie. »Da Oliver Speck is a wieda do.«

Schwemmer lächelte erleichtert.

»Dann hat sich die Sache ja quasi von alleine erledigt«, sagte er, bemerkte dann aber etwas irritiert die alarmierte Falte auf Schafmanns Stirn.

Frau Fuchs kam stumm herein und stellte eine Tasse vor Frau Kindel auf den Tisch. Ohne jemanden anzusehen und auffällig eilig verließ sie das Büro wieder.

Frau Kindel trank einen Schluck, setzte die Tasse wieder ab und sah unsicher zu Schwemmer.

»Könntn mir ned unter vier Augn …«

»Nein, Frau Kindel. Der Herr Hauptkommissar Schafmann ist mein engster Mitarbeiter und mein Stellvertreter. Wenn Sie etwas mit mir zu besprechen haben, müssen Sie akzeptieren, dass er dabei ist.«

Ihre Miene zeigte, dass sie es dann für eigentlich hoffnungslos hielt, ihr Anliegen vorzutragen, aber sie entschloss sich dennoch, es zu versuchen.

»De Sach is ned erledigt«, sagte sie. »Da Bua is ned ermordet worn. Aber …«

Sie brach ab. Schwemmer fing Schafmanns beunruhigten Blick auf, und in derselben Sekunde erkannte er, was nun kommen würde. Er versuchte einen Ausfall.

»Aber es ist doch alles wunderbar, Frau Kindel«, sagte er fröhlich. »Der Junge ist wohlauf, niemandem ist was passiert. Es gibt keinen Fall. Und es gibt kein Problem.«

Noch während er sprach, wusste er, dass zumindest sein letzter Satz Ausdruck eines frommen Wunsches war. Das Problem saß ihm gegenüber und war nicht beeindruckt von seiner kleinen Ansprache.

Aber bevor Johanna Kindel weitersprechen konnte, klopfte es kurz an der Tür zum Flur, und ohne auf ein »Herein« zu warten, stürmte Kommissar Dräger ins Zimmer. Schwemmer sah ihn vorwurfsvoll an.

»Sorry, bin in Eile«, sagte Dräger nur. Er hielt ein paar Blätter hoch. »Mein Bericht zu der Grabschändung. Wer nimmt den?«

Schafmann hob die Hand, Dräger drückte ihm die Ausdrucke hinein und rauschte wieder hinaus.

»'s is ned erledigt«, sagte Johanna Kindel, als hätte sie die Unterbrechung gar nicht wahrgenommen. »'s wird noch passiern. Da Bua wird ermordet wern.«

Schwemmer schaute zu Schafmann, aber der sah aus dem Fenster. Auch Frau Kindel vermied den Augenkontakt. Sie schwieg, als wäre alles gesagt.

»Der Junge wird ermordet werden ... Ist das alles?«

Schwemmer erhielt keine Antwort.

»Alles ist so, wie Sie es mir gestern geschildert haben, nur ist es *noch* nicht passiert, sondern wird erst in *Zukunft* passieren?«

»Jo«, antwortete Johanna Kindel nur und sah weiterhin niemanden an.

»Frau Kindel ...«, Schwemmer konzentrierte sich auf eine ruhige Aussprache, »ich hoffe, Sie werden verstehen, dass so etwas nicht reicht, um polizeiliche Maßnahmen einzuleiten.«

»Machts doch, was es wollts. Machts es eh.«

Jetzt wandte Schafmann seinen Blick von dem Fenster, aus dem er so konzentriert auf die grüne Flanke des Wank gestarrt hatte.

»Frau Kindel«, sagte er, »wir tun nicht, was wir wollen, sondern das, was wir können. Der Erste Kriminalhauptkommissar Schwemmer und ich haben verstanden, was Sie uns gesagt haben. Und wir werden in Ruhe überlegen, was wir daraufhin unternehmen können.«

Johanna Kindel schnaubte leise, es klang verächtlich.

»Und glauben Sie bitte nicht, wir nähmen Sie nicht ernst«, setzte Schafmann hinzu.

Frau Kindel sah verwundert auf.

»Des glabts ja fei selbst ned ...«, sagte sie leise.

Schafmann sah zu Schwemmer und zuckte resigniert die Schultern.

Schwemmer kratzte sich am Kopf, wie er selber überrascht bemerkte.

»Sie sagen also, der Oliver Speck wird *in Zukunft* ermordet werden, oben an der Straße zum Reschberg rauf«, sagte Schafmann. »Haben Sie es denn nicht ein *bisschen* präziser, was die Zeit angeht?«

»Na. Aber des Längste, was i bisher zum Sehn kriagn hab, des warn fünf Tag.«

»Wissens denn«, fragte Schwemmer, »aus welchem Grund der junge Mann umgebracht ... wird?«

Werden wird, korrigierte er sich in Gedanken, oder richtiger: geworden sein werden sollte. Futur zweieinhalb oder so. Er hätte gern über seinen Gedanken geschmunzelt, aber es schien unpassend.

Johanna Kindel schwieg angespannt, sah aus, als ringe sie innerlich mit sich.

»Na«, antwortete sie gequetscht, und Schwemmer glaubte ihr überhaupt nicht.

»Gar nichts?«, insistierte er. »Eine Ahnung vielleicht?«

Kindel sah ihn beleidigt an. »Nennts ihr des ernst nehma? Wenn i na sag, dann mein i na!«

»Entschuldigung. Aber bedenken Sie bitte auch unsere Situation …«

»Des mach i scho. I versteh des jo. Da kimmt die verruckte Oide und red deppert daher. Da könnts nix machn. Aber i bin ned deppert. I sog euch, was i woaß. Und i kann nix dafür, was i woaß. Und i, i kann nix tun für den Buam. I kann nur wartn, was passiert. Aber ihr, ihr könnts was tun. Ned i. I kann nur sagn, was i woaß.«

»Frau Kindel …«, meldete Schafmann sich wieder zu Wort. »Ehrlich gesagt hatte ich den Eindruck, dass Sie doch … verzeihen Sie bitte, eine *Ahnung* haben, was hinter dem Mord stecken könnte. Sagen Sie uns wirklich *alles*, was Sie wissen?«

Johanna Kindel nickte entschlossen. »Jo«, sagte sie.

Schafmann zog die Brauen hoch und pustete die Backen auf. Offenbar sah er sein Pulver als verschossen an. Mit einem ratlosen Kopfschütteln begann er, in Drägers Bericht zu blättern.

Schwemmer ertappte sich erneut dabei, sich am Kopf zu kratzen. Er war kurz davor, sich darauf festzulegen, nicht offiziell zu reagieren, also kein Protokoll aufzunehmen und keine Akte anzulegen, als es Schafmann in seinem Stuhl nach vorn riss. Seine Miene war völlig verblüfft.

»Frau Kindel«, sagte er dann, »bitte seien Sie so nett und warten einen Moment nebenan.«

Schafmann stand auf. Johanna Kindel folgte seinem Beispiel, mit besorgter Miene allerdings. Schafmann hielt ihr die Vorzimmertür auf.

»Frau Fuchs macht Ihnen gern noch einen Kaffee, nicht wahr?«, sagte er ins Vorzimmer hinein, dann schloss er die Tür wieder.

Schwemmer sah ihn fragend an.

»Auf dem Marterl sind die Fingerabdrücke von Alois Kugler.«

Schwemmer legte die Stirn in Falten. »Wer war das noch?«

»Der Mann, den die Kindel damals beschuldigt hat.«

»Öha …« Schwemmer sank in seinen Stuhl zurück. »Jetzt kommt's aber dicke«, sagte er.

Wahrscheinlich ist sie ein guter Mensch, dachte er, aber sie bringt mich noch in Teufels Küche.

»Dräger hat noch mehr Abdrücke gefunden, aber das waren die einzigen, die wir im Computer haben.«

»Ach, das ist doch Mist!«, entfuhr es Schwemmer. »Wenn wir jetzt bei dem auftauchen, nachdem der halbe Ort weiß, dass die Kindel hier war …«

»Zunächst werden wir mal abchecken, ob es nicht eine Erklärung für Kuglers Fingerabdrücke gibt«, sagte Schafmann.

»Ja, mach das bitte«, sagte Schwemmer.

»Ich weiß auch schon, wen ich da fragen kann«, sagte Schafmann und eilte hinaus.

Frau Kindel hatten sie nach Hause geschickt, nachdem

sich Schwemmer dann doch Name und Anschrift von Spacko alias Oliver Speck notiert hatte.

»Wo soll i scho hi?«, hatte sie nur gesagt, auf die Bitte, sich zur Verfügung zu halten, und war mit einem knappen »Pfüat Gott« aus dem Büro gegangen.

Auf Schwemmers Frage an Frau Fuchs, ob Frau Kindel was gesagt habe, hatte er die spitze Antwort erhalten, dass sie Unterhaltungen mit der Dame als unerwünscht ansehe und nach Möglichkeit vermeide. Außerdem habe Frau Kindel nicht einmal den Kaffee getrunken, den anzubieten man ihr befohlen habe.

Als Schafmann wieder in Schwemmers Büro auftauchte, hatte er Uli Schickl im Schlepptau, einen der »alten Hasen« von den Uniformierten.

Schickl grüßte höflich und setzte sich erst, nachdem Schwemmer ihn aufgefordert und Schafmann längst Platz genommen hatte.

»Der Uli kennt den Kugler«, sagte Schafmann.

»Na ja, was heißt schon kennen?« Schickl wirkte nicht glücklich auf seinem Stuhl. »Ich kenn eher die Familie Kunkel.«

»Denen gehört das geschändete Grab«, erläuterte Schafmann.

»'s Tonerl, also die Antonia Kunkel«, sagte Schickl, »die da liegt, die wo vor drei Monaten gestorben ist, das war die Mutter vom Kugler Alois.«

»Ach?« Schwemmer sah ihn fragend an.

»Ja, sie war verwitwet und hat wieder geheiratet. Einen jüngeren, könnt man sagen …« Schickl grinste halb. »Sie war zweiundneunzig damals, und der Kunkel Bartl war erst einundachtzig. Jetzt müsst er also so dreiundneunzig sein.«

»Wie schön«, sagte Schwemmer, einigermaßen erleichtert. »Fingerabdrücke des Sohns auf dem Grabkreuz der Mutter bedürfen ja wohl keiner Rechtfertigung.«

Schafmann zog die Nase kraus. »Wart's ab«, sagte er.

»Also, s' Tonerl, die Antonia, die hat zu Lebzeiten drauf bestanden, dass da nicht ›verwitwete Kugler‹ aufs Marterl geschrieben wurde«, erklärte Schickl. »Und der Alois war auch nicht auf der Beerdigung.«

»Woher weißt du das?«, fragte Schwemmer. »Vom Hörensagen?«

»Ich war da«, sagte Schickl mit einem Achselzucken. »Und das mit dem ›verwitwet‹ hat sie mir selber erzählt. Das hat sie *jedem* erzählt, ob er's wissen wollt oder nicht.«

Schwemmer schüttelte den Kopf. »Weil er nicht erwünscht war, geht der Sohn eben später zum Grab und packt dabei an das Kreuz. Was soll's?«

»Die haben sich *gehasst*, die beiden«, sagte Schafmann.

»Nicht nur die beiden«, sagte Schickl. »Der Kunkel Bartl, der sitzt heut noch jeden Tag im Höllentaler und erzählt, der Alois wär ein Mörder, das wüsst er vom Tonerl.«

»Das erzählt der rum? Und der Kugler verklagt den nicht?«

»Den tät er nicht mal ignorieren, den Alten, sagt der. Ich krieg den manchmal mit, wenn er mit seinen Spezln beim Kastenwirt hockt. Nicht zu überhören. Ist ein sehr lauter Mensch, der Alois.«

»Aber der alte Kunkel hat noch was andres erzählt«, sagte Schafmann und sah Schickl auffordernd an.

Schickl wand sich ein bisschen. »Das *ist* jetzt aber vom Hörensagen«, betonte er. »Der Bartl soll gesagt haben, 's Tonerl hätte den Beweis gehabt, dass der Alois damals den Burschen in Farchant ermordet hat. Und den Beweis, so hat es der Bartl erzählt ... so *soll* er es erzählt haben«, schränkte Schickl weiter ein, »den Beweis hätt sie mit ins Grab genommen.«

»Ach du Scheiße«, sagte Schwemmer. Er blies die Backen auf, dann drehte er seinen Stuhl zum Fenster und sah schweigend hinaus.

»Und jetzt?«, fragte Schafmann.

Schwemmer zuckte die Schultern.

»Fürs Erste war's das wohl, Uli«, sagte Schafmann.

»Gut. Pfüat euch.« Schickl stand auf.

Schwemmer drehte seinen Stuhl wieder ins Büro. »Uli«, sagte er, bevor Schickl an der Tür war. »Du warst ja gestern in der Kantine dabei.«

Schickl nickte.

»Schön. Dann nur als Auffrischung: Wenn von dieser Sache was nach draußen kommt, reiß ich dir persönlich den Arsch auf.«

Mit einem kleinen Lächeln entschärfte Schwemmer den Satz, aber nicht sehr.

Schickl wirkte einigermaßen beeindruckt, als er das Büro verließ.

Schafmann grinste. »Junge, du bist ja *wirklich* sauer ...«

Schwemmer antwortete nicht. Ärgerlich zog er das Telefon zu sich heran und drückte eine Taste des Festwahlspeichers.

»EKHK Schwemmer, Garmisch-Partenkirchen«, sagte

er, als sein Gegenüber sich meldete. »Die Frau Doktor Isenwald, bitte.«

* * *

Frau Isenwald trug heute helles Blau. Ihre Pumps gefielen Schwemmer ausnehmend, zumal sie sich wirklich elegant darin zu bewegen verstand, wie gerade jetzt wieder, als sie sich in den Besucherstuhl sinken ließ und gleichzeitig ihre schlanken, nylonbewehrten Beine übereinanderschlug, ohne dass es auch nur für eine Sekunde unziemlich gewirkt hätte. Aber die optische Erscheinung der jungen Staatsanwältin war noch nie ein Problem bei ihrer Zusammenarbeit gewesen. Schwemmer litt nur gelegentlich unter ihrer offenbar unerschöpflichen Energie und Schaffenskraft, die ihn für seinen Geschmack zu häufig zu einer völlig unbayrischen Hektik nötigte.

Frau Isenwald zog die Kappe von ihrem teuren Kugelschreiber und blickte mit gespitzten Lippen auf ihren Notizblock, der in einem Straußenlederetui steckte.

»Ein vorhergesagter Mord. Das anzunehmende Opfer macht mit ihrem Enkel zusammen Musik. Diese Gruppe gerät unter Verdacht einer Grabschändung, bei der dann aber Spuren auf einen bereits einmal von Frau Kindel Beschuldigten gefunden werden … Und was wollen Sie da von mir?«

Sie sah ihn so unschuldig an, dass Schwemmer die Hitze in den Kopf steigen fühlte.

»Frau Isenwald«, hob er an, wurde aber sofort von ihrem Lachen ausgebremst.

»Ach, Herr Schwemmer! Lassen Sie mich doch auch mal einen Scherz machen.«

Schwemmer grummelte irgendwas, und Schafmann schüttelte den Kopf.

»So eine düstere Stimmung bin ich von den Herren ja gar nicht gewohnt«, sagte Isenwald und lächelte die beiden Polizisten an.

»Soll ich diesen Speck etwa überwachen lassen? Mit welcher Begründung und aus welchem Etat? Und wie lange?«, fragte Schwemmer.

»Ich sehe das Dilemma natürlich«, sagte Isenwald. »Und wenn doch was passiert, sind wir die Dummen.«

»Genau. Und was glauben Sie, wird der Anwalt von dem Kugler der Presse erzählen, wenn wir bei dem auftauchen?«, ergänzte Schafmann.

»Tja, da rühren Sie natürlich an einen empfindlichen Punkt«, sagte Isenwald. »Mangelnde Vertraulichkeit innerhalb der Kriminalpolizeistation Garmisch-Partenkirchen. Wenn der Besuch Frau Kindels nicht publik geworden wäre ...«

»Wenn der Hund nicht geschissen hätte«, sagte Schafmann.

»Was dann?«, fragte Isenwald eher amüsiert als erstaunt.

»Dann hätt er Blähungen gekriegt«, sagte Schwemmer.

* * *

Schibbsie und Girgl waren nicht in Sicht. Severin lehnte an der Wand neben dem Aulaeingang. Er entdeckte Danni, die mit zwei Freundinnen über den Schulhof schlenderte. Sie winkte ihm, und er winkte mit einem Lächeln zurück. Natürlich ging ihm die kleine Schwester die Hälfte der Zeit auf die Nerven. Aber während der anderen Hälfte spürte er eine tiefe Verbundenheit zu dem kleinen Mädchen, die er sich selbst nicht so richtig erklären konnte. Sie verstanden sich oft ganz ohne Worte, wussten, was zu tun und was zu lassen war, was der andere wollte oder nicht.

Sie hatten nicht über Großmamas Träume gesprochen, aber gestern, als er gerade die Stiege zu seiner Dachstube hochklettern wollte, hatte Danni ihren Kopf aus der Tür ihres Zimmers gesteckt und ihm aus verschlafenen Augen einen Blick zugeworfen. Er hatte genickt, und sie hatte genickt, damit war alles gesagt. Und dann waren sie beide schlafen gegangen.

Großmamas Träume.

Sie waren eine Art Familienmärchen. Sie selbst hatte nie mit Severin darüber gesprochen, aber er erinnerte sich, er war noch ein kleiner Bub gewesen, im Kindergarten, dass ein Mädchen, er wusste ihren Namen nicht mehr, ihn gefragt hatte, ob seine Oma tatsächlich eine Hex sei.

Er war weinend nach Haus gekommen, wo seine Mutter ihn in den Arm genommen und seine Ängste weggelacht hatte.

»Die Großmama hat halt manchmal Träume«, hatte sie ihm erklärt, »und da sieht sie, was anderen Leuten passiert. Und wenn das nächste Mal jemand sagt, sie sei eine Hex, dann lachst ihn aus und sagst: Hexn gibt's fei gar ned.«

Und er erinnerte sich auch an die angespannte Atmosphäre im Haus, bald darauf, die weinende Großmama, den Großpapa, der voller Wut in der Stube auf und ab marschiert war und den kleinen Severin damit so erschreckt hatte, dass er weinend die Stiege hoch geflüchtet war. Es musste nach dem Prozess gewesen sein, das hatte Severin sich zumindest zusammengereimt. Nach dem Prozess, in dem sie Johanna Kindel so lächerlich gemacht hatten, dass sie sich wochenlang nicht mehr in den Ort gewagt hatte.

Und nach dem sie nie wieder von ihren Träumen erzählt hatte.

Severins Blick fiel aus dem Tor auf die Bahnhofstraße, und dort stand Petr. Als er Severins Blick bemerkte, erwiderte er ihn gleichgültig, aber dann drehte er sich um und ging langsam davon.

Er hatte keine Ahnung, was Schibbsie und Girgl ständig mit dem Jungen zu tun hatten. Severin hatte kaum drei Sätze mit ihm gewechselt, aber seit ein paar Wochen war er immer in der Nähe. Er kam aus Bratislava, das gehörte zu dem wenigen, das er Severin erzählt hatte, und dass er bei einem Vetter in Burgrain wohnte. Er sprach recht gut Deutsch, wenn auch mit einem harten slawischen Akzent. Severin schätzte ihn auf sechzehn, auch wenn seine Augen älter wirkten. Er hatte absolut nichts gegen Petr, aber irgendwie schien der sich nicht für ihn zu interessieren, und von Schibbsie konnte man fast glauben, dass er nicht wollte, dass Severin in Petrs Nähe kam.

Severin drehte sich um, als er von einer sanften Stimme angesprochen wurde.

»Hi, Chef«, sagte Inga. »Wie geht's?«

»Cool«, sagte Severin.

Mit Inga hatte er nicht gerechnet. Fast ein halbes Jahr lang hatten sie zusammen die Pausen verbracht, Hausaufgaben gemacht, hatten gechillt und auch mal gefeiert. Und dann auf einmal, seit bald drei Monaten nun, hatte sie ihn komplett ignoriert. Eigentlich hatte er sich mittlerweile damit abgefunden, dass sich das nicht mehr ändern würde, wenn ihm auch nicht ganz klar war, was er getan hatte, um es zu verdienen.

»Hast du das Protokoll von dem Bio-Projekt?«, fragte Inga.

Er lachte auf. »Ach so«, sagte er.

»Ja, ach so«, sagte sie schnippisch. »Darf ich das nicht fragen?«

»Scho. I hab nur gedacht, es war vielleicht was Wichtigs.«

»Bio ist doch wichtig, oder?«

»Freilich.« Severin hielt weiter nach Schibbsie und Girgl Ausschau und versuchte gleichzeitig mit einem Auge festzustellen, ob Petr noch vor dem Tor auf der Straße war.

Inga schien mit geteilter Aufmerksamkeit nicht zufrieden.

»Hast du das Protokoll oder nicht?«, fragte sie ärgerlich.

»Ja, aber ned dabei«, sagte Severin scharf. »Seit drei Monat behandelst mi wie Luft, ohne an Grund. Und jetzat kommst daher, als war nix gwesen.«

»So.« Inga sah beleidigt zur Seite. »So siehst du das. Ohne irgendeinen Grund.« Sie kniff die Lippen zusammen, nickte entschlossen und rauschte davon.

»Shit«, murmelte Severin. »I werd no narrisch.«

Plötzlich knuffte ihn jemand heftig auf den Oberarm.

»Na, Chef, was geht ab?« Schibbsie grinste ihn an.

»Einiges«, antwortete Severin und grinste schief zurück.

Girgl stand neben Schibbsie. »Morgn is Prob«, sagte er.

»Klar«, sagte Severin.

»Hast den neia Basslauf scho drauf?«

»Logisch.«

Girgl nickte zufrieden.

»Und was ist mitm Riff ausm Mittelteil? Das mitm Fünfertakt in der Mittn?«, fragte Severin. »Läuft das?«

»Freili«, sagte Girgl, aber er sah ihn nicht an.

»Den Fünfer kriegt der Spacko sowieso nicht hin«, sagte Schibbsie und lachte.

»Keine Ahnung, was dran lustig sein soll«, sagte Severin. »Wann der so weitermacht…«

»Was dann?« Schibbsies Laune blieb unerschüttert. »Willst du ihn rausschmeißen?«

Severin zuckte die Achseln.

»Hey, Alter…« Schibbsie griff ihm freundschaftlich an die Schulter. »Jetzt halt mal den Ball flach. Einen Besseren finden wir hier ja doch nicht.«

Severin warf einen Blick ins Rund. Auf dem Pausenhof wimmelte es von Schülern, aber im Moment waren sie ungestört. Er gab sich einen Ruck.

»Sagts mal… habts ihr a Ahnung, ob da Spacko was vorhat? Was… Illegales oder so?«

Die Blicke der beiden wirkten plötzlich alarmiert, und Schibbsies Grinsen war nicht so locker, wie es wirken sollte.

»*Unser* Spacko? Was Illegales?« Schibbsie lachte, und Girgl stimmte ein, aber es klang nicht echt.

»Wieso ned? Schließlich dealt er auch, wann er was hat.«

»Mit Gras. *Wenn* er was hat. Einmal im Jahr, wenn dieser obskure Kumpel aus Holland in München war.« Schibbsie winkte ab. »Also unter Dealen stell ich mir was anderes vor.«

»Oder was is mit'm Petr?«

»Wie kommst du auf *den*? Spacko kennt den doch kaum«, sagte Schibbsie. »Was soll das denn eigentlich sein, was er vorhat?«

»Weiß ned. Irgendwas oben an da Straßn zum Reschberg.«

Die Mienen seiner beiden Freunde gefroren.

»Hat *er* dir das erzählt?«, fragte Schibbsie.

Severin schüttelte den Kopf.

»Woher woaßt denn des?«, fragte Girgl.

Schibbsie warf ihm einen wütenden Blick zu, aber Girgl zuckte die Achseln. »Der woaß es doch eh.«

»Ihr steckts also a mit drin?«, fragte Severin.

Schibbsie warf einen prüfenden Blick über die Schulter, bevor er leise antwortete: »Was immer Spacko dir erzählt hat: Vergiss es einfach. Und wir alle vergessen dieses Gespräch.«

Er grinste, aber ein gefährlich kaltes Glimmen stand in seinen Augen.

Der Gong ertönte und beendete die Pause.

»Und da Petr, den vergisst am bestn a«, sagte Girgl.

»Was geht ab da drobn? Und wann?«, fragte Severin. »Scheint ja a große Sach, wenns gleich viere dafür braucht.«

»Groß? Na«, sagte Girgl und grinste. »A ganz a kloane Sach is des.«

Schibbsie machte eine ärgerliche Geste in seine Richtung. »Ich würde sagen, wir reden morgen drüber. Auf der Probe. Wenn Spacko dabei ist. Dann kannst du ihn selber fragen.«

»I werd eam scho was fragn, des derfst glaubn«, murmelte Girgl.

Schibbsie und Girgl wandten sich zum Gehen.

»Morgn… is es dann schon passiert?«, fragte Severin.

Schibbsie drehte sich wieder um und sah ihn an. Severin meinte, es hinter seiner Stirn arbeiten zu sehen.

»Das musst du ihn selbst fragen«, sagte er schließlich und lief dann hinter Girgl her, der auf dem Weg zum Schuleingang schon ein paar Schritte Vorsprung hatte.

Miteinander tuschelnd verschwanden sie im Schulgebäude, gefolgt von noch ein paar Nachzüglern. Severin kaute nachdenklich auf der Unterlippe.

Schibbsie hatte ihn angelogen, er war sich sicher. Noch einmal sah er auf die Straße hinaus, aber Petr blieb unsichtbar.

»Nun, Herr Kindel«, sagte plötzlich die Stimme von Dr. Friedrichs hinter ihm. »Brauchen Sie eine Extraeinladung? Es hat geläutet.«

Severin nickte nur und machte sich auf den Weg zum Eingang.

»Heut«, murmelte er vor sich hin. »Sie machens heut Nacht.«

Dr. Friedrichs sah ihm über den Rand seiner Brille nach. Der Kindel, dachte er. Immer am Träumen …

* * *

Johanna betrat die alte Pfarrkirche. Ein sehr seriös gekleidetes asiatisches Ehepaar betrachtete die alten, verblassenden Wandgemälde, sonst war die kleine Kirche leer. Sie kniete sich in eine Bank weit hinten und faltete die Hände. Aber es fiel ihr kein Gebet ein, sie fand keine Worte.

Der Feuerball, den der Adler ihr gezeigt hatte, entfaltete sich vor ihren geschlossenen Augen, grellgelb und dunkelrot. Sie unterdrückte ein Zittern. Bald hörte sie, wie die beiden Touristen die Kirche verließen, aber gleich darauf kamen andere herein, ihr Geflüster klang russisch oder polnisch, sie wusste es nicht zu unterscheiden. Eine Weile blieb sie knien, obwohl sie spürte, dass sie jetzt hier keinen Trost finden würde.

Als sie das Kreuz schlug und aufstand, beachteten die Touristen sie nicht, sie standen mit in den Nacken gelegten Köpfen vor dem Bildnis des heiligen Christophorus. Nur ein kleines Mädchen mit frechen blonden Zöpfen schaute sie neugierig an. Sechs Jahre mochte sie sein, aber als ihr Blick sie traf, kam es Johanna für eine Sekunde vor, als wisse die Kleine genau, wie es um sie stand. Doch der Moment verhuschte, das Mädchen wandte den Blick wieder ab und sagte etwas zu seiner Mutter, etwas, das offensichtlich nichts mit Johanna zu tun hatte.

Mit einem Kopfschütteln ging Johanna zur Tür, ärgerte

sich über sich selbst. Nun erhoffte sie schon Beistand von kleinen Kindern.

Am Opferstock neben der Tür hielt sie inne und wühlte in der Tasche ihrer Windjacke. Sie tastete nach dem Zwanzigeuroschein, den Frau Heinkes ihr aufgedrängt hatte und den sie widerwillig und achtlos eingesteckt hatte. Sie fand ihn, halb verwickelt mit einem gebrauchten Papiertaschentuch, glättete ihn und schob ihn dann entschlossen in den Schlitz des Opferstocks. Dann ging sie hinaus.

Ihr Wagen stand ein wenig entfernt in der Lazarettstraße. Als sie an dem Bauernhof neben der Kirche vorbeiging, konnte sie durch das Stallfenster die Kühe sehen und auch riechen. Sie liebte den Geruch des Stalls, der jedes Mal aufs Neue die Erinnerung an ihre Jugend in Schlattan droben wachrief. Ein Bild des elterlichen Hofs erschien dann in ihren Gedanken, der Blick von dort auf den Wetterstein und die im Sonnenuntergang gleißenden Schneefelder. Und das Gefühl von Heimeligkeit, obwohl sie sich genau erinnerte, wie froh und glücklich sie gewesen war, als Theo sie fortholte von dort droben, hinunter in den Ort, in das Haus, das seine Eltern ihm hinterlassen hatten, und Johanna nicht mehr die Magd war auf dem Hof ihres Vaters, sondern ihre eigene Herrin im eigenen Heim.

Sie hatte es nie bedauert, aber der Duft nach Heu und Tieren versetzte ihr immer wieder diesen kleinen Stich der Erinnerung, dass vielleicht doch etwas verloren gegangen war, damals.

Als sie mit dem Wagen in ihre Einfahrt bog, sah sie eine junge Frau vor ihrer Tür stehen. Sie hatte schwarz gelocktes, volles Haar und trug einen dunkelblauen Mantel über einem hellblauen Kostüm. Sogar ihre hochhackigen Schuhe waren blau, wie Johanna stirnrunzelnd feststellte. Zwischen den kleinen, ordentlichen Einfamilienhäusern hier wirkte die Frau arg bunt. Eine Münchnerin, dachte Johanna.

»Kann i Eane helfn?«, fragte sie, während sie die Tür des Nissans abschloss. Sie versuchte gar nicht, das Misstrauen aus ihrer Stimme zu halten. Besuch von Fremden hatte in Johannas Leben noch nie etwas Gutes bedeutet.

»Mein Name ist Isenwald«, sagte die junge Frau und lächelte freundlich. »Ich würde mich gern mit Ihnen unterhalten.«

»Unterhaltn? Zwegs wos?« Johanna warf einen Blick über die Schulter und sah, wie im Haus gegenüber Frau Dammböck die Vorhänge ihres Wohnzimmers zuzog.

Frau Isenwald folgte ihrem Blick. »Vielleicht können wir woanders reden.«

»Was wollns denn überhaupts?«

Frau Isenwald sah noch einmal über die Straße, wo Frau Dammböck stand, durch ihre blütenweiße Gardine nur halb verborgen.

»Können wir nicht hineingehen?«, fragte Frau Isenwald.

»Na«, sagte Johanna entschlossen.

Ihr war klar, über was die Frau mit ihr reden wollte, auch wenn sie nicht wusste, warum. Aber Johanna wollte fremden Leuten keine Dinge mehr erzählen, die besser unerzählt blieben. Selbst der Polizei nicht. Darin hatten die Gespräche mit dem Kommissar und diesem Schafmann sie nur bestärkt. Sie wusste, was sie wusste, und es half nichts.

»Darf ich Sie denn vielleicht zu einem Kaffee einladen?«, fragte Frau Isenwald.

»Kaffee hob i heit gnug ghabt«, antwortete Johanna.

Aber Frau Isenwald ließ sich durch ihre Widerborstigkeit nicht entmutigen. »Dann vielleicht ein Radler?«, fragte sie und wies auf einen kleinen roten Flitzer, der gegenüber parkte. »Lassen Sie uns irgendwo hinfahren, wo wir in Ruhe reden können.«

»Mei Enklin kimmt glei aus da Schul. I hab koa Zeit ned.«

Johanna ließ die Frau stehen und ging auf ihre Haustür zu.

»Frau Kindel!« Frau Isenwald sprach leise, aber eindringlich. »Ich bin von der Staatsanwaltschaft. Wir müssen reden. Und ich möcht Sie wirklich nicht vorladen müssen. Bitte.«

Johanna senkte den Kopf und schloss die Tür auf.

»Kommens halt nei«, sagte sie müde.

* * *

Die blonde Kellnerin in dem blauen Dirndl begrüßte Schwemmer und Schafmann mit einem freundlichen »Servus« und bat sie mit einer Geste, sich einen Platz auszusuchen.

Schwemmer sah sich um. Das »Höllentaler« in der Ludwigstraße war um diese frühe Uhrzeit noch fast leer. Ein ältlich wirkendes Paar saß vor zwei Halben und schwieg sich an; ihre neuwertigen Wanderschuhe wiesen sie als Touristen aus.

Am hintersten Fenstertisch, direkt neben der winzigen Bühne, auf der abends jemand Zither spielen würde, saß allein ein kleiner, alter Mann, den schmalen Rücken dem Fenster zugewandt. Er trug einen dunklen Janker und einen abgegriffenen, grauen Trachtenhut, vor ihm stand ein fast geleertes Helles und ein Stamperl mit klarem Schnaps, das er hob und zur Hälfte austrank.

Er sah auf, als die beiden an seinen Tisch traten.

»Herr Kunkel?«, fragte Schwemmer.

Der Mann nickte misstrauisch.

Schwemmer stellte Schafmann und sich vor. »Erlauben Sie, dass wir uns zu Ihnen setzen?«

Kunkel zuckte die Achseln. »Was wollns denn?«

Schafmann zwängte sich auf die Bank, Schwemmer nahm sich einen der Stühle, was keine sehr gut Wahl war, denn gerade jetzt erkämpfte die Sonne sich den Weg durch die Wolken, und die bunten Butzenscheiben dämpften sie nur wenig, sodass der Kunkel Bartl für Schwemmer nur als Silhouette erkennbar war. Schwemmer kniff die Augen zusammen. »Zunächst möchte ich unser Beileid zum Ausdruck bringen«, sagte er zögernd.

»Wegen dem Tonerl?« Kunkel machte eine wegwerfende Geste. »Hundertvier is gworden. Des reicht doch, oder? Is ja a schon drei Monat her.«

»Wenn Sie meinen…« Hoffentlich sieht Burgl das später auch mal so gelassen, dachte Schwemmer.

Die Kellnerin kam zu ihnen an den Tisch, und sie bestellten zwei Radler.

»Was wollts denn nun?«

Schafmann räusperte sich. »Sie wissen von der Sache am Grab Ihrer Gattin?«

Kunkel nickte düster. »Wundert mi ned.«

Er griff nach dem Stamperl und trank es leer.

»Warum nicht?«, fragte Schafmann.

Kunkel schüttelte abwehrend den Kopf. »Na. Wenn i des offiziell mach…«

»Was denn?«

Wieder machte Kunkel diese wegwerfende Geste.

»Wenn i des offiziell mach, kriegt er mi am Wickl. Und ihr machts ja eh nix.«

»Wer kriegt Sie am Wickel, Herr Kunkel?«, fragte Schwemmer. »Der Kugler Alois?«

Kunkel sah sein leeres Stamperl an. »Lisa!«, brüllte er dann in Richtung der Kellnerin, die seinen Ruf mit einem nachsichtigen Nicken quittierte.

»Damals habts ihr eam ned derwischt«, sagte er dann und griff nach seinem Bier. »Und heut derwischts ihr eam a ned.«

»Meinen Sie denn, der Alois Kugler hätte das Grab seiner Mutter geschändet?«, fragte Schafmann.

»Des hab i ned gsagt.«

Kunkel drehte den Kopf weg und trank mit beleidigter Miene seine Halbe leer, während er die Jagdtrophäen an der dunkelbraun gebeizten Holzwand ansah.

»Es gibt ein Gerücht«, sagte Schwemmer. »Angeblich hat das Kunkel Tonerl einen Beweis gegen den Alois mit ins Grab genommen.«

»Schmarrn«, brummte Kunkel die Wand an.

»Schmarrn? Ein Zeuge will das von Ihnen gehört haben«, sagte Schafmann.

»Schmarrn«, wiederholte Kunkel nur.

Lisa brachte ihre Radler und ein Helles mit einem neuen Schnaps für den Kunkel Bartl, was seinen Blick endlich wieder von der Wand auf den Tisch lenkte. Er griff nach dem Bier, trank und wischte sich mit dem Handrücken den Mund ab.

»A Rednsart. Nix weiter«, brummte er dann. »*Den Beweis mit ins Grab nehmen.* A Rednsart.«

Bedächtig stellte er das Glas wieder ab.

»*Gibt* es denn einen Beweis?«, fragte Schafmann.

Kunkel nickte bedächtig.

»An Beweis hat's gebn. So hat sie's mir gsagt.«

»Und was war das?«

»Woaß i ned.«

»Aber sie hat Ihnen doch davon erzählt?«

»I hab des Tonerl halt gfragt, als wir gheirat habn, is doch normal, oder? Wollt i scho wissn, was los is mitm Alois. Aber des Tonerl wollt erst gar ned drüber redn. Wollt nix mehr wissn von der Kugler-Familie. Aber i hab ned nachgebn, und dann hats gsagt, dass sie *wüsst,* dass der Alois den Burschn umbracht hätt, damals. Dass sie des beweisen könnt, aber ihren eignen Sohn hats ned ins Gefängnis bringen wolln. Nur zum Tun haben wollts nachher a nix mehr mit eam.«

»Und wo waren die Beweise?«, fragte Schafmann.

Kunkel zuckte die Achseln.

»Des hats mir ned gesagt. Ned was und ned wo.«

»Warum nicht?«

Kunkel nahm das Stamperl und trank es zur Hälfte aus. »Wannst mi fragst ...«

»Das tun wir, Herr Kunkel«, sagte Schwemmer.

Kunkel stieß ein heiseres Lachen aus. »Also wannst mi fragst: Des war ihre Lebensversicherung.«

»Sie hatte Angst vor ihrem Sohn?«

»Einem Mörder! Logisch hats Angst ghabt.«

Er trank sein Stamperl leer. Seine Stimmung schien danach etwas gnädiger.

»Denkts doch amol nach, hm?«, sagte er. »Wenn des stimmen tat, mit dem Beweis in dem Grab ... warum sollt *ausgrechnet* der Kugler danach grabn? Wenn irgendwer an Interesse hat, dass des für immer da druntn bleibt, dann doch *der*. Oder?«

Schwemmer sah Schafmann an und zog spöttisch die Brauen hoch. Genau das hatte er der Isenwald auch gesagt, aber sie hatte darauf bestanden, dass sie den alten Mann befragten. Schaden würde es nicht, und damit hatte sie natürlich recht. Für Schwemmer war es aber das Eingeständnis, dass sie nicht wussten, was sie tun sollten. Er zog in solchen Situationen vor, nichts zu tun, aber Frau Isenwald stürzte sich lieber in Aktionen, schoss mit Schrot, sozusagen.

Irgendwas würden sie schon erfahren, meinte sie. Vielleicht sogar etwas Brauchbares. Nach Schwemmers Meinung unterschätzte sie die Gefahren, die von schlafenden Hunden ausgehen konnten. Vielleicht, weil sie aus der Großstadt kam.

»Sie haben Ihrer Gattin geglaubt, was sie über ihren Sohn sagte«, stellte Schwemmer fest.

»Freilich. Wenn i ihr ned vertraut hätt, hätt i sie ned gheirat.«

»Haben Sie irgendwelchen Kontakt zu Kugler?«

»Kontakt? Pah!«, stieß Kunkel höhnisch hervor.

»Es heißt, dass Sie mit Ihrer Meinung über den Kugler nicht hinter dem Berg halten«, sagte Schwemmer.

»I halt nie hinterm Berg. Mit gar nix.« Der kleine, alte Mann funkelte sie an, als hätte Schwemmer ihn beleidigt. »I hab nie Angst ghabt. Wenn's dem Kugler ned passt, bittschön. I wart hier auf eam.«

Kunkel sah weg, hinüber zu der Wand, an der die verblichenen Wimpel und Eishockeytrikots hingen und auch das alte Foto von der zweiten Mannschaft des SC Riessersee, auf dem Schwemmers Vater mit drauf war.

Schwemmer sah ihn nachdenklich an. Sein Radler war noch halb voll, aber er winkte die Kellnerin zum Zahlen heran.

»Wissen Sie, wie das für mich klingt, Herr Kunkel?«, fragte er, während er Geld aus seiner Brieftasche nestelte.

Kunkel zuckte die Achseln.

Schwemmer zahlte und bedankte sich freundlich bei Lisa.

»Für mich klingt das«, sagte Schwemmer und erhob sich, »als hätten Sie auch eine Lebensversicherung.«

* * *

»I hab a guads Lebn ghabt.«

Johanna hatte die Hände vor sich auf dem Küchentisch verschränkt und vermied, die junge Frau anzusehen, die ihr gegenüber auf der Bank saß.

Ihr Lächeln war freundlich, und Johanna konnte keine Hinterlist darin lesen, trotzdem traute sie ihr nicht. Sie war zu ... perfekt. Sah aus, als hätte sie noch nie in ihrem Leben ein wirkliches Unglück erlebt. Und wahrscheinlich war es genau so.

»I hab a guads Lebn ghabt«, wiederholte Johanna.

Frau Isenwald nippte an dem Filterkaffee, den Johanna ihr gemacht hatte.

»Mancher würde das anders sehen. Sie haben Mann und Tochter verloren, Frau Kindel. Sie haben diese ... Gabe, die Sie in Schwierigkeiten gebracht hat. Und nun müssen Sie alleine Ihre beiden Enkel großziehen. Ein gutes Leben stellen sich die meisten wohl anders vor.«

Johanna schloss die Augen und lächelte.

»Als i jung war, da hab i schwer arbeitn müssn, aufm Hof drobn. Mei Muatter is gstorbn, da war i zwölf. Und da Vater hatt ja niemand ghabt. So hab i alles gmacht. Den Stall. De Küch. Des war a schwere Zeit. Aber dann hab i den Theo kennenglernt, auf da Festwochn. Neunzehnsechzg war des. So a schöner Mann.« Sie lächelte in sich hinein. »Und ein guter ... Vor *allem* ein guter. De Madln, also mei Freindinnen, de ham immer viel verzählt, über eanere Burschn. Wenns gsoffn habn oder sie gschlagn. Die Karrnbauer Resi is manchmal mit da Sonnenbrilln ins Dorf komma, im Winter. Weil ihr Mann wieder mal mit irgendwas ned zfrieden war. Aber da Theo ... der war anders.«

»Aber Sie haben ihn verloren«, sagte Frau Isenwald.

»Ja. Aber i hab eam a ghabt. Und des is mehr, als die meisten ghabt ham.«

Frau Isenwald spitzte nachdenklich die Lippen. »Und Ihre Tochter?«, fragte sie.

»Bienerl …« Johannas Lächeln bekam einen melancholischen Zug. »Bienerl war … anders. A Wildfang, des wars. Hat auf niemand ned ghört. Auf den Vater ned, de Mutter schon gar ned. Aber a gutes Herz hats ghabt. A bisserl *zu* gut, vielleicht.«

»Zwei uneheliche Kinder. War das damals nicht …«

»Besser koan Mann als a Nietn. Das hab i ihr gsagt. Und die zwoa, also de Väter von dene zwoa, das warn beides Nietn. Aber wo die Liab halt hinfällt …«

»Das ist gewiss nicht leicht für Sie, die zwei alleine großzuziehen.«

»Was is scho leicht?«

Johanna schenkte Frau Isenwald Kaffee nach und schob den Teller mit den Keksen näher zu ihr hin. Frau Isenwald lehnte dankend ab.

»Aber ganz allein, mit zwei so jungen Kindern …«

Johanna lachte. »Als die zwoa klein warn, da gabs keine Probleme ned. Aber heut …«

»Wissen die beiden eigentlich von Ihren Träumen?«, fragte Frau Isenwald.

Aha, dachte Johanna. Jetzat geht's los. Bislang hatte die Staatsanwältin das Thema immer nur gestreift, und sie hatte sich schon gefragt, wie lange sie noch um den heißen Brei herumschleichen würde.

»Wissn tun de zwoa wenig. Sie ham davon ghört, des ja. Und da Seve hat als kleiner Bua scho mitkriegt, dass do was los war, zweng dem Prozess, wanns verstehn, was i mein …«

In diesem Moment drehte sich ein Schlüssel in der Tür, und Danni kam herein.

»Servus!«, rief sie von der Diele her und schnürte sich ihre Sportschuhe auf, um sie unordentlich vor dem Regal auf dem Boden stehen zu lassen. In ihren Filzhausschuhen kam sie dann in die Küche geschlappt.

»Grüß Gott«, sagte sie in einer Mischung aus Schüchternheit und Protest, als sie Frau Isenwald auf ihrem Platz sitzen sah.

»Griaß Gott, mei Liabs. Des is die Frau Doktor Isenwald. Die hat nur an paar Fragn an mi.«

»Wegen deine Träum?« Danni sah Frau Isenwald misstrauisch an. »Nehmens die Großmama mit?«, fragte sie dann.

Frau Isenwald schüttelte überrascht ihre schwarze Mähne.

»Nein«, sagte sie. »Nein, nein. Wir ... reden nur.«

Danni kletterte auf den Stuhl neben ihr, ohne sie aus den Augen zu lassen.

»Über was reds denn?«

»Sei ned neugierig«, sagte ihre Großmutter. Sie hatte den Kühlschrank geöffnet und holte Butter und Aufschnitt daraus hervor. »'s gibt a Brotzeit. Kochen tu i auf d' Nacht.«

»Passt scho«, sagte Danni.

»Woaßt, wann der Seve hoamkommt?«

»Na.«

Johanna Kindel nahm das Holzlukenbrot aus dem Brotkasten und schnitt zwei Scheiben davon ab. »Schinkn oder Kas?«, fragte sie.

»Kas«, antwortete Danni.

»In welcher Klasse bist du denn?«, fragte Frau Isenwald.

»Fünfte«, sagte Danni. Ihr Gesichtsausdruck blieb misstrauisch.

»Gymnasium?«

»Ja.«

»A Milch dazu?«, fragte Johanna Kindel, während sie Butter auf die Brotscheiben strich.

»Ja…« Danni sah Frau Isenwald entschlossen an. »Wissens, solche Träum, die gibt's gar ned«, sagte sie.

Johanna Kindel fuhr herum. »Danni!«

»Was sind denn *solche* Träume?«, fragte Frau Isenwald freundlich.

Die Kleine sah ihr direkt in die Augen.

»Die, die's eben ned gibt«, sagte sie. Damit rutschte sie von ihrem Stuhl. Sie ging zu ihrer Großmutter und nahm ihr das Brettl mit den Schnitten und die Milch aus der Hand.

»I ess oben.« Sie ging aus der Küche und drückte die Tür mit dem Fuß bei. Die beiden Frauen hörten die Stiege knarzen, als sie nach oben stieg.

Johanna setzte sich mit einem unterdrückten Seufzer wieder an den Küchentisch.

»De Danni is a bisserl scheu, wenn Fremde da san…«

»Finden Sie? Schien mir eher eine ziemlich aufgeweckte junge Dame zu sein«, sagte Frau Isenwald lächelnd.

»De Kinder machn sich halt a eanere Gedankn.«

Wieder drehte sich ein Schlüssel in der Haustür, und Severin Kindel kam herein. Wie seine Schwester streifte er sich die Schuhe von den Füßen und schlüpfte in seine

Filzhausschuhe. Allerdings war sein Blick erheblich unfreundlicher als der Dannis, als er Frau Isenwald in der Küche entdeckte. Misstrauisch blieb er in der Tür stehen.

»Grüß Gott«, sagte Frau Isenwald freundlich, aber er antwortete nur mit einem halben Nicken. Sein Blick suchte den seiner Großmutter.

»Des is de Frau Doktor Isenwald von da Staatsanwaltschaft«, sagte Johanna und brachte nur ein schiefes Lächeln zustande.

Wieder nickte Severin nur.

»Magst was essn?«

Severin schüttelte den Kopf. Dann setzte er sich stumm auf den Stuhl, auf dem Danni eben noch gesessen hatte.

»De Frau Doktor Isenwald ...« Johanna zögerte.

»Sie kommt wegn deim Traum«, sagte Severin unbewegt.

Johanna nickte.

»Was hast ihr denn verzählt?«

»Sie hat mir noch gar nichts erzählt von ihren Träumen.« Frau Isenwald lächelte Severin unverdrossen an.

»Is auch besser«, sagte er, ohne sie anzusehen. »Sie hätt gar ned zur Polizei gehn solln«, setzte er leise hinzu

»Wieso?«

»Nutzt ja eh nix.«

Johanna stand an der Spüle und verfolgte den Wortwechsel schweigend. Sie wusste nicht, was richtig war. Plötzlich hatte sie fast ein schlechtes Gewissen gegenüber Severin, dass sie die Frau überhaupt hereingelassen hatte. Wahrscheinlich hatte er recht, und sie hätte gar nicht zur Polizei gehen sollen.

Aber was dann? Was sonst hätte sie tun sollen, außer beten?

»Weißt du denn, was sie geträumt hat?«

Severin reagierte nicht auf die Frage. Ein unangenehmes Schweigen breitete sich aus. Frau Isenwald schien nicht sicher, was sie tun sollte. Severin saß am Tisch und starrte an die Decke.

»Was hätte sie denn tun sollen, Ihrer Meinung nach?«

Dass sie ihn nun plötzlich siezte, ließ Severins Augenbrauen spöttisch nach oben wandern. Aber er antwortete nicht.

Johanna überlegte, ihn zu bitten, sie allein zu lassen. Aber sie wagte es so wenig, wie sie es wollte. Sie wollte gar nicht allein mit der jungen Frau sein. Sie war froh, dass ihr Enkel da war.

»Er meint wohl, i hätt besser nix gsagt.«

Frau Isenwald nickte verstehend.

»Darf ich Ihnen denn noch eine Frage stellen?«

»Bittschön«, sagte Johanna nur.

Severin sah die Staatsanwältin misstrauisch an.

»Der Mann, den Sie da gesehen haben, der, der schießt: War das wieder dieser Kugler?«

Johanna zuckte zusammen, als sie den Namen hörte. »Wie kommens denn *da* drauf?«

Severin runzelte die Stirn. Sein Blick fuhr zwischen Isenwald und seiner Großmutter hin und her.

»Wer is des?«, fragte er, und Johanna wusste nicht, was sie antworten sollte.

»Des erklär i dir a anders Mal«, sagte sie unsicher.

»Das bedeutet nein, ja?«, fragte Frau Isenwald.

»Ja … also na, mein i. Den Kugler Alois hab i ned wieder gsehn. A ned im Traum.«

Die Staatsanwältin sah zu Severin.

»Kennen Sie den Traum, von dem Ihre Großmutter der Polizei erzählt hat?«, fragte sie.

Severin nickte, ohne ihren Blick zu erwidern.

»Haben Sie denn sonst noch etwas gesehen? Etwas, das dazu passen könnte?«, fragte sie Johanna.

Johanna schloss unwillkürlich die Augen. Sofort sah sie den Feuerball aufsteigen, und so zwang sie sich, die Augen wieder zu öffnen. Sie sah zu Severin, der ihren Blick ernst erwiderte. »Die Bullen brauchen wir nicht«, stand dort unausgesprochen.

»Na«, sagte Johanna endlich. »Sonst hab i nix gsehn.«

* * *

Schafmann schlenderte neben Schwemmer her die belebte Ludwigstraße entlang zu ihrem Wagen, den sie in der Badgasse abgestellt hatten. Kurz vor der Ballengasse stand ein Lieferwagen in zweiter Reihe, aus dem zwei Männer in Overalls in aller Ruhe einen großen Kühlschrank ausluden, während der Fahrer eines Düsseldorfer Pkw hinter ihnen vergeblich versuchte, sie mit einer Schimpftirade zu einer höheren Arbeitsgeschwindigkeit zu bewegen.

»Meinst, es liegt tatsächlich etwas in dem Grab?«, fragte Schafmann. »Also etwas, das da nicht reingehört?«

Schwemmer brummelte unwillig etwas Unverständliches.

»Vielleicht hat der Kugler ja Angst bekommen, dass der

alte Kunkel das ausgräbt. Und wollte ihm zuvorkommen«, hakte Schafmann nach.

Schwemmer schüttelte leicht den Kopf. »Spekulation. Sonst nichts«, sagte er und blieb vor einem Sportgeschäft stehen.

Im Schaufenster stand ein Paar Trekkingstöcke, die man auf weniger als dreißig Zentimeter zusammenschieben konnte. Burgl wollte im Sommer mit ihm wandern, zumindest hatte sie ihm das vor ihrem Hexenschuss angedroht, und er kannte ihr langes Gedächtnis.

»Was hältst du von denen?«, fragte er.

»Zu teuer«, sagte Schafmann. »Wenn du welche brauchst: Ich hab noch ein Paar zu Haus. Wir wandern eh nie.«

Schwemmer sagte nichts. Wahrscheinlich waren Schafmanns Stöcke doppelt so schwer, doppelt so lang und halb so stabil. Dafür sollten sie dann auch nur zwei Drittel kosten. Die Hände in den Taschen seines kurzen Mantels ging Schwemmer weiter. Schafmann ging treu neben ihm her.

»Im Ernst«, sagte er. »Kannst du haben. Sind fast neu.«

»Ich wart erst mal den Hexenschuss ab«, sagte Schwemmer.

Sie bogen in die Badgasse.

»Was willst du unternehmen?«, fragte Schafmann.

Schwemmer stieß ein »Phhh« hervor. »Ich sperr den Kugler, den Kunkel und die Satanisten zusammen in eine Zelle. Jeder, der am nächsten Morgen noch lebt, wird verhaftet.«

Schafmann lachte ein bisschen.

»Als ich noch in Ingolstadt war«, sagte Schwemmer, und Schafmanns amüsierter Gesichtsausdruck bekam etwas Gequältes, wie immer bei einer drohenden EKHK-Schwemmer-damals-in-Ingolstadt-Geschichte.

»Als ich noch in Ingolstadt war«, sagte Schwemmer, »da hatten wir mal eine Diebin. Das war eine ganz brave, ältere Dame, alleinstehend.«

Sie erreichten ihren Dienst-Passat, dessen Blinker aufleuchteten, als Schafmann auf den Schlüsselknopf in seiner Jackentasche drückte. Schwemmer stieg auf der Beifahrerseite ein.

»Die erhielt Befehle von Stimmen, wenn sie am Abendbrottisch saß«, fuhr er fort, während sich Schafmann neben ihm auf dem Fahrersitz festschnallte

»Aha«, sagte Schafmann. »Stimmen.« Er ließ den Motor an und fuhr los.

»Ja. Stimmen«, sagte Schwemmer. »Die befahlen ihr, in bestimmte Wohnungen zu gehen, deren Türen immer offen standen.«

»Wie?«, fragte Schafmann.

»Ja. Die ging ganz gezielt zu bestimmten Wohnungen in bestimmten Mehrfamilienhäusern. Die Türen standen offen, und sie hat in aller Ruhe die Wohnungen durchsucht, die Wertsachen in Plastiktüten gepackt und dann draußen auf die Straße gestellt.«

Schafmann warf ihm einen ungläubigen Blick zu. Er wartete auf eine Lücke im dichten Nachmittagsverkehr auf der Hauptstraße. Und er wartete lange.

»Die hat das immer am Abendbrottisch gehört. Da hat ihr jemand gesagt, die Armen bräuchten Hilfe, und die

Reichen würden geben. Sie müsste es nur abholen. Und auf die Straße stellen.«

Schafmann sah schweigend nach links die Hauptstraße hinauf. Schwemmer sah nach rechts.

»Hier ist frei«, sagte er.

»Hier nicht«, sagte Schafmann.

»Hat lange gedauert«, sagte Schwemmer. »Aber dann hat sich irgendwann jemand gewundert.«

»Ich wundere mich jeden Tag«, sagte Schafmann und zwängte den Passat zwischen einen Vierzigtonner und einen BMW X6, der ihn darob hasserfüllt angleißte. »Fährt das hässlichste und schwachsinnigste Auto, das in Deutschland gebaut wird, aber meckert rum«, grummelte Schafmann.

»Also, da hat jemand eine Plastiktasche voller wertvollem Zeug gefunden. Und da fing die Spur an. Erst mal. Dann gab's die Wohnung, aus der das stammte. Das Schloss war aufgebrochen, es gab Fingerabdrücke, aber die waren nicht registriert. Also ging's wieder nicht weiter. Dann, ein paar Wochen später, wieder eine Tüte auf der Straße, und diesmal hatte jemand die Frau weggehen sehen. Aber bevor er sie einholen konnte, war sie in den Bus gestiegen. Der hatte aber eine Überwachungskamera, und so hatten wir endlich ein Bild von der Frau. Das haben wir veröffentlicht.«

»Aha«, sagte Schafmann. Er bog in die Wildenauer Straße in Richtung Skistadion ab.

»Sag mal, wo fährst du eigentlich hin?«, fragte Schwemmer irritiert.

»Zu meinem Heilpraktiker.«

»Aha. Und was dann?«

»Da steig ich aus und mach Feierabend. Sozusagen.«

»Wie?«

»Fahr bitte allein zur Wache zurück. Wenn ich Glück hab, kann er mich zur Akupunktur dazwischenschieben.«

»Wieso brauchst du Akupunktur?«

»Wegen meinem Rücken.«

»Was ist denn damit?«

»Wissen sie nicht genau. Fühlt sich an wie Rheuma.«

Schwemmer verdrehte die Augen. »Und das muss grade jetzt sein?«

»Es ist vier Uhr durch. Was richtig Dringendes steht nicht an, und Überstunden hab ich wohl genug abzufeiern. Außerdem ist heut noch Elternabend, und ich muss dahin wegen der neuen Mathelehrerin«, sagte Schafmann und wirkte dabei nicht, als freue er sich allzu sehr auf seinen Feierabend. Sie hielten vor der Praxis, und Schafmann schaltete den Motor ab.

»Was war mit der Frau in Ingolstadt?«, fragte er dann.

»Mit wem? Ach so … Jemand hatte sie erkannt, als ihr Foto in der Zeitung war. Allerdings hörten da auch die Stimmen mit einem Schlag auf. Sie schwor Stein und Bein, dass sie da gewesen waren, ich hab selbst mit ihr da am Tisch gesessen, und natürlich war da nix. Wir haben sie untersuchen lassen, also psychiatrisch. Der Doktor sagte, dass sie sicher sei, die Wahrheit zu sagen. Aber krank war sie auch nicht. Nur halt nicht sehr helle. Anklage wurde erhoben, das Ganze zog sich. Dann haben die Kollegen in Regensburg jemanden mit gestohlenem Schmuck erwischt. Und das war ein Nachbar von unserer

Dame. Da dämmerte mir was. Ich hab ihr seine Stimme vorgespielt, und sie hat sie wiedererkannt. Der hatte durch den Lüftungsschacht mit ihr geredet. Wohnungen ausbaldowert, geknackt, und die Frau hat dann die Wertsachen rausgeholt. Auf der Straße hat er dann nur die Tüten mitnehmen müssen. Minimales Risiko für ihn.«

»Und? Was schließt du da draus?«

»Ist halt so 'ne Sache mit übersinnlich.«

Schafmann sah ihn einen Moment lang schweigend an, dann stieg er aus.

»Vergiss es nicht«, sagte er, bevor er die Tür zuwarf.

* * *

Severin hatte immerhin die Höflichkeit aufgebracht, die Staatsanwältin zur Tür zu bringen. Der Ernst in seinem Gesicht, als er wieder hereinkam, löste bei Johanna Besorgnis aus. In Momenten wie diesem schien er ihr fast zu erwachsen für sein Alter.

»Was wolln die?«, fragte er und setzte sich auf die Bank, auf der zuvor Frau Isenwald gesessen hatte. Er schnüffelte skeptisch. Das elegante Parfüm der Dame hing noch in der verbrauchten Luft der kleinen Küche. Johanna stand auf und setzte das Fenster auf Kipp.

»I glab, de wollt nur kein Fehler ned machn«, sagte sie. »De habn Angst, dass i recht habn könnt.«

Severin sah nur die Tischplatte an.

»Heut Abend«, sagte er leise. »Da Schibbsie und da Girgl wissn was. Aber sie sagn mir nix. I glaub, das passiert heut Abend.«

Sie schwiegen lange.

»I geh da rauf«, sagte Severin endlich.

»Des kommt ned in Frag! Überhaupts ned«, entgegnete Johanna scharf.

»Ich geh da rauf«, wiederholte Severin trotzig.

»Was glabst denn, kannst machn da drobn? Willst di a derschiaßn lassn?« Der Zorn in der Stimme seiner Großmutter war aufrichtig genug, Severins Selbstsicherheit zu erschüttern, aber er gab nicht nach.

»Wann die drei da was vorhabn, will i wissen, was!«

»Des brauchst ned wissn! Was könnts denn da scho tun?«

»Wann die sehn, dass i da bin, vielleicht…«

»Was scho? Werst a derschossn! Da bleibst! I lass di ned vor de Tür heut Nacht!«

Es war ihr ernst. Eher würde sie ihren Enkel in den Keller sperren, bevor sie ihm erlaubte, im Dunkeln dort droben mitzuerleben, was auch immer passieren würde.

Der Blick, mit dem Severin sie ansah, zeigte, dass ihm das klar war. Er nickte ergeben. »Wennst meinst«, sagte er leise, und fast klang es, als sei er erleichtert.

Die Küchentür ging auf. Danni steckte zögernd den Kopf herein.

»Streitets ihr?«, fragte sie leise.

»Na«, antwortete Johanna. Die ängstlichen Augen der Kleinen brachten ein Lächeln auf ihr Gesicht.

»Na, mir streiten ned«, sagte auch Severin. »Komm halt her.«

»I hab noch Hunger.«

Danni trat an die Anrichte und fummelte eine Scheibe

Brot aus der Tüte und begann, sie mit Frischkäse zu bestreichen.

»I wüsst scho gern, was du geträumt hast«, sagte sie.

Johanna sah sie nachdenklich an. »Nix Schöns«, sagte sie dann.

Danni biss in ihr Brot. Es hinterließ einen dünnen weißen Bart auf ihrer Oberlippe.

»Träumst denn überhaupt was Schönes?«, fragte sie dann.

»Red ned mit da volln Goschn«, sagte Johanna, schärfer, als sie eigentlich wollte. »Ja.« Sie sprach sanfter weiter. »Manchmal träum i a was Schöns. Wenn a Kind zur Welt kommt, zum Beispiel.«

»Und diesmal? Was war's da?«

»Geh, lass der Großmama ihr Ruh«, sagte Severin.

Danni zog eine beleidigte Schnute und ging mit ihrem Brot in der Hand aus der Küche.

Severin sah ihr nach, bis sie die Stiegenstufen unter ihren Tritten knarren hörten.

»Gar nix tun geht doch a ned«, sagte er dann.

* * *

Burgl stand tatsächlich am Herd, als Schwemmer das Haus betrat, und das Lächeln, das sie ihm schenkte, wirkte ziemlich schmerzfrei. Ohne den Mantel abzulegen ging er in die Küche und küsste sie auf den Mund.

»Freut mich, Sie aufrecht zu sehen, Frau Schwemmer«, sagte er lächelnd.

»Frag mich mal, wie *mich* das freut.«

Auf dem Ceranfeld stand ein großer Topf, die Platte so heiß, dass das Wasser knapp siedete, wie Schwemmer mit einem routinierten Blick auf den Einstellknopf feststellte. Der Duft, der darüber hing, war verführerisch. Im Backofen entdeckte er vorgewärmte Teller.

»Gibt's was zu feiern?«, fragte er.

Burgl arbeitete an einem kleinen, hohen Topf auf der anderen Flamme.

»Das Ende der Hexe«, sagte Burgl und zwinkerte ihm zu.

Schwemmer versuchte, anhand der herumstehenden Zutaten auf das Hauptgericht zu schließen, er entdeckte Puderzucker, Weißwein, Reste eines Estragonbüschels und Senf.

Er gab auf, aber als er versuchte, den Topfdeckel zu lüften, drohte sie ihm mit dem Schneebesen.

»Weißwein ist im Kühlschrank«, kommandierte Burgl und scheuchte ihn vom Herd weg, ohne ihn aufzuklären, was er gleich zu essen bekommen würde. Er musste sich mit einem knappen »Ist gleich so weit« zufriedengeben.

Gehorsam öffnete er die Flasche italienischen Chardonnay und brachte sie samt Kühler und Gläsern zum Esstisch, der schon mit Besteck und Stoffservietten eingedeckt war.

Er setzte sich, schenkte Wein ein, und nach einigen Minuten kam Burgl mit zwei Tellern auf einem Tablett herein. Es gab Kalbszunge in Estragonsauce.

Sie stellte die Teller auf den Tisch und warf ihm einen warnenden Blick zu, den er genau verstand. Er bedeutete, dass Schwemmer sich seinen Lieblingskalauer zum

Thema Zunge (»Was andere schon im Mund gehabt haben? Da ess ich lieber 'n Ei.«) verkneifen musste. Ein Blick auf den Teller vor ihm ließ es ihn verschmerzen.

Sie stießen an.

»Hätte ich nicht geglaubt, gestern Morgen«, sagte er, »dass du heut schon wieder kochen kannst.«

»Ich auch nicht.«

Er nahm den ersten Bissen von dem zarten Fleisch und schenkte seiner Frau einen verliebten Blick, den sie lächelnd erwiderte. Sie aßen eine Weile schweigend und genossen die gemeinsame gute Laune, die allerdings so abrupt wie heftig ins Schwanken geriet, als das Telefon zu läuten begann.

Burgl sah ihn drohend von unten her an. »Wag es nicht«, sagte sie. »Oder die Hexe soll dich holen.«

Er hob in einer beschwichtigenden Geste sein Besteck und aß dann weiter, geduldig darauf wartend, dass der Anrufbeantworter ansprang.

Aber als der dann mit einem Piepton begann, seine Aufgabe zu erfüllen, war klar, dass ihr Festmahl zu Ende war.

»Herr Kommissar«, sagte die Stimme Johanna Kindels. »I muass mit Eane redn. 's pressiert arg! Rufns mi an, heut noch, bittschön.«

Schwemmer ließ sein Besteck sinken. Burgl schob die gespitzten Lippen hin und her. Der Anruf war natürlich dienstlich, aber da er von der Hexenschussheilerin kam, war er anders zu beurteilen, als sie das sonst wohl getan hätte.

»Darf ich noch aufessen?«, fragte Schwemmer, und sie wiegte den Kopf.

»Na schön«, sagte sie dann, und sie aßen weiter, aber

natürlich war an hingebungsvolles Genießen nicht mehr zu denken.

»Was könnte sie wollen?«, fragte Burgl denn auch schon zwei Bissen später, den Mund noch halb voll.

Schwemmer nahm einen Schluck Wein.

»Wenn es das ist, was ich fürchte«, murmelte er dann, »war es das wohl mit dem Feierabend…«

* * *

Immerhin hatte es geregnet, sodass er auf der ungeteerten Straße diesmal kaum Staub aufwirbelte. Johanna Kindel wartete neben ihrem Kleinwagen, als Schwemmer auf dem Parkplatz des Schäferhundevereins anhielt und den Motor ausstellte. Außer ihren waren keine weiteren Wagen dort abgestellt, im Clubhaus war heute wohl keine Veranstaltung, was Schwemmers Bemühen um Diskretion sehr entgegenkam. Die Dämmerung fiel herein, es wurde zusehends dunkel.

Johanna Kindel kam auf ihn zu, als er ausstieg. Sie sagte nichts, sah ihn nur an in einer Mischung aus Ratlosigkeit, Angst und Entschlossenheit.

Sie hatte sich geweigert, ihm am Telefon mehr zu sagen, aber spätestens, als sie ihn zu diesem Treffpunkt dirigiert hatte, war klar gewesen, um was es ihr ging.

Heute würde es passieren.

»Also heute«, sagte er, und Johanna Kindel nickte.

»Und woher wissen Sie das?«

Sie steckte die Hände in die Tasche ihrer Anorakjacke und sah an ihm vorbei.

»I woaß es halt.«

Sie sah ihm weiter nicht in die Augen.

»Na schön«, sagte Schwemmer. »Ich sage Ihnen, was ich machen werde: Ich fahre jetzt da hoch und stell meinen Wagen auf den Holzplatz, den Sie mir gezeigt haben. Dann wird nichts passieren.«

»I fahr mit Eane.«

»Nein, das tun Sie nicht. Sie fahren jetzt nach Hause und tun, was immer Sie gewöhnlich tun um diese Zeit. Ich werde Sie anrufen.«

Immer noch sah sie ihm nicht in die Augen, aber sie nickte und ging wortlos zu ihrem Wagen. Als sie davongefahren war, stieg auch Schwemmer ein und fuhr den Berg hinauf.

In der Kehre am Brunnenhaus leuchtete ein Grablicht an dem kleinen Gedenkstein, das war bis auf Weiteres die letzte Lichtquelle, die er an seinem Weg finden würde. Hier im Wald war es bereits stockdunkel, auch wenn der Himmel zwischen den Baumwipfeln über ihm noch von purpur-blauen Streifen durchzogen war.

Er erreichte den Platz, bog ein und hielt in der Mitte der Schotterfläche. Er schaltete den Motor aus und stieg aus.

Lauschend stand er jetzt neben seinem Wagen. Es war totenstill im Wald um ihn herum. Er zog die Stablampe aus der Manteltasche und leuchtete in Richtung des Baumes, hinter dem Johanna Kindel den Mörder gesehen hatte.

Plötzlich hörte er ein lautes Rascheln hinter sich. Er fuhr herum. Er wechselte die Lampe in die Linke und zog seine Walther aus dem Schulterholster. Aber im Schein

der Lampe war nichts zu entdecken. Es war wohl irgendein Tier, das er aufgeschreckt hatte.

»Herrschaftszeiten«, murmelte Schwemmer und steckte mit einem Kopfschütteln die gesicherte Waffe wieder
in das Holster.

Er war extra noch mal zur Inspektion gefahren, um sie
dort abzuholen. Die fragenden Blicke der wachhabenden
Kollegen hatte er mit einem fröhlichen »Was vergessen«
beantwortet und dabei auf eine Aktenmappe gewiesen,
die er zur Tarnung mit aus seinem Büro genommen hatte.
Das Gerücht, der EKHK benötige nach Feierabend seine
Waffe, wollte er sich ersparen.

Es war absolut nichts zu sehen oder zu hören, was auf
die Anwesenheit eines Menschen schließen ließ. Er überquerte den Weg und besah sich die Mulde, in der laut Kindel Oliver Speck versteckt sein würde. Auch hier war rein
gar nichts zu entdecken.

Das hier ist völliger Blödsinn, dachte er. Entweder du
glaubst dran, dann musst du einen richtigen Einsatz draus
machen. Oder du glaubst nicht dran. Dann solltest du zu
Hause Chardonnay trinken.

Aber gerade Burgls Blick war es ja gewesen, der ihn
hergetrieben hatte. Dieser »Am Ende kann man kann nie
wissen«-Blick. Burgl wäre mindestens so gerne mitgekommen wie die Kindel. Aber er hatte es ihr genauso entschieden untersagt.

Schwemmer stieg wieder in den Wagen und öffnete
halb das Fenster. Es war empfindlich kühl, aber er wollte
hören, falls sich etwas näherte.

Langsam gewöhnten sich seine Ohren an die Stille

um ihn herum, und so wie man in der Dunkelheit mit der Zeit besser sah, konnte er nach und nach Geräusche in weiter Entfernung ausmachen. Motoren meist, unten in Burgrain. Den Zug nach Murnau. Unter ihm auf den Reschbergwiesen hörte er Kuhglocken.

Die Zeit verging zäh. Warten gehörte nun mal zum Job. Aber es war nie seine Stärke gewesen. Und es war obendrein noch mal ein Unterschied, ob man in einem bewohnten Ort, in einer beleuchteten Straße wartete oder, wie er jetzt, im stockfinsteren Wald. Er sah auf die Leuchtziffern seiner Armbanduhr. Keine neun.

Wenn ich Pech hab, muss ich die halbe Nacht warten, dachte er. Und wäre es nicht sogar Glück, wenn er die *ganze* Nacht warten musste? Wenn eben *nichts* passierte, hier und jetzt?

Na servus, dachte er und seufzte.

Er spielte Möglichkeiten durch.

Der Mann mit der Waffe musste als Erster kommen, Spacko würde ihn bemerken, wenn er nach ihm käme. Es sei denn, er käme von oben aus dem Wald.

Schwemmer fuhr das Fenster weiter auf und lauschte. Wenn der Mann nicht gerade Lederstrumpf war, würde er ihn hören. Aber Schwemmer bezweifelte ohnehin, dass er zu Fuß käme. Immerhin musste er irgendwie seine Flucht bewerkstelligen.

Als Nächster käme dann Oliver Speck.

Dann das Motorrad.

Oder es kam überhaupt keiner.

Wieder blickte Schwemmer auf seine Uhr und stöhnte über die offenbar in einer Art Sirup feststeckende Zeit.

Er drehte die Rückenlehne ein bisschen nach hinten und suchte nach einer bequemeren Position. Am liebsten hätte er jetzt Burgl angerufen, nur um ihre Stimme zu hören, aber er untersagte es sich: Er brauchte jetzt beide Ohren.

Es war fast zehn, als er bemerkte, dass sich seine Augenlider immer wieder unwillkürlich senkten. Er öffnete die Tür und stieß einen leisen Fluch aus, als die Innenbeleuchtung anging. Hastig schaltete er sie aus, aber die wenigen Sekunden des schwachen Lichtes hatten gereicht, ihm das bisschen Sehvermögen wieder zu rauben, was ihm die mondlose Nacht bisher zugestanden hatte.

Vorsichtig tastete er sich ein paar Schritte vom Auto weg und öffnete dann das Hosentürl, um den Chardonnay in den Kreislauf alles Natürlichen zurückzuführen.

Er stand gerade ein paar Sekunden in diese flexibilitätshemmende Tätigkeit vertieft, als er, noch leise, aber deutlich und anschwellend, das Geräusch eines Zweitaktmotors wahrnahm. Es näherte sich aus dem Tal, wurde fast sekündlich lauter. Leise fluchend versuchte Schwemmer sein Tun zu beschleunigen, aber er war noch nicht wieder kampfbereit, als auf dem Weg bereits das Licht eines aufgeblendeten Scheinwerfers herangeschossen kam. Es erreichte den Holzplatz in derselben Sekunde, in der Schwemmer den Reißverschluss wieder oben hatte.

Ohne die geringste Verzögerung flog das Licht vorbei, und der Motor wurde wieder leiser. Der Scheinwerfer schien ziemlich hoch zu liegen, wie bei einem Cross-Motorrad.

»Leckstmiamoasch«, sagte Schwemmer und stolperte

zum Wagen, während er sich seine Rechte flüchtig am Mantel trocken wischte. Er hatte kein Rücklicht gesehen, geschweige denn ein Nummernschild. Schwemmer stieg ein, startete und gab Gas, sodass der Schotter in den Radkästen schepperte.

Johanna Kindel war sich nicht vollständig sicher gewesen. Holzplätze gab es etliche heroben. Schwemmer kaute auf der Unterlippe, während er hochkonzentriert den schmalen Weg entlanghetzte.

Immerhin: Die Maschine war so schnell an ihm vorbeigefahren, dass der Fahrer ihn unmöglich hatte wahrnehmen können.

Als er an den Reschbergwiesen aus dem Wald kam, bremste er scharf. Mit stotterndem ABS hielt der Wagen vor dem Abzweig, und Schwemmer zerbiss einen gotteslästerlichen Fluch.

Das Motorrad war außer Sicht, und er hatte keine Ahnung, welchen Weg er nehmen sollte. Jetzt wünschte er sich die gestrige Trockenheit herbei, in der ihm eine satte Staubfahne den Weg gezeigt hätte: nach links über die Wiese oder rechts hoch, weiter am Grubenkopf entlang. Er entschied sich für den Weg rechts und gab Gas. Gleichzeitig betätigte er eine Taste auf dem Handy, das in der Freisprecheinrichtung steckte. Als die Wache sich aus dem Lautsprecher meldete, konnte er sie durch das Schottergeprassel kaum verstehen.

»EKHK Schwemmer hier«, brüllte er die Freisprecheinrichtung an. »Kollege: Schicken Sie sofort eine Streife zur Feldernkopfstraße. Die sollen jeden festhalten, der da aus dem Wald kommt … ja, mit Sonderrechten. Und

Eigensicherung beachten. Möglicher Schusswaffenge-brauch.«

Schon der kurze Wortwechsel lenkte ihn so ab, dass er um Haaresbreite einen Felsbrocken gestreift hätte, der zwischen den Bäumen in den Weg hineinragte.

Schwemmer versuchte, sich die Karte des Geländes vor Augen zu führen, während er gleichzeitig materialmordend den Berg hinaufpreschte. Die Straße, die er gewählt hatte, führte steil bergauf, westlich am Grubenkopf entlang, dann nach links hinüber zur Flanke des Reschberg und dort genauso steil wieder hinunter, irgendwann gabelte sie sich dann: westlich Richtung Felderkopf oder südlich zurück zur Reschbergwiese. Er war sich aber weder sicher, wie lang die Straße war, noch, ob dieser Kreis, den sie bildete, für ihn ein Vor- oder Nachteil war. Es blieb ihm nichts übrig, als auf dem Gas zu bleiben und auf sein Glück zu hoffen.

Nach einer Neunzig-Grad-Linkskurve ging es fast geradeaus weiter, die Steigung nahm erst ab, dann wieder zu. Er war nun an der Südflanke des Reschberg und konnte nicht mehr weit vom höchsten Punkt dieses Wegteils entfernt sein.

Plötzlich tauchte links vor ihm ein helles Licht zwischen den Bäumen auf, noch weit entfernt. Ein einzelner, sich schnell bewegender Scheinwerfer. Schwemmer handelte instinktiv. Er bremste brachial und schaltete sein Licht aus, noch bevor der Wagen stand.

Schwemmer konnte den sich nähernden Motor hören. Er stieg aus, den Motor ließ er laufen. Der Scheinwerfer bewegte sich auf einen Punkt vor ihm zu. Er musste sich auf demselben Weg befinden wie Schwemmer. Der Weg bog dort vor ihm nach links ab. Der Fahrer befand sich also am gegenüberliegenden Hang. Wenn er den Knick erreichte, würde er direkt auf Schwemmer zukommen. Das Licht verschwand, tauchte auf, verschwand wieder im Schatten.

Hinter der offen stehenden Fahrertür ging Schwemmer leicht in Deckung. Er zog seine Waffe und lud durch, ließ sie aber gesichert.

Wenn er den Schalter betätigte, würde das Fernlicht den Motorradfahrer in der Finsternis völlig blenden. Aber mit der Linken kam er nicht richtig an den Schalter heran. Also wechselte er die Waffe in die andere Hand und griff mit der Rechten an den Drehschalter am Armaturenbrett.

Das Licht des Motorrades näherte sich schnell von links und tauchte dann urplötzlich direkt vor ihm auf, leider ein gutes Stück weiter weg, als er gehofft hatte. Aber der Fahrer musste sich auf den Weg konzentrieren und bemerkte ihn tatsächlich erst, als Schwemmer das Fernlicht anschaltete.

Nur mühsam hielt der Fahrer das Gleichgewicht, während er die Maschine schlitternd zum Stillstand brachte. Knappe dreißig Meter von Schwemmer entfernt blieb er stehen, diagonal zur Fahrtrichtung. Der Mann schirmte die Augen mit der Linken gegen das Licht ab.

»Polizei!«, schrie Schwemmer laut gegen das Knattern des Motors an. »Schalten Sie den Motor ab und…«

Weiter kam er nicht. Die rechte Hand des Fahrers fuhr hoch. Etwas darin blitzte auf, und die Scheibe der Fahrertür zerfiel zu Myriaden von Splittern. Als Schwemmer die Pistole zurück in die Rechte wechseln wollte, pfiff eine zweite Kugel dicht an seinem Ohr vorbei. Er warf sich zu Boden, die Waffe entglitt seinen Fingern. Mit einem Fluch versuchte er, möglichst viel Deckung durch die Tür zu kriegen. Dabei tastete er den Boden nach seiner Walther ab, aber er fand sie nicht.

Der Motor heulte auf und entfernte sich. Der Fahrer beschleunigte mit allem, was seine Maschine hergab.

Schwemmers Blick fuhr über den Boden, aber in der Finsternis war von seiner Waffe nichts zu entdecken. Einen Sekundenbruchteil lang zögerte er, dann sprang er in den Wagen und gab sofort Gas.

Tatsächlich hatte das Motorrad weder Rücklicht noch Nummernschildbeleuchtung. Schwemmer folgte nur dem Licht, das der Frontscheinwerfer in den Wald schickte.

Er versuchte, den Abstand nicht größer werden zu lassen, was natürlich nicht gelang.

Der Weg führte noch ein Stück bergauf und dann in einem langen, ungleichmäßigen Linksbogen immer steiler werdend wieder abwärts.

Schwemmers Gehirn arbeitete fieberhaft. Es war ein Fehler gewesen, seine Waffe dort im Wald zurückzulassen. Aber er wollte den Mann einfach nicht entkommen lassen. Immerhin hatten die Schüsse bewiesen, dass es sich bei dem Fahrer nicht um irgendeinen Rabauken handelte, der seinen Spaß daran hatte, nachts verbotenerweise durch die Wälder zu karriolen.

Wenn alles so passiert war, wie die Kindel es gesehen hatte, dann fuhr Schwemmer jetzt gerade vielleicht an dem toten Oliver Speck vorbei, der irgendwo in den tiefen Schatten neben der Straße lag. Und dort, ganz in der Nähe, war noch sein Mörder.

Er wollte sich gerade eingestehen, dass er nicht die geringste Chance hatte, mit seiner vorderradangetriebenen Familienkutsche auf dieser Strecke eine Enduro einzuholen, als der Lichtkegel vor ihm plötzlich Kapriolen schlug. Offenbar hatte der Fahrer die Kontrolle über das Motorrad verloren. Schwemmer konnte nicht erkennen, was passiert war, aber der Scheinwerfer bewegte sich nicht mehr. Vielmehr schien er am Boden zu liegen. Der Fahrer musste gestürzt sein. Er ließ den Wagen darauf zuschießen und bremste so scharf und so spät wie möglich. Aber die Gestalt in der Ledermontur wuchtete ihr Gefährt bereits wieder nach oben, sprang mit einem auffällig eleganten Satz zurück in den Sattel und schoss erneut davon. Schwemmer blieb nichts, als wieder Gas zu geben. Nur aus den Augenwinkeln und für den Bruchteil einer Sekunde sah er am Wegrand den blutigen Körper eines kleinen Rehs liegen, das mit seinem Leben dafür bezahlt hatte, dass Schwemmer wieder zu dem Motorrad aufschließen konnte.

Sie passierten den Abzweig Richtung Felderkopf, aber das Motorrad raste weiter geradeaus talwärts, zurück in Richtung Reschbergwiesen. Der Weg war hier glatter und breiter, und Schwemmer gelang es fast, dranzubleiben. Der Vorsprung des Motorrads wuchs nun langsamer als zuvor, vielleicht hatte es auch einen Defekt bei dem Zusammenprall mit dem Reh davongetragen. In dichter Folge schossen die beiden Fahrzeuge aus dem Wald heraus auf die weite Lichtung der Wiese. Zu Schwemmers

Überraschung bog das Motorrad plötzlich scharf rechts ab. In seiner Erinnerung war dieser Weg nicht vorgekommen, was ihn allerdings nicht davon abhielt, unter massiver Touchierung des Weidezaunes ebenfalls abzubiegen. Das Motorrad hatte nun wieder einigen Vorsprung gewonnen. Schwemmer schaffte es knapp an einem Baumstamm vorbei, der quer zur Fahrbahn liegend den halben Weg blockierte. Es ging wieder steil abwärts, und wieder geriet das Licht vor ihm aus dem Gleichgewicht. Diesmal dauerte es nur Sekunden, bis es wieder in Bewegung kam, und für einen Moment schien es direkt auf ihn zuzurasen. Schwemmer trat heftig auf die Bremse. Aber der Fahrer hatte nur eine scharfe Spitzkehre nicht erwischt und war geradeaus ins Gebüsch gefahren. Nun hatte er die Maschine wieder herumgewuchtet und fuhr weiter den Berg hinunter. Schwemmer nutzte seinen Informationsvorsprung und brachte das Auto in einer gewagten Drift um die Hundertachtzig-Grad-Kurve. Dann gab er Vollgas und erwischte eine brachiale Bodenwelle, die erst seine Vorder- und dann seine Hinterräder in die Luft katapultierte.

Während er noch versuchte, den Wagen wieder unter Kontrolle zu bringen, erkannte er zwanzig Meter vor sich ein Warndreieck.

Es stand auf einem massiven Felsen.

Der Felsen stand mitten auf dem Weg.

Er war rot-weiß angemalt.

»Einsturzgefahr«, stand darauf.

»Brücke für Autos gesperrt.«

»Zweiräder frei.«

Aber das konnte er erst entziffern, als der Airbag wieder in sich zusammengefallen war.

* * *

»Keine Chance«, sagte Schafmann. »Die Sperre am Pflegersee kam mit Sicherheit zu spät. Da war der längst durch.«

»War klar«, sagte Schwemmer, während er ein frisches Taschentuch aus der Packung zog und an die Schläfe drückte. Zu seinen Füßen lag bereits ein gar nicht so kleiner Haufen zerknüllter, blutgetränkter Papiertücher. Er lehnte am Heck seines zerstörten Autos. Auf der Kofferraumhaube lag ausgebreitet eine Karte der Gegend, die sie im Licht von Schafmanns Stablampe studierten.

»Hier müsst ihr suchen«, sagte Schwemmer und wies auf den Weg, der von der Reschbergwiese nach Norden führte. »Ich bin hier am Ostrand hoch, und er ist über die Wiesen und hier in der Mitte rauf. Da oben muss es irgendwo passiert sein.«

»Fragt sich nur, was«, sagte Schafmann.

Durch das Rauschen des Bachs hörten sie auf der anderen Seite der Brücke ein Auto kommen.

Schafmann leuchtete hin. Es war ein Notarztwagen. Ein schlanker, junger Mann stieg aus und kam auf sie zu, einen Alukoffer in der Hand.

»Na endlich.« Schafmann leuchtete wieder auf die Karte.

Der Arzt trat zu ihnen, grüßte freundlich und warf einen professionellen Blick auf Schwemmers Platzwunde.

»An den Türholm geknallt, hm?«, fragte der Mediziner lächelnd. »Airbag nützt nur, wenn man auch angeschnallt ist.«

Schwemmer verkniff sich den Satz, der ihm auf der Zunge lag.

»Das müssen wir im Krankenhaus versorgen«, sagte der Arzt.

»Keine Zeit«, sagte Schwemmer. »Machen Sie es hier.«

Der Arzt schenkte ihm einen Blick, wie Ärzte ihn renitenten Deppen zu schenken pflegen, und wuchtete seinen Koffer auf die Kofferraumhaube, wo er die Karte verdeckte.

»Die brauchen wir«, sagte Schafmann und zog sie darunter hervor. Sie beugten sich wieder über die Karte.

»Nicht mit Autos. Wenn da Spuren sind, machen wir die kaputt«, sagte Schwemmer.

»Machen wir zu Fuß auch«, sagte Schafmann.

»Aber nicht mehr als nötig. Ihr müsst die Augen offen halten. Auch wegen meiner Waffe. Die liegt ziemlich genau hier.« Er tippte auf die Stelle, wo der Mann auf ihn geschossen hatte, östlich des höchsten Punktes des Weges. »Dürfte nicht zu verfehlen sein. Da liegen eine Menge Glassplitter.«

Der Arzt hatte sich eine Stirnlampe aufgezogen. Er desinfizierte Schwemmers Wunde und begann dann, einen Faden in die Öse einer gebogenen Nadel einzuführen.

»Möchten Sie eine örtliche Betäubung?«, fragte er.

»Nein«, sagte Schwemmer. »Sperrt unten in Burgrain den Weg ab. Nicht dass uns die Forstarbeiter in der Früh da durchfahren.«

»Okay«, sagte Schafmann.

»Und die Hundestaffel muss her.«

»Stillhalten, bitte«, sagte der Arzt. »Das pikst jetzt ziemlich.« Die Nadel mit einer Pinzette haltend, setzte er den ersten Stich, und Schwemmer gelang es, so zu tun, als wäre nichts.

»Die Hunde sind unterwegs«, sagte Schafmann. »Aber wenn du *mich* fragst: Vor Sonnenaufgang ist das alles nicht wirklich sinnvoll.«

»Schon klar«, brummte Schwemmer und sog beim zweiten Stich doch zischend die Luft ein.

»Vorsicht«, sagte der junge Arzt. »Nicht bewegen, bitte.«

»Ja, ja«, brummte Schwemmer.

Als die Naht fertig und der Verband gelegt war, überreichte der Doktor ihm zwei Schmerztabletten und verabschiedete sich mit dem Rat, morgen zur Nachuntersuchung den Hausarzt aufzusuchen. Dann stiefelte er über die Brücke zum Notarztwagen. Mit seiner Stirnlampe verschwand eines der wenigen Lichter in der finsteren Umgebung.

»Meinst du nicht, dass du mir eine Erklärung schuldest?«, fragte Schafmann, als der Arzt außer Hörweite war.

»Für was?« Schwemmer tastete prüfend über den Verband.

Die Strahlen einiger Stablampen schwirrten weiter oben am Hang durch die Nacht, aber um sie herum war es stockfinster.

»Was hast du hier oben gesucht? Wieso fährst du mit-

ten in der Nacht Querfeldeinrennen mit deinem Privat-
wagen?… Und verlierst?«

»Burgl wollte eh 'nen BMW«, sagte Schwemmer.

Schafmann antwortete nicht, aber Schwemmer wusste
genau, dass er in der Finsternis über seine maue Replik
das Gesicht verzog.

»Sakra, frag doch nicht so deppert!«, maulte Schwemmer. »Du weißt doch, warum.«

»Eins versteh ich nicht«, sagte Schafmann. »Wenn du
der Kindel glaubst, wieso bist dann allein hier rauf?«

»Wenn ich ihr *geglaubt* hätte, wär ich eben *nicht* allein
hier rauf.«

»Wenn du ihr *nicht* geglaubt hast, wieso hattest du
dann deine Waffe dabei?«

Schwemmer antwortete nicht. Er war nur froh, dass er
hier im Dunkeln seine Miene nicht beherrschen musste.

»Meinst, wir *finden* einen Toten da droben?«, fragte
Schafmann.

Für Schwemmer klang es wie: Wenn du Glück hast, finden wir einen.

* * *

Johanna schaltete den Fernseher ab. Severin war auf dem
Sofa eingeschlafen, wie es ihm zum letzten Mal vor Jahren passiert war. Sie hatte ihn mit einer Wolldecke zugedeckt. Sein blasses Gesicht, halb unter den lockigen,
schwarzen Haaren versteckt, wirkte auf sie wie das eines
kleinen Buben.

Sie zögerte. Am liebsten hätte sie ihn einfach hier schlafen lassen, aber schließlich entschloss sie sich doch, ihn ins Bett zu schicken. Sie sah zur Uhr, die in der Schrankwand stand. Es ging auf drei zu. Ihre Lider waren schwer, aber sie würde nicht zu Bett gehen, bevor Kommissar Schwemmer nicht angerufen hatte. Schlafen würde sie ohnehin nicht können, wie müde sie auch immer sein mochte.

Severin schreckte hoch, als das Telefon auf dem kleinen Tischchen neben der Tür läutete. Er rieb sich die Augen und schien erstaunt, sich hier wiederzufinden.

Sie ging hinüber und nahm den Hörer ab, lauschte und sagte dann nur: »Ja.«

Sie legte auf und drehte sich zu Severin.

»Irgendwas is passiert da drobn. I soll morgn in der Früh zur Polizei kommn.«

»Und da Spacko?«

Sie zuckte hilflos die Achseln.

»Aber sie müssn doch was gsagt ham.«

»I glab, de wissn selbst ned, was los is, da drobn.«

»Und jetzt?«

»I woaß ned … Mir kenna nix machn. Gemma schlafn, Bua.«

Severin nickte und befreite sich umständlich von der Wolldecke, die sich um seine Beine geschlungen hatte. Hintereinander gingen sie die Stiege hoch.

»Großmama«, sagte Severin, als sie ihre Tür öffnete.

Sie drehte sich um und sah ihn an.

»Wannst morgn zur Polizei gehst, sagst nix übern Schibbsie und an Girgl, gell?«

Johanna spürte die Furcht ihres Enkels, seine Freunde, seine Band, seine Musik zu verlieren.

»Aber du hast selber gsagt, de zwoa steckn mit drin in dera Sach«, sagte sie.

»Ja, scho. Aber sicher bin i mir ned. I konnt mi irrn.«

Sie machte ein paar Schritte auf ihn zu, und zu ihrer Erleichterung wich er nicht vor ihr zurück.

»'s is was *passiert* da drobn«, sagte sie leise. »Und mir wissn ned, was. Wenn da Spacko wirklich tot is, dann werd i ned für deine Freind lügn.«

Severin sah ihr in die Augen, dann senkte er leicht den Kopf.

»Vielleicht hast ja recht«, sagte er leise.

»Gut Nacht, Seve«, sagte sie.

Severin lächelte scheu, als er den Blick wieder hob.

»Gut Nacht, Großmama«, sagte er und kletterte dann die Stiege zu seinem Zimmer hoch.

Johanna schloss die Tür hinter sich.

Der Bub spricht wieder mit mir, dachte sie. So hat das alles wenigstens *ein* Gutes.

Sie streifte die Pantoffeln ab, zog ihr Nachtkleid an und legte sich hin. Nachdem sie ihre Decke zurechtgezogen hatte, löschte sie das Licht.

Dann starrte sie lange in die Dunkelheit und wagte nicht, die Augen zu schließen.

3

Der Adler trägt sie hinein in die Nacht. Es ist still um sie herum, nur das Rauschen des Windes hört sie. Sie sieht Wälder, in der Ferne ein paar Lichter am Boden, Sterne über ihr und eine Mondsichel, scharf und schmal wie ein Krummdolch. Plötzlich spürt sie ihre Leichtigkeit, gelingt es ihr, den Flug zu genießen; und es kommt ihr vor, als sei es Ewigkeiten her, dass ihr das vergönnt war.

Der Adler ist ihr Freund. Er ist bei ihr geblieben, über all die Jahre, in denen sie immer wieder verlassen worden ist. Theo ist fort. Sabine ist fort. Und sogar Gott ist fort.

* * *

»Herrschaftszeiten, die *muss* da liegen!«, bellte Schwemmer ins Mikrofon.

»Tut mir leid, der Herr EKHK. I seh de Splitter, aber a Waffn seh i ned«, kam als Antwort aus dem Lautsprecher des Funkgeräts.

Schwemmer gab ärgerlich das Mikro an die Kollegin im Wagen zurück und starrte nach Osten, wo sich zwischen Wank und Ochsenberg die ersten Strahlen der Sonne durch den Dunst kämpften. Einer der Uniformierten reichte ihm einen Becher Kaffee. Er nahm ihn, mehr aus Gewohnheit als aus Überzeugung, denn das Stadium, in dem Kaffee noch geholfen hätte, hatte er seit ein paar Stunden hinter sich.

»Wollen Sie nicht doch mal ins Bett gehen?«, fragte die Kollegin im Wagen schüchtern.

Schwemmer trank von dem Kaffee und kam zu der Einsicht, dass sie recht hatte. Sie war noch sehr jung, kam gerade aus der Ausbildung und hatte für diese Frage an den Chef wahrscheinlich ihren ganzen Mut zusammennehmen müssen.

»Bald«, sagte er und rang sich ein schiefes Lächeln ab.

Er lehnte müde an dem Streifenwagen, der inmitten des Morgennebels auf der Reschbergwiese neben einem Weidezaun stand, beäugt von einer Gruppe schottischer Hochlandrinder, mit aller Neugier, zu der diese Spezies fähig war.

Das Funkgerät im Wagen krächzte etwas. Die Kollegin nahm das Mikro aus der Halterung und meldete sich ordnungsgemäß.

»Die Hunde haben was entdeckt«, sagte Schafmann aus dem Lautsprecher.

Schwemmer stieg in den Wagen und ließ sich hinaufchauffieren. Der Streifenwagen ruckelte den Schotterweg hoch, und Schwemmers Hand tastete unwillkürlich nach seiner linken Schläfe. Die Wunde pochte, und er hatte das Gefühl, der Verband sei feucht. Als er die Sonnenblende herunterklappte, um im Schminkspiegel danach zu schauen, fand er diesen einer Sparmaßnahme des Innenministeriums zum Opfer gefallen. So blieb ihm nichts, als unauffällig an seinen Fingern zu schnüffeln, aber das gab ihm wenig Auskunft über den Zustand des Verbandes.

Ein Uniformierter stand auf dem Weg, ein gutes Stück hinter dem Abzweig zum Felderkopf, und signalisierte ihnen. Die Kollegin hielt an.

»Ich geh wirklich gleich ins Bett«, sagte Schwemmer, bevor er ausstieg. Normalerweise hätte er noch etwas Flapsiges hinzugesetzt, in der Art: Wenn Sie brav sind, dürfen Sie mich nach Haus bringen oder so, aber sein lädierter Schädel verweigerte zu diesem Zeitpunkt die Lieferung irgendwelcher Frivolitäten.

Der Kollege draußen wies auf eine Lücke im Unterholz neben dem Weg, und als Schwemmer sich näherte, eröffnete sich dort der Blick auf einen Pfad, oder eher eine Trittspur, die für sein Gefühl fast senkrecht den Hang hinunterführte. Er musste seine ganze verbliebene Energie abrufen, um den Willen aufzubringen, dort hinunterzusteigen, und während des gesamten Abstiegs peinigte ihn der nicht zu verdrängende Gedanke, dass er das alles hinterher wieder rauf musste.

Immerhin ging es nicht endlos hinunter, sondern nur etwa hundert Meter, dann noch mal hundert Meter flach in Richtung Norden, wo er auf Schafmann und zwei Männer vom KDD stieß. Die Hunde waren schon wieder weg. Er hörte sie weiter unten am Hang bellen.

Es herrschte noch dunkelgraue Dämmerung hier im Unterholz. Einer der KDD-Männer hantierte mit einem Fotoapparat. Schwemmer konnte erst, als er nah heran war, erkennen, was dort lag.

Er gelang ihm nicht, seine Enttäuschung zu verbergen. Ein rotes Mountainbike lag dort inmitten von Farnkraut.

»Dafür kraxl ich hier runter«, murrte er.

Schafmann machte eine beschwichtigende Geste. Dann zeigte er den Hang hinauf.

»Dürfte da runtergeworfen worden sein. Und schau dir mal das da auf dem Sattelrohr an…«

Er wies auf einen runden, rot-schwarzen Sticker, kaum zu lesen, nicht nur wegen der Krümmung des Rohres, sondern auch wegen der verzerrten Buchstaben.

Schwemmer beugte sich hinunter, um besser sehen zu können. »Rattenbrigade – Fucking Bavarian Grindcore«, entzifferte er endlich.

Als er sich wieder aufrichtete, wurde ihm schwindlig. Er fasste sich an die Schläfe und versuchte, sich nichts anmerken zu lassen.

Aber Schafmann war es nicht entgangen. »Ich denke, wir kommen hier auch ohne dich klar«, sagte er.

»Es geht schon wieder«, sagte Schwemmer, aber seine Aussprache strafte ihn Lügen.

»Kommissar Schröder«, sagte Schafmann zu dem kräftigeren der beiden Kollegen. »Seien Sie bitte so nett und begleiten Sie den EKHK wieder nach oben.«

»Es geht schon wieder«, wiederholte Schwemmer nur. Immerhin hatte er jetzt seine Zunge vollständig unter Kontrolle.

»Geh einfach ins Bett. Hier läuft alles, wie es sein muss.«

»Nein, nein. Bei mir ist alles bestens.«

Schafmann schüttelte den Kopf. Dann sah er auf seine Armbanduhr. »Ein Argument hab ich noch«, sagte er mit einem halben Grinsen. »Es ist bald acht.«

»Und?«, fragte Schwemmer.

»Du weißt, was das bedeutet…«

»Was?«

»Tja«, sagte Schafmann. »So gegen acht rechne ich eigentlich mit Besuch. Eine spezielle Freundin von dir. Fängt mit ›I‹ an und hört mit ›Wald‹ auf.«

»Ich muss ins Bett«, sagte Schwemmer.

»Sag ich doch«, meinte Schafmann.

* * *

Severin kam tatsächlich vor Danni zum Frühstück herunter.

»Und?«, fragte er.

»Nix«, sagte Johanna.

»De habn nicht angerufen?«

Johanna schüttelte den Kopf und stellte das Nutella-Glas auf den Tisch.

Severin strich schweigend Margarine und dann die Nougatcreme auf sein Brot. Beide hingen ihren Gedanken nach.

Severin dachte an die Schule und was Schibbsie und Girgl wohl zu sagen haben würden.

Johanna dachte an den Satz, den sie geträumt hatte. *Gott ist fort.* Am liebsten hätte sie geweint, aber das hatte sie schon, allein in ihrem Bett. Diesen Satz durfte sie nicht einmal träumen. Gott war nicht fort. Er prüfte sie, das war ihr Schicksal, aber er hatte sie nicht verlassen. Er durfte sie nicht verlassen. Weil sie sonst nämlich wirklich niemanden mehr hatte. Dann wäre sie wirklich allein.

Allein mit dem Adler.

Sie zog die Nase hoch und räusperte sich.

»Seve«, sagte sie leise. »Hast heut wieder Probn?«

»Ja. Nach der Schul.«

»I … i wollt fragn, ob du des ned amoi ausfalln lassn könntst?«

»Warum?«

»I moan, jetzt, wo mir ned wissn, was los is mit dem Spacko. Und de zwoa andern, wo de doch mit dabei san, wie du gsagt hast …«

Severin kaute auf der Unterlippe. »Was soll i dene denn sagn?«

»Schaug halt amoi, was dir einfällt. Lügst mi ja a oft gnug an.«

Severin sah empört auf, aber als er ihr liebevolles, trauriges Lächeln sah, senkte er den Kopf.

»Bitte. Für mi. Ja?«

Severin nickte, ohne sie anzusehen. »Wann gehst zur Polizei?«, fragte er.

»Gleich, wenn ihr zwoa zur Schul seid.«

Als Danni fröhlich die Treppe heruntergepoltert kam, versuchten sie beide, ihre Bedrücktheit zu überspielen, aber Danni ließ sich nicht täuschen.

»Warum warts ihr so lang auf?«, fragte sie, kaum dass sie auf ihrem Platz saß.

»Mir ham ferngschaut«, sagte Johanna leichthin.

»So spät noch? Was kam denn?«

»Tierfilm«, sagte Severin.

»Glaub i ned.« Danni rührte Kakaopulver in ihre Milch. »Warum bist überhaupt schon auf?«

»Derf i des ned?«, maulte Severin.

»Streitets ned. Scho gar ned beim Frühstück.«

Danni zog eine beleidigte Schnute und nahm eine Brotscheibe aus dem Korb.

»I bin weg«, sagte Severin, und Johanna registrierte mit einiger Erleichterung, dass er den Rucksack mit seinem Bass an der Garderobe stehen ließ.

Danni sah sie schräg von unten an, sagte aber nichts.

»Was schaugst?«

»Ihr seids beide so komisch«, sagte Danni und biss in ihr Käsebrot. »Ist das wegen der Frau? Die gestern hier war, mein i?«

Johanna setzte sich langsam. Sie war müde und erschöpft, und sie hatte keine Ahnung, was sie sagen sollte. Danni sah sie forschend an.

»Bist krank?«, fragte sie.

»Na. I hab nur schlecht gschlafn.«

»Hast geträumt?«

Johanna nickte nur.

»Hast was Schlimmes geträumt?«

»Jo«, sagte Johanna und konnte einen Seufzer nicht unterdrücken.

Danni legte ihr Brot weg. Sie kletterte von der Bank und kam um den Tisch herum. Dann legte sie ihre kleinen Arme um Johanna.

»Sind doch nur Träum«, sagte sie leise.

Johanna drückte ihr Gesicht in die blonden Haare ihrer Enkelin und konnte die Tränen nicht zurückhalten.

* * *

Er stand schon eine Viertelstunde vor Schulbeginn neben dem Aulaeingang. Der Schulhof füllte sich mit jeder Minute. Severin hielt das Schulhoftor im Blick, aber weder Girgl noch Schibbsie tauchten auf. Er hatte heute keine Stunden mit Girgl zusammen, und Schibbsie war sowieso in der Dreizehnten. Er musste sie hier auf dem Schulhof abpassen.

Inga betrat den Hof. Sie sah ihn sofort, und auch, dass er sie gesehen hatte. Nach kurzem Zögern warf sie den Kopf in den Nacken und steuerte auf ihn zu.

»Und?«, fragte sie, sobald sie sich vor ihm aufgebaut hatte. »Heut hast du das Protokoll ja wohl dabei.«

»Was willstn noch damit? Bio is schon in der Dritten. Magst des in der Pause abschreibn? Des san fünf Seiten.«

Er versuchte über ihre Schulter hinweg den Schulhof im Blick zu behalten.

»Ich will es gar nicht *abschreiben*. Ich will es nur vergleichen«, sagte sie ärgerlich.

»Von mir aus ...« Mit einem resignierten Achselzucken öffnete er seine Tasche und holte seine Biomappe heraus. Inga nahm sie gnädig entgegen und stolzierte davon, ohne ein weiteres Wort des Dankes oder der Erklärung. Severin sah ihr verständnislos nach. Er hatte keine Ahnung, was Inga bezweckte. Seine Biomappe war nicht gerade das Tollste, was er zu bieten hatte. Sie hätte genügend andere gefunden, die ihr das Protokoll über die Reaktionen von Stichlingen auf Wasserverunreinigungen überlassen hätten. Mit Kusshand. Und noch lieber mit Zungenkuss, dachte Severin grimmig. Vielleicht war es genau das. Er hatte nie einen Zungenkuss von ihr gefordert. Deshalb kam sie zu ihm, wenn es dringend war. Er wischte den Gedanken beiseite und hielt weiter nach Girgl und Schibbsie Ausschau.

Erst kurz vor dem Gong kam Danni auf den Hof getrabt. Offenbar hatte sie nur den späten Bus erwischt, so wie es ihm sonst regelmäßig ging. Sie sah sich kurz um, entdeckte ihren Bruder und lief sofort auf ihn zu.

Sie rang um Atem, als sie ihn erreicht hatte.

»Was is?«, fragte Severin und bemühte sich um einen gleichgültigen Tonfall.

»Die Großmama weint«, sagte Danni und sah ihn mit einem hilfesuchenden Kleine-Schwester-Gesicht an, das er eigentlich gar nicht kannte an ihr.

»Is nur wegen de Träum«, sagte Severin.

»Nehmens die Großmama mit?«, fragte Danni.

»Mitnehmen?« Severin beugte sich zu ihr hinunter und legte den Arm um sie. »Wie kommstn auf so was?«

»Die Frau gestern. Die war doch von der Polizei. Und sag nicht, das stimmt nicht!« Sie sah ihn trotzig an.

Severin zog seine Papiertaschentücher aus der Lederjacke und reichte ihr eins. Danni nahm es, putzte sich damit über die Nase, dann zog sie sie hoch.

»Niemand nimmt die Großmama mit«, sagte er ernst.

»Und wenn doch?«

»Dann schaffn mir zwoa des halt allein«, sagte er leichthin.

»Ja«, sagte Danni ernst. Der Blick, mit dem sie ihn ansah, ließ Severin frösteln. Fast schien es, als sei es für seine kleine Schwester bereits abgemachte Sache, den Rest ihres Lebens ohne erwachsene Verwandte verbringen zu müssen. Und sie war entschlossen, es zu schaffen.

Der Gong läutete, und Danni drehte sich wortlos um und ging zum Eingang.

Severin hatte weder Schibbsie noch Girgl zu Gesicht bekommen. Als er gerade seine Tasche aufnehmen und Danni folgen wollte, sah er Petr am Tor stehen. Er schien auf jemanden zu warten.

* * *

Kommissar Schafmann hatte sie die Treppe hinunterbegleitet und ihr die Tür zum Parkplatz aufgehalten.

»Soll Sie nicht doch lieber ein Kollege heimfahren?«, hatte er noch gefragt.

Aber Johanna hatte abgelehnt. Sie spürte Schafmanns Blicke im Nacken, während sie auf ihren Nissan zuging, sich tapfer gerade haltend, die Tränen unterdrückend. Erst als sie den Motor anließ und zur Ausfahrt rollte, ließ Schafmann die Glastür ins Schloss fallen.

Spacko, Oliver, der Nette, der mit dem rundlichen Gesicht und den dünnen Haaren, Severins Freund, sein Schlagzeuger: Spacko war tot.

Sie hatten ihr ein Bild gezeigt; ein Bild, das immer noch vor ihren Augen schwebte, während sie dort an der Ausfahrt auf eine Gelegenheit zum Abbiegen wartete.

Niemand hatte sie gezwungen, das Foto anzusehen, Schafmann hatte sie sogar eindringlich gefragt, ob sie sich dem gewachsen fühle, aber natürlich hatte sie Ja gesagt.

Und dann hatte sie ihn kaum wiedererkannt, so zerschrammt und zerfetzt hatte sein Gesicht ausgesehen, käsig gelb zwischen all den Rissen und mit dem runden, roten Loch in seiner Stirn.

Schafmann hatte ihr erklärt, all die furchtbaren Schrammen in Olivers Gesicht wären Folge davon, dass man ihn den Abhang hinuntergestürzt hatte, aber da war er schon tot gewesen, hatte nichts mehr gespürt. Überhaupt würde er wenig gespürt haben, wahrscheinlich war schon der erste der drei Schüsse tödlich gewesen.

Drei Schüsse, wie sie es gesehen hatte.

Wie sie es gesehen hatte?

Nicht ganz.

Der Ort war ein anderer gewesen. In der Nähe zwar, aber eben nicht der, den sie Kommissar Schwemmer gezeigt hatte; wo der gewartet hatte und deshalb zu spät gekommen war, um zu verhindern, was nicht zu verhindern war.

Oder vielleicht doch? Wenn sie sich nicht geirrt hätte? Wenn sie nur sorgfältiger gesucht hätte?

Sie hatte Schafmann gebeten, den Ort sehen zu dürfen, aber er hatte sie vertröstet. Später, wenn alle Spuren gefunden und untersucht worden seien, denn – Schafmann hatte das immer wieder betont – es sei keinesfalls sicher, was genau dort passiert sei, und dass es zu früh für Spekulationen sei, dass sie mit niemandem reden dürfe, zuvorderst nicht mit Olivers Eltern und schon gar nicht mit der Presse. Man werde sich bei ihr melden.

Sie schreckte hoch, als es hinter ihr hupte. Sie sah einen Kastenwagen im Rückspiegel und bemerkte, dass sie eine große Lücke im Verkehr fast verpasst hätte. Sie gab Gas, bog auf die Münchner Straße und dann sofort wieder ab in die Unterfeldstraße, wo sie vor dem Friedhofstor hielt.

Sie blieb sitzen, stieg nicht aus, lehnte nur den Kopf an die kühle Seitenscheibe und schloss die Augen. Das Bild von Theo tauchte vor ihr auf, das, das neben Bienerls am Marterl hing, und sie spürte, wie die Tränen sich den Weg durch ihre geschlossenen Lider suchten. Heute konnte sie nicht ertragen, dieses Bild zu sehen. Tatsächlich fürchtete sie, dort zusammenzubrechen, wenn sie jetzt zum Grab ginge.

Sie versuchte, von hier aus Theos Nähe zu erspüren, seine Stärke, die ihr so fehlte, versuchte, ihr aufgewühltes Inneres zu beruhigen, wieder die Kraft aufzubringen, die sie brauchte, um Severin und Danni großzuziehen, die sie brauchte, um die beiden nicht im Stich zu lassen.

Als sie den Motor wieder anließ und langsam losrollte, hatte sie keine Ahnung, wie lange sie dort gestanden hatte.

* * *

Fünf Stunden Schlaf hatte Schwemmer sich erlaubt. Als der Wecker klingelte, war er sekundenlang völlig desorientiert. Aber dann schwang er so energisch die Beine aus dem Bett, dass ihn prompt ein Schwindelgefühl attackierte, das von seiner Schläfe ausging. Als es nachließ, griff er nach dem Telefon auf seinem Nachttisch und stellte fest, dass es nicht da war: Die Ladeschale war leer, und er konnte sich auch mit Schwindelgefühl zusammenreimen, dass Burgl es weggenommen hatte, damit es ihn nicht vor der Zeit weckte. Mit einem gegrummelten Fluch auf den Zustand seines Schädels stand er auf und wankte aus dem Schlafzimmer in Richtung Bad.

Als er sich im Spiegel sah, überfielen ihn Zweifel an seiner Dienstfähigkeit, aber die untersagte er sich energisch.

Der Verband über der Wunde war blutig und ließ ihn, zusammen mit den in alle Richtungen abstehenden Haaren und einem massiven Bartschatten, wie den Teilnehmer einer Wirtshausschlägerei aussehen, der sich am nächsten Morgen nicht mehr erinnert, was überhaupt vorgefallen ist.

Schwemmer rieb sich ausgiebig den Nacken, warf sich Wasser ins Gesicht und putzte die Zähne. Dann nahm er den Morgenmantel vom Haken an der Tür und ging hinunter. Burgl war nicht in Sicht, aber der Frühstückstisch war gedeckt. An der Thermoskanne klebte ein gelber Zettel. Er zog ihn ab. »Für dich, mein Held. Mach langsam. Bin gleich wieder da. I.l.d.«

Als Erstes schenkte er sich Kaffee ein, dann griff er nach dem Telefon, das neben der Tasse lag, und wählte sein Büro an.

Zu seiner Überraschung erfuhr er von Frau Fuchs, dass Schafmann nach wie vor im Dienst sei, und ließ sich gleich durchstellen. Schwemmer war fast neidisch auf die Konstitution des Kollegen, der offenbar ganz auf Schlaf verzichten konnte. Aber der hatte ja auch keinen Schlag auf die Schläfe bekommen, wie Schwemmer sich vor sich selbst rechtfertigte.

»Habt ihr ihn gefunden?«, fragte er, sobald Schafmann sich meldete.

»Ja«, antwortete Schafmann ernst. »Er lag nicht weit von dem Fahrrad entfernt. Zwei Schusswunden in der Herzgegend, eine in der Stirn. Dann hat man ihn den

Hang runtergeworfen. Ohne gezielte Suche hätte er vielleicht Monate da gelegen.«

»Ist es Oliver Speck?«

»Ja. Frau Kindel hat ihn auf einem Foto erkannt.«

»Ist sie da?«

»Nicht mehr. Ich hab sie erst mal nach Hause geschickt. Es geht ihr nicht gut.«

»Was ist mit meiner Waffe?«

»Nix.«

»Das kann doch nicht sein! Die *muss* da liegen!«

»Die Kollegen suchen den Hang ab.«

»Gut… Ist die Isenwald noch da?«

»Ja…« Schafmann klang plötzlich verhalten, als könne er nicht offen reden. »Aber nicht nur«, sagte er.

»Was?«, fragte Schwemmer.

»Kommst du heut noch rein?«, erhielt er zur Antwort.

Eine so ungewohnt unklare Antwort konnte nichts allzu Gutes bedeuten, und so wie er ihn verstand, meinte Schafmann: Komm auf jeden Fall, und zwar so schnell es geht.

»Ich bin unterwegs«, sagte Schwemmer also und legte auf.

Hastig trank er seinen Kaffee aus, verbrannte sich dabei die Zunge, ging dann wieder ins Bad, um sich zu rasieren.

Als er gerade dabei war, die Blutung einer Schnittwunde über dem Kinn zu stillen, hörte er Burgl unten die Tür aufschließen. Sie bemerkte sofort, dass er auf war, und kam die Treppe hoch.

Eine Weile lehnte sie im Türrahmen und sah ihn an Dann schüttelte sie mitleidig den Kopf.

»Du siehst schrecklich aus«, sagte sie.

»Ich *weiß*.« Schwemmer schob das Kinn vor, um zu überprüfen, ob es noch blutete, und fuhr dann mit der Rasur fort.

»Willst du ins Büro?«

»Ich muss. Wir haben einen Mordfall.«

Sie trat hinter ihn und massierte ihm die Schultern.

»Du Armer«, murmelte sie und küsste ihn in den Nacken. »Ich hab nicht alles verstanden, was du heut Morgen erzählt hast, du bist ja wie ohnmächtig ins Bett gefallen. Wo hast du dir den Kopf gestoßen?«

»Im Auto.«

»Und wo *ist* unser Auto?«

Schwemmer schnitt sich ein zweites Mal. »Herrschaftszeiten!«

Burgl nahm ein Tissue aus der Pappschachtel auf ihrem Schminkschränkchen und tupfte das Blut weg.

»Der Wagen ist hin«, sagte Schwemmer und drehte sich zu ihr um. »Ich hab ihn kaputt gefahren, gestern Nacht. An der Brücke übern Lahnenwiesgraben.«

»Oh ...«

»Tut mir leid.«

»Ich wollt eigentlich heut nach Augsburg damit, weißt?« Sie tupfte ihm weiter das Blut ab.

»Ich kann's nicht ändern.«

»Ich weiß ...« Sie küsste ihn auf den Mund, dann massierte sie weiter seinen Nacken.

»Was ist denn überhaupt passiert?«, fragte sie.

»Ich bin Querfeldeinrennen gefahren«, sagte Schwemmer. »Und hab verloren.«

Im Spiegel zeigte sie ihm ihr spitzbübisches Lächeln, das er so liebte.

»Heißt das, ich krieg jetzt den Einser?«, fragte sie.

* * *

Obwohl Burgl ihn natürlich am liebsten zu Hause behalten hätte, saß er um dreizehn Uhr an seinem Schreibtisch. Der frische Verband, den Burgl ihm angelegt hatte, konnte Frau Fuchs allerdings genauso wenig über seine angeschlagene Gesamtkonstitution hinwegtäuschen wie der Rasierwasserduft, der ihn umwehte. Das zeigte ihm ihre besorgte Miene. Er orderte viel Kaffee und Kopfschmerztabletten.

Schafmann saß in seinem Büro und sah entschieden besser aus als er, nur schlechter rasiert, wie Schwemmer feststellte, als er nach kurzem Klopfen eintrat.

An der Fensterbank lehnte ein ihm unbekannter Mann, der eher nachlässigen als lässigen Haltung nach wahrscheinlich ein Kollege. Er war groß und kräftig, trug einen dichten, dunkelblonden Bürstenschnitt auf einem auffällig kantigen Schädel und einen Anzug, der wohl einmal teuer gewesen war, wenngleich das eine Weile her sein durfte. Sein Gesicht war im Gegenlicht nur vage zu erkennen.

»Das ist EKHK Schwemmer«, stellte Schafmann ihn dem Mann vor. »EKHK Bredemaier, BKA.«

»BKA?« Schwemmer sah von Bredemaier zu Schafmann und wieder zurück. »Womit haben wir das denn verdient?«

»Darüber würde ich gern mit Ihnen unter vier Augen

reden«, sagte Bredemaier in einem beeindruckenden Bariton. In Amerika hätte er Chancen als Fernsehansager oder Stadionsprecher gehabt.

»Das mit den vier Augen häuft sich irgendwie«, sagte Schwemmer zu Schafmann, der darauf mit einem schiefen Lächeln antwortete.

Schwemmer nickte Bredemaier zu. »Später«, sagte er dann. »Ich muss mich zuerst von Herrn Schafmann hier auf den neuesten Stand bringen lassen. Dann können wir reden.«

Bredemaier grinste. »Kann sein, *ich* bin der neueste Stand«, sagte er.

Schwemmer schloss für eine Sekunde die Augen und versuchte das Pochen in seiner Schläfe zu ignorieren. Dann ging er zu Bredemaier, der sich nicht von der Fensterbank weggerührt hatte. Von hier, aus ein paar Schritten Entfernung, konnte er das Gesicht seines Gegenübers genauer erkennen. Bredemaier hatte fleischige Lippen, wässrig blaue Augen und eine Menge Aknenarben. Schwemmer schätzte ihn auf Mitte vierzig.

»Kollege Bredemaier«, sagte er ruhig, »was hier in meinem Laden der neueste Stand ist, entscheide ich, und zwar ganz alleine. Und falls *Sie* tatsächlich der neueste Stand sein sollten, werde ich Ihnen das mitteilen – zu gegebener Zeit. Und jetzt wär ich Ihnen dankbar, wenn Sie uns für den Moment allein lassen könnten.«

Bredemaiers Nicken signalisierte eine Mischung aus Nachsicht und Fatalismus. Er stieß sich von der Fensterbank ab und ging hinaus.

»Was will *der* denn?«, fragte Schwemmer.

»Sagt er mir nicht«, antwortete Schafmann. »Kam vor 'ner Stunde etwa, kurz bevor wir telefoniert haben. Für meinen Eindruck war Frau Isenwald eine Spur *zu* überrascht, als er hier auftauchte.«

»Wo steckt die eigentlich?«

»Bei Dräger… dienstlich«, setzte Schafmann eilig hinzu, als er Schwemmers Blick bemerkte. »Die sind am Tatort.«

»Was habt ihr alles gefunden?«

Schafmann klappte seinen Spiralblock auf.

»Die Leiche, das Fahrrad, das tote Reh, die Splitter deiner Seitenscheibe, deine Waffe immer noch nicht, dafür den wahrscheinlichen Tatort.« Er stand auf und ging zu der großen Karte des Werdenfelser Landes, die an der Wand seines Büros hing. Schwemmer stellte sich neben ihn.

»Ungefähr da«, sagte Schafmann und tippte mit seinem Kugelschreiber auf eine Stelle neben dem Weg, auf halber Höhe über den Reschbergwiesen. »Die Hunde haben angeschlagen, und Dräger hat ein paar Tropfen Blut gefunden. Für Dräger ist das sowieso ein gefundenes Fressen. Da kann er sich austoben.«

»Wie sieht es da aus?«

Schafmann zog eine Mappe heran, die auf seinem Schreibtisch lag, und nahm einen beeindruckenden Stapel an Fotoausdrucken heraus. Er blätterte ihn durch und reichte Schwemmer ein gutes halbes Dutzend davon.

Schwemmer sah sie an und runzelte die Stirn. Der Platz sah genauso aus wie der Platz, den Johanna Kindel ihm gezeigt hatte. Nur spiegelverkehrt. Der Berg war auf der falschen Seite. Vom Tal aus gesehen links, nicht rechts.

Aber die Holzstapel standen fast genauso. Er hätte keinen Unterschied benennen können.

Schafmann streckte die Hand aus, und Schwemmer reichte ihm die Fotos kommentarlos zurück.

»Und?« Schafmann sah ihn fragend an, aber als er keine Antwort erhielt, steckte er die Bilder wieder in die Mappe zu den anderen.

»Was wir bisher *nicht* gefunden haben, sind Patronenhülsen«, sagte er.

Schwemmer war es egal. Das war Drägers Baustelle, und er wusste sie in guten Händen. Auf jeden Fall hatten sie die drei Kugeln im Körper des Jungen. Und das war erheblich mehr als nichts.

»Wart ihr schon bei den Eltern?«

»Da war keiner zu Hause. Wir probieren es natürlich weiter.«

Schwemmer tastete den Verband über der Wunde ab. Das Pochen hatte etwas nachgelassen, seit er Frau Fuchsens Kopfschmerztabletten mit Kaffee hinuntergespült hatte, wovon sie ihm ausdrücklich abgeraten hatte, dafür fühlte sich sein Kopf nun an wie aufgepumpt.

»Bin ich rot im Gesicht?«, fragte er Schafmann.

»Nein. Du bist so blass, dass ich Angst hab, du fällst mir um. Setz dich mal hin«

Schwemmer gehorchte und setzte sich auf einen der Besucherstühle. Dann zog er umständlich seinen Spiralblock aus der Jackentasche. Er klappte ihn auf, riss das letzte beschriebene Blatt raus und reichte es Schafmann.

»Schieb, Siegfried«, las Schafmann vor. »Schober, Georg; Kindel, Severin.«

»Das ist die Band. Rattenkommando oder wie die heißen. Die beiden ersten als Zeugen vorladen«, sagte Schwemmer.

»Und Kindel, Severin? Ist das …?«

»Genau«, sagte Schwemmer. »Der Enkel. Da fahr ich selber hin.«

»Okay …« Schafmann machte sich eine Notiz. »Was meinst du zu diesem Bredemaier?«, fragte er.

»Was kann ich schon meinen? Bis jetzt kann ich nur spekulieren.«

»Und was spekulierst du?«

Schwemmer wandte den Kopf, als wolle er sich versichern, dass Schafmanns Tür geschlossen war.

»Was meintest du eben, von wegen dass die Isenwald zu überrascht gewesen wäre?«

»Die kennt den Kerl«, sagte Schafmann. »›Ach, Herr *Bredemaier, so* eine Überaaaschung‹«, imitierte er den Tonfall der Staatsanwältin. »Wenn du mich fragst: Die wusste, dass der kommt.«

Schwemmer grinste freudlos. »Weil *sie* ihn informiert hat.«

»Und weshalb?«

»Paranormale Phänomene. Die interessieren sich für so was in Wiesbaden.«

»Du meinst, der ist wegen der Kindel hier?«

»Ja. Aber das wird er offiziell nicht zugeben. Nur unter vier Augen.« Schwemmer machte eine wegwerfende Geste.

»Aber irgendeinen offiziellen Grund wird er doch nennen müssen. Der kann uns doch nicht einfach so hier zwischen den Beinen rumlaufen.«

»Das fällt denen ja nicht schwer. Entweder Drogen oder organisierte Kriminalität. Für OK gibt es ja sogar einen handfesten Hinweis: die Schüsse. Für mich sieht das nach Profiarbeit aus. Zwei ins Herz, einen Fangschuss in den Kopf.«

»Fast eine Hinrichtung«, sagte Schafmann.

»Korrekt. Und wir haben eine Zeugin, die den Killer gesehen hat.«

»Das ist nicht dein Ernst«, sagte Schafmann. Seinen zusammengezogenen Brauen nach war er nicht sicher, ob Schwemmer ihn auf den Arm nahm oder nicht.

»Nicht mein Ernst?«, fragte Schwemmer. »Wieso meiner? Der Mann ist vom BKA, oder?«

* * *

Auch in der großen Pause hatte Severin vergeblich auf Schibbsie und Girgl gewartet. Dass er sie nicht fand, war das eine, beunruhigender war, dass beide nicht an ihre Handys gingen. Spackos war schon seit gestern Abend abgestellt.

Und jetzt, in der Pause nach der Vierten, stand Inga bei ihm und versuchte, die Schuld für das Bio-Desaster von sich zu weisen.

»Ich habe nichts gegen Gruppenarbeit, das wissen Sie. Aber ich erwarte, dass sie mir *vorher* angezeigt wird, Herr Kindel, Frau Schreier«, hatte Dr. Friedrichs gesagt.

Inga war nicht mal rot geworden. Dr. Friedrichs hatte ihre beiden Mappen wohl nur zufällig nacheinander durchgeblättert, aber die Ähnlichkeit der beiden Protokolle war zu auffällig gewesen.

Es würde keine Note geben für das Protokoll. Keine Sechs für Pfuschen, aber auch keine Zwei für Severin. Das war, was Dr. Friedrichs eine salomonische Entscheidung nannte.

Dass Severin sich eine halbe Nacht für die Fleißarbeit um die Ohren geschlagen hatte, konnte er verschmerzen. Aber er hatte das nur getan, um die Fünf aus der Klausur vom Februar auszugleichen. Und nun stand Inga neben ihm und erklärte ihm wortreich, was für ein pedantisches Arschloch dieser Friedrichs doch sei und dass sie nur ein oder zwei Tabellen von Severin übernommen hätte und dass das mit ihrer Zwei in Bio jetzt ja wohl nichts mehr gäbe.

Zwei! Endnote! Severin hatte Mühe, ruhig zu bleiben. Er fragte sich, was er an Inga gefunden hatte, dass er ihr monatelang hinterhergedackelt war wie ein Volltrottel. Genau das war er gewesen, ein Volltrottel. Die anderen hatten hinter seinem Rücken schon über ihn gelästert. Es war nicht wichtig gewesen, solange Inga Zeit mit ihm verbrachte. Dann hatte Danni ihm flüsternd erzählt, dass die kleine Schwester von Inga rumratsche, dass Inga sich vor ihren Freundinnen über ihn lustig mache. Aber er hatte es einfach nicht geglaubt.

Und plötzlich, vor drei Monaten, hatte Inga Knall auf Fall nichts mehr mit ihm zu tun haben wollen. Sie hatte ihn nicht mehr in ihre Nähe gelassen. Wenn er versuchte, mit ihr zu reden, waren da ihre dämlichen Freundinnen, die ihn mit höhnischen Bemerkungen wegbissen.

Es hatte ihn verletzt, und es hatte eine Zeit lang wehgetan, aber irgendwann war es vorbei gewesen. So wie eine schwere Grippe vorbeiging oder Ziegenpeter.

Und jetzt war Inga wieder da, und er wusste nicht, was sie von ihm wollte. Aber immerhin wusste er jetzt sicher, dass *er* von *ihr* gar nichts mehr wollte.

Er hatte zu tun.

»Weißt was«, sagte er, »erzähl's deim Frisör.«

Mit diesen Worten ließ er sie stehen. Er sprach ein paar Jungs aus der Dreizehn an und erfuhr, dass Schibbsie sich krankgemeldet hatte. Dann steuerte er auf ein langhaariges Mädchen zu, von dem er nur wusste, dass sie Silvie hieß und mit Girgl im Lateinkurs war. Er fragte nach Girgl und erfuhr, dass der auch fehlte.

Plötzlich kam Inga und blieb neben ihm stehen.

»Du fühlst dich wohl als was Besseres, bloß weil jemand mal um deine Hilfe bittet«, zischte sie.

Severin sah sie einen Moment an. Dann hielt er ihr die gespreizte Hand hin. »Sprich zu der Hand«, sagte er.

Inga funkelte erst ihn, dann Silvie an, dann rauschte sie davon.

Silvie lachte. »Hasta la vista, Baby«, rief sie ihr hinterher. »Glückwunsch«, sagte sie dann und grinste ihn an. »Von *der* Zicke scheinst du ja geheilt zu sein.«

Severin grinste zurück.

* * *

Schwemmer stieg aus dem Streifenwagen und atmete tief durch. Als er aufsah, bemerkte er einen großen Greifvogel, der über ihm kreiste. Gelassen und desinteressiert nutzte der Vogel nahezu bewegungslos die Thermik über dem Hang, um sich immer weiter in die Höhe tragen zu lassen.

Schwemmer gähnte ausgiebig. Die Ruhe und die Luft hier oben waren Balsam für seinen geschundenen Schädel. Die Reschbergwiesen lagen in der Nachmittagssonne unter ihm. Der Blick ging hinüber zu Königsstand und Kramerspitz.

Es wäre ein Bild wunderbaren Friedens gewesen, wenn nicht fünfzig Meter weiter Dräger und seine Leute rings um den Holzlagerplatz mit der Spurensuche beschäftigt gewesen wären.

Er rieb sich die Augen. Als er die Augen wieder aufmachte, sah er Frau Isenwald auf sich zuschießen.

»Lieber Herr Schwemmer, wie geht es Ihnen? Was machen Sie denn für Sachen?«

Mitfühlend musterte sie den Verband um seine Stirn.

»Geht schon wieder«, sagte Schwemmer nur.

»Schön, dass wir uns noch treffen. Ich war grad auf dem Sprung zurück nach München.«

»Ja … wie schön …« Wenn Schwemmer das geahnt hätte, wäre er natürlich eine Viertelstunde später gekommen.

»Haben Sie den Herrn Bredemaier schon kennengelernt?«, fragte Isenwald.

»Flüchtig«, antwortete Schwemmer. »Können Sie mir sagen, was der hier will?«

»Genau weiß ich das auch nicht, aber nach meinen Informationen ist Bredemaier so eine Art *Mann für besondere Fälle.*«

»Dann hält Wiesbaden das hier also für einen *besonderen Fall*?«

»Scheint so«, antwortete Isenwald mit ziemlich unschuldigem Augenaufschlag, den Schwemmer ihr nicht abkaufte.

»Und wie kommen die darauf?«, fragte er.

»Der Name Kindel ist schon noch ein Begriff, in bestimmten Kreisen.«

»Bestimmte Kreise bei der Staatsanwaltschaft München, klar. Aber der Name Kindel ist doch gestern erst gefallen!«

»Vorgestern«, korrigierte Isenwald.

»Aber vorgestern gab es überhaupt noch keinen Anhaltspunkt ...«

»Es gab eine ›mögliche Spur‹, das waren *Ihre* Worte, Herr Schwemmer«, fiel Isenwald ihm ins Wort.

»Und das reicht Ihnen, das BKA zu informieren?« Schwemmer bemerkte, dass seine Wunde wieder zu pochen begann.

Isenwald hob beide Hände zu einer beschwichtigenden Geste.

»Jetzt reden Sie doch erst mal mit dem Kollegen. Ich glaube, man kann mit ihm auskommen.«

»Fragt sich nur, ob man mit *mir* auskommen kann«, knurrte Schwemmer.

In Isenwalds Augen blitzte es auf. Schwemmer vermutete, dass sie den Deeskalationsmodus ausgeschaltet hatte.

»Hat man eigentlich mittlerweile Ihre Dienstwaffe wiedergefunden?«, fragte sie denn auch prompt.

»Noch nicht«, antwortete Schwemmer. Er ließ sie mit

einem »Pfüat Eane« stehen und ging den Weg hinauf zum Tatort.

Letztlich war die Isenwald ihm überhaupt keine Rechenschaft schuldig darüber, wann sie wen über was informierte, und das war Schwemmer natürlich klar. Aber die Feinheiten des Dienstweges waren ihm im Moment egal. Er mochte es nicht, wenn unerwartet fremde Anzugträger in seinem Revier auftauchten, besonders nicht, wenn er Kopfschmerzen hatte.

Dräger und seine Männer hockten in ihren weißen Overalls auf dem Boden und drehten im Wortsinne jeden Stein um.

Dräger kam auf ihn zu, als er ihn bemerkte.

»So gut wie nichts«, sagte er bestens gelaunt. »Aber eben nicht gar nichts.«

Er führte Schwemmer zu der Stelle am Wegrand, wo der Abhang begann, und zeigte ihm am Rande einer winzigen, fast schon wieder ausgetrockneten Pfütze den Abdruck einer Schuhspitze.

Schwemmer konnte seine Enttäuschung nicht recht verbergen. Er hatte sich schon ein wenig mehr erhofft. Aber das war typisch Dräger, der sich von so etwas im besten Sinne herausgefordert fühlte.

»Immerhin, dann haben wir schon mal seine Schuhgröße«, sagte Schwemmer ironisch.

»Seine?« Dräger schüttelte missbilligend den Kopf. »Ihr seid alle viel zu voreingenommen! Wieso redet ihr immer von *ihm*? Wieso nicht *sie*, Singular oder Plural?«

Schwemmer fühlte sich ertappt. Er pustete leicht betreten die Wangen auf. Dräger hatte recht. Natürlich durfte man nicht wie selbstverständlich davon ausgehen, dass hier alles Johanna Kindels Schilderung gemäß abgelaufen war.

»Ihr tut grad so, als wüsstet ihr schon genau, was hier passiert ist«, setzte Dräger hinzu

»Wen meinen Sie denn mit *ihr*?«, fragte Schwemmer.

»Na ja, Vicky und dieser Bredemaier.«

»Vicky?«

»Also … Frau Isenwald, mein ich natürlich.«

»Die heißt Vicky? Wusst ich gar nicht.«

»Viktoria, eigentlich.«

»Oh … und der Bredemaier, war der auch schon hier oben?«

»Nein. Aber den hatt ich am Handy, kaum dass wir hier angefangen hatten. Was ist eigentlich mit dem? Ist der weisungsberechtigt?«

»Nein. Was wollte er denn?«

»Informationen zum Tathergang, was sonst? Das wollen Sie doch auch, oder?« Dräger grinste.

»Logisch«, sagte Schwemmer mit einem kleinen Schulterzucken.

»Hab ich aber nicht«, sagte Dräger ohne Bedauern. »Noch nicht. Aber es gibt etwas, das überhaupt nicht zu eurer Version passt. Also zu der von der Kindel, mein ich.« Er marschierte zu seinem Kombi, der mit offener Heckklappe ein gutes Stück wegabwärts stand. Dort öffnete er eine Alukiste und nahm mehrere verschlossene Plastikbeutel heraus. Er reichte Schwemmer drei davon.

Sie enthielten Haare.

»Und das sind diesmal *keine* Hundehaare. Ohne mich

allzu weit aus dem Fenster zu lehnen, würde ich sagen: Menschenhaare, gefärbt. Insgesamt fast ein Dutzend von mindestens drei verschiedenen Personen. Zwei verschiedene Sorten in Schwarz und eine in Rot.«

Er nahm Schwemmer die Beutel wieder ab und gab ihm einen anderen.

»Und das hier wird wahrscheinlich auch *nicht* von einem Frosch stammen.«

Schwemmer besah sich das einzelne Haar, das in einem Placken verkrusteten Blutes klebte. Es war glatt und schwarz.

»Dann gab's noch das hier…« Dräger reichte ihm ein weiteres Tütchen, das winzige Krümel enthielt, die sich bei genauem Hinsehen als dunkelgrün darstellten. Sie schienen pflanzlichen Ursprungs.

»Ist es das, wonach es aussieht?«, fragte Schwemmer.

»Bis das Labor mir irgendeine Auskunft gibt, sind das für mich dunkelgrüne Krümel.« Schwemmer bekam das letzte Tütchen überreicht. »Das hier gefällt mir besonders.«

Darin war ein winziges Stück blauen Kunststoffs, flach, weniger als einen halben Quadratzentimeter groß und offenbar irgendwo abgebrochen. Die unbeschädigte Kante war leicht gerundet.

»Was ist das?«, fragte Schwemmer. »Darüber hinaus, dass es ein abgebrochenes blaues Plastikplättchen ist, mein ich?«

»Für mich war es genau das, bis der Kollege Schröpfer da drüben meinte, das sei wahrscheinlich ein Teil eines Plektrums.«

»Plektrum? Sind das die Dinger, mit denen man auf Gitarren haut?«

»Genau. Sagt Schröpfer. Der muss es wissen. Spielt in 'ner Stones-Coverband.«

Schwemmer sah verwundert zu Schröpfer hinüber.

»Der Schröpfer? Ich dachte, der wird bald sechzig?«

»Ja, und? Keith Richards träumt wahrscheinlich davon, noch mal so jung zu sein.«

* * *

Severin saß allein im Bus nach Hause. Danni hatte wieder Sport heute und blieb bei ihrer Freundin über Mittag. Gerade heut wäre er gern mit ihr zusammen nach Hause gefahren.

Die Doppelstunde Mathe hatte ihm den Rest gegeben. Natürlich hatte Herr Riedler gemerkt, dass er nicht ansatzweise kapierte, was er da gerade über Vektorrechnung erklärt bekam, und natürlich hatte der alte Sadist ihn an die Tafel geholt. Riedler war ein Lehrer, der Schüler hasste. Er hatte jedenfalls seinen Spaß gehabt an Severin heute. Severin hatte an der Tafel gestanden und irgendwann gar nichts mehr gesagt. Riedler hatte ihn auf seinen Platz zurückgeschickt und dann eine Note in seinen Lehrerkalender geschrieben, über deren Höhe Severin keine Zweifel hatte.

Dabei war ihm das alles heute noch gleichgültiger als sonst schon. Immer wieder hatte er zu Hause angerufen, aber Großmama war nicht da gewesen. Irgendwann hatte er dann angefangen, sich Sorgen um sie zu machen, obwohl er wusste, dass sie oft im Garten arbeitete und dann das Telefon nicht hörte. Gerade wenn sie schlechte Laune hatte, machte sie das. Aber er sorgte sich trotzdem. Sah sie mit verrenkten Haxen am Fuß der Stiege liegen oder mit einem Herzkasper zusammengebrochen in der Küche.

Es fühlte sich an, als kröche der Bus durch die Straßen, jeder Halt dauerte endlos, und über allem lag der Gedanke an Spacko.

Er war kein besonders guter Schlagzeuger, talentiert, aber ein fauler Sack, und ein ziemlicher Depp war er obendrein. Wenn Severin anschaute, was er aus sich machte – oder besser: eben *nicht* machte –, packte ihn manchmal die Wut. Er hatte ohne Grund das Gymnasium abgebrochen, seine Lehre schien er auch geschmissen zu haben, und für Severins Geschmack behinderte seine Weigerung, regelmäßig zu üben, die Entwicklung von »Rattenbrigade«. Wenn sie ihren ersten richtigen Gig, im Herbst auf dem Heavy-Festival in Augsburg, platzen lassen mussten, würde es mit Sicherheit an Spacko liegen.

Aber die Vorstellung, dass ihn jemand erschossen haben sollte, einfach so …

Severin lehnte den Kopf an die Scheibe des Busfensters. Er spürte das Vibrieren des Diesels und die schaukelnden Bewegungen des Fahrens. Dann wurde er beim Bremsen nach vorn gedrückt. Der Bus hielt an der nächsten Haltestelle. Als er hinaussah, entdeckte er Petr auf der Bank gegenüber. Er wirkte deprimiert.

Die Tür des Busses stand noch offen. Severin sprang auf, gerade als die Tür sich zu schließen begann. Er schwang seine Tasche in die Lichtschranke, und die Tür stoppte mit einem pneumatischen Seufzen in ihrer Bewegung. Der Fahrer schickte ihm ein saftiges »Ja Kruzitürkn« hinterher, aber da war er schon draußen.

* * *

»Wo steckt denn dieser Bredemaier?«, fragte Schwemmer.

»Er sagte, er würde essen gehen und auf Ihren Anruf warten«, antwortete Frau Fuchs. »Sie möchten sich doch bei ihm melden, aber nur, wenn Sie die Zeit übrig haben.«

»*Das* hat er gesagt?«

»Ja. Scheint ganz ein Netter zu sein.« Frau Fuchs reichte ihm die Visitenkarte Bredemaiers mit dessen Mobilnummer.

»Aha …«

»Ganz nett« war ein Attribut, das Schwemmer spontan eher *nicht* mit BKA-Leuten in Verbindung brachte, und in der Tat war so viel Höflichkeit bei diesen Kollegen einigermaßen ungewöhnlich. Normalerweise versuchten die Herrschaften schon deutlich zu machen, dass sie von einer übergeordneten Instanz gesandt waren.

Schwemmer warf einen Blick auf die Uhr neben seinem Monitor, es war drei Uhr durch. Er griff nach dem Telefon und rief Bredemaier an.

»Wie schön, von Ihnen zu hören, Herr Kollege.«

Falls es ironisch gemeint war, klang es nicht durch.

»Ich muss schon sagen, da hat mir Frau Isenwald aber ein wirklich schönes Hotel empfohlen«, fuhr Bredemaier fort.

»So? Wo sind Sie denn abgestiegen?«

»Im ›Lenas‹. Kennen Sie das?«

Schwemmer zog die Brauen hoch. Er kannte das »Lenas« und seine Besitzerin – ziemlich gut sogar, seit sie letztes Jahr den Toten aus der Klamm gezogen hatten. Seines Wissens fingen die Zimmerpreise dort bei zweihundertvierzig Euro die Nacht an. Pro Person im Doppelzimmer.

»*Da* bringt das BKA Sie unter?«, fragte er.

»Ach wissen Sie, Herr Schwemmer, manchmal tu ich ein bisschen was dazu. Soll ja auch Spaß machen, die Arbeit.«

»Tja, wenn man's sich leisten kann...« Schwemmer schüttelte ungläubig den Kopf. Fürs Geld arbeitete der Mann also offensichtlich nicht.

»Ich könnte jetzt eine halbe Stunde entbehren, Herr Bredemaier«, sagte Schwemmer.

»Ach, vielleicht verschieben wir das lieber. Ich sitz gerade im Taxi und schau mir Ihre entzückende Heimatstadt an. Wie wär es denn, wenn ich Sie heute Abend zum Essen einlade. Damit man sich mal kennenlernt.«

Schwemmer überlegte, wohin jemand ihn einladen würde, der aus eigener Tasche dienstliche Übernachtungen im »Lenas« bezahlte. Im »Spago« war ich lang nicht mehr, dachte er. Aber er wusste, dass ihm heute Abend zu einem dienstlichen Essen die nötige Kondition fehlen würde.

»Das geht leider nicht«, sagte er bedauernd. »Meine Gattin kocht.«

»Wie wär's denn dann damit?«, erwiderte Bredemaier gut gelaunt. »Sie halten Ihre werte Frau Gattin vom Kochen ab und bringen sie stattdessen einfach mit.«

Schwemmer war konsterniert. Für seinen Geschmack ging das zu weit. Immerhin ging es um ein dienstliches Kennenlernen.

»Herr Bredemaier, seien Sie mir bitte nicht gram, aber ich bin auch gesundheitlich nicht so ganz auf der Höhe. Ich würde vorschlagen, wir treffen uns morgen früh um zehn hier in meinem Büro.«

»Wie Sie meinen«, sagte Bredemaier freundlich, aber er klang tatsächlich ein bisschen enttäuscht.

Schwemmer legte auf und rieb sich ausgiebig den Nacken. Er rief bei Frau Fuchs an und fragte nach Kopfschmerztabletten, erhielt aber die Antwort, er habe die vom Beipackzettel empfohlene tägliche Höchstdosis von ihr bereits zugeteilt bekommen. Normalerweise hätte er jetzt Schafmann angerufen, in dessen einem Hypochonder wahrhaft angemessenen Arzneimittelvorräten sich schon was für ihn gefunden hätte, aber Schafmann hatte sich vor einer Stunde dann doch nach Hause verzogen, um ein bisschen Schlaf nachzuholen.

Schwemmer klappte die Mappe auf, die vor ihm auf dem Schreibtisch lag, und starrte auf das Foto des ermordeten Oliver Speck.

Die Eltern mussten dringend informiert werden.

Normalerweise hätte er Schafmann geschickt oder einen anderen aus dem K1, aber das widerstrebte ihm in diesem Fall. Er versuchte sich darüber klar zu werden, warum das so war, und er musste sich eingestehen, dass er sich mitverantwortlich fühlte für das, was Oliver Speck zugestoßen war.

Es war ein Gefühl in der Magengegend, durch und

durch unprofessionell. Nicht dass für ihn Gefühle generell unprofessionell waren, aber dass er sich selbst in das Geschehen verwickelt fühlte, war nicht gut.

Er nahm den Hörer ab und rief zu Hause an. Als Burgl sich meldete und er ihre Stimme hörte, war es, als fiele ein Gewicht von ihm ab.

Zusätzlich erleichternd war, zu erfahren, dass der Hexenschuss nun endgültig der Vergangenheit anzugehören schien und dass im Suppentopf bereits ein von ihr der Rekonvaleszenz des angeschlagenen Gatten geopfertes Huhn köchelte.

Er versprach, wenigstens zu versuchen, um halb acht zu Hause zu sein, und legte mit einem Lächeln auf. Irgendwie würde er den Rest des Arbeitstages schon noch durchstehen. Burgls selbst gemachte Hühnersuppe sollte es seiner Meinung nach auf Rezept geben. Sie war immer das Richtige in Schwächephasen.

Aber er ahnte, dass ein Arzt ihm etwas ganz anderes verschrieben hätte.

* * *

Es war nach drei. Das Telefon hatte ein paar Mal geklingelt, öfter und auch länger als gewöhnlich, aber Johanna hatte nicht abgehoben. Sie fürchtete sich davor, Severin am Telefon von Spackos Tod erzählen zu müssen. Am liebsten hätte sie ihm gar nichts davon erzählt, aber das war natürlich nicht möglich.

Sie war froh über die kurze Zeitspanne, die sie an diesem Nachmittag allein hier im Haus verbringen durfte.

Mit geschlossenen Augen saß sie am Küchentisch, lauschte der Ruhe um sich herum, kein Radio, kein Fernsehen, keine Musik aus Severins Dachstube, kein Mädchenlärm von Danni und ihren Freundinnen. Nur dann und wann das Brummen eines Motors draußen auf der Straße. Der April gönnte ihr einige Momente goldenen Lichts, und sie spürte der Wärme auf ihrer Wange nach, noch als sich längst wieder eine grauweiße Wolke vor die Sonne geschoben hatte.

Als es an der Tür läutete, zuckte sie zusammen.

Johanna bekam keine unangekündigten Besuche. Und heute, an diesem Tag, dem Tag danach, erwartete sie überhaupt nichts Gutes an ihrer Haustür.

Sie entschied, einfach sitzen zu bleiben, obwohl sie das nie gut gekonnt hatte.

Es läutete erneut. Zweimal, kurz hintereinander.

Immer noch blieb sie sitzen, wenngleich es sie Nerven kostete, die sie eigentlich nicht entbehren konnte.

Als es ein drittes Mal läutete, war es mehr als eine Ahnung, es wurde ihr zur Gewissheit, dass draußen neuer Ärger, eine neue Bedrohung wartete, eingelassen zu werden, und sie hatte plötzlich gar keine Hoffnung mehr, sie verscheuchen zu können.

Müde stand sie auf und ging zur Haustür. Als sie sie öffnete, stand niemand mehr davor, aber am Straßenrand stieg gerade ein großer, etwas vierschrötig wirkender Mann in den Fond eines wartenden Taxis. Als der Mann sie bemerkte, hielt er in der Bewegung inne und stieg wieder aus. Er sagte etwas zu dem Fahrer, der daraufhin den Motor startete und davonfuhr. Dann richtete er umständlich seinen altmodischen Kamelhaarmantel, bevor er sich gemessenen Schrittes auf den Weg zurück zur Haustür machte. Er war um etliches jünger, als Johanna angesichts des Mantels erwartet hatte.

Ein paar Jahre älter, als das Bienerl jetzt wäre, dachte Johanna.

Nicht dass er irgendwie Bienerls Geschmack entsprochen hätte, oder auch nur Johannas, aber diesen reflexhaften Gedankengang hatte sie sich nie abgewöhnen können, so als wäre sie immer noch auf der Suche nach einem Mann für ihre einzige Tochter.

Als der Mann vor ihr stand, war sie sich überhaupt nicht sicher, was sie von ihm halten sollte. Seine Kleider waren fein und ausgesucht, aber er wirkte, als trage er die Sachen eines wohlhabenden Verwandten auf. Seine Augen waren blau, aber dieses Blau war so hell und wässrig, dass ihm jede Anziehungskraft fehlte. Der Mann war groß und breitschultrig, doch wirkte er weichlich, als hätte er einmal über Kraft verfügt und dann vergessen, wie man sie nutzt. Dazu kam, dass seine Wangen von Aknenarben zerfurcht waren. Er blieb am Fuß der kleinen Treppe stehen.

»Ich wünsche Ihnen einen guten Tag, verehrte Frau Kindel«, sagte er und machte einen Diener. Etwas, das sie das letzte Mal erlebt hatte bei dem Mann, der ihr ihr Hochzeitskleid verkauft hatte. »Mein Name ist Bredemaier.«

Johanna antwortete nicht. Sie starrte den Mann an und hoffte, er würde sich einfach wieder in Luft auflösen.

»Ich möchte mich Ihnen nur vorstellen. Ich komme

vom BKA, und Sie können sich wahrscheinlich denken, was der Grund meines Hierseins ist.«

»BKA?«

»Das steht für Bundeskriminalamt«, sagte der Mann entschuldigend.

Natürlich wusste Johanna, was das BKA war, die Frage war nur Ausdruck ihrer Verwunderung gewesen, oder besser: ihrer Sorge.

Jetzt kommen sie sogar schon aus der Fremde meinetwegen, dachte sie.

»Es gibt keinen Grund zur Besorgnis«, sagte Bredemaier beruhigend. »Ich möchte Sie nur ein wenig kennenlernen.«

Er sprach leise in einem kräftigen Bariton, und er kam unüberhörbar aus einer Gegend, die ziemlich weit von Bayern entfernt war.

Johanna hatte keine Nerven für unangemeldete, seltsam gekleidete Männer, egal welche Behörde sie geschickt haben mochte. Aber als sie Frau Dammböck drüben wieder einmal ihre Gardine richten sah, knickte sie ein.

»Kimmens halt eini«, sagte sie und winkte den Mann mit einer Kopfbewegung hinter sich her ins Haus.

Bredemaier hatte gerade den Fuß auf die Treppe gesetzt, als ein dumpfes Dröhnen die Luft erfüllte. Unwillkürlich drehten sie sich beide um und sahen zum Himmel. Auch Frau Dammböck streckte ihren Kopf zum Fenster heraus. Aber der Himmel gab sich harmlos gescheckt. Das Geräusch verhallte und wiederholte sich nicht.

Bredemaier zuckte die Achseln und wandte sich mit einem Lächeln wieder um. Aber Johanna meinte in seinen Augen einen Funken der Besorgnis zu entdecken.

* * *

»Hi«, sagte Severin und setzte sich neben Petr auf die Bank.

Petr sagte nichts. Er sah ihn nur mit einem kurzen, misstrauischen Seitenblick an und starrte dann weiter vor sich hin.

»Wartst aufn Bus?«, fragte Severin.

»Was sonst?«, murmelte Petr nur.

»Hast heut an Schibbsie oder an Girgl gsehn?«

Petr schüttelte stumm den Kopf.

»I a ned. Dabei sollt i schon wissn, ob heut Prob ist … Da Spacko meldt sich a ned.«

Petr wandte ihm langsam den Kopf zu. »Was willst du?«, fragte er mit unbewegter Miene.

»I wollt nur fragn, ob du die drei gsehn hast. Sonst nix.«

»Wieso ich ausgerechnet?«

»Warum ned? Bist doch oft zsammen mit dene, de letzte Zeit.«

Petr sah wieder zu Boden und nickte verstehend. »Spacko hat dir also wirklich erzählt«, sagte er leise.

»Was soll der verzählt habn?« Severin sah ihn von der Seite an. Petr verzog das Gesicht, als pule er mit der Zunge zwischen den Zähnen. Er sagte nichts.

»Da Girgl hat a scho so was gsagt, gestern. Aber i hab koa Ahnung, was ihr meint.«

Petr zog geräuschvoll die Nase hoch und spie dann einen Klump Speichel auf den Boden zwischen seinen Füßen.

»Spacko hat dir erzählt und du hast erzählt den Bullen.«

»*Was?* Was hab i denn mit die Bulln am Hut?«

»Wieso sonst waren die da oben, gestern?«

»I weiß ned ...« Severin wandte den Blick ab. Hätte er Petr etwa von den Träumen seiner Großmutter erzählen sollen?

»Egal was Spacko dir hat erzählt: Vergiss es wieder. Wenn du noch mal rumerzählst irgendwas, gibt eine Menge Ärger«, sagte Petr ruhig. »*Richtigen* Ärger, verstehst du?«

Severin nickte.

»Sieh mich an, wenn ich rede mit dir!«

Severin gehorchte, erstaunt über die plötzliche Schärfe in Petrs Stimme. Petr sah sich kurz prüfend um, dann öffnete er seine Windjacke und zeigte Severin eine Pistole, die in seinem Hosenbund steckte.

»Verstehst du jetzt?«

Severin schwieg. Petr hatte bisher eigentlich nicht unsympathisch auf ihn gewirkt und auch nicht bedrohlich, klein und dürr, wie er war.

Aber nun hatte er eine Waffe, und sie sah verdammt echt aus. Echt genug, um Respekt davor zu haben. Auch Petrs Worte gerade, die Art, wie er sie sagte, wirkten plötzlich ernsthaft beunruhigend. So, als sage er so etwas nicht zum ersten Mal.

»Da Spacko hat mir nix gsagt. Deshalb kann i a nix verzählen«, sagte Severin.

»Dann alles ist prima«, sagte Petr nur.

»Hast denn a Ahnung, was mitm Spacko is?«

»Was soll sein mit ihm?«

»Was weiß i. Aber seit gestern ist sei Handy aus, und er ruft a ned zruck.«

Der Bus kam. Petr stand auf.

»Du weißt, wie Spacko ist«, sagte er.

Die Bustür öffnete sich zischend direkt vor ihnen, und Petr stieg ein, ohne sich noch einmal umzudrehen, aber er setzte sich direkt ans Fenster und sah auf Severin herab. Seinen Blick empfand Severin als eine erneute, laute Warnung. Der Bus fuhr an, und Petr war fort.

Severin blieb auf der Bank sitzen.

Petr wusste, was gestern Abend am Reschberg passiert war. Und Schibbsie und Girgl wussten es auch. Er würde doch zum Proberaum gehen. Er musste mit den beiden reden. Und vielleicht waren sie ja da. Heut war schließlich Probe, sagte er sich, auch wenn ihm klar war, dass heute kein normaler Tag für die »Rattenbrigade« war.

Er beschloss, nach Hause zu fahren und seinen Bass zu holen. Als er gerade die St.-Martin-Straße überquerte, um zurück zur anderen Haltestelle zu gelangen, erfüllte ein donnerndes Dröhnen die Luft.

Mit gerunzelter Stirn sah er sich um. Es schien aus Richtung Grainau zu kommen

* * *

Frau Fuchsens Miene war betreten, als sie nach leisem Klopfen Schwemmers Büro betrat.

»Also…« Sie hob die Hände in einer Geste, als müsse sie sich für das Folgende im Voraus entschuldigen. »Unten in der Wache ist ein Herr Kurtzbecker …«

Schwemmers Gehirn brauchte einen Moment, um den Namen einzuordnen, und als es ihm gelungen war, konnte er Frau Fuchs verstehen.

Adolf Kurtzbecker. Wahrsager. Scharlatan.

»Der fehlte wirklich noch«, sagte er. »Und? Was will er?«

Frau Fuchs wirkte erleichtert, dass er sie nicht für die schlechte Nachricht verantwortlich machte.

»Er will Sie sprechen.«

»Dann geben Sie ihm einen Termin. Ende übernächster Woche etwa.«

»Nun ja, er will Anzeige erstatten. Gegen die Frau Kindel.«

»Warum?«

»Wegen Betrugs… Außerdem hat er einen Reporter dabei«, setzte Frau Fuchs leise hinzu »Den Högewald.«

Schwemmer stöhnte auf. Högewald war ein in ganz Oberbayern berüchtigter Boulevardjournalist. Er arbeitete frei und war der skrupelloseste Tatsachenverdreher, der Schwemmer in seiner Zeit nach Ingolstadt untergekommen war. Wenn er Kurtzbecker jetzt einfach wegschickte, stünde spätestens übermorgen ein Bericht in einem der Blätter mit den großen Überschriften, wie bei der Polizei Garmisch Wahrsager mit unterschiedlicher Elle gemessen würden.

Schwemmer tastete über seine Schläfe, die Wunde pochte vor sich hin

Er konnte sich jetzt unmöglich einem Schakal wie diesem Högewald aussetzen, aus verschiedenen Gründen.

Schon weil es noch keine Presserklärung zum Fall Oliver Speck gab, konnte er jetzt nicht mit einem Journalisten reden, der bestimmt schon Gerüchte gehört hatte und sie kommentiert haben wollte. Aber hauptsächlich war Schwemmer einfach nicht in der Form, die dafür nötig war.

»Ich bin unabkömmlich«, sagte er zu Frau Fuchs. »Die Wache wird die Anzeige aufnehmen. Und sagen Sie dem betreffenden Kollegen bitte von mir, dass die Sache ordnungsgemäß über die Bühne gehen muss. Nicht dass der Kurtzbecker Anlass zur Beschwerde findet. Er soll also bitte ernst bleiben.«

»Verstanden«, sagte Frau Fuchs.

»Und ich brauch ein Auto. Und jemanden, der mich fährt. Können Sie sich darum kümmern?«

»Jawohl.« Frau Fuchs ging hinaus

Schwemmer wuchtete sich müde aus seinem Drehstuhl in die Senkrechte und trat ans Fenster. Ein heftiges Verlangen nach frischer Luft hatte ihn überkommen. Als er es gerade geöffnet hatte, kam von draußen ein grollendes Donnern, das er sich nicht recht erklären konnte. Er sah nach oben, aber an dem gescheckten Aprilhimmel war kein Hinweis auf ein Gewitter zu entdecken. Das Geräusch wiederholte sich nicht. Es hatte weit entfernt geklungen und ziemlich gewaltig.

Schwemmer ging zurück an seinen Schreibtisch, mit einem unguten Gefühl, das ihn nicht täuschen sollte. Es dauerte kaum mehr als eine Minute, bis das Telefon auf seinem Schreibtisch läutete.

* * *

Dafür, dass er in den letzten vierundzwanzig Stunden nur drei Stunden im Bett gewesen war, machte Schafmann einen erstaunlich ausgeschlafenen Eindruck. Er kam vom Bahndepot her, wo mittlerweile eine Menge Schaulustiger stand, die sich um die »Betreten verboten«-Schilder der Zugspitzbahn nicht gekümmert hatten. Immerhin ließen sie sich noch mit Flatterband im Zaum halten.

Schafmann trat zu Schwemmer und sah sich um.

»Jesusmariaundjosef«, murmelte er, als er das Ausmaß der Zerstörung erfasste.

Die Feuerwehr hatte die kleineren Brände gelöscht, die sich um das explodierte Gebäude herum entzündet hatten, dort, wo brennende Trümmerteile aufgeschlagen waren. Das Gebäude selbst brannte nicht. Es hatte aufgehört zu existieren.

Dort, wo die alte, kleine Backsteinhalle gestanden hatte, klaffte ein schuttgefüllter Krater im Erdreich. Die angrenzenden Grundstücke und Wiesen waren übersät mit unterschiedlich großen Brocken Mauerwerks und, was dem Ganzen noch eine zusätzlich absurde Note gab, Dutzenden von Karosserieteilen: Türen, Kotflügeln, Motorhauben unterschiedlichster Farben und Bauarten, dazu zersprungenen Windschutzscheiben und verschlissenen Reifen.

Schafmann kickte mit dem Fuß gegen eine Stoßstange, die vor ihnen im Gras lag.

»Was ist das für Schrott?« Unabhängig von den Verformungen durch die Explosion war zu erkennen, dass es sich um ein ziemlich gebrauchtes Teil handelte.

»Da war wohl ein Lager«, sagte Schwemmer.

An den umliegenden Gebäuden gab es keine intakte Fensterscheibe mehr. Bei der Herfahrt hatte Schwemmer auch an der Kirche kaputte Scheiben gesehen.

Mehrere Ambulanzen und Notarztwagen standen herum, deren Personal im Akkord Schnittwunden versorgte.

»Hast du mal 'ne Zigarette?«, fragte Schwemmer.

»Nein«, sagte Schafmann. »War jemand drin?«

»Wissen wir noch nicht.«

»Das ist die Halle, wo die Band probt, oder?«

»*War*. Es war die Halle.«

»Die müssen aber wirklich jemanden geärgert haben.«

Schwemmer sparte sich Bemerkungen zu bisher fehlenden Hinweisen auf ein Verbrechen oder Ähnliches. Wenn gestern der Schlagzeuger erschossen wurde und heute der Proberaum in die Luft flog, musste man einen Zusammenhang nicht konstruieren.

»Ist der Besitzer informiert?«

»Da ist keiner zu Hause«, sagte Schwemmer.

Er kaute auf der Unterlippe. Ein Mord und ein Bombenanschlag innerhalb von vierundzwanzig Stunden waren nicht nur in Garmisch-Partenkirchen ungewöhnlich. Dies hier hatte eine Dimension, die neu war in seiner beruflichen Erfahrung.

Einer der Feuerwehrmänner kam mit ruhigen Schritten auf sie zu. Es war Hasenberg, der Kommandeur der Freiwilligen, den Schwemmer von anderen Einsätzen her schon kannte.

»Das sollten Sie sich ansehen«, sagte er und wies in Richtung Waldrand, wo er hergekommen war.

»Was Ernstes?«, fragte Schafmann.

Hasenberg nickte. »Da am Wald stehen auch Gaffer. Halten Sie Ihre Reaktionen deshalb bitte unter Kontrolle.«

Schwemmer und Schafmann tauschten einen resignierten Blick.

»Könnt wieder eine lange Nacht werden«, sagte Schafmann.

Schwemmer sagte nichts. Er hatte Burgls Hühnersuppe Adieu gesagt, noch bevor er an der Wache in den Streifenwagen gestiegen war.

Sie erreichten einen Flecken Wiese, wo ein weiterer Feuerwehrmann neben einem gelben Kotflügel wartete, gute dreißig Meter vom Krater entfernt, nur wenige Schritte vom Waldrand weg, wo fast ein Dutzend Menschen stand und zu ihnen herüberstarrte.

Die beiden Feuerwehrmänner schirmten die Stelle wie zufällig gegen das Publikum ab. Hasenberg wies auf den Kotflügel, der andere bückte sich und hob ihn an.

Darunter lag, schwarz verkohlt, ein menschlicher Fuß. Er war am Knöchel abgerissen, ein paar abgebrochene Knochen standen hervor.

Schafmann räusperte sich.

Schwemmer tastete seine Schläfe ab. »Die Leute da müssen weg«, sagte er.

»Ich kümmer mich drum«, sagte Schafmann.

Schwemmer klopfte Hasenberg auf die Schulter. »Sie wissen, was Sie zu tun haben?«, fragte er.

»Natürlich«, erhielt er zur Antwort.

Schafmann zog sein Walkie-Talkie aus der Manteltasche und gab Order, die Absperrung weiter zu ziehen. Das löste bei den Uniformierten keine Freude aus, ließ sich aber nicht vermeiden.

»Fangt am Waldrand an. Dann das Depot und den Parkplatz«, sagte er in das Funkgerät. »Und wo steckt Dräger?«

»Im Krater«, war die Antwort.

»Na klar«, sagte Schafmann zu Schwemmer. »Mittendrin, wo sonst?«

»Dräger soll sofort zum Waldrand kommen, Hauptbrandmeister Hasenberg wartet auf ihn. Da brauchen wir auch die Rechtsmedizin, sobald die auftauchen.«

»Verstanden«, krächzte es aus dem Gerät. »Hier vorn an der Absperrung ist ein junger Mann, der behauptet, in dem Gebäude sei sein Proberaum. Wollen Sie mit dem reden?«

»Wie heißt der?«

»Kindel, Severin.«

»Wir kommen«, sagte Schafmann und schaltete ab. »Immerhin *ein* Überlebender«, sagte er zu Schwemmer.

Die Uniformierten begannen, die Schaulustigen zurückzudrängen, was wie immer zu Anfang nicht leicht war. Aber Schwemmer wusste aus eigener Erfahrung, dass die ersten Meter die schwersten waren. Wenn sie erst einmal in Bewegung waren, konnte man sie vor sich hertreiben, solange man wollte.

Das Gelände anschließend gegen Schaulustige zu sichern, würde kein Problem sein. Nur die Profis machten Schwemmer Sorgen. Schon dass Högewald in der Gegend war, war in einer so unübersichtlichen Gesamtsituation nicht gut. Und dieser Rumms hier war groß genug gewesen, um sogar das Fernsehen herzulocken. Er rechnete minütlich mit dem Auftauchen der ersten Ü-Wagen. Und dabei gab es noch nicht einmal eine Presseerklärung zu dem toten Oliver Speck.

»Hör zu«, sagte er zu Schafmann. »Wir bilden eine SOKO. Fahr rein und stell den Bedarf zusammen.«

»Ich will mich nicht drücken, aber wäre eine sitzende Tätigkeit im Moment nicht eher was für *dich*?«

Schwemmer überlegte kurz und ernsthaft.

»Ich brauch frische Luft«, sagte er dann.

»Das wäre nicht mein Rat«, sagte Schafmann. Er klang ärgerlich. »Du kriegst hier richtig Spaß mit der Presse und so, das weißt du?«

»Schaun mer mal«, sagte Schwemmer. »Als Erstes muss jemand zu den Eltern von dem Speck. Ich wollt grad los zu denen, als es hier geknallt hat. Die dürfen das keinesfalls von jemand anderem erfahren.«

»Geht klar«, sagte Schafmann.

»Und dann müssen der Schieb und der Schober zur Fahndung raus.«

»Mach ich sofort«, sagte Schafmann. »Hoffentlich sind wir damit nicht was spät dran, zumindest bei einem der beiden ...«

»Sei nicht so negativ. Bis jetzt war es nur ein Fuß«, murmelte Schwemmer.

»Du meinst, der Rest könnte noch rumlaufen?«, fragte Schafmann.

Schwemmer sparte sich die Antwort.

Sie gingen zur vorderen Absperrung. Hier stand die Kollegin, die mit ihrem Walkie-Talkie Verbindung zur Leitstelle bei der Feuerwehr hielt, neben ihr hockte ein leichenblasser Severin Kindel auf dem Boden. Er starrte fassungslos zu dem Krater hinüber.

»Aber mir hättn doch probn solln, jetzt«, stammelte er ein ums andere Mal.

»Den kannst du gleich mitnehmen«, sagte Schwemmer.

»Meinst nicht, der steht unter Schock?«, fragte Schafmann.

»Na gut, ich lass ihn untersuchen und dann nachliefern.«

»Pfüat di«, sagte Schafmann, was Schwemmer nicht recht zur Situation zu passen schien. Schafmann ging zügig in Richtung seines Wagens, und Schwemmer trat zu Severin Kindel, der sich gerade im Wortsinne die Haare raufte.

»Mei Peavey! Is der a hin?«, stieß er hervor.

Schwemmer hatte keine Ahnung, wer oder was ein Pie-wie sein mochte.

»Sie leben, das scheint mir erst mal das Wichtigste«, sagte er. Er zog den Jungen sanft am Oberarm hoch und führte ihn zum nächsten Rettungswagen.

Ein Sanitäter dort maß Blutdruck und Puls und reichte Severin weiter an eine junge Ärztin, die ihn routiniert mit einer Spritze und ein paar aufmunternden Worten versorgte.

»Und bei Ihnen alles in Ordnung?«, fragte sie mit einem kritischen Blick auf Schwemmers Stirnverband.

»Passt schon«, sagte Schwemmer.

»Das möchte ich mir lieber mal anschaun«, erhielt er zur Antwort, und bevor er sich versah, lag er auf der Liege in der Ambulanz.

Die Ärztin entfernte den Verband und schüttelte den Kopf. Der Sani reichte ihr an, was immer sie forderte. Schwemmer fühlte etwas angenehm Kühles an der Wunde, und eine Minute später durfte er wieder aufstehen.

»Sie gehören ins Bett«, sagte die Ärztin in einem Ton, der keinen Widerspruch zuließ, deshalb versuchte es Schwemmer auch gar nicht.

»Was ist mit dem Jungen?«, fragte er stattdessen.

»In fünf Minuten geht's dem besser als Ihnen.«

»Fein«, sagte Schwemmer und stand von der Liege auf. Er bemühte sich um eine fließende Bewegung, und es gelang ihm auch halbwegs.

»Gehen Sie nach Hause«, sagte die Ärztin. »Sonst garantiere ich für nichts.«

»Das verlangt auch keiner von Ihnen«, antwortete Schwemmer und zwinkerte ihr zu. Damit kletterte er aus dem Wagen.

Severin Kindel stand ein paar Meter entfernt und starrte in Richtung der Ruine, falls das noch das treffende Wort war für die Fundamentreste, die die Explosion hinterlassen hatte.

»Sie hätten jetzt eigentlich Probe gehabt?«, fragte Schwemmer.

»Ja«, antwortete Severin leise. »Dann wärn mir alle viere tot, oder?«

»Höchstwahrscheinlich. Nutzte außer Ihrer Band noch jemand das Gebäude?«

»Schibbsies Onkel... Da steht... stand ois voll mit Zeug.«

»Autoteile«, stellte Schwemmer fest.

»Alte Autoteile. Der hat mal Alfa Romeos gsammelt, und da war ois voll mit Kotflügln und Scheibn und so Zeug. Aber der war selten da, der Onkel, eigentlich.«

»Leider sieht es so aus, als habe sich zum Zeitpunkt der Explosion mindestens eine Person im Haus aufgehalten. Haben Sie eine Vermutung, wer das gewesen sein könnte?«

Severin sah ihn überrascht und verwirrt an. »Da Spacko vielleicht?«

Schwemmer überlegte, ob die Spritze bei dem jungen Mann schon wirkte, und beschloss, es auf einen Versuch ankommen zu lassen.

»Oliver Speck wurde gestern Nacht erschossen«, sagte er.

Severin senkte den Kopf und nickte resigniert. »Hat die Großmama recht ghabt ...«

»Ja. Tut mir leid.«

Der Junge zog die Nase hoch und wandte den Kopf ab.

»Habns schon wen verhaft?«

»Nein. Wer sollte das denn sein, Ihrer Meinung nach?«

Severin zuckte die Achseln. »Der Mann halt, den die Großmutter gsehn hat.«

»Den kennen wir leider nicht ... Wissen Sie, wo Herr Schieb und Herr Schober sich jetzt aufhalten könnten? Oder haben Sie eine Vermutung?«, fragte Schwemmer.

»Na ...« Severin starrte zu Boden, seine Stimme war kaum zu verstehen in dem Lärm, den die hin und her laufenden Helfer um sie herum erzeugten. »Oaner von dene zwoa ...« Er verstummte und sah zum Krater hinüber.

Schwemmer legte ihm aufmunternd die Hand auf die Schulter.

»Noch ist gar nichts sicher«, sagte er.

»De warn a ned in der Schul heut«, sagte Severin.

»Wir brauchen eine umfassende Aussage von Ihnen, Herr Kindel. Ich lasse Sie jetzt zur Wache bringen, wenn Sie einverstanden sind, da wird dann alles zu Protokoll genommen.«

Severin nickte abwesend und sah wieder zu den Resten der Halle hinüber. »Mei Peavey is a hin«, murmelte er.

»Was ist denn das eigentlich, ein Piewie?«, fragte Schwemmer.

»Peavey?« Der Junge sah ihn verständnislos an. »Des is mei Bassanlag. Zweihundertfünfzig Watt. Mit zwoa Fuffzehner drin. Den ganzn letztn Sommer hab i dafür gschuftet. Und jetzat is hin … Is eh ois hin …«

Sein Handy klingelte, er zog es aus der Tasche seiner Lederjacke, warf einen Blick auf das Display und sah Schwemmer an. »De Großmama … Hallo …«, meldete er sich dann. »I bin da … in Grainau. Na, i bin gsund. I muss zur Polizei, habns mir gsagt, grad … ja, jetzt … Is gut, pfüat di.«

Er klappte das Gerät zu.

»Sie hat's grad im Fernsehen gsehn.«

Schwemmer gab Severin an der Absperrung ab und wies die Kollegin an, ihn so bald wie möglich bei Schafmann abliefern zu lassen.

Hinter der Reihe geparkter Feuerwehr- und Polizeiautos standen nun zwei Übertragungswagen, deren Techniker damit beschäftigt waren, die Parabolantennen auszurichten. Schwemmer entdeckte zwei Kamerateams auf der Suche nach Interviewpartnern, und es war ihm klar, dass sie binnen weniger Minuten bei ihm auftauchen würden. Er wappnete sich und gab der Kollegin am Funkgerät den Hinweis, dass Severin Kindel auf keinen Fall interviewt werden durfte und sein Abtransport deswegen dringend organisiert werden musste. Er war einigermaßen erleichtert, als er den jungen Mann in einen Streifenwagen steigen sah, nur Sekunden bevor eine langhaarige, dünne Mittzwanzigerin ihm ein in gelben Schaumstoff gehülltes Mikrofon unter die Nase hielt, verbunden mit der grußlos vorgetragenen Frage:

»Was ist hier passiert?«

* * *

»Du warst im Fernsehen«, sagte Burgl.

»Und? Wie war ich?«

»Mit dem Verband wirkst du ungeheuer männlich.«

»*Please don't forsake me oh my darling…*«, sang er leise.

»Na, *so* männlich jetzt auch wieder nicht.«

Ihre warme Stimme tat ihm gut. Er streckte seine verspannten Muskeln ein wenig und achtete darauf, hinter dem Mannschaftswagen außer Sicht zu bleiben. Er brauchte eine Pause. Eine winzige nur, ein paar Minuten, nur damit er nicht anfing, Leute anzuschreien.

»Wieso bringt jemand eine Rockband um?«, fragte er.

»Kommt auf die Band an. Es gibt ein paar, da würd ich … entschuldige«, unterbrach sie sich. »Das war unpassend.«

»Ja … Ich glaub, ich hab da ein echtes Problem«, sagte er.

Plötzlich bog jemand um das Heck des Mannschaftswagens.

»Ach, hier sind Sie«, sagte Bredemaier und hob sofort entschuldigend die Hand, als er sah, dass Schwemmer telefonierte. »Ich wollte nicht stören! Sorry!«

Damit verschwand er wieder, aber Schwemmers Pause war damit natürlich beendet.

»Ich muss Schluss machen, meine Liebe«, sagte er.

»Hausl?«

»Ja?«

»Bitte übernimm dich nicht.« Sie legte auf.

»Hausl« nannte sie ihn nur, wenn es ernst war. Schwemmer klappte sein Handy zu und folgte Bredemaier, der direkt hinter dem Wagen auf ihn wartete.

»Starker Tobak«, sagte Bredemaier und schüttelte Schwemmer die Hand.

»Wenn das BKA das schon findet, können Sie sich denken, was Garmisch-Partenkirchen davon hält.«

»Wussten Sie, dass die Kindel das auch vorhergesehen hat?«

»Was heißt ›das‹? *Das* hier?« Schwemmer wies zum Krater. »Eine Explosion. Sie hat eine Explosion gesehen.«

Schwemmer sah ihn verständnislos an. »Warum hat sie uns nichts davon erzählt? Und woher wissen Sie das eigentlich?«

»Sie hat es mir erzählt. Und sie hat es Ihnen nicht erzählt, weil sie nur die Explosion gesehen hat. Nicht den Ort. Und die Zeit sowieso nicht.«

»Aha. Und?«, fragte Schwemmer.

»Na immerhin«, sagte Bredemaier.

Schwemmer brauchte einen Moment, um sich zu sammeln.

»Hören Sie, Kollege: Informationen, die mir nicht unmittelbar weiterhelfen, kann ich momentan nicht gebrauchen. Wir werden zu gegebener Zeit über Frau Kindel und über Sie und Ihre Aufgaben reden. Aber nicht jetzt.«

»Schade«, sagte Bredemaier.

»Da haben Sie recht.« Er musterte den BKA-Mann von oben bis unten. Weder Anzug noch Schuhwerk waren Ort und Situation angemessen. Er fragte sich, was dieser Mann eigentlich hier wollte. Routine im Spurensichern konnte man bei ihm kaum voraussetzen, und die Uniformierten würden auf seine Hilfe beim Sichern der Absperrung sicher auch keinen Wert legen.

Schwemmer sah sich um. »Sehen Sie da vorne den Feuerwehrmann?«, fragte er.

»Ja«, sagte Bredemaier. »Warum?«

»Das ist Hauptbrandmeister Hasenberg. Gehen Sie zu ihm und tun Sie, was immer er von Ihnen möchte.«

Bredemaier sah ihn verständnislos an, aber Schwemmer ließ ihn einfach stehen. Später, das THW hatte gerade zwei Scheinwerferbatterien aufgebaut, sah er Bredemaier Mineralwasserflaschen unter den Feuerwehrleuten verteilen.

Schwemmer nickte zufrieden und gab das nächste Interview. Er hatte aufgehört zu zählen. Immerhin hatte außer dem Lokalreporter vom *Tagblatt* noch niemand eine Verbindung zwischen dem Toten im Wald und der Explosion hergestellt, wahrscheinlich weil es über den Toten bisher kaum Informationen gab. Die Spekulationen würden früh genug ins Kraut schießen, und Schwemmer achtete darauf, so zurückhaltend wie möglich zu bleiben, was ihm leichtfiel.

Weiter hinten sah er Högewald stehen. Die dürre Gestalt war leicht an dem unvermeidlichen Trachtenhut mit Gamsbart zu erkennen, der wegen der einsfünfundneunzig seines Trägers meist über den Köpfen der Umstehenden schwebte. Högewald hatte sich noch nicht um ihn bemüht, und wie Schwemmer ihn einschätzte, würde er sich einen so reißerischen Aufmacher nicht durch unnötige Recherche kaputtmachen. Dass Kurtzbecker neben ihm stand, war allerdings zusätzlich beunruhigend. Schwemmer warf einen Blick auf die Uhr. Es ging auf acht zu. Er beendete das Interview und machte sich auf die Suche nach Dräger, den er bald in der Nähe des Waldrandes ausmachte, wo ein ganzer Pulk Batterieleuchten die Wiese erhellte.

Als Schwemmer ankam, hob Dräger gerade mit der Pinzette einen dünnen, gut fünfzehn Zentimeter langen Streifen Irgendwas vom Boden auf, begutachtete ihn und ließ ihn in eine seiner Plastiktüten fallen, die ein Kollege ihm offen hinhielt. Die Tüte wurde mit einem Aufkleber versehen und in einem Kunststoffcontainer verstaut.

»Bisher kein Hinweis auf eine zweite Person«, sagte Dräger. »Wenn sich das ändert, sind Sie der Erste, der's erfährt.«

»Schön«, sagte Schwemmer. »Sonst was? Mann, Frau? Jung, alt?«

Dräger zeigte mit dem Kopf zu der Stelle, wo sie den Fuß gefunden hatten. »Da drüben ist Doktor von Pollscheidt. Vielleicht kann der Ihnen was sagen«, sagte er und wandte sich wieder dem Boden zu.

Schwemmer ging zum Waldrand. Der gelbe Kotflügel lag umgedreht neben der Fundstelle, der Fuß war verschwunden. Von Pollscheidt kniete ein paar Meter weiter neben einer Motorhaube. Er hob sie an, sah darunter und legte sie wieder hin. Von Pollscheidt war von der Rechtsmedizin in München. Eigentlich ein sympathischer Mensch, aber seine penetrant gute Laune konnte anstrengend werden.

»Da brauchen Sie nicht suchen, Herr Doktor, da hat Dräger schon alles abgegrast«, sagte Schwemmer.

Von Pollscheidt sah überrascht auf und erhob sich. »Herr Hauptkommissar Schwemmer, wie nett, Sie zu sehen … Aber ich suche gar nicht … also nicht, was *Sie* denken. Ist ja auch gar nicht mein Job, nicht wahr? *Sie* suchen, *ich* erklär Ihnen, was Sie gefunden haben.« Er lachte.

»Und nach was suchen Sie hier?«

»Das sind alles Alfa-Teile, die hier rumliegen.«

»Ja, und?«

»Na ja, ich hab seit Jahren einen Spider von dreiundsiebzig bei meinen Eltern in der Scheune stehen, da könnt ich schon das ein oder andere gebrauchen … Aber diese Haube stammt von einem GTV, wenn ich nicht irre. Auch ein tolles Auto. Waren eigentlich alle toll, aber der Rost … ich kann Ihnen sagen …« Er unterbrach sich mit einem Räuspern. »Aber Sie möchten wahrscheinlich etwas über den Fuß wissen.«

»So ist es.«

»Ich auch.« Wieder lachte er. »Größe vierundvierzig, schätze ich, nimmt man noch den ungepflegten Zustand der Nägel dazu, höchstwahrscheinlich männlich. Alles andere frühestens übermorgen.« Er grinste gut gelaunt. »Immerhin stellen Sie mir hier mal eine richtige Aufgabe. Eine Kugel im Kopf, wie bei dem Jungen gestern, stellt ja für unsereinen keine richtige Herausforderung dar… Falls der Kollege Dräger Weiteres findet: Ich bin hier hinten.«

Schwemmer grummelte was zum Abschied und ging zurück zur Absperrung. Die Zahl der Journalisten schien immer noch zuzunehmen, was er einigermaßen gelassen nahm, bis er Högewald entdeckte, der weit hinten mit einem aufgeregt wirkenden, hageren Mann sprach.

Es war Herr Gärtner. Der Satanistenjäger.

* * *

Johanna starrte auf den Fernseher. Die Rundschau war vorbei, und jetzt lief eine Sendung über bayrische Bräuche zur Maifeier, so als sei nichts gewesen, als sei nicht gerade in Grainau ein Haus explodiert – ein Haus, in dem eigentlich Severin hätte proben sollen.

Sie saß auf dem Sofa und war von Herzen froh, dass Danni vom Sport nach Haus gekommen war und sich nun an sie kuschelte.

Es war ausgerechnet Frau Speck gewesen, die angerufen hatte. Sie hatte es im Radio gehört und sich Sorgen gemacht, weil die Buben doch da ihren Proberaum haben, in Grainau am Depot; sie, die noch gar nicht wusste, was Johanna längst wusste; der noch niemand gesagt hatte, dass ihr Sohn tot und zerschrammt irgendwo lag, in einem Kühlfach in München, wahrscheinlich. Der seltsame Mann vom BKA war gerade ein paar Minuten weg gewesen, als sie anrief. Johanna hatte ihr versprochen, sich zu melden, sobald sie etwas von Oliver hörte, und dann sofort Severin angerufen; nicht einmal Zeit für ein schlechtes Gewissen der armen Frau Speck gegenüber hatte sie gehabt, und sie konnte sich nicht erinnern, je einmal so erleichtert gewesen zu sein wie in dem Moment, als der Seve sich an seinem Handy meldete.

Danni saß stumm neben ihr und sah den Trachtlern zu, die bunte Bänder um einen Maibaum flochten. Johanna schloss für einen Moment die Augen und rief sich den Feuerball wieder in Erinnerung, durchsuchte die Bilder nach Hinweisen. Hätte sie erkennen müssen, welches Haus das war, das dort explodierte? Aber der Adler hatte ihr nichts gezeigt, außer dem Feuerball.

Das hatte sie auch dem Herrn vom BKA erzählt. Er hatte ihr zugehört, so verständig und freundlich, wie ihr noch nie jemand zugehört hatte, dem sie vom Adler erzählt hatte. Selbst Theo hatte nie ganz den Zweifel aus den Augen halten können. Auch wenn er sie immer ernst genommen und unterstützt hatte. Aber dieser Bredemaier schien ihr jedes Wort zu glauben, hatte überhaupt keine Zweifel, dass sie ihm die Wahrheit sagte, fragte und fragte, überhaupt nicht zweifelnd, sondern voller Interesse und Neugier. Bis dann sein Handy geläutet hatte und er plötzlich fortmusste, kurz bevor Frau Speck anrief.

Johanna griff nach der Fernbedienung und rief den Videotext auf. Aber es war noch dieselbe Meldung wie vor einer Viertelstunde, dass zu Grainau ein Haus explodiert sei und man nichts Genaues wisse.

Aber dass Severin lebte, war Johanna Kindel erst einmal genau genug.

* * *

Severin saß auf dem Gang vor den Büros. Ständig gingen oder liefen Beamte in Uniform und in Zivil an ihm vorbei, ohne dass er beachtet wurde. Vor einer Viertelstunde hatte ein Beamter die weinende Frau Speck in das Büro gegenüber geführt. Severin war erleichtert gewesen, dass sie ihn nicht wahrgenommen hatte – er hätte nicht gewusst, was er hätte sagen sollen zu ihr.

Auch hatte er keine Ahnung, was genau man von ihm erwartete, welche Fragen man ihm stellen würde. Und er hatte keine Ahnung, welche er beantworten konnte, ohne Petrs Zorn zu erregen.

Aber hatte sich nicht sowieso alles verändert? Spacko war tot, und einer von den beiden anderen wahrscheinlich auch. Der Proberaum war explodiert. Galt Petrs Drohung da überhaupt noch? Oder galt sie erst recht?

Plötzlich durchzuckte es ihn eiskalt. Wie selbstverständlich war er davon ausgegangen, dass Petr mit den dreien gemeinsame Sache machte. Was aber, wenn er sich irrte? Konnte nicht genauso gut Petr selbst Spacko erschossen haben? Er hatte eine Pistole!

Gut, zur Zeit der Explosion war Petr bei ihm in Garmisch gewesen, aber schließlich gab es Zeitzünder und solche Sachen.

Severin knirschte mit den Zähnen. Er war ratlos. Wie riskant war es, den Bullen von Petr und der Waffe zu erzählen? Er wusste nicht mal seinen Nachnamen, geschweige denn die Adresse. Vielleicht hieß er nicht mal Petr.

Er wusste überhaupt nichts, was irgendeine Bedeutung gehabt hätte. Wenn Petr ihm die Waffe nicht gezeigt hätte, was hätte er dann überhaupt zu erzählen gehabt?

Er saß auf dem Gang der Polizeistation und fror.

Dann kam Schibbsies Tante aus Hammersbach, Frau Schieb, deren Mann die Halle gehörte. Sie kam vom Treppenhaus her den Gang entlang, kreidebleich, als stünde sie unter Schock, und ließ sich langsam auf einen der Stühle neben Severin sinken. Severin hatte den Eindruck, sie zittere.

»Geht's Eane guat, Frau Schieb?«, fragte er.

Frau Schieb sah ihn irritiert an, erkannte ihn nicht sofort.

»Ach … du bist doch der …«

»Severin, Severin Kindel.«

»Ja. Der Severin … Hast du eine Ahnung, wo der Siggi stecken könnt?«, fragte sie mit flehendem Unterton.

»Na, leider ned.«

»Mein Gott … wie konnt das nur passieren?«, flüsterte Frau Schieb, ohne ihn anzusehen. »Wenn Siggi da drin war … Seine Eltern sind ja gar nicht da. Die sind diesen Monat ja in Amerika … Was soll ich denen denn erzählen? … Und mein Mann, der ist auch fort …« Sie sah starr vor sich hin.

Von der Treppe her kam ein Paar von Ende vierzig auf die Stuhlreihe zu. Der Mann trug einen weißen Anstreicheranzug und die Frau den hellblauen Kittel einer Verkäuferin. Es waren die Schobers, Girgls Eltern.

Frau Schobers Mund wurde zu einer haarfeinen Geraden, als sie Severin bemerkte.

Er grüßte sie mit einem Nicken, aber sie nahmen es nicht zur Kenntnis. Der Girgl erzählte immer , dass seine Eltern nicht wollten, dass er »solche« Musik mache, und er deshalb immer wieder in Streit mit ihnen gerate. Er nahm sie deshalb schon lange nicht mehr ernst. Wahrscheinlich gaben sie Severin dafür mindestens einen Teil der Schuld. Sie wandten sich von ihm ab, gingen ein Stück zurück in Richtung Treppe und blieben dort stehen.

Severins Gedanken wanderten zurück zu Petr und seiner Pistole.

Würde die Polizei ihn vor Petr schützen? Schützen können?

Sie haben ja nicht mal Spacko geschützt, dachte er, obwohl die Großmama ihnen gesagt hat, was passieren würde. Wenn ich denen von Petr erzähle, muss ich damit rechnen, dass der mich über den Haufen schießt.

Dabei hatte er doch sowieso nichts zu tun mit all dem, was immer Schibbsie und die anderen vorhatten. Und er konnte auch nichts erzählen. Wieder ging ein Beamter in Zivil eilig an der Stuhlreihe vorbei in Richtung Treppe. Severin stand auf und folgte ihm in ein paar Metern Abstand. Der Beamte lief mit leichten Schritten die Treppe hinab ins Erdgeschoss. Dort schloss er die Glastür zum Parkplatz auf und ging hinaus. Die Tür wurde vom Schließer wieder zugezogen. Severin war schnell genug. Er erreichte sie, kurz bevor sie ins Schloss fiel, und trat ins Freie.

Normalerweise hätte einer der Beamten vorn in der Wache das auf den Überwachungsmonitoren bemerkt. Aber es waren keine normalen Tage für die Polizei in Garmisch-Partenkirchen.

* * *

Schwemmer lag auf dem Bauch, und Burgl massierte ihm sanft mit einem nach Zitrusfrüchten duftenden Öl den Rücken.

»Ich darf echt gar nicht daran denken«, sagte Schwemmer halblaut.

»Dann lass es«, sagte Burgl.

»Ich versuch's ja, aber …« Aber die Schlagzeile Högewalds, die ihn morgen früh erwartete, verursachte jetzt schon Stiche in seiner Magengegend.

»Dein Nacken ist hart wie ein Brett. Du hast garantiert ein Schleudertrauma«, sagte Burgl.

»Ich hab gelesen, Schleudertrauma gibt es ausschließlich in Ländern, wo die Versicherung dafür zahlt«, sagte Schwemmer.

»Und ich hab gelesen, Männer über fünfzig würden durch zunehmende Weisheit attraktiver.« Sie knetete so heftig den Muskel über dem rechten Schlüsselbein, dass er aufstöhnte.

»Du meinst, Papier ist geduldig?«, fragte er, als der Schmerz nachließ.

»Ich meine, dass du mindestens drei Tage ins Bett gehörst. Wahrscheinlich hast du auch eine leichte Gehirnerschütterung.«

Schwemmer streckte die Finger seiner Rechten und ballte sie dann wieder zur Faust. Prüfend rieb er sich mit dem Zeigefinger über den Daumen. Er war im Lauf des Tages immer mal wieder taub geworden, meist nur für ein paar Minuten, aber mittlerweile wurden die Zeiträume länger. Er beschloss, das unerwähnt zu lassen.

»Eigentlich waren wir heute Abend zum Essen eingeladen«, sagte er stattdessen.

»Ach? Und wieso weiß ich nichts davon?«

»Ich hab abgesagt.«

»Na toll. Und wer hätte mich wohin eingeladen, wenn es dir gepasst hätte?«

Er erzählte vom überraschenden Auftauchen des EKHK Bredemaier, von seinem wenig verhohlenen Interesse an Johanna Kindel und der Tatsache, dass er seinen Beruf offenbar als Hobby betrieb und deshalb in Magdalena Meixners Nobelhotel abgestiegen war.

»Dann hab ich also richtig was verpasst, was das Essen angeht?«, fragte Burgl, während sie bedrohlich an seinen Nackenmuskeln herumknetete.

»Nicht noch mal!«, kreischte Schwemmer.

»Ja, ja, schon gut …« Sie tätschelte friedfertig seinen Hinterkopf. »Bredemaier, Bredemaier …«, murmelte sie. »Irgendwas klingelt da, in weiter Ferne …«

»Ehemaliger Handballbundestrainer«, sagte Schwemmer. »Schreibt sich aber mit ›e‹ im ›ei‹.«

»Seit wann interessier *ich* mich für Handball?«

»Seit du Weltmeister bist.«

»Na, siehst du. Und mein Trainer heißt Heiner Brand. Einen anderen kenn ich nicht… Nein, da war was anderes. Komm ich noch drauf. So, das muss reichen.«

Sie gab ihm einen Klaps auf den Hintern und deckte ihn zu.

»Wann soll ich dich wecken?«

»Um sechs. Und lass das Telefon hier.«

»Gut. Schlaf schön.«

Sie löschte das Licht und ging hinaus. Wahrscheinlich würde sie unten noch lesen und dabei die zweite Flasche Crianza vernichten. Schwemmer schloss die Augen. Er versuchte, nicht an Högewald und seine Schlagzeilen zu denken, was ihm fast gelang.

Prüfend rieb er über seinen tauben Daumen, bis er einschlief.

* * *

Als Severin eben in die Törlenstraße eingebogen war, trat eine Gestalt aus dem Schatten der Einfahrt, an der er gerade vorbeitrottete, und stellte sich ihm in den Weg.

Severin zuckte zusammen und hob abwehrend die Hände. Aber es war nicht Petr. Es war Schibbsie. Aufatmend ließ Severin die Schultern sinken.

»Oider! Mann, hast du mi derschreckt. Aber super, di zu sehn.«

»Ja, super.« Schibbsie trug Schwarz, wie immer, aber nicht die Lederjacke mit den Aufnähern und dem aufgesprühten Anarcho-A, sondern einen unauffälligen Blouson, und seinen roten Haarkamm hatte er unter einer Baseballkappe versteckt.

»Bist du zufrieden jetzt? War's das, was du wolltest?«

Severin schüttelte den Kopf. »Schibbsie, bleib cool, Mann. Meinst, des geht mir ois am Oarsch vorbei? I bin grad bei de Bulln abgehaun.«

»Was hast du denn da überhaupt zu suchen?«

»Ja, sag amoi, geht's noch? Meinst, i geh da freiwillig hi?«

»*Du* hast Spacko verpfiffen, gestern. Und jetzt ist er tot!«

Severin stieß einen Seufzer aus. Dann setzte er sich auf die niedrige Einfriedungsmauer der Einfahrt.

»Was kann *i* dafür, wenn da Petr an Spacko derschiaßt?«, fragte er müde.

»Was? Was redest du denn da? Wieso der Petr?«

»Wieso ned? Der hat a Pistoln. Und der meint *a*, i hätt euch verpfiffn. Dabei weiß i überhaupt nix.«

»Der Petr hat eine Pistole? Wie kommst du darauf?«

»Zeigt hat er's mir.«

»Scheiße«, murmelte Schibbsie. Er machte ein paar nervöse Schritte auf und ab.

»Deine Tante sorgt sich um di.«

Schibbsie zuckte die Achseln. »Das ist gerade nicht mein Hauptproblem.«

»Sondern was?«

»Zerbrich dir nicht meinen Kopf.«

»Deinen Kopf zerbrechn? Da Spacko is tot, unser Raum is hin, mit meim Peavey und allm, und i soll mir ned *deinen* Kopf zerbrechn?«

Schibbsie machte eine abfällige Geste. »Was weißt *du* schon?«

»Ja! Was weiß i? Nix weiß i, aber *ihr* machts *mi* an. Was habts denn vorghabt da droben? Was so sakrisch wichtig war, dass da Spacko dafür draufgangn is?«

»Das geht dich einen Scheißdreck an.«

»Okay.«

Severin stand auf und ging wortlos in die Richtung, aus der er gekommen war.

»Ey Alter, wo gehst du hin?«

»Zruck zu de Bulln. Eich verpfeiffn. Was i gestern schon hätt tun solln.«

Severin schritt schnell aus, alle Muskeln angespannt. Jeden Moment rechnete er damit, von hinten angegriffen zu werden, aber nichts passierte. Als er vielleicht fünfzig Schritt gegangen war, drehte er sich um.

Die Straße hinter ihm war dunkel und leer.

* * *

Was genau ihn geweckt hatte, wusste Schwemmer nicht. Entweder die nagende Übelkeit am unteren Ende der Speiseröhre oder der Schüttelfrost oder das Gefühl, jemand versuche, ihm eine Stricknadel in den rechten Tränenkanal zu drücken. Er tastete nach dem Schalter, aber als das Licht auf seine Augen traf, stöhnte er auf. Burgl war noch nicht im Bett, und ein Blick auf die Uhr zeigte ihm, dass er noch keine Dreiviertelstunde geschlafen hatte. Irritiert stellte er fest, dass scheinbar zwei Wecker und zwei Lampen auf seinem Nachttisch standen.

Hilflos stand er auf, er war sich im Unklaren, auf welches Leiden er zuerst reagieren sollte, entschied sich dann aber gerade rechtzeitig noch für die Übelkeit und schaffte es so knapp bis zur Toilette, wo er Burgls wunderbare Hühnersuppe komplett unverdaut und am falschen Ende wieder ausschied. Er richtete sich keuchend auf, aber schon Sekunden später zwang ihn der nächste Brechreiz nieder, gnadenlos, obwohl sein Magen kaum mehr etwas bot, was zu erbrechen gewesen wäre.

Schwer atmend kniete er vor der Schüssel, und ihm wurde klar, dass er sich in seinem ganzen Leben noch nie so elend gefühlt hatte.

Er hörte, wie hinter ihm Burgl die Toilette betrat, aber der nächste Würgereiz machte es ihm unmöglich, sich zu ihr umzudrehen.

Er fühlte, wie sie ihm etwas überlegte, seinen Morgenmantel vielleicht, er hätte sich gern darüber gefreut, aber er konnte nicht. Ganz langsam klang der Würgereiz ab, und so erhielt sein Körper die Möglichkeit, sich auf den brachial bohrenden Kopfschmerz und den Schüttelfrost zu konzentrieren.

»Hilf mir bitte hoch«, flüsterte er, und Burgl reichte ihm eine Hand, an der er sich hochziehen konnte. Als ihn die Strahlen der Deckenlampe trafen, stöhnte er auf und schirmte seine Augen mit der erhobenen Hand ab. Auf seine Frau gestützt schleppte er sich zurück ins Bett.

»Mach bitte das Licht aus«, röchelte er. Seine Zähne klapperten. Burgl verdunkelte das Zimmer, ging hinaus und kehrte bald darauf mit einer dicken Wolldecke zurück, die sie über sein Federbett breitete. Außerdem hatte sie einen Eimer dabei, den sie neben ihm auf den Boden stellte. Sie fühlte ihm prüfend die Stirn.

»Fieber hast keins«, sagte sie.

»Ich weiß nicht, was ich hab. So was hatt ich noch nie. Und ich will's auch nicht haben.« Ihm war kalt, trotz der Wolldecke.

»Ich hol dir 'nen Wärmebeutel«, sagte Burgl. »Und dann fahr ich zur Apotheke.«

* * *

Johanna Kindel wachte auf, als Severin das Wohnzimmer betrat. Sie war auf dem Sofa eingeschlafen. Die Wolldecke, mit der sie zugedeckt war, musste Danni über sie gebreitet haben.

»Seve, mei Bua«, sagte sie erleichtert.

»Is vielleicht a Hells im Kühlschrank?«

»Na. 's tut mir leid.«

»Macht nix.«

Er setzte sich zu ihr aufs Sofa und ließ die Schultern hängen.

»I hab an Schibbsie gsehn …«

Johanna setzte sich auf. Zögernd legte sie ihren Arm um ihn. Er hatte das seit Jahren nicht mehr zugelassen, aber nun legte auch er den Arm um sie.

»Da Schibbsie, des is so a Megaoarschloch«, sagte er. »I weiß gar ned, wie i des so lang aushaltn hab können mit dem in da Band.«

»Wie hod des ois nur passiern können? Wos is da gwesn?«

»Des weiß i a ned. Irgendwas hams ausgfressn, de drei. I hab dene Bulln ois gsagt, was i gwusst hab. Jetzat hoff i nur, die passn besser auf mi auf als auf an Spacko.«

4

Der Adler landet sanft in einem Baumwipfel am Rande einer leeren Straße. Es ist die dunkelblaue, taunasse Stunde vor Sonnenaufgang. Eine Bushaltestelle ist zu sehen, eine Bank, aber keine Häuser. Es ist still. Aber dann sieht sie eine Bewegung. Ein magerer, kleiner Mensch nähert sich. Er schleppt ein Bein nach. Seine Jacke hält er krampfhaft mit einer Hand zu. Sie hört ihn keuchen. Er erreicht die Bank, sinkt darauf nieder. Erschöpft ist er, das kann sie erkennen. Nun öffnet er vorsichtig die Jacke und besieht seinen Unterleib. Seine Hose ist voller Blut. Sie sieht, dass er noch jung ist. Und dass eine Pistole in seinem Gürtel steckt.

Dann fliegt der Adler mit ihr davon.

* * *

Er war bisher überhaupt erst ein Mal krank gewesen, seit er die Leitung der Kriminalpolizeistation Garmisch-Partenkirchen übernommen hatte, mit einer infektiösen Darmgrippe, und schon gar nicht war es in einunddreißig Jahren Ehe vorgekommen, dass Burgl ihn krankgemeldet hatte. Aber Schwemmer sah sich selbst dazu außerstande. Genau genommen war das Einzige, was er sich an diesem Morgen zutraute, zu sterben. Das würde er hinkriegen, aber sonst nichts. Eigentlich konnte er nicht mal liegen, er tat es nur, weil er alles andere noch weniger konnte.

Burgl hatte ihm gestern Nacht aus der Apotheke Zäpfchen mitgebracht, die entkrampfend wirken sollten. Für die hätte sie eigentlich sogar ein Rezept gebraucht, aber da sie dort als Psychotherapeutin und Polizistengattin bekannt war, hatte man sie ihr auf Vertrauensbasis ausgehändigt. Schwemmer hatte seit der Volksschulzeit kein Zäpfchen mehr verabreicht bekommen, und es war ein Ausdruck seines Zustandes, dass er es widerspruchslos mit sich geschehen ließ.

Es hatte insoweit geholfen, dass er schlafen konnte, wenigstens immer ein paar Minuten am Stück. Als die Nacht vorbei war, fühlte er sich so schwach, dass Burgl für ihn mit Schafmann sprechen musste.

Der hatte ihr, wie sie Schwemmer im Flüsterton berichtete, versichert, alles im Griff zu haben, und dem Chef gute Besserung gewünscht. Schwemmer hatte das kommentarlos zur Kenntnis genommen.

»Doktor Vrede wird gleich da sein«, sagte Burgl und vermied, über sein Haar zu streichen, weil ihm das Schmerzen bereitete. »Aber wenn du mich fragst: Das kommt vom Nacken.«

Es war Schwemmer egal. Immerhin hatte der Brechreiz so weit nachgelassen, dass er es wagte, einen Becher Kamillentee zu trinken. Er schaffte nicht einmal, sich Sorgen darüber zu machen, dass er sich keine Sorgen darüber machte, dass Schafmann nun das Chaos verwalten musste, das der Kripo Garmisch-Partenkirchen gerade vor die Füße gekippt worden war.

Doktor Vrede kam, und nach ausführlicher Schilderung der Anamnese durch Burgl und flüchtigem Abtasten von Schwemmers Hals- und Schultermuskulatur erklärte er, dass das vom Nacken komme. Die verspannten Muskeln drückten wohl auf einen Nervenstrang. Prophylaktisch riet er zu einer Röntgen-Untersuchung der Halswirbelsäule, sobald der Patient wieder bei Kräften war. Dann empfahl er Burgl noch einen sehr trinkbaren Bordeaux für zweiunddreißig Euro die Flasche, den er am Vorabend degustiert hatte, und verabschiedete sich mit einem fröhlichen Hinweis auf das fantastische Frühlingswetter.

Schwemmer war es egal. An anderen Tagen hätte er ihn dafür gehasst.

* * *

Der Herr Bredemaier hatte vor der Tür gestanden, als Johanna eigentlich gerade zum Markt wollte. Er hatte tags zuvor zwar angekündigt, noch einmal wiederzukommen, aber eine Uhrzeit hatte er nicht genannt. Als sie ihm geöffnet hatte, in Jacke, die Einkaufstasche in der Hand, hatte er freudig angeboten, sie zu begleiten. Er hatte sich für alles interessiert, was sie kaufte, zu jedem Marktstand und seinem Betreiber Fragen gestellt, und als sie ihm erzählte, dass sie Eier, Milch und Butter immer beim Discounter holte, schien er ein wenig enttäuscht. Sie musste ihm vorrechnen, was es bedeutete, mit ihrer Rente zwei Halbwüchsige durchzufüttern.

Sie hatte gerade einen Blumenkohl erstanden, als eine Frau, die sie überhaupt nicht kannte, sie ansprach.

»Sie sind doch die Frau Kindel, nicht wahr?«

»Ja«, antwortete sie zögernd, denn die Frau klang nicht freundlich.

»Bringen Sie jetzt auch noch Ihre Enkel in die Hölle?«, fragte die Frau und sah sie mit vorgeschobenem Kinn an. Sie hatte laut genug gesprochen, dass einige Umstehende sich zu ihnen herdrehten.

»Was moanst?« Johanna sah die Frau verständnislos an. Sie spürte, dass Herr Bredemaier neben sie trat, und empfand das als ermutigend.

»Ich nehme an, die Dame liest die falsche Zeitung«, sagte er. »Lassen Sie uns weitergehen, Frau Kindel.«

»Falsche Zeitung, ha! Betrügerin! Und der Enkel, der ist ein Teufelsanbeter!«

Johanna hatte nicht die geringste Ahnung, von was hier die Rede war, aber die Frau schien sich ihrer Sache sehr sicher. Sie sah sich Beifall heischend um. Einige wandten sich angewidert ab, aber etliche blieben auch neugierig stehen, in den Augen das kleine, hinterhältige Lächeln der Gaffer, die auf ein Opfer hofften.

Herr Bredemaier fasste Johanna am Oberarm, um sie fortzuziehen, aber sie streifte seine Hand ab und baute sich wütend vor der Frau auf.

»Wannst weiter so an Schmarrn daherredst, dann zeig i dir, was recht is«, sagte sie und starrte der Frau in die Augen.

»Jetzt bedroht sie auch noch die Leut auf der Straße!«, krähte die Frau triumphierend.

Johanna griff in ihre Einkaufstasche, zog den kurzen schwarzen Schirm hervor, der immer darin steckte, und versetzte der Frau einen präzisen, heftigen Schlag aufs Ohr.

Die Frau schrie auf, wohl mehr vor Schreck als vor Schmerz. Sie krümmte sich mit angsterfüllten Augen. »Hilfe!«, quiekte sie, aber ihr gaffendes Publikum gaffte nur weiter.

Wieder fühlte Johanna sich von Bredemaier am Arm gepackt, diesmal mit einem Griff, den sie wohl nicht einfach würde abstreifen können.

»Über mi kannst redn, was d' willst, aber wannst noch amoi schlecht über mein Buam redst, kannst froh sein, wann i di ned derschlag«, sagte sie laut, dann zog Bredemaier sie fort.

Hinter ihnen gab es ein heftiges Geraune, und sie hatte Mühe, mit Bredemaier Schritt zu halten, der sie eilig aus dem Gewühl zog, bis sie außer Sicht waren. Sie merkte, dass er sich umdrehte, und folgte seinem Blick. Tatsächlich kam ein dünner, unfreundlich blickender Mann von Ende fünfzig hinter ihnen her, der einen Trachtenhut mit Gamsbart trug. Bredemaier bog wieder ab und hielt ein Taxi an, indem er sich einfach auf die Straße stellte. Der Fahrer schimpfte heftig, er sei bestellt und könne niemanden mitnehmen, aber Bredemaier hielt ihm seine Polizeimarke unter die Nase, und sie stiegen ein.

Bredemaier ließ den Fahrer gar nicht erst weiter zu Wort kommen, diktierte ihm Johannas Adresse und erklärte die Situation zu einem polizeilichen Notstand.

Johanna drehte sich um. Der Dürre mit dem Hut stand am Straßenrand und starrte ihnen hinterher.

»Was hat die oide Fotzn von mir gwollt? Und was hats über an Seve gsagt?«

Bredemaier bedeutete ihr mit einer Geste zu schweigen, solange sie im Taxi saßen. Die Fahrt dauerte kaum zwei Minuten. Bredemaier gab reichlich Trinkgeld, was den Fahrer etwas versöhnte, dann gingen sie ins Haus.

»Ich hätte Ihnen das gern schonender beigebracht«, sagte Bredemaier, als sie am Küchentisch saßen. Sie hatten nicht einmal abgelegt, er hatte noch den Kamelhaarmantel an und sie ihre Windjacke.

Er zog eine Zeitung aus der Manteltasche und legte sie vor ihr auf den Tisch. Johanna faltete sie auseinander und traute ihren Augen nicht.

TODESEXPLOSION

MORDANSCHLAG AUF SATANISTENBAND

Darunter ein Foto vom Ort des Geschehens.

Und ein Foto von ihr.

»Johanna K.: Der Enkel der Seherin spielt in der Satanistenband«, stand darunter.

Das Foto stammte noch aus der Zeit des Prozesses, damals war es häufig abgedruckt gewesen. Sie hatten es aus dem Archiv geholt. Johanna merkte, dass sie zitterte.

»Dürfn de des?«

Bredemaier zuckte betreten die Achseln.

»Des is ja noch viel hinterfotziger und hundsgmeiner als damals …«

»Vielleicht … sollten Sie … sollten wir einen Schnaps trinken«, sagte Bredemaier mit einem schiefen Lächeln.

»I hab nix do.« Sie bedauerte das tatsächlich. Dabei trank sie nie Schnaps.

»Ich könnte was anbieten.« Bredemaier griff in die Manteltasche und stellte einen ziemlich großen lederbezogenen Flachmann auf den Tisch. »Ich hoffe, Sie mögen Scotch.«

»Des is mir wurscht.« Sie stand müde auf. Im Schrank musste sie eine Weile nach den Stamperln suchen.

Als sie anstießen, bemerkte sie Mitleid in Bredemaiers Blick.

Mitleid von einem Trinker, dachte sie, so weit kommt's noch. Entschlossen kippte sie den Schnaps hinunter und musste sich dann heftig schütteln. Am liebsten wäre sie zum Klo gerannt und hätte ihn wieder ausgespien, aber die Blöße würde sie sich nicht geben.

Bredemaier schenkte sich einen zweiten ein und steckte den Flachmann dann weg.

»Ich glaube«, sagte er dann, »es wäre gut, wenn Sie für eine gewisse Zeit verreisten.«

»Verreisn? I? I bin noch nie ned verreist.«

»Dann wäre jetzt ein guter Zeitpunkt, damit anzufangen.«

»Schmarrn! De Kinder müssn in de Schul. I kann ned einfach furt.«

Bredemaier kratzte sich am Kinn. »Wahrscheinlich wäre es auch für die Kinder besser …« Er nippte an seinem zweiten Whisky und sah auf die Zeitung. Ihr Blick folgte dem seinen.

»Der Enkel der Seherin spielt in der Satanistenband«, stand da.

»Ja, stimmt denn des? Tun de wirklich so was, de Buam? I moan, de Musi is fei greislich gnug … Aber Satanisten, des san doch de, de an Teifi anbetn, oder ned?«

»Was da steht, ist haltloser Unfug, Frau Kindel. Bitte glauben Sie mir das. Und glauben Sie besonders dem Severin. Er braucht Ihr Vertrauen. Heute mehr denn je.«

Johanna sah ihn zweifelnd an, aber sie nickte.

Was soll ich nur tun?, dachte sie. Theo, was soll ich denn nur tun?

* * *

Severin stand allein neben dem Aulaeingang. Niemand stellte sich zu ihm. Er bemerkte die neugierigen Blicke. Kaum einer auf dem Schulhof, der ihn nicht mehr oder weniger verstohlen musterte – meist weniger.

Jetzt bin ich ein Star, dachte er bitter. Der Letzte der »Rattenbrigade«. Einer tot, mindestens, der Rest auf der Flucht. Proberaum in die Luft gesprengt. Wenn sie nur genug Aufnahmen gemacht hätten – jetzt wäre der Zeitpunkt, eine CD rauszubringen.

Fucking Bavarian Grindcore!

Er stieß ein böses Lachen aus.

Dem Nächsten, der ihn anglotzte, zeigte er den Stinkefinger.

Dann kam Danni angelaufen. Sie weinte. Er ging in die Hocke und nahm sie in den Arm.

»Was is?«, fragte er.

»Die aus der Sechsten sagen, du würdst zum Teifi beten.«

»Wie kommn denn de auf so an Schmarrn?«

»Es steht in der Zeitung!«

»In da Zeitung?«

226

Er sah über ihre Schulter auf den Schulhof. Von überall schienen ihn Blicke zu treffen. Köpfe wurden zusammengesteckt und geschüttelt, es wurde gegrinst, auch mit dem Finger wurde gezeigt. Bei Inga und ihrer Clique war er offensichtlich auch Thema. Eines der Mädchen richtete seine Handykamera auf ihn. Sogar Dr. Friedrichs und Herr Riedel, die Aufsicht hatten, schienen über ihn zu tuscheln.

»Hörst! I bet ned zum Teifi«, sagte er. »Hab i niemals ned gmacht und werd i niemals ned tun, verstehst! Und was in da Zeitung steht, is eh ois gelogn.«

Danni nickte und zog die Nase hoch.

»Dann sag eane des, wanns wieder an Schmarrn redn. Und wanns dann ned stad san, dann sag eane, i würd eane schon zeign, wo da Teifi auf se wart!«

»Des mach i«, sagte sie tapfer und lief davon.

Silvie, die mit Girgl im Lateinkurs war, kam zu ihm herüber. Severin sah ihr drohend in die Augen, aber Silvie hob die Hand, als wolle sie signalisieren, dass sie in Frieden käme.

»Schöne Scheiße, das alles«, sagte sie.

Severin nickte nur.

»Was meinst, wen's da erwischt hat?«

»Da Girgl wahrscheinlich. Oder Schibbsies Onkel.«

»Weißt, dass die Bullen beim Direktor nach Schibbsie gefragt haben?«

Severin schüttelte den Kopf. Dass Schibbsie nicht hier sein würde, hatte er den Bullen gesagt.

»Und jetzt gehen sie durch alle Klassen und fragen nach diesem Petr. Kennst den?«

»Flüchtig.«

Silvie sah sich um, bevor sie weiterredete. »Hast du die Schlagzeile schon gesehen?«

»Na.«

Silvie zog eine klein gefaltete, dünne Zeitung aus der Gesäßtasche ihrer Jeans und reichte sie ihm.

Severin faltete sie auseinander und spürte, wie seine Kinnlade nach unten klappte.

»Des dürfn de doch ned machn!«, entfuhr es ihm.

Silvie stieß ein mitleidiges Lachen aus. »Doch«, sagte sie. »Das dürfen die. Und sie machen es.«

»Ja, aber … Sakra, de Danni'« Severin fasste sich hilflos an den Kopf.

»Versteh mich jetzt richtig«, sagte Silvie. »Ich will dir nicht zu nahe treten. Nur als gut gemeinter Rat. Ich find dich nämlich ganz okay – im Gegensatz zu Girgl und diesem Schibbsie-Arsch. Aber wenn ich du wäre, würd ich mit dem Direktor reden und mich erst mal beurlauben lassen. Und deine Schwester gleich mit.«

»Meinst, de machn weiter mit dem Scheiß?« Er hielt Silvie angewidert das Boulevardblatt entgegen.

»Sie sind schon dabei«, sagte Silvie und wies mit dem Kinn in Richtung Tor. Dort stand ein hagerer, großer Mann mit einem Gamsbart auf dem Hut und redete mit den Schülern, von denen einer in ihre Richtung zeigte. Silvie hatte dem Schultor den Rücken zugewandt.

»Das ist der Typ, der das geschrieben hat. Eine echte Schmeißfliege. Das größte Arschloch, das hier in der Gegend rumläuft, wenn du mich fragst. Gehört für meinen Geschmack eingesperrt, aber mein Geschmack ist leider nicht gerichtsverwertbar. Ihr habt keine Chance gegen den. Haut für 'ne Weile ab. Und nehmt auch eure Oma mit. Die hat er nämlich auch auf dem Kieker. Wenn der mit euch fertig ist, nimmt im Ort keiner mehr ein Stück Brot von euch.«

»Ja, aber wieso denn?«

»Ihr seid halt die mit der Story, das reicht dem. Was er damit anrichtet, ist ihm piepegal.«

Severin sah wieder zu dem Mann. Auch Silvie drehte den Kopf. »Guck mal, der Friedrichs«, sagte sie.

Auch Dr. Friedrichs war der Mann aufgefallen. Er ging entschiedenen Schrittes auf ihn zu, offenbar um ihn des Hofes zu verweisen.

»Pass mal auf, was jetzt passiert«, sagte Silvie.

Friedrichs sagte einen Satz zu dem Mann, und Sekunden später hatte der ihn in ein Gespräch verwickelt. Friedrichs' heftige Gesten wirkten, als kämpfe er gegen ein unsichtbares Spinnennetz, in dem er sich verfangen hatte. Der Mann blieb unverrückt stehen und stellte Fragen.

»Ein verdammter, abgefuckter Profi«, sagte Silvie. »Und dann immer dieser Hut. Dabei ist der gar kein Bayer. Der stammt aus Hessen.«

»Woher kennst den eigentlich so gnau?«, fragte Severin.

»Ist mein Vater«, sagte Silvie.

* * *

Es war weit nach Mittag, als Schwemmer sich zutraute, das Bett zu verlassen. Der bohrende Kopfschmerz war einem matten Druck gewichen, was ein eindeutiger Fortschritt war.

Er schleppte sich ins Bad und duschte heiß, was zwar seinen optischen und olfaktorischen, nicht aber seinen körperlichen Gesamtzustand verbesserte. Den Versuch, sich die Zähne zu putzen, brach er ab, weil sofort der Würgereiz wieder einsetzte.

Er zog sich den Bademantel an und ging hinunter, weniger weil ein Bedürfnis vorlag, als um sich zu beweisen, dass er es konnte.

Auf der Treppe hörte er Stimmen durch die geschlossene Wohnzimmertür. Burgl lachte herzlich, was ihm einen leichten Stich versetzte. Dann sprach ein Mann in einem satten Bariton, und Burgl lachte erneut. Schwemmer blieb unentschlossen in der Diele stehen, dann entschied er sich, in die Küche zu gehen und einen Kamillentee aufzugießen.

Er hatte gerade den Wasserkocher angeschaltet und war nun auf der Suche nach den Teebeuteln, als die Wohnzimmertür aufging und Hauptkommissar Bredemaier herauskam.

»Direkt neben der Haustür«, hörte er Burgl rufen.

Bredemaier ging auf das Gäste-WC zu, aber aus den Augenwinkeln musste er Schwemmer hinter der offenen Küchentür entdeckt haben. Er wollte wohl gerade freudig auf ihn zukommen, aber ein einziger Blick Schwemmers reichte, die Bewegung schon im Ansatz zu stoppen.

»Ich hoffe, es geht Ihnen besser«, sagte er zurückhaltend.

»Besser ja. Aber nicht gut«, sagte Schwemmer.

»Ich wünsche Ihnen eine rasche Genesung«, sagte Bredemaier. »Sie werden vermisst.«

Schwemmer antwortete mit einer Grimasse, die ein spöttisches Grinsen hatte werden sollen, und Bredemaier verschwand auf dem Klo.

Als der Schlüssel sich im Schloss gedreht hatte, schaltete Schwemmer den Wasserkocher wieder aus. Er wollte außer Sicht sein, wenn der Mann wieder zum Vorschein kam. Auf dem Weg zur Treppe wurde er allerdings von Burgl bemerkt, die sofort aus dem Wohnzimmer kam.

»Heh, da bist du ja«, sagte sie sanft. »Geht's besser?«

»Muss«, sagte er. »Ich leg mich wieder hin. Hast du Besuch?«

»Nein«, sagte sie. »*Du* hast Besuch.«

»Oh …« Er wandte sich der Treppe zu und machte sich an ihre Ersteigung.

»Brauchst du was?«

»Einen Tee … frische Bettwäsche vielleicht. Und Ruhe.«

»Ich schmeiß ihn raus und komm dann hoch«, sagte sie leise mit einem Lächeln.

Schwemmer schleppte sich wieder ins Bett. Keine fünf Minuten später kam Burgl mit Tee und bezog sein Bett frisch, während er auf ihrem hockte und fror.

»Was wollte dieser Mensch?«, fragte er.

»Einen Krankenbesuch machen.«

»Wie kommt der auf so was? Man macht doch keinen Krankenbesuch bei fremden Menschen, schon gar nicht, ohne sich vorher anzumelden.«

»Er hat sich angemeldet.« Burgl strich das Laken glatt und zog dann das Kopfkissen ab.

»Was?«

»Er hat vorher angerufen. Und als ich mit ihm sprach, ist mir eingefallen, woher ich den Namen kannte. Er ist Spezialist für forensische Psychologie, allerdings als Praktiker. Ich hab ihn vor Jahren mal auf einem Kongress getroffen. Muss in den frühen Neunzigern gewesen sein.«

»Und deshalb lädst du ihn ein? Ich dachte, er wollte zu mir.«

»Wollte er auch. Ich hab gesagt, dass es dir was besser ginge und dass er es einfach mal versuchen solle.«

Sie warf das frisch bezogene Kissen auf seinen Platz und nahm sich das Federbett vor.

»Und auf die Art habe ich erfahren, was er hier will, was er vorhat und was er schon getan hat. Ich habe dir Arbeit abgenommen. Denn das wolltest du doch wissen, oder?«

»Kann schon sein«, murmelte Schwemmer, zu schwach, um das zu diskutieren. Ungeduldig wartete er darauf, endlich wieder unter das Federbett kriechen zu können. Er trank von dem Kamillentee und rieb sich den Nacken, der sich immer noch brettsteif anfühlte.

»Hat Schafmann sich gemeldet?«, fragte er und gähnte.

»Nein.« Sie schüttelte das Plumeau noch einmal auf und schlug dann auffordernd auf seine Matratze. »Brauchst du noch irgendwas?«

Er nannte ein paar Kleinigkeiten, die sie ihm umgehend ans Bett brachte, dann löschte sie das Licht und ließ ihn allein.

Anders, als er erwartet hatte, schlief er nicht sofort wieder ein. Langsam, ganz langsam nahmen seine Gedanken wieder Fahrt auf.

Zunächst lagen sie noch sehr unsortiert in seinem Gehirn herum, aber nach und nach schälte sich der ein oder andere klar aus dem dünner werdenden Dunst dort. Es gab etliche beruhigende:

Schafmann würde tun, was zu tun war.

Dräger würde tun, was zu tun war.

Isenwald würde tun, was zu tun war.

Und ein paar weniger beruhigende:

Hatten Drägers Leute noch einmal den Hang am Reschberg nach seiner Waffe durchsucht? Natürlich nicht, das K3 war mit allen Mann in Grainau beim Explosionskrater.

EKHK Bredemaier machte, was er wollte, sprach, ohne jemanden davon zu unterrichten, mit Johanna Kindel und jetzt auch noch mit Notburga Schwemmer.

Und dann, ganz hinten im Dunst, da, wo der sich noch nicht verzogen hatte:

Was hatte Högewald geschrieben?

Aber das war alles nicht das, was Schwemmers Gehirn so mühsam wieder antrieb. Das war die eine Frage, die über all den dienstlichen Bemühungen hing wie eine blasse Leuchtreklame im Londoner Edgar-Wallace-Nebel:

Warum?

Welches Motiv konnte der Täter haben, einen Teenager im Wald zu erschießen? Und einen weiteren Menschen mit einer Explosion zu töten? Es war quälend, seine Gedanken durch diese weiche, klebrige Masse zu treiben, die sein Gehirn auszufüllen schien. Er konnte nicht denken, zumindest nicht, wie er es gewohnt war. Aber Schritt für Schritt kämpfte er sich voran, klaubte Ideenbrösel und Intuitionskrümel auf und hatte das Gefühl, einige der Teile tatsächlich zu etwas Funktionierendem zusammensetzen zu können.

Irgendwann kam Burgl herein und legte einige Zeitungen und Papiere auf seinen Nachttisch.

»Darf ich Licht machen?«, fragte sie.

»Probieren wir's halt mal.«

Sie schaltete die Nachttischlampe an, und Schwemmer konnte es ertragen.

»Schafmann hat angerufen«, sagte sie. »Magst es hören?«

»Wenn du langsam und leis sprichst, geht's vielleicht.«

»Also …« Sie nahm einen Notizblock von dem Haufen Papier, den sie mitgebracht hatte. »Zunächst das, was er als erfreulich eingestuft hat: Mit der EC-Karte von Siegfried Schieb alias Schibbsie wurde gestern Nacht hier am Bahnhof Geld abgehoben. Sie besorgen gerade das Überwachungsvideo, gehen aber davon aus, dass er es selbst war. Foto und Beschreibung an die Bundespolizei sind raus. Severin Kindel hat gestern Abend eine Aussage gemacht, in der er den Verdacht äußerte, dass die drei anderen Bandmitglieder gemeinsam mit einem gewissen Petr, Nachname unbekannt, ›irgendwas vorhatten‹, wie er das ausdrückte. Er hat aber angeblich nicht die geringste Ahnung, was.«

»Was ist das für ein Kerl, dieser Petr?«, fragte Schwemmer.

»Hausl, ich kann's dir nur vorlesen, gell? Fragen kann ich dir nicht beantworten.«

Er brummte eine Entschuldigung ins Kopfkissen.

»Dieser Petr ist erst seit ein paar Wochen im Ort. Wohnt angeblich bei Verwandten in Burgrain. Den Kollegen ist niemand mit dem Vornamen untergekommen in letzter Zeit. Und jetzt wird's interessant: Petr hat dem Severin eine Waffe gezeigt, um ihn einzuschüchtern. Gestern, unmittelbar vor der Explosion.«

»Was für eine Waffe?«, fragte Schwemmer.

»Eine schwarze Pistole. Genauer kann er es nicht sagen. Der Petr hatte sie im Hosenbund stecken. Immerhin hat der Severin eine ziemlich präzise Beschreibung von Petr abgegeben. Schafmann hat Leute ins Werdenfels-Gymnasium geschickt, möglicherweise ist er einigen Schülern da bekannt. Phantombild ist in Arbeit.«

»Schön«, murmelte Schwemmer. »Noch mehr gute Nachrichten?«

»Das K3 und die Labors arbeiten rund um die Uhr, aber vor morgen Nachmittag ist mit nichts Interessantem zu rechnen.«

»Und die schlechten Nachrichten?«

Burgl legte den Block weg. »Bist sicher, dass du die wissen willst?«

»Nützt ja nix«, stöhnte Schwemmer. »Högewald, hm?«

»Ja. Diesmal übertrifft er sich selber.« Burgl klang beherrscht, aber die Art und Weise, wie sie die Zeitung nahm und auffaltete, ließ auf mächtig schlechte Laune schließen. Sie hielt Schwemmer die Schlagzeile hin

Mit zusammengekniffenen Augen starrte er eine Sekunde darauf, dann schloss er die Augen wieder. Nicht, weil er krank war. Sondern in hilfloser Wut.

»Der Teufel soll ihn holen«, sagte er.

»Ja. ›Der Enkel der Seherin spielt in der Satanisten-band.‹ So erwischt er gleich zwei auf einen Schlag.« Burgl war hörbar sauer, mindestens so wie er.

Schwemmer atmete ein paarmal tief durch. »Wir müssen dagegenhalten«, sagte er.

»Und wie?«

»Hast du das Telefon da?«

»Warum?«, fragte Burgl vorsichtig.

»Ich muss die Isenwald sprechen. Wir müssen für morgen eine Pressekonferenz einberufen.«

»Schafmann soll eine Pressekonferenz halten? Bei dem heißen Eisen?« Burgl kräuselte skeptisch die Nase. »Willst du nicht lieber warten, bis du wieder im Dienst bist?«

»Ich *bin* morgen wieder im Dienst.«

»Morgen wieder im Dienst?« Burgl lachte zweifelnd und sah ihn mit einer Mischung aus Spott und Mitleid an. »Du Held!«

Schwemmer ging so souverän wie möglich darüber hinweg.

Der Ärger über Högewald hatte zwar nicht unmittelbar zur Verbesserung seiner Verfassung beigetragen. Aber er hatte seinen Kampfgeist angestachelt.

* * *

»Ich rede morgen mit dem Direktor«, sagte Bredemaier. »Wir werden eine Lösung finden.«

Severin und Danni hockten nebeneinander auf der Bank. Severin starrte finster vor sich hin Dannis Augen waren verheult.

»I geh ned wieder in die Schul«, sagte sie, ohne jemanden anzusehen.

»Wie bist du denn in der Schule?«, fragte Bredemaier.

»Sie is guat«, sagte Severin.

»De is wirklich guat«, bekräftigte Johanna

»I hab nur *eine* Drei. In Musik«, sagte Danni.

Bredemaier tauschte einen Blick mit Johanna und nickte ihr beruhigend zu. »Ich denk, morgen bleibst du erst mal zu Hause. Dann sehn wir weiter.«

»I geh hin. Von dene Drecksäck lass i mir ned an Schneid abkaufn«, sagte Severin.

Johanna seufzte. Ihr war, als hörte sie das Bienerl reden.

»Würdet ihr mich denn noch ein bisschen mit eurer Großmama reden lassen? Allein, mein ich?«

»Darf i dann fernsehn?«, fragte Danni.

»Ja, aber ned an ganzn Tag«, sagte Johanna.

Severin sah Bredemaier misstrauisch an, sagte aber nichts.

»Du brauchst dir keine Sorgen zu machen.« Bredemaier lächelte freundlich.

»I mach mir immer Sorgen, wenn de Bulln im Haus san.« Severin schob den Tisch weg, und die beiden standen von der Bank auf. Danni ging ins Wohnzimmer, Severin nahm seinen Bass, der immer noch an der Garderobe stand, und ging die Stiege hinauf.

»Pressefreiheit«, sagte Johanna, als sie fort waren. »A ganz a tolle Sach.«

»Es gibt immer und überall schwarze Schafe«, sagte Bredemaier. »Auch unter Polizisten. Und sogar unter Hellsehern.«

Johanna konnte tatsächlich ein bisschen lachen darüber. Bredemaier zog seinen Flachmann aus der Tasche seines Mantels, den er über seine Stuhllehne gelegt hatte.

»Sie erlauben?«, fragte er.

»Wennst moanst, des tat dir guat.«

Bredemaier schenkte sich den Schraubverschluss voll. »Die Frage, ob mir das guttut, stellt sich mir leider nicht mehr«, sagte er und prostete ihr mit dem erhobenen Becher zu.

»Warum hast de Kinder nausgschickt? Gibt's doch noch a Frag, de du mir ned gstellt hast?«

»Oh, Tausende, liebe Frau Kindel, Tausende. Ich glaube ja, dass Sie viel mehr gesehen haben als das, an das Sie sich erinnern. Viel mehr, als Sie selber wissen.«

»I hab ois verzählt, was i woaß, von da Explosion.«

»Lassen wir die Explosion für den Moment mal beiseite ...«

Er nahm einen Schluck von seinem Scotch und begann dann, in den scheinbar unerschöpflichen Taschen seines Kamelhaarmantels zu wühlen. Endlich zog er einen braunen Umschlag hervor. Seine Ecken und Kanten waren abgestoßen, er sah aus, als trage Bredemaier ihn immer mit sich herum. Ein bisschen umständlich zog er einen Stapel Fotos daraus hervor und schob ihn Johanna über den Küchentisch zu.

»Seien Sie doch so lieb und schauen Sie die mal durch. Einfach so, ohne Erwartung an irgendetwas. Wenn Ihnen was auffällt, sagen Sie es. Frei von der Leber weg.«

Johanna nahm den Stapel entgegen. Sie sah sich ein Foto nach dem anderen an, bald runzelte sie die Stirn. Sie verstand nicht, was Bredemaier wollte. Die Fotos zeigten ausnahmslos Männer. Männer jeden Alters, jeder Hautfarbe und, nach ihrem Äußern zu schließen, jeder Einkommensklasse. Das Einzige, was diese Fotos gemein hatten, war, dass die Männer offenbar nicht wussten, dass sie fotografiert wurden. Oft stiegen sie in oder aus Autos, betraten Hotels oder verließen Restaurants. Auch schienen die Fotos an den unterschiedlichsten Orten aufgenommen worden zu sein. Einmal erkannte sie ein grünes New Yorker Straßenschild, auf einem waren Ladenschilder zu sehen in einer Schrift, die sie für indisch hielt, und einmal war es das »Vier Jahreszeiten« in München.

Und dann, bei einem, das ein blaues Taxi in einer gesichtslosen Hotelvorfahrt zeigte, zuckte sie zusammen. Ein blasser, hellblonder Mann warf gerade die Tür des Taxis zu, er wirkte skandinavisch. Er trug helle, locker fallende Sommerkleidung. Aber Johanna hatte keinen Zweifel.

Dies war *der Mann*.

Der Mann, der Spacko erschossen hatte.

Sie sah Bredemaier entgeistert an, und fast noch mehr entgeisterte es sie, dass er überhaupt nicht überrascht schien, sondern gelassen und sehr zufrieden von seinem Scotch trank.

»Welcher ist es?«, fragte er nur, und sie zeigte ihm das Foto. Er warf einen beiläufigen Blick darauf.

»Das war einer von dreien, die ich nach Ihrer Beschreibung in der engeren Wahl hatte«, sagte er.

»Wer is des? Was hat der mit am Spacko zum tun?«

»Nichts«, sagte Bredemaier. »Dieser Mann tut solche Dinge für Geld. Es ist sein Beruf.«

Sie versuchte zu verstehen, was sie gerade gehört hatte, es zu verarbeiten, Schlüsse zu ziehen, aber ihr Verstand wollte sich nicht bewegen.

»Aber wer zahlt denn dafür, so an jungn Buam zum derschiaßn?«, stieß sie endlich hervor.

»Das«, sagte Bredemaier und nahm genießerisch noch einen Schluck Scotch, »ist die nächste Frage.«

* * *

Schwemmer kniff die Augen zusammen und rieb sich die Stirn. Burgl saß neben ihm auf dem Bettrand und beobachtete ihn skeptisch.

Frau Isenwald hatte am Telefon zwar voller Mitleid zugesagt, auf seinen Zustand Rücksicht zu nehmen, aber schon nach wenigen Sätzen war sie in Tempo, Tonhöhe und Lautstärke wieder auf ihrem Normallevel angekommen.

»Hauptkommissar Schafmann leistet wunderbare Arbeit, da sind wir uns einig, Herr Schwemmer, da gibt es gar keine Diskussion zwischen uns. Aber was ich vermisse, wenn Sie nicht da sind, ist ein bisschen ... so die Kreativität.«

»Genau damit kann ich gerade auch nicht dienen«, sagte Schwemmer schwach.

»Wir müssen uns dringend Gedanken über mögliche Motive machen. Wir müssen irgendwas anbieten können, wenn wir wirklich morgen eine PK machen wollen.«

»Was soll das heißen, *wenn*?«

»Wir haben fast nichts«, sagte Isenwald. »Die Laborergebnisse kommen nicht vor Mittag, und die müssen ja auch erst mal interpretiert werden.«

»Ich lass nicht zu, dass Oliver Speck posthum als Satanist denunziert wird«, sagte Schwemmer, lauter, als er beabsichtigt hatte.

»Denken Sie an Ihren Kopf, Herr Schwemmer«, sagte Isenwald denn auch prompt.

Und sie hatte völlig recht, wie Schwemmer spürte.

»Ich mach morgen Mittag eine PK, mit Ihnen oder ohne Sie«, sagte er. Burgl sah ihn an, als traue sie ihren Ohren nicht, aber sie stand an seiner Seite: Tapfer reckte sie den rechten Daumen in die Höhe.

Sogar Frau Isenwald schwieg eine Sekunde lang, dann lachte sie auf. »Oho«, sagte sie. »Da geht's aber jemandem besser.«

»Das kommt davon, wenn man mich bemitleidet«, sagte Schwemmer. »Das kann ich nicht ab. Was ist eigentlich mit Hauptkommissar Bredemaier? Was treibt der? Hat der nichts beizusteuern?«

»Tja, da fragen Sie mich ehrlich gesagt zu viel. Ich glaube, sein Status ist mehr der eines … Beraters.«

»Ist das so oder sieht er das so?«

»Das sollten wir nicht am Telefon besprechen«, sagte Frau Isenwald ungewohnt ernst.

»Na schön. Wir sehen uns ja morgen.«

»Das klang gerade zumindest ganz so. Dann weiterhin gute Besserung.«

Frau Isenwald legte auf, und Burgl beugte sich über ihre Sessellehne zu ihm.

»Du kommst ja tatsächlich wieder in Form«, sagte sie und küsste ihn. »Möchtest du was essen?«

»Ein Steak mit Fritten, schön blutig«, sagte er und wartete ihren entgeisterten Blick ab, bevor er sagte: »Warn Scherz. 'ne Scheibe Toast mit Margarine könnte ich mir eventuell vorstellen.«

* * *

»Leck?«, fragte Johanna. »Wie ›Leck am Oarsch‹?«

»Schleswig-Holstein«, sagte Bredemaier. »Da stamm ich her. Meine Mutter lebt da. Es ist ein schönes, großes Haus. Meine Großeltern haben da noch Landwirtschaft betrieben. Die Eltern haben es dann umgebaut, zum reinen Wohnhaus. In meiner Kindheit hatten wir noch zwei Mietparteien drin, später dann Ferienwohnungen. Aber seit mein alter Herr tot ist, vermietet meine Mutter nicht mehr. Wenn Sie mögen, können Sie da unterschlüpfen, bis sich hier der Rauch verzogen hat.«

»Schleswig-Holstein…«, murmelte Johanna.

»…meerumschlungen«, ergänzte Bredemaier mit einem warmen Lächeln.

»Wie muss i mir des nachad vorstelln, dort?« Johannas Miene war mehr als skeptisch.

»Flach«, antwortete Bredemaier.

»Und dei Frau Muatter… was meint denn de dazu?«

»Mit der red ich schon.« Bredemaier schenkte sich noch einen Scotch ein, es war der fünfte an diesem Tag, nach Johannas Zählung.

»Leck.«

Sie konnte es sich nicht vorstellen. Beim besten Willen nicht. Manchmal sah sie im Fernsehen Filme, die an der Nordsee spielten. Wo die Landschaft kein Ende nahm und irgendwie immer Nebel herrschte. Und ständig das Meer drohte, über die Deiche zu kommen.

Sie wollte da nicht hin.

Aber das war höchstens die halbe Wahrheit. Sie wollte hier nicht weg, gestand sie sich ein.

Theo und sie waren einmal für ein langes Wochenende in Österreich gewesen. Es hatte ihnen gefallen, aber es hatte ihnen auch beiden gereicht.

Das Bienerl hatte immer weggewollt. Sie war in ihrem kurzen Leben an zehnmal mehr Orten gewesen als Johanna bis heute. Ihr graute jedes Jahr vor der Forderung der Kinder, in Urlaub zu fahren. Unter Mühen schaffte sie es Jahr für Jahr, sie in Jugendgruppen unterzubringen, mit denen sie dann in die Welt fuhren oder flogen. Flogen! Allein die Vorstellung trieb Johanna den Schweiß auf die Stirn. Sie saß dann allein zu Hause und hatte die ganze Zeit nichts als Sorge, dass die beiden heil wieder heimkämen. Severin war nun auch alt genug, allein zu fahren, und schon der Gedanke daran nagte an ihren Nerven. Sie war richtig erleichtert gewesen, als er ihr mitteilte, für Urlaub erst mal kein Geld mehr ausgeben zu wollen. Stattdessen suchte er sich nun in den Ferien Jobs, um sich seine Instrumente kaufen zu können. Und jetzt wollte dieser Bredemaier, dass sie sich mit den Kindern in Leck verkroch. Schleswig-Holstein.

Aus Angst vor der Pressefreiheit.

Nein, dachte sie. Noch nicht. Theo wird mir sagen, wann ich gehn muss.

5

Es ist ein graues Licht, durch das der Adler sie trägt, die Sonne unsichtbar hinter gemächlich treibenden Wolkenfetzen, aus denen immer wieder Nieselschauer fallen. Der Adler lässt sich treiben über den bewaldeten Hang, dann kreist er über einer Lichtung. Sie erkennt die Kapelle und den Kreuzweg vom Ort herauf. Und sie erkennt den blassen, blonden Mann wieder, der dort steht. Er ist nicht allein, zwei andere sind bei ihm. Drei Männer, unbeobachtet von anderen Menschen. Sie reden. Der Adler lässt es sie nicht hören. Sie reden, dann gehen sie auseinander. Zwei der Männer, der blonde und ein dunkler, arabisch wirkender, gehen den Kreuzweg hinab. Der Dritte bleibt an der Kapelle und mustert die Gedenktafeln dort. Er trägt einen teuren Mantel und einen eleganten Hut mit breiter Krempe, von der das Regenwasser trieft.

Der Adler zeigt ihr sein schmales, hartes Gesicht, seine kalten Augen, die vom Alter gefurchte Stirn. Dann fliegt er mit ihr davon.

* * *

Schwemmer saß betont aufrecht an seinem Schreibtisch, aber die Zeitung, die vor ihm lag, hatte ihm den Morgen schon verdorben, bevor er richtig angefangen hatte.

SATANISTEN-OMA GEHT AUF PASSANTEN LOS

Darunter ein unscharfes Foto von Severin und Danni Kindel, anscheinend auf dem Schulhof aufgenommen »von unserer Leserreporterin Miriam Krußhoff«. »Severin K., Bassist der Satanistenband, mit seiner Schwester Danni. Seine Großmutter attackiert Marktkunden mit Schlagstock«, lautete die Unterschrift.

Von der Seherin zur Satanisten-Oma. Wenn das kein Aufstieg war, dachte Schwemmer böse.

Frau Fuchs balancierte ein Tablett herein. Sie stellte ein Stövchen auf seinen Schreibtisch, das sie umständlich anzündete, dann schenkte sie Kräutertee in einen Becher und platzierte die bauchige, verchromte Kanne auf dem Warmhalter. Das alles passierte in einer auf Schwemmer fast ohrenbetäubend wirkenden Stille, dann schlich sie wieder aus dem Zimmer.

Schwemmer nahm widerwillig einen Schluck von dem Kräutertee. Sein Blick fiel auf die Kanne, in deren Chromoberfläche sich sein Gesicht spiegelte, rundlich verzerrt und aufgeblasen glotzte es ihn so dümmlich-gutmütig an, dass Schwemmer ihm die Zunge rausstreckte. Das sah dann wiederum so bescheuert aus, dass er tatsächlich lachen musste. Er nahm das als gutes Zeichen.

»…attackiert Marktkunden mit Schlagstock«, las er erneut. Er hatte schon in der Wache angerufen: Es hatte keine Anzeige wegen eines solchen Vorfalls gegeben. Auf Nachfrage erfuhr er, dass Adolf Kurtzbeckers Anzeige wegen Betrugs noch unbearbeitet im Eingangskorb lag. Schwemmer hatte sie sich unverzüglich hochbringen lassen.

Kurtzbecker beschuldigte Johanna Kindel der gewerbsmäßigen Scharlatanerie. Sie habe einer Frau Heinckes, Gerda, wohnhaft usw., für die Prognose der Abiturnote ihres Enkels Florian zwanzig Euro abverlangt, die diese auch bezahlt hatte. Frau Kindel hat daraufhin eine Zwei vorhergesagt. Allerdings sei Florian Heinckes, was er seiner Großmutter verschwiegen hatte, wegen häufiger, unentschuldigter Fehlzeiten die Zulassung zur Abiturprüfung verweigert worden, sodass er das letzte Jahr würde wiederholen müssen. Die Vorhersage der Frau Johanna Kindel sei somit von vornherein unzutreffend gewesen und der Tatbestand des Betruges bewiesen.

Wie Kurtzbecker an die Information gekommen war, stand da nicht. Bisher hatte die Polizeistation Garmisch-Partenkirchen aus verschiedenen Gründen noch keine Gelegenheit gefunden, die Zeugin Heinckes, Gerda zu befragen, und das würde sich in den nächsten Tagen auch nicht ändern.

Schwemmer nahm sein Handy und rief Bredemaier an. Es läutete wenige Male, bevor sich die Mailbox meldete. Schwemmer bat um Rückruf.

Wenn der Bredemaier so viel Zeit mit der Kindel verbrachte, wie er Burgl erzählt hatte, sollte er etwas von der Schlagstockattacke mitbekommen haben, die im Innenteil von einer empört aus einem Foto starrenden Frau bezeugt wurde. Sie, gehbehinderte Hausfrau, präsentierte sich als das Opfer, das von Frau Kindel ohne erkennbaren Grund geschlagen worden war. Für Högewalds Journalistenehre wäre der Artikel nicht vollständig gewesen ohne den Hinweis auf die anhängige Betrugsanzeige gegen die Satanisten-Oma.

Nach einem scheuen Klopfen steckte Schafmann den Kopf ins Büro. Erst als Schwemmer ihm ermutigend zunickte, trat er ganz ein. Er hatte einen ganzen Stapel Aktenmappen dabei, die er auf Schwemmers Schreibtisch ablegte.

»Alles klar?«, flüsterte er. »Oder soll ich später kommen?«

Schwemmer winkte ärgerlich ab. »Komm rein und red normal. Solang du mich nicht anbrüllst, passt das schon.«

»Das Wichtigste zuerst«, sagte Schafmann, als er Platz genommen hatte. »Siegfried Schieb wurde heute Nacht am Hauptbahnhof Hamburg festgenommen. Er wird uns heut Nachmittag angeliefert.«

»Na, das ist doch mal was.« Das war eine Nachricht, die seine Laune erst mal stabilisierte. Etwas, das er auf der Pressekonferenz zum Besten geben konnte. »Besonderheiten bei der Festnahme?«

»Er hat versucht zu entkommen, am Ende aber keinen Widerstand geleistet.«

»Ich bin sehr gespannt; was der uns erzählen wird.«

Schafmann klappte die nächste Mappe auf.

»Von Pollscheidt bestätigt definitiv, dass es sich bei dem Toten um den Besitzer des Gebäudes, Walter Schieb, handelt.«

»Wie das?«

»Dräger hat die beiden Kiefer gefunden, und von Pollscheidt hat den Zahnarzt gefragt.«

»Die *beiden* Kiefer?«

»Ja. Einzeln. Sie haben ziemlich weit auseinandergelegen ... Die Witwe wurde bereits informiert.«

Schwemmer räusperte sich. »Was ist mit den Eltern von Oliver Speck?«

»Bei denen war ich vorgestern Abend.«

»Du persönlich?«

»Ja.« Schafmann wollte das Thema offenbar nicht weiter vertiefen. Er zog eine weitere Mappe aus dem Stapel und blätterte darin.

Schwemmer sah zum Fenster. Er versuchte, sich seine Erleichterung nicht anmerken zu lassen, dass ihm diese Aufgabe erspart geblieben war.

»Das hier ist etwas kompliziert«, sagte Schafmann. »Wir haben bei den Netzbetreibern abgefragt, ob während der wahrscheinlichen Tatzeit am Reschberg mit Handys telefoniert wurde. Die Anzahl war einigermaßen übersichtlich. Deinen Anruf bei der Wache konnten wir als Referenz nehmen und so den Zeitraum eingrenzen: Außer deinem waren da oben vier Handys in Betrieb.«

»Vier?« Das waren mehr, als Schwemmer erwartet hatte.

»Ja, alles nicht registrierte Prepaidnummern und erst vor Kurzem erstmals benutzt. Wir haben sie der Einfachheit halber von 1 bis 4 durchnummeriert. 1 und 2 sowie 3 und 4 haben in den letzten Tagen jeweils untereinander regen Verkehr gehabt, aber nicht mit den jeweils anderen. Also 1 und 2 gehören zusammen. 3 und 4 gehören zusammen.«

Schwemmer nickte. Zwei Paare, die sich gegenüberstanden. Täter und Opfer? Wer war mit Oliver Speck dort oben gewesen?

»Besonders rege war der Verkehr während und nach deiner Verfolgungsjagd.«

»*Während* der Verfolgungsjagd?«

»Ja. Nummer 1 hat dreißig Sekunden *vor* deinem Anruf eine weitere Nummer, also die 5, angerufen. Die befand sich zu dem Zeitpunkt in Garmisch, Innenstadt. Die Nummer 5 hat daraufhin die 2 angerufen, die sich in der Nähe der 1 befand, das Gespräch wurde aber nicht angenommen. Dann hat die 5 noch eine Nummer, das wäre die 6, angerufen und erreicht. Das Handy war in Obergrainau. Das alles innerhalb von zwei Minuten. Keines der Gespräche dauerte länger als zehn Sekunden.«

»Das heißt: Keiner von denen war der Motorradfahrer«, sagte Schwemmer.

»Stimmt. Die Nummer 3 hat die 4 angerufen, dreieinhalb Minuten *nach* deinem Anruf. Das Gespräch dauerte fünfzehn Sekunden.«

»Der Motorradfahrer. Nachdem er mich losgeworden war, hat er Entwarnung gegeben.«

»Höchstwahrscheinlich. Das passt auch räumlich Die 3 bewegte sich bei dem Anruf in der Gegend Pflegersee.«

Schwemmer kratzte sich an dem Pflaster an der Schläfe, das heute zu seiner Erleichterung den Verband ersetzt hatte. »Hast du das schriftlich für mich?«, fragte er.

»Klar.« Schafmann reichte ihm eine Kopie des Blattes, von dem er vorlas. »Die Nummern 1, 2, 5 und 6 haben in den drei Tagen vor dem Mord häufig untereinander gesprochen, in allen Kombinationen. Und meist befanden sie sich in Garmisch, Partenkirchen, Grainau oder Burgrain.«

»Was ist mit dem toten Walter Schieb? Könnte der dazugehört haben?«

»Unwahrscheinlich. Laut Aussage seiner Frau waren sie zur fraglichen Zeit in der Spielbank. Das hab ich zwar noch nicht überprüft, aber die nehmen ja die Personalien von jedem Besucher auf.«

»Dann check das bitte … Verbleiben also Oliver Speck, Petr Unbekannt, dazu Siegfried Schieb und Georg Schober.«

Schafmann schüttelte den Kopf. »Da sollten wir uns nicht festlegen. Oliver Speck und drei andere. Weiter würde ich nicht gehen.«

»Du hast recht.« Schwemmer ärgerte sich über seinen Patzer. Er ging schon wieder mit einem fertigen Bild an die Sache, das er sich von den Ergebnissen bestätigen lassen wollte. Er griff nach der Teekanne und schenkte sich nach.

»Und es gibt immer noch den Severin Kindel, nicht wahr?« Schafmann sah ihn mit schräg gelegtem Kopf an.

»Weist denn irgendwas auf ihn hin?«, fragte Schwemmer.

»Wenn man mal hingeht und paranormale Fähigkeiten generell in Zweifel stellt … Wer wäre dann die wahrscheinlichste Quelle für Johanna Kindels Wissen?«

Schwemmer nippte an seinem Tee.

»Warum sollte ausgerechnet der Kindel der Einzige in der Band sein, der von nichts weiß? Mir erscheint die Annahme logisch, dass er seiner Großmutter davon erzählt hat, aus schlechtem Gewissen oder warum auch immer. Und dass die anderen etwas vorhaben, wissen wir ausschließlich von ihm.«

»Und dann sprengt er den Proberaum in die Luft?«

»Das meine ich nicht. Ich meine nur, dass wir ihn eigentlich genauso festnehmen müssten wie Siegfried Schieb.«

»Kindel ist immerhin nicht abgehauen.«

»Aber auch nur knapp. Nach der Explosion ist er uns stiften gegangen.«

»Wie?«

»Er hat sich aus der Wache verpisst, durch die Parkplatztür, Kommissar Greiner hat nicht aufgepasst. Aber dann ist er freiwillig zurückgekommen.«

»Hat er gesagt, warum?«

»Nein. Vielleicht, um den Verdacht auf Siegfried Schieb zu lenken. Das hat er nämlich gemacht. Und diesen Petr kennt bisher auch nur er. Vielleicht hat er sich den ausgedacht, um seine eigene Rolle in dem Spiel zu verschleiern.«

Schwemmer trank weiter lustlos von dem Kräutertee. Was ihm an Schafmanns Ausführungen am meisten auf die Nerven ging, war, dass sie Hand und Fuß hatten.

»Fluchtgefahr?«, fragte er.

Schafmann wiegte den Kopf. »Gering. Es sei denn, er flüchtet vor Högewald.«

»Gut. Dann erklären wir ihn intern für verdächtig. Reicht dir das?«

Schafmann nickte.

»Schön. Noch was, das ich über die Handys wissen muss?«

»Steht alles in dem Bericht. Die Kollegen arbeiten an der Analyse. Nur eins noch: Die Handys 3 und 4 wurden nach dem letzten Gespräch sofort endgültig ausgeschaltet.

1, 5 und 6 erst am nächsten Tag, nach der Explosion. Die 2 war nach den Schüssen am Reschberg noch eine Zeit lang an, wurde auch mehrfach von den andern angerufen, hat sich aber nicht gemeldet. Nach etwa zwei Stunden wurde sie auch abgeschaltet.«

»Dann war das Oliver Specks Nummer.«

»Wir haben allerdings kein Handy gefunden bei ihm«, sagte Schafmann.

»Dann hat der Täter ihm das Gerät abgenommen, bevor er ihn den Hang hinuntergeworfen hat.«

»Apropos Handys…« Schafmann verzog den Mund. »Weißt du, was der Mensch im Rechenzentrum gesagt hat, als ich ihn wegen der Daten anrief? ›Noch mal das Gleiche?‹, fragt der mich. Ich sag: ›Wieso?‹ Und der sagt: ›Das hab ich doch grad schon fürs BKA rausgesucht.‹«

Schwemmer ließ seinen Kopf nach vorn fallen und bewegte ihn hin und her, in der Hoffnung, so seinen Nacken zu entspannen. »Wann war das?«, fragte er.

»Kurz nachdem wir Speck gefunden hatten. Vorgestern so gegen Mittag, du warst noch zu Hause.«

»Fixer Bursche, der Bredemaier.«

»Mag ja sein. Aber *ich* hab von dem noch keine Hilfe gekriegt.«

»Er ist mehr ein Berater, sagte mir die Isenwald. Du kannst sie gleich selber fragen. Sie kommt zur Pressekonferenz.«

»Muss ich da eigentlich mitmachen?«, fragte Schafmann unsicher.

»Würd nicht schaden«, antwortete Schwemmer, aber er rechnete damit, dass Schafmann eine Ausrede finden würde. Seinen Magen, zum Beispiel. In Wahrheit war es Lampenfieber.

»Zu der Explosion«, sagte Schafmann und öffnete die nächste Akte. In diesem Moment läutete das Telefon auf Schwemmers Schreibtisch. Es war die Wache.

»Wir haben hier eine Zeugin, die sollten Sie sich vielleicht anhören«, sagte Oberwachtmeister Demski.

* * *

»Wie schaust *du* denn aus?«, fragte Silvie. Sie musterte Severin mit einer Mischung aus Spott und Erschrecken.

»Was meinstn, wie i ausschau?«

»Na, gruslig. Wie Halloween oder so…«

»Ned wie a Satanist?« Severin verzog unzufrieden den Mund.

»Wie ein Satanist willst aussehen? Wieso das denn?«

»Wenn de Leit an Satanisten brauchn, sollns eam a kriagn.«

»Sag mal, bist jetzt deppert, oder was? Was soll denn das?«

Sie standen auf dem Schulhof, an seinem Platz, und er war sehr froh gewesen, Silvie da stehen zu sehen, als warte sie auf ihn.

»I denk mir schon was dabei, wart's halt ab.«

Sie musterte ihn erneut von Kopf bis Fuß. »Na ja, der schwarze Mantel passt schon«, sagte sie.

»Den hab i der Großmutter ausm Schrank klaut. Was isn mit am Make-up?«

»Na ja, zeig mal…« Sie trat zu ihm heran und öffnete

ihre Tasche. Mit gezieltem Griff holte sie ein Mäppchen hervor, aus dem sie einen Kajalstift zog, mit dem sie seinen Lidstrich nachzog, und Wimperntusche, die sie großzügig auftrug. Mit einem Papiertaschentuch wischte sie noch hier und da in seinem weiß und grau geschminkten Gesicht herum, dann nickte sie zufrieden. »So kannst bei Marilyn Manson vorspielen.«

»Des mach i a.«

Er sah sich um. Natürlich hatte er die Zeitung gelesen. Er war früh aufgestanden, hatte Danni und der Großmama Zettel hingelegt, dass sie sich nicht sorgten. Dann war er aus dem Haus, hatte am Bahnhof einen Kaffee getrunken und die Zeitung gelesen. Es war klar, dass es nicht vorbei war, aber der Artikel über die Großmutter hatte ihn geschockt. Sie hatte gar nicht erzählt, dass irgendwas vorgefallen war. Wie auch immer: Die Lage war eine andere heute. Er hatte kein Auge zugemacht in dieser Nacht, aber nun war er entschlossen, sein Ding durchzuziehen.

Er würde es ihnen zeigen.

Severin sah sich auf dem Schulhof um. Offenbar war sein Outfit schon Gesprächsstoff. Ingas Clique stand zusammen, es wurde hämisch gekichert und überheblich gelacht. Miriam Krußhoff stand auch dabei, die »Leserreporterin«.

»Jetzat pass auf«, sagte er zu Silvie und ging stracks auf Miriam zu. Er starrte sie an, sah nicht rechts oder links. Die Arme steif an den Seiten hängend stiefelte er in seinen Docs rücksichtslos über den Schulhof, rempelte ein oder zwei Leute zur Seite, ohne auf deren Protest zu reagieren. Die Mädchen bemerkten ihn, einige kreischten vor Vergnügen. Es würde was zu lachen geben.

Dachten sie.

»Was willst *du* denn? Verpiss dich bloß«, sagte Inga, aber er ignorierte sie völlig, was sie merklich irritierte. Er ging stumm und starr auf Miriam zu. Er sah ihr an, dass sie wusste, was sie getan hatte, in ihrem Gesicht arbeitete es, wahrscheinlich legte sie sich eine wütende Rechtfertigung zurecht.

Zwei Schritt vor ihr blieb er stehen, immer noch war sein Gesicht völlig unbewegt, seine Augen starr. Dann hob er langsam die linke Hand und richtete den kleinen und den Zeigefinger nach vorn auf Miriams Augen.

»Morituram septitiam augustus finitibus omen est«, sagte er laut mit seiner tiefsten Grindcore-Stimme »Miriam Krußhoff, ich verfluche dich!«

Reglos, mit erhobenem Arm blieb er stehen.

Die Mädchen waren verstummt. Eine, die links neben Miriam stand, machte einen hastigen Schritt von ihr weg. Die auf der anderen Seite bekreuzigte sich, und eine andere aus der Gruppe machte es ihr eilig nach.

Als er leise bis zehn gezählt hatte, drehte er sich gravitätisch um. Überrascht bemerkte er Silvie, die dicht neben ihm stand. Ihr sichtbares Bemühen, ernst zu bleiben, machte es ihm auch schwer, aber es gelang ihm, gemessen und feierlich zurück zu seinem Platz neben der Aulatür zu schreiten.

Auf dem Schulhof, zumindest unter denen, die das Ganze mitbekommen hatten, herrschte Verblüffung.

Aber keiner lacht, dachte Severin grimmig.

Silvie redete eine ganze Weile ernsthaft auf Miriam ein. Als der Gong läutete, kam sie zu ihm.

»Das war jetzt nicht *wirklich* Latein, dein Spruch da«, sagte sie.

»Latein kann i ned. Aber de Henna da drübn, de könnens a ned. Was hast dene verzählt?«

»Sie wollten halt wissen, was du gesagt hast, und da musst ich natürlich improvisieren. Ich hab gesagt, dein Fluch würde sie in den siebten Kreis der Hölle bringen. Dann hat sie noch gefragt, wann, da hab ich gesagt: im August. Weil du hattest irgendwas mit Augustus dabei, oder? Jedenfalls: Respekt. Der Frau Krußhoff standen die Tränen in den Augen.«

»Im August? Warum ned. Da hats ja noch a paar Monat hin.«

»Na ja, ich hab ihr nicht gesagt, in *welchem* August ...«

Severin bemerkte die drohenden Blicke der Aufsicht.

»'s wird Zeit. Wir müssn.«

Sie nahmen ihre Taschen und gingen zum Eingang.

»Was meinst, würd dein Vater was springn lassn für an Exklusivinterview mit'm Chef-Satanistn?«

Silvie sah ihn verblüfft an, dann begann sie zu lachen.

»*Das* willst du machen? Ich *werd* nicht mehr ...«

»Was meinst? Geht da was?«

»Da geht einiges, Alter. Wir reden nachher drüber.« Immer noch lachend bog sie in den Gang zu ihrem Klassenraum. Severin sah ihr ein paar Sekunden nach, bevor er die Treppe hochstieg.

* * *

Die alte Frau saß verschüchtert zwischen den Polizisten und nestelte am Knoten ihres Kopftuches. Ab und zu murmelte sie ein paar Worte in sich hinein.

»Sie meint, drei Schüsse gehört zu haben«, sagte Oberwachtmeister Demski.

Demski war in Omsk geboren und mit seinen Eltern kurz nach dem Mauerfall als Russlanddeutscher übergesiedelt.

Die Kollegen waren häufig froh über seine Dolmetscherdienste. Auch diesmal wäre es ihnen ohne Demski nicht gelungen, wirklich zu verstehen, was die ängstliche Dame ihnen zu vermitteln versuchte.

»Gestern Nacht in der Nachbarwohnung. Sie wollte eigentlich sofort die Polizei rufen, aber ihr Mann hat es ihr verboten.«

»Warum?«, fragte Schafmann.

»Lebenserfahrung, würde ich vermuten«, antwortete Demski. »Es gibt Länder, da freut man sich gar nicht, wenn die Polizei ins Haus kommt. Außerdem war sie sich nicht sicher, ob es wirklich Schüsse waren.«

»Und warum kommt sie jetzt trotzdem?«

»Sie hat heute Morgen an der Tür der Wohnung Blutspuren entdeckt. Sie hat geläutet, aber es gab keine Reaktion. Dann ist sie hergekommen. Sie bittet inständig, nichts ihrem Mann zu erzählen.«

»Wir werden sehen, was sich machen lässt«, sagte Schwemmer. »Wer wohnt in der Wohnung?«

»Der eigentliche Wohnungsbesitzer, ein Herr Bretcnik, ist seit einigen Monaten im Ausland«, sagte Demski. »Sie glaubt, er hat einen Job in der Schweiz. Jetzt wohnt da ein

Mann, der angeblich sein Vetter ist. Er hat sich ihr als Petr vorgestellt.«

Schafmann und Schwemmer standen gleichzeitig auf.

»Demski, nehmen Sie ein ausführliches Protokoll auf«, sagte Schwemmer.

»Wir müssen da rein«, sagte Schafmann. »SEK?«

»Ja«, sagte Schwemmer. »Obwohl ich fürchte, dass es überflüssig sein wird.«

Schwemmer behielt recht. Das SEK brach nach Vorschrift die Wohnungstür auf und verabschiedete sich wieder, nachdem die gepanzerten Männer die drei Räume überprüft hatten. In der Wohnung war niemand mehr, der sie hätte angreifen können.

Aber im Durchgang von der winzigen Diele zum Wohnraum hatten sie den regungslosen Körper eines Mannes gefunden. Er trug eine dunkelbraune Jeans und ein schwarzes Lederjackett und lag auf dem Bauch. Neben seiner linken Hand lag ein kurzläufiger, verchromter .38er Revolver mit aufgeschraubtem Schalldämpfer.

Schwemmer und Schafmann waren vor der Wohnungstür im Treppenhaus stehen geblieben. Sie konnten von hier den Körper und den größten Teil des Wohnraums sehen. Neben dem Mann kniete ein Notarzt, der ihnen aber sofort mit einem Kopfschütteln zu verstehen gegeben hatte, dass hier nichts mehr zu machen war. Weiter hinten in der Wohnung war Dräger dabei, sich ein Bild zu machen. Der Nächste, den Schwemmer reinwinkte, war Drägers Fotograf.

Drei uniformierte Kollegen hatten die undankbare Aufgabe, die anderen Mieter des Hauses dazu zu bringen, in ihren Wohnungen zu bleiben. Aus der gegenüberliegenden Tür hatte nur kurz ein sehr mürrisch dreinblickender alter Mann geschaut und sie dann wieder geschlossen, aber in den anderen beiden Stockwerken traf ihr Auftritt auf größtes Interesse. Vor allem zwei etwa sechsjährige Buben im zweiten Stock turnten am Stiegengeländer herum und waren ganz aus'm Häusl über das Abenteuer, die Polizei vor der Tür zu haben.

Nachdem der Fotograf die Lage der Leiche ausreichend dokumentiert hatte, drehte der Arzt den Toten um.

Das Jackett des Mannes und das dezent gemusterte, marineblaue Hemd darunter wirkten elegant und teuer, waren allerdings durch zwei Einschüsse ruiniert. Vor allem der in der Unterbauchgegend hatte einen großen Blutfleck zur Folge gehabt, der zweite hatte ziemlich genau ins Herz getroffen.

Der Mann schien nordafrikanischer Herkunft. Sein Haarschnitt war modisch kurz, die Wangen waren glatt rasiert.

Schafmann schüttelte den Kopf. Nach Severin Kindels Beschreibung war dies nicht der gesuchte Petr.

»Es gibt einen Einschuss in der Wand neben dem Fenster. Und Blutspuren«, sagte Dräger von hinten. »Nicht vom Opfer, wenn ihr mich fragt. An der Gardine, am Türrahmen zur Diele und an der Wohnungstür.«

Schwemmer versuchte, sich auf die Informationen einen Reim zu machen. Schafmann versuchte, schneller zu sein.

»Der Mann hier hat mindestens zwei Kugeln auf einen

Menschen in der Wohnung abgefeuert, der hat zurückgeschossen. Beide haben getroffen, der andere allerdings tödlich. Der andere ist verletzt, kann aber die Wohnung verlassen …«

»Darf ich mal durch«, hörten sie eine satte Baritonstimme aus dem Erdgeschoss. Mit seinem Dienstausweis wedelnd drängte EKHK Bredemaier sich an den Kollegen vorbei die Stiege zum ersten Stock herauf. Schwemmer und Schafmann sahen ihm stumm entgegen, aber er schien das nicht als Missbilligung aufzufassen. Bredemaier war sichtlich guter Laune.

»Liebe Kollegen, wenn ich geahnt hätte, wie aufregend ihr netter, kleiner Ort ist, hätte ich Sie viel früher mal besucht.«

Dass er keine Antwort erhielt, störte ihn nicht merklich.

»Darf ich mal?«, fragte er und zwängte sich in den Türrahmen. »Ah ja«, sagte er nach einem kurzen Blick auf das Opfer und zog den Kopf wieder zurück.

»Hat Frau Kindel das hier auch vorhergesagt?«, fragte Schwemmer.

»Nein, das hat sie nicht. Aber sie hat ja auch nie Anspruch auf Vollständigkeit erhoben … Ganz im Gegensatz zu unseren Dienstvorschriften, nicht wahr?« Bredemaier lächelte vergnügt.

»Es freut mich, Sie guter Laune zu sehen, Herr Bredemaier«, sagte Schwemmer. »Aber nach drei Toten in vier Tagen werden Sie mir verzeihen, dass ich die nicht teilen kann.« Ein bisschen freute Schwemmer, dass sein Gehirn wieder solche Sätze zu bilden in der Lage war. Es ging ihm offenbar wirklich besser.

»Haben Sie in der Wohnung nach einem Handy gesucht?«, fragte Bredemaier, der offenbar nicht willens war, sich von der herrschenden dienstlichen Ernsthaftigkeit beeindrucken zu lassen.

»Herr Kollege, wir suchen nicht nach etwas«, sagte Schafmann. »Wir schauen, was wir finden.«

»Das ist natürlich richtig so, Herr Hauptkommissar Schafmann. Aber falls Sie ein Handy finden sollten, empfehle ich, es als Erstes zu untersuchen.«

»Mit Handys haben Sie's, hm?… Herr Kommissar Dräger«, rief Schwemmer mit genervtem Unterton in die Wohnung hinein. »Haben Sie ein Handy gefunden?«

»Ja«, war die Antwort.

Bredemaier strahlte. »Angeschaltet?«, rief er.

»Nein.«

»Schade. Chipkarte drin?«

»Moment … ja.«

»Danke!«, rief Bredemaier Dräger zu.

Er griente Schwemmer an, und der hatte den Eindruck, dass der Mann zu dieser Vormittagsstunde schon leicht rauschig war.

»Ich wette, das ist eines von denen, die oben am Reschberg waren«, sagte Bredemaier.

Schwemmer und Schafmann tauschten einen beherrschten Blick. »Danke für die Beratung«, sagte Schafmann.

»Keine Ursache«, antwortete Bredemaier. »Dieser Tote, der erinnert mich an etwas. Da war eine Sache, die von den Kollegen in Marseille kam, wenn ich nicht irre …« Er steckte wieder seinen Kopf in die Wohnungstür und sah die Leiche noch mal an. »Herr Doktor«, sagte er dann zu dem Arzt, der gerade seinen Koffer zuklappte, »wären Sie so lieb und schauen vielleicht mal, ob der Mann eine Tätowierung an der linken Schulter hat?«

Der Arzt öffnete die oberen Hemdknöpfe des Mannes und zog Hemd und Jackett nach hinten über die Schulter.

»Einen Totenkopf, zwischen den Zahlen 2 und 3«, sagte er.

Bredemaier nickte zufrieden. »So aus dem Kopf würde ich sagen, das ist Luc Deloitte«, sagte er. »Franzose algerischer Herkunft. Aber überprüfen Sie das bitte. Die Tätowierung spricht dafür, aber ganz sicher bin ich nicht.«

»Hat die Täto eine Bedeutung?«, fragte Schafmann.

»Ja. Sie entstammt ursprünglich dem Marseiller Herot-Clan. Die Tätowierung ist sozusagen das Clanwappen. Die 23 steht für das Gründungsjahr.«

»1923? So lange gibt's die schon?«, fragte Schafmann.

»1823, Herr Kollege. Aber es gibt den Clan nicht mehr. In den Neunzigern, also den Neunzehnneunzigern, meine ich…«, er lachte, »wurden die Herots in Bandenkriegen mit einem korsischen und einem marokkanischen Clan regelrecht aufgerieben. Deloitte hat überlebt. Das sagt per se schon einiges über ihn aus. Seitdem arbeitet er auf eigene Rechnung. Wir wissen von vier Leuten aus der gehobenen Drogenszene, die er getötet hat, nicht nur in Frankreich. Aber ich bin mir sicher, dass das nur die Spitze des Eisbergs ist.«

»Und was macht so einer in einer Siebenunddreißig-Quadratmeter-Sozialbauwohnung in Garmisch-Partenkirchen-Burgrain?«, fragte Schwemmer. »Wie passt der hierhin?«

»Der Mann ist ein Profi«, sagte Bredemaier. »Er tötet für Geld.«

»Ein Profi? Sie meinen, dieser Mann hat auch Oliver Speck erschossen?«

»Wäre doch naheliegend«, sagte Bredemaier lächelnd. »Finden Sie nicht?«

* * *

Sie begegneten sich auf dem Gang vor dem Physiksaal. Auf einmal fiel ihm auf, dass sie sich immer hier begegneten, wenn er nach Englisch zu Chemie ging. Aber er hatte sie nie beachtet. Und sie ihn auch nicht. Er war sich sicher, dass er bemerkt hätte, wenn es anders gewesen wäre.

Diesmal blieben sie voreinander stehen. Silvie musterte ihn erneut, seinen schwarzen Mantel und das alberne Make-up. Zwar verzog sie etwas spöttisch den Mund, aber ihr Blick war ernst.

»Und?«, fragte sie. »Probleme?«

»Na. Da Riedl hat getan, als wär nix. Und sonst hat sich keiner traut, was zu sagn.«

»Ich muss dich was fragen«, sagte sie. »Wieso vertraust du mir eigentlich?«

»Meinst, zweng deim Vater?«

»Zum Beispiel. Ich könnt mein Wissen doch einfach an ihn weitergeben.«

»Wieso i dir vertrau …« Er sah sie an. Ihre Nase war ziemlich breit, und ihre linke Augenbraue zog sich außen so seltsam nach oben, was ihr Gesicht ein klein wenig unsymmetrisch machte. Und sie färbte ihre mittelblonden Haare nicht, was die meisten Mädchen in ihrem Alter wohl getan hätten.

Sie sah einfach ganz anders aus als Inga.

»Weißt was? I hab keinen Schimmer. Aber i denk drüber nach«, sagte er und hoffte, sein Lächeln würde nicht zu albern wirken unter seiner Maske.

»Okay«, antwortete sie nur und ging weiter. Er sah ihr nach und fühlte sich seit Tagen zum ersten Mal wieder gut. Es hielt sogar ein paar Momente lang an. Bis sein Handy vibrierte und Girgl sich am anderen Ende meldete.

* * *

»Vielen Dank für Ihr Erscheinen, meine Damen und Herren. Für diejenigen unter Ihnen, die mich noch nicht kennen: Ich bin Erster Kriminalhauptkommissar Schwemmer, ich leite die hiesige Kriminalpolizeistation. Hier neben mir sitzen Hauptkommissar Schafmann, der die SOKO leitet, und Frau Doktor Isenwald von der Staatsanwaltschaft in München…«

Eine Pressekonferenz dieser Größe hatte er das letzte Mal geleitet, als er noch in Ingolstadt war. Zwei Fernsehteams waren da. Damals war es um die Entführung einer Schlagersängerin gegangen, die sich nachher aber als aus dem Ruder gelaufene PR-Aktion ihres Managers entpuppt hatte. Schwemmer war damals vom *Merkur* lobend erwähnt worden. Den Artikel hatte Burgl noch irgendwo.

Sie hatten sich entschlossen, die PK durchzuziehen, obwohl wegen des Toten in Burgrain die Lagebesprechung der SOKO hatte verschoben werden müssen. So hatten sie fast nichts in den Händen, was sie der ungeduldig wartenden Meute hätten vorwerfen können.

Schafmann neben ihm hatte die Hände zu Fäusten gekrampft auf den Oberschenkeln liegen. Er hatte eigentlich nicht teilnehmen wollen, wegen Magenbeschwerden, aber Frau Isenwald hatte ein Tütchen mit Magenmittel aus ihrer schicken Handtasche gezogen und es Schafmann auf den Tisch geknallt. Danach hatte er sich nicht mehr getraut, sich zu drücken.

Schwemmer hatte sich den Trick für die Zukunft gemerkt. Aber ein bisschen in Sorge war er doch, denn als Leiter der SOKO würde Schafmann die ein oder andere Frage gestellt bekommen Er hoffte, das Lampenfieber würde ihn dann nicht völlig lähmen.

Schwemmer erläuterte den Zuhörern so wortreich wie möglich, was sie bis jetzt wussten, was leider nicht viel war. Auch den von Bredemaier erwähnten Namen würden sie noch lange nicht veröffentlichen können. Er verbrämte ihren mageren Wissensstand mit einer polizeitaktischen Nachrichtensperre und kam dann umgehend zu seinem Anliegen.

»Eine der wenigen Sachen, bei der wir sicher sein können, ist, dass die Band ›Rattenbrigade‹ und ihre Mitglieder nicht, ich wiederhole: *nicht* in irgendeinem Zusammenhang mit Satanismus stehen oder standen und im gesamten Fall keinerlei Hinweise auf Okkultismus, Satanismus oder Ähnliches aufgetaucht ist. Die Mitglieder der Gruppe und im Besonderen den getöteten Oliver Speck mit Satanismus in Verbindung zu bringen, wäre von daher üble Nachrede.«

In der zweiten Reihe saß Högewald unter seinem unvermeidlichen Gamsbart-Hut und hob die Hand. Das maliziöse Lächeln auf seinem Gesicht ließ nichts Gutes ahnen, als er aufstand, um seine Frage zu stellen.

»Ein Zeuge hat ein Pentagramm im Keller des gesprengten Hauses gesehen«, sagte er. »Was ist damit?«

»Zum einen«, antwortete Schwemmer, »ist noch unklar, ob es sich um eine Sprengung, also eine absichtlich herbeigeführte Explosion, oder um einen Unfall handelt. Von daher bitte ich, dieses Wort vorerst zu vermeiden. Zum Zweiten: Die Zeugenaussage ist uns bekannt und wurde im Rahmen einer anderen Ermittlung bereits *vor* dem Mord an Oliver Speck und damit auch vor der Explosion überprüft. Dabei wurde von uns festgestellt, dass es sich nicht um ein Pentagramm, sondern um einen sogenannten Anarcho-Stern handelte. Auch im Proberaum selber wurden keinerlei Hinweise auf Satanismus gefunden.«

»Was für Ermittlungen waren das respektive was für ein Fall?«, fragte Högewald.

Das Grinsen hing immer noch in seinem Gesicht, und nun wusste Schwemmer auch, wieso.

»Darüber kann ich aus ermittlungstechnischen Gründen hier und jetzt keine Auskunft geben«, sagte Schwemmer. Er merkte, wie steif das klang, aber eine bessere Formulierung war ihm nicht eingefallen. Frau Isenwald hüstelte.

»Können Sie bestätigen, dass es in unmittelbarer Umgebung des gesprengten Hauses eine Grabschändung gab?«

Im Saal gab es Gemurmel. Schwemmer bemerkte den

Seitenblick Isenwalds. Es ärgerte ihn, dass Högewald einfach weiter von Sprengung sprach, aber wenn er jetzt noch mal darauf einging, war er der Kleinliche, der sich hinter Formalien verschanzte.

Schwemmer räusperte sich. »Kein Kommentar«, sagte er dann ins Mikrofon, und das Gemurmel nahm noch einmal zu. Er wollte das Wort weitergeben, aber Högewald hob noch einmal die Hand.

»Sie behaupten, die Mitglieder seien keine Satanisten. Wie geht damit überein, dass Severin Kindel heute Morgen auf dem Schulhof des Werdenfels-Gymnasiums in aller Öffentlichkeit eine Mitschülerin mit einer okkulten Formel verflucht hat?«

»Er hat *was*?«, entfuhr es Schwemmer.

Das Gemurmel verwandelte sich in Durcheinanderreden. Schwemmer musste mehrfach um Ruhe bitten, um dann, als sie endlich hergestellt war, gestört zu werden von einem Kollegen aus dem K3, der Schafmann dringend von der Bühne holen musste.

Ein junger Mann in einer der hinteren Reihen meldete sich. Mit seiner Hornbrille wirkte er auf Schwemmer wie ein Praktikant in der Redaktion einer evangelischen Kirchenzeitung, und er erteilte ihm eilig das Wort.

»Wie muss man sich diesen Anarcho-Stern denn vorstellen?«, fragte er mit so dünner Stimme, dass Schwemmer nachfragen musste, um ihn zu verstehen.

Schwemmer beschrieb den fünfzackigen schwarzen Stern auf rotem Grund mit weißem A in einem Kreis in der Mitte.

»Und wie groß war der Stern?«

Schwemmer wiegte den Kopf. »Schon ziemlich groß. Eins fünfzig vielleicht.«

»Wurde der Staatsschutz eingeschaltet?«, fragte Höge-wald, ohne sich gemeldet zu haben.

»Kein Kommentar«, sagte Schwemmer.

* * *

»Selten so gelacht«, sagte Isenwald. Sie marschierte ne-ben ihm her die Treppe rauf, und Schwemmer war froh, so nicht den Ausdruck in ihren Augen ansehen zu müssen.

Er konnte davon ausgehen, gleich von ihr schockgefro-ren und anschließend frittiert zu werden, als angemessene Anerkennung für den Ablauf der Pressekonferenz, die vor allem auf *sein* Betreiben hin angesetzt worden war. Er ris-kierte einen Ausfall.

»Sie werden doch wohl nicht erwarten, dass ich den Staatsschutz einschalte, weil sich ein paar Halbwüchsige einen schwarzen Stern an die Wand sprühen«, sagte er.

»Geschenkt, Herr Schwemmer! Aber dass es Fragen wegen der Grabschändung geben würde, darauf hätten Sie vorbereitet sein müssen!«

»Ich war da wegen einer haltlosen Verdächtigung! Und deshalb weiß ich ja auch, dass an diesem Satanismuszeugs nichts dran ist. Der Högewald –«

»Was der Högewald morgen schreibt, will ich mir gar nicht ausmalen!«

Schwemmer konnte sich nicht erinnern, sich jemals so über das Auftauchen Schafmanns gefreut zu haben wie jetzt, außer vielleicht einmal, als er samstagnachts vor der

Disco am Wellenbad den sieben Australiern gegenübergestanden hatte, die zu betrunken gewesen waren, um noch
zu verstehen, dass »Police« auf Deutsch »Polizei« heißt,
und er natürlich keine Waffe dabei gehabt hatte.

»Schober hat auf Kindels Handy angerufen«, sagte
Schafmann und winkte sie hinter sich her zum K3. »Er
hat ihn angewiesen, was aus einem Versteck zu holen.«

»Hören wir den Kindel ab?«, fragte Schwemmer und
hätte sich sofort am liebsten auf die Zunge gebissen.

»Ja«, sagte die Isenwald eisig. »So was machen wir
manchmal. Ich hoffe, das widerspricht nicht Ihrer Auffas-
sung von Verbrechensbekämpfung.«

»Übrigens ist schon wieder jemand vom BKA vor uns
auf die Idee gekommen«, sagte Schafmann. »Schober ist
in Rheda-Wiedenbrück. Er hat dort eine Telefonzelle benutzt.«

»Wo ist das denn?«, fragte Schwemmer.

»NRW«, sagte Isenwald.

Sie erreichten den Technikraum, und Schafmann forderte den Mann, der dort vor einem PC saß, mit einer Geste
auf, ihnen die Aufnahme vorzuspielen.

»Chef, i bins«, sagte Schober.

»Er nennt ihn Chef«, sagte Schafmann.

»Mann! Wo bistn du?« Das war Kindels Stimme. »Was
is los? Was habts ihr angestellt? Weißt eigentlich, was
mitm Spacko passiert is? Und was is mitm Probnraum?
Wer war das? Und warum?«

Schober antwortete nicht, nur ein Greinen war zu hören.

»Wo seids ihr, zefix noch amoi?«

Jetzt platzte es aus Schober heraus.

»I bin in a Telefonzelln. Wo, muaßt ned wissn. I wollt nur sagn, dass mir des leidtuad. I hab doch koa Ahnung ghabt, dass de glei schiaßn. Und dann a noch da Probnram… Jessasmaria, des muaßt mir glaubn, Chef, i hab des überhaupts ned gwusst! I hab denkt, des war a simple Sach, so wie's da Schibbsie gsagt hod. Aber dass die glei an Spacko derschiaßn…«

»Was für a *Sach* denn? I hab kei Ahnung, von was d' redst!«

»Hör zua… Woaßt no, wo mir amoi a Versteck gfundn haben? So a ganz a kloans, für a ganz a kloane Sach? Mir viere zsamm. Letztn Sommer.«

»Was? Von was redst da?«

Im Hintergrund ertönte ein Schulgong.

»War während der kleinen Pause«, sagte Schafmann.

»Denk halt mal nach. Da is was drin. Hol's da weg, hearst? I hab Angst, die komman dahinter. Aber sag's niemand, hearst? Niemand!«

»I hab keine Ahnung, was d' meinst. Und wer sind *die*?«

Die Aufzeichnung endete.

»Die Kollegen in Rheda… Dingenskirchen sind an ihm dran. Zugriff erfolgt in Kürze, hieß es«, sagte Schafmann.

»Schön«, sagte Isenwald. »Und was macht der Chef jetzt?«

Schafmann sah fragend zu Schwemmer.

»Ich meinte den Kindel«, zischte Isenwald.

»Ach so… Er hat gerade die Schule verlassen und sitzt jetzt in der Zugspitzbahn.«

»Be…«, entfuhr es Schwemmer, aber er tarnte es mit

einem Husten. Beschatten wir ihn?, hatte er fragen wollen, und er war froh, es gelassen zu haben.

Einen Tag krank, und schon bist du abgemeldet, dachte er.

»Der Zug steht noch im Bahnhof. Fährt erst in…«, Schafmann sah auf seine Armbanduhr, »achtzehn Minuten.«

»Dann können wir ja *jetzt* mit der Lagebesprechung anfangen«, sagte Isenwald und schob ab in Richtung Konferenzraum.

Schafmann sah Schwemmer an, verkniff sich aber in Anwesenheit des Technikers eine Bemerkung. Stattdessen klopfte er ihm brüderlich auf die Schulter. Schwemmer nickte dankbar, dann folgten sie der jungen Staatsanwältin, die heute Bordeauxrot als Grundfarbe gewählt hatte, was sie ganz ausgezeichnet kleidete.

* * *

Severin nahm den Weg durchs Bahndepot, den sie immer genommen hatten, zum Proberaum. Eigentlich war da der Durchgang verboten. Aber es war vom Bahnhof halt viel kürzer als hintenrum über die Zufahrt auf der anderen Seite der Gleise. Anfangs waren sie mal angemacht worden deswegen, aber im Laufe der Zeit hatten die Leute im Depot sich an sie gewöhnt. Sie waren die langhaarigen Spinner, die in der alten Halle hinten Radau machten.

Die Männer auf der Arbeitsbühne, die oben die geborstenen Fensterscheiben ersetzten, bemerkten ihn nicht, aber drei der Bahnleute standen vor der Tür an der Seite der großen Wagenhalle und rauchten. Ihre Blicke folgten ihm, stumm und eisig.

Da geht der Satanist, stand darin.

»A ganz a kloane Sach«, hatte Girgl gesagt.

Die Chemiestunde bei Frau Huber-Gollhuber war an ihm vorbeigerauscht, ohne dass irgendwas hängen geblieben wäre. Aber irgendwann während der fünfundvierzig Minuten war ihm klar geworden, welches Versteck Girgl gemeint hatte.

Severin war mit der Zugspitzbahn nach Grainau gefahren, wie immer. Wenn ihn jemand gefragt hätte warum, hätte er irgendwas gesagt, vielleicht, dass er einfach noch einmal sehen müsste, was passiert ist, weil etwas in ihm nicht akzeptieren konnte, was gestern dort geschehen war. Oder was anderes in der Art.

Er ging um die Wagenhalle herum, vorbei an dem Getränkelager für die Bergstation, bis zum Rand des Geländes. Hier wehte ein Flatterband im Wind, und er sah eine erstaunliche Zahl Menschen auf der Wiese und am Krater, die Gegenstände auflasen und untersuchten.

»Sie hatten einen Gasofen in Ihrem Proberaum?«, hatte der Polizist ihn gefragt, und er hatte sehr skeptisch getan, als Severin ihm sagte, dass die Flasche schon seit beinahe einem Monat in Gebrauch war und fast leer sein musste.

Als ob eine einzelne Gasflasche so eine Verwüstung anrichten könnte. Er ging ein paar Schritte an dem rotweißen Band entlang und sah hinüber zur Ruine. Er fröstelte. Es war die Ruine seiner Musik, die er da sah. Aber er spürte etwas in seinem Hinterkopf hämmern. Du bist du, und die waren die. Was immer passiert ist, es war nicht dein Fehler. Und Gitarristen gibt's überall. Singen kann der Schibbsie auch nicht besser als du. Singen und Bass geht genauso gut wie Singen und Gitarre. Musst halt mehr üben.

Musst halt wieder neu anfangen.

Bist halt allein.

Wieder mal.

Er räusperte sich ärgerlich, als er Tränen in der Nase spürte. Zwischen Huflattich und Sauerampfer stand er vor der Rückseite der Wagenhalle. Er musste ein wenig suchen, bis er die unverputzte Stelle am Sockel wiederfand. Dort tastete er die Backsteine ab, bis er auf den einen lockeren stieß, den er gesucht hatte.

A Versteck für a ganz a kloane Sach.

Es hatte ein bisschen gedauert, bis er sich erinnert hatte. Die Stelle hatten sie zufällig gefunden, letztes Jahr, im Frühjahr, kurz nachdem Schibbsies Onkel ihnen den Raum überlassen hatte. Sie waren vor der Tür herumgestreunt, neugierig, und irgendwer, Girgl wahrscheinlich, wenn er sich nicht irrte, hatte diesen lockeren Stein gefunden und herausgezogen. Und Girgl hatte dann auch sofort die Idee, da ihr Dope zu verstecken, damit nichts im Proberaum gefunden werden könnte. Irgendwie schafften sie es tatsächlich, den Stein zu halbieren. Sie hatten ihn auf einem anderen Stein zerschlagen. Wenn man den Rest wieder reinsteckte, blieb ein Hohlraum.

Es war natürlich eine reine Schnapsidee. Sie hatten es einmal gemacht, und schon beim zweiten Mal war sogar Girgl der Weg zu lästig gewesen. Das Dope war dann einfach im Raum geblieben. War ja eh nie der Rede wert gewesen, die paar Gramm, die sie da hatten. Schibbsie war zu geizig und zu feig, und sie, die anderen drei, waren viel zu pleite, um einen nennenswerten Vorrat anzuschaffen. Das Versteck war jedenfalls nie wieder Thema gewesen.

Aber für *a ganz a kloane Sach* war es genau das Richtige.

Severin drehte sich um. Die Leute auf der Wiese arbeiteten konzentriert, keiner hatte ihn auch nur bemerkt, geschweige, dass sich jemand für ihn interessierte.

Er zog den Ziegel heraus und tastete in der Öffnung herum. Tatsächlich fand er einen wasserdicht verschließbaren Plastikbeutel. Doch er enthielt weder Gras noch Haschisch.

* * *

Dräger war in seinem Element.

»Wir haben mittlerweile Vergleichsmaterial von Schober und Schieb bekommen, vor allem Haare. Kindel hat sie uns während seiner Aussage freiwillig gegeben. Für DNA-Ergebnisse ist es natürlich noch zu früh, aber die mikroskopischen Untersuchungen lassen die Möglichkeit offen, dass die Haare am Tatort von den dreien stammen. Das abgebrochene Plektrum entspricht dem Typ, den Schober vorwiegend spielt, jedenfalls haben wir ein halbes Dutzend davon in seinem Gitarrenkoffer gefunden. Die Fingerabdrücke darauf stimmen mit denen auf dem Fragment überein.«

Auf einem Stuhl am Fenster saß Bredemaier. Die Beine gestreckt, präsentierte er seine dünn gelaufenen Ledersohlen. Seine Augen waren geschlossen. Schwemmer bezweifelte, dass es ein Zeichen konzentrierten Zuhörens war. Für ihn sah es mehr nach alkoholisiertem Wegdämmern aus.

Schafmanns Handy klingelte, er meldete sich und lauschte, wobei ihm die gesamte SOKO zusah. Außer Bredemaier.

»Lassen Sie es ihn finden«, sagte Schafmann. »Und dann schauen Sie, wo er es hinbringt.«

Er klappte das Handy zu und wandte sich ans Plenum.

»Kurzes Update: Severin Kindel ist in Grainau an der Ruine. Er wurde von Georg Schober aufgefordert, etwas aus einem Versteck zu holen. Vier Kollegen beobachten ihn und werden uns hoffentlich bald mitteilen, dass er es gefunden hat.«

Bredemaier gähnte und sah verschlafen im Raum umher.

Die Diskussion drehte sich um die Handydaten in Verbindung mit den Spuren.

Eine junge Kollegin meldete sich zu Wort. Es war die Neue von Schafmanns K1, Kriminaloberwachtmeisterin Zettel. »Die Spuren legen also nahe, dass die gesamte Band am Tatort Reschberg war«, sagte sie. »Aber wann?«

Gute Frage, dachte Schwemmer, der sich vorgenommen hatte, erst mal so wenig wie möglich zu sagen. Ist ja Schafmanns SOKO, sagte er sich. Dass Frau Isenwald neben ihm saß, mochte auch eine Rolle gespielt haben. Er sah zu Bredemaier. Der BKA-Mann hatte die Füße wieder ausgestreckt und ein Handy in der Hand, auf dem er nachlässig herumtippte.

»Wenn alle Bandmitglieder zur Tatzeit da waren«, sagte Zettel, »und noch mit zwei weiteren Personen gesprochen wurde, die sich im Tal befanden, wären wir schon bei insgesamt sechs beteiligten Personen. Mit Petr Bretcnik sogar sieben. Es könnten sogar neun sein, wenn die Benutzer der Handys 3 und 4 nicht dazugehörten.«

»Aber die hatten keinen Kontakt zu den anderen«, sagte Schafmann.

»Vielleicht«, sagte Isenwald, »weil die Benutzer die Täter sind.«

»Wir sollten mit den Schlussfolgerungen abwarten, bis der Tote aus Burgrain identifiziert ist«, sagte Schwemmer. »Dass er involviert war, ist doch offensichtlich.«

Bredemaier, der zwischenzeitlich eingeschlafen zu sein schien, öffnete die Augen und zwinkerte ihm zu.

* * *

Severin betrachtete den schwarzen USB-Stick, der in dem Plastikbeutel steckte. Ein billiges No-Name-Teil. »4G«, stand darauf, sonst nichts. Mit einem Achselzucken steckte er es in die Manteltasche. Dann ging er langsam an der endlos langen Wand der Wagenhalle entlang, stapfte durch Gras und Disteln zum Parkplatz, der mit Polizei- und Zivilautos zugestellt war. Ein knappes Dutzend Schaulustige stand ebenfalls dort. Einige musterten ihn neugierig, wahrscheinlich wegen seines Satanistenkostüms. Ein junges Paar, das Arm in Arm an der Absperrung stand, versuchte, nicht zu offensichtlich zu ihm herzusehen, und ein Tourist, ein blasser Blondschopf in einer blauen Wanderjacke, starrte ihn unverhohlen an. Der Mann hatte auf der Herfahrt im Zug im selben Waggon gesessen wie er. Jetzt machten die Touris schon Ausflüge zur Ruine ihres Proberaums.

Severins Handy läutete, die Nummer war unterdrückt. Er zögerte, weil seine Erfahrung ihn lehrte, dass die Chance, ein Arschloch am Apparat zu haben, bei unterdrückten Nummern etwa um den Faktor zwölf stieg. Aber seine Neugier siegte.

»Högewald«, sagte die Stimme am anderen Ende. »Spreche ich mit dem Chef-Satanisten?«

Severin schluckte. Silvie hatte es getan. Sie hatte mit ihrem Vater gesprochen.

»Ja«, sagte er.

»Eins mal vorweg, junger Mann. Die Zahl, die Sie da aufrufen, ist völlig illusorisch.«

Zahl? Was für eine Zahl?, dachte Severin.

»Über die Hälfte können wir reden.«

»De Hälftn?«, fragte Severin verständnislos.

»Na schön, weil Sie ein Freund von Silvie sind, sagen wir drei statt zweieinhalb. Aber das ist dann komplett und vollständig exklusiv, klar?«

»Drei?«

»Jetzt werden Sie nicht unverschämt. Für dreitausend muss 'ne alte Frau lange stricken. Fragen Sie mal Ihre Großmutter.«

Severin traute seinen Ohren nicht. Dreitausend. Euro.

Kein popeliger Peavey mehr. Ampeg hieß das Zauberwort, und es klingelte in seinen Ohren.

Ein richtiger Ampeg SVT.

Dreihundert Watt.

Und dazu die Box mit den acht Zehn-Zoll-Lautsprechern. Und es würde sogar noch was übrig bleiben.

»Also guat, von mir aus«, sagte er, nachdem er sich geräuspert hatte. »Und was geht jetzt?«

»Vor allem geht's schnell. Ich nehme an, sogar Satanisten wissen, was eine Deadline ist. Und die naht. Wir treffen uns in einer halben Stunde am Bahnhof im Burger King.«

»Ois klar«, sagte Severin, und Högewald legte auf.

Er brauchte nur zum Haltepunkt, die Zugspitzbahn fuhr in zehn Minuten. Er würde dem Mann mit dem Gamsbart erzählen, was er hören wollte, irgendwas über okkulte Riten, mit Blut, und, wenn es sein musste, auch von Tieropfern oder was auch immer, und dabei einen Whopper essen.

Und dann würde er sich einen Ampeg kaufen.

Es war ihm egal, dass sein Grinsen so gar nicht zu seinem Satanistenoutfit passte. Er ging weiter und erreichte den Parkplatz. Der Blonde starrte ihn immer noch an.

»Ois klar bei Eane?«, fragte Severin im Vorbeigehen.

Ohne ein Wort ging der Mann hinter ihm her, ganz nah. Severin sah sich irritiert um.

»He, was werd'n des?« Er blieb stehen. Sie standen an der Ausfahrt des Parkplatzes.

»Geh einfach weiter«, sagte der Blonde, dabei sah er geradeaus, an Severin vorbei. Sein Akzent klang skandinavisch. Und da war etwas in seinen Augen, das Severin veranlasste, zu gehorchen. Er ging weiter Richtung Bahnhof. Sie ließen den Parkplatz hinter sich. Severin drehte sich um.

»Nicht umdrehen. Weitergehen«, sagte der Mann. »Am unkompliziertesten wird das hier, wenn du mir einfach gibst, was du da eben gefunden hast. Es macht mir aber auch nichts, wenn du es kompliziert haben möchtest.«

Sie gingen weiter. Severins Gedanken rasten. Wer war dieser Mann. War er ein Bulle? Einer, der Aufsehen vermeiden wollte? Nie im Leben. *A ganz a kloane Sach.* So klein, dass Spacko dafür sterben musste. Und jetzt er? Sie hatten auf Spacko nicht aufgepasst, und jetzt passten sie nicht auf ihn auf. Warum war er überhaupt hier? Hätte er nicht sofort den Bullen Bescheid geben müssen, als Girgl angerufen hatte? Ja, hätte er. Er hätte Girgl sofort verpfeifen müssen.

Dreitausend Euro, dachte er. Ich muss den Zug kriegen.

Er würde jetzt einfach stehen bleiben und dem Mann den Stick geben. Für wen oder was sollte er hier den Helden spielen? Er hielt an und drehte sich um. Aber der Mann war gar nicht mehr direkt hinter ihm. Er stand ein paar Meter entfernt und starrte auf das Display seines Handys. Dann drehte er sich zum Parkplatz um.

Das Pärchen hatte wohl genug gesehen von der Ruine und hatte sich auch auf den Weg zur Bahn gemacht. Sie näherten sich langsam.

Der Blonde sah sie nur kurz an, dann wandte er sich wieder Severin zu, kam mit raschen Schritten näher. Aber er ging weiter, an Severin vorbei, ohne ihn noch eines Wortes oder Blickes zu würdigen.

Severin starrte ihm nach. Er hatte nicht die geringste Ahnung, was das zu bedeuten hatte. Der Blonde entfernte sich rasch. Plötzlich trabte die Frau, die eben noch Arm in Arm mit ihrem Mann hinter ihnen gegangen war, an Severin vorbei, dem Blonden hinterher. Der sah sich um, und als er die Frau kommen sah, begann er zu laufen. Die Frau war zwanzig Meter hinter ihm. Unerwartet bog er nach rechts ab. Er überquerte die Gleise und verschwand aus Severins Blickfeld. Die Frau folgte ihm ohne Zögern.

Ihr Mann blieb neben Severin stehen.

»Kommissar Haderteuer«, sagte er und hielt ihm einen Ausweis in einer Plastikhülle unter die Nase. »Kripo Garmisch. Würden Sie bitte mitkommen, Herr Kindel.«

* * *

»Sag mir bitte, dass ich *nicht* im Fernsehen war«, sagte Schwemmer.

»Was war denn los?«, fragte Burgl.

Er verzwirnte mit dem Zeigefinger die Hörerschnur und versuchte, die öffentlichen Demütigungen durch Högewald so zu schildern, dass er ein Minimum an Würde behielt und dabei ein Maximum an Mitleid bei ihr hervorrief. Es gelang, fast.

»Die seriöse Presse hat natürlich nur mit dem Kopf geschüttelt«, endete er.

»Über Högewald oder über dich?«, fragte Burgl, und sein Schweigen war ihr Antwort genug. Sie wechselte gnädig das Thema.

»Einen seltenen Anruf hab ich eben bekommen. Von Magdalena Meixner.«

»Was will *die* denn?« Hoffentlich keine Beschwerde über Bredemaiers Benehmen als Hotelgast, dachte er.

»Sie wollte eigentlich dich sprechen, aber über die Dienstnummer bist du im Moment ja nicht erreichbar.«

Schwemmer nickte zufrieden. Frau Fuchs zog das also seinen Wünschen entsprechend durch.

»Es ist so, dass sie glaubt, ihr Hotel würde observiert.«

»Von uns nicht«, sagte Schwemmer.

»Sie weiß nicht, was los ist, und wollte dich persönlich um Rat fragen, bevor sie irgendwas Offizielles macht.«

Schwemmer seufzte. »Genau wegen so was bin ich nicht erreichbar«, sagte er, zeitigte damit aber nicht die erwünschte Reaktion.

»Sie hat mir eine Autonummer gesagt. Kannst du die nicht mal eben überprüfen?«, fragte Burgl, als hätte er gar nichts gesagt.

»Mal eben. Klar.« Grimmig griff er nach Stift und Notizblock und schrieb die Offenbacher Nummer auf, die sie ihm diktierte.

»Angeblich sind drei Leute im Haus gegenüber, und mit dem Auto verfolgen sie einen Gast.«

Schwemmers Augenbrauen schoben sich nach oben.

»Hat sie gesagt, welchen?«

»Nein. Du weißt doch, wie diskret die sind im ›Lenas‹. Denk mal an den Düsseldorfer, letztes Jahr.«

»Ungern«, sagte Schwemmer. Seit dem Fall mit dem Toten in der Klamm hatte er nicht nur Vorbehalte gegen Privatdetektive und Adlige, sondern besonders gegen adlige Privatdetektive, zumal solche aus Düsseldorf.

Es klopfte in der Leitung. »Du, ich muss Schluss machen.

Bis nachher. Ich liebe dich.« Er unterbrach und nahm das andere Gespräch an.

»Severin Kindel ist im Vernehmungszimmer«, sagte Schafmann.

* * *

»Haben Sie es sich überlegt?«, fragte Bredemaier.

»I woaß ned. Da Seve wird ned mitkommn wolln.«

»Na ja.« Bredemaier lächelte Johanna sanft an. »Ist er nicht alt genug, dass er mal ein, zwei Wochen allein bleiben kann?«

»Mag sein, aber ned jetzat, wo ois kopfsteht.«

»Vielleicht kann ich ihn ja überzeugen mitzufahren.«

»Glab i ned.«

»Wer weiß, vielleicht ist Severin am Ende sogar froh, wenn er mit wegkann. Aber wenn nicht, sollten Sie ohne ihn fahren.«

Bredemaier zog eine Zeitung aus der Jackentasche und legte sie vor sich auf den Küchentisch – gefaltet, sodass sie die Schlagzeile nicht sehen konnte, aber sein Blick machte klar, dass es eine schlimme sein musste. Sie rührte die Zeitung nicht an.

»'s hört ned auf, oder?«, murmelte sie.

»Mit dem Schirm auf die Dame loszugehen, gestern, war aber auch keine gute Idee.«

»Dame! A Dame war des gwiss ned, de oide Vettl.«

Bredemaier lachte. »Sie erlauben?«, fragte er dann, mehr rhetorisch, denn sie hatte ihm bisher nie untersagt, seinen Flachmann hervorzuholen und sich den Schraubverschluss vollzuschenken. Solange die Kinder nicht dabei waren, war es ihr egal. Bredemaier hob seinen Becher in ihre Richtung und trank dann genießerisch.

»Gibt es denn etwas Neues?«, fragte er. »Vom Adler, meine ich?«

»Scho«, sagte Johanna leise.

»Mögen Sie erzählen?«

»Na. I mein, i woaß ned ...«

Sie schwieg. Bredemaier sah sie stumm lächelnd an und wartete geduldig. Ganz entspannt und zufrieden saß er auf seinem Stuhl, manchmal schloss er für ein paar Sekunden die Augen. Irgendwann fürchtete Johanna, dass er hier an ihrem Tisch einschliefe.

»I hob eam wieder gsehn. Den Mann, der wo den Buam derschossn hat«, sagte sie endlich.

* * *

»Der ist mir einfach weggelaufen«, sagte Kommissarin Würzbach frustriert und wischte sich eine verschwitzte Haarsträhne aus dem Gesicht.

Sie saß in Schafmanns Büro, hatte ein großes Glas Mineralwasser vor sich stehen und griff immer wieder danach. Alles in allem machte sie einen etwas derangierten Eindruck.

Neben ihr saß Kommissar Haderteuer, mit dem gemeinsam sie die Hälfte des Observationsteams für Severin Kindel gebildet hatte. Im Gegensatz zu ihr nippte Haderteuer entspannt an seinem Filterkaffee.

»Die Kollegen standen mit dem Wagen am Haltepunkt,

aber der ist ja einfach über die Gleise und dann quer-
feldein. Wer hätt mir da helfen können? Und die rechten Schuh dafür hatt ich ja auch nicht an. Ich wusst doch
nicht, dass es durch die Wiesen geht.« Würzbach schien
geradezu beleidigt, dass der Mann sich nicht an die Regeln
gehalten hatte. »Der war einfach schneller als ich.«

»Wie hat er Sie eigentlich bemerkt?«, fragte Schwemmer.

»Keine Ahnung«, sagte Würzbach finster, als stochere
er weiter in ihrer Wunde. Die junge Kommissarin war offenbar schwer enttäuscht von sich.

Schwemmer nickte ihr aufmunternd zu. Auch Schafmann meinte wohl, dass sie eine Ermutigung gebrauchen
konnte.

»Machen Sie sich keine Vorwürfe. Wie hätten Sie damit
rechnen können? Sie können schließlich nicht hellsehen.«

Für eine Sekunde wurde es sehr still im Raum. Haderteuer und Würzbach sahen unsicher zu Schwemmer, aber
er beschloss, über Schafmanns kleinen Patzer hinwegzu-
gehen.

»Aber er wird doch nicht einfach so davongelaufen
sein«, sagte er.

»Doch«, antwortete Würzbach trotzig.

»Er ging hinter Kindel her Richtung Bahnhof«, sagte
Haderteuer etwas konzilianter. »Dann hat er sein Handy
aus der Tasche gezogen und aufs Display geguckt, als hätt
er 'ne SMS gekriegt. Dann hat er sich umgedreht, uns gesehen, und sofort hat er den Kindel stehen lassen und ist
weitergegangen, sehr schnell auf einmal. Marita ist sofort
hinter ihm her. Aber als er sie gesehen hat, ist er über die

Bahn und weg. Wenn Sie mich fragen ...« Haderteuer sah unsicher zu seiner Kollegin, die darauf mit einem Achselzucken reagierte.

»Reden Sie, Herr Kollege«, sagte Schafmann.

»Also für uns sah das aus, als sei er vor uns gewarnt worden«, sagte Haderteuer.

»Und da fragt man sich natürlich, von wem«, ergänzte Würzbach.

»Wussten ja nicht so viele, dass wir den Kindel observieren.«

Schwemmer tauschte einen Blick mit Schafmann. »Das werden wir klären müssen«, sagte er.

»Und Kindel?«, fragte Schafmann. »Kannte er den Blonden?«

Haderteuer schüttelte entschieden den Kopf. »Ich hatte nicht den Eindruck. Der klang für mich glaubhaft. Der Mann schien ihm einen ziemlichen Schrecken eingejagt zu haben.«

»Ist Kindel freiwillig mitgekommen?«, fragte Schwemmer.

»Nein. Er gab vor, einen dringenden Termin zu haben, und als ich ihm sagte, dass er den leider verpassen würde, wurde er renitent. Da musste ich schon nachhelfen.«

»Was heißt das?«

»Na ja, Handschellen halt. Das fiel natürlich auf, da in Grainau.«

»Na toll«, murmelte Schwemmer. »Da waren dann bestimmt auch Leserreporter in der Nähe.«

»Kann gut sein«, sagte Haderteuer. »Der Junge hat fast

geweint, als ich ihn ins Auto gesetzt hab. Ist auch was: ein weinender Satanist …«

»Fangen Sie jetzt auch mit diesem Satanismus-Quatsch an?«, fragte Schwemmer ärgerlich.

»Na so, wie der aussieht!«, sagte Würzbach empört.

»Wieso? Wie sieht er denn aus?«

Schafmann grinste in sich hinein. »Wie der kleine Bruder vom Joker«, sagte er.

»Ja, stimmt genau«, sagte Haderteuer. »War mir noch gar nicht aufgefallen. Stimmt aber.«

In Schwemmer brodelte es. Er war sehr gespannt auf die Erklärung für diesen Unfug.

»Und das Ding, das er aus dem Versteck geholt hat?«, fragte er.

»Den USB-Stick hat Drägers Datenfex an sich genommen«, sagte Schafmann. »Laut seiner ersten Auskunft ist der ziemlich aufwendig gesichert. Er hält es für machbar, wird aber dauern.«

Schwemmer brummte und stand auf.

»Na, dann wollen wir mal hören, was uns der kleine Bruder vom Joker zu sagen hat.«

* * *

»I kenn den Mann ned. Aber für mi hat der ausgschaugt wie a rechter Großkopfeter.«

»Was für eine Kapelle war das denn, wo Sie die Männer gesehen haben?«, fragte Bredemaier.

»De Kriegergedächtniskapelln, drobn über dem Strauß seiner Villa. Kennst de ned?«

»Nein …« Bredemaier lachte leise. »Ich bin doch erst ein paar Tage hier, Frau Kindel. Und der dritte Mann, was war das für einer?«, fragte er.

»Des war so a Dunkler, a Araber, glab i. Aber ned so mit Bart und so, mehr so a Schicker.«

»Was glauben Sie denn, haben die drei da besprochen?«

»I kanns fei ned wissn, aber i mein, was könnt des denn scho zum Sagn ham, wenn so a oida Mann mit so böse Augn sich mit am Mörder trifft? Mit einem, der für Geld de Leit derschiaßt?«

Bredemaier nickte, ohne sie anzusehen.

»Und was soll i tun, jetzt? Noch amoi zur Polizei, dass de mi wieder auslachn? Des mach i ned.«

»Wir haben ja schon darüber gesprochen«, sagte Bredemaier, und er klang, als hätte er ein schlechtes Gewissen Johanna gegenüber. »Die Polizei … wir, muss ich wohl sagen … wir können nichts tun aufgrund einer solchen Aussage.«

»Ach, des woaß i ja ois schon seit dreizehn Jahr. Hat si nix geändert. Gar nix.«

»Immerhin hat Herr Schwemmer versucht, den Jungen zu retten«, sagte Bredemaier.

»Ja«, sagte Johanna leise. »Aber tot is der trotzdem.«

* * *

»Herr Kindel, was soll denn bitte diese alberne Maskerade?«, fragte Schwemmer.

Der Junge sah erbärmlich aus. Schwemmer hätte fast Mitleid mit ihm haben mögen, wie er da mit seiner verschmierten weißen Schminke vor ihm saß. Aber das kalte Funkeln in den Augen der jungen Staatsanwältin erinnerte ihn wieder daran, in welche peinsame Bredouille er von dem jungen Mann gebracht worden war.

Severin Kindel druckste eine Weile herum, bis er sich endlich eine verständliche Antwort zurechtgelegt hatte.

»I wollt's dene zeign. Wanns unbedingt an Satanisten habn wolln, sollns an kriagn, hab i mir denkt. Und da hab i mi angmalt und de Klamottn zsammgsucht. Hätt ja auch passt, wenn ...«

»Wenn Sie nicht versucht hätten, eine Spur in einem Fall mit mittlerweile drei Toten zu verwischen«, bellte Schafmann.

»Drei?« Severin sah verständnislos in die Runde. »Wieso drei?«

»In der Wohnung eines nur als Petr bekannten Mannes in Burgrain wurde heute ein Mann erschossen aufgefunden«, sagte Schwemmer.

»Da Petr a?«

»Nein. Offenbar nicht Petr. Ein noch nicht endgültig identifizierter Mann mittleren Alters.«

»Sakra«, murmelte Severin.

»Was meinten Sie eben mit ›Hätte ja auch gepasst‹?«, fragte Schwemmer. »*Was* hätte gepasst?«

»I hab schon an Termin ghabt mitm Högewald. Für an Interview. Aber grad da müssts ihr mi verhaftn.« Er sank in wütender Resignation in sich zusammen.

»Sie wurden nicht verhaftet, Herr Kindel«, sagte Isenwald eisig.

»Von mir aus. Aber mitkommn hab i ja gmusst, oder

hab i d' Wahl ghabt? I wär ja mitkommn. Aber halt a halbe Stund später …«

Schwemmer traute seinen Ohren nicht. »Dann tragen Sie dieses alberne Kostüm für den Högewald? Ausgerechnet für den wollen Sie sich zum Affen machen?« … Haben Sie mich zum Affen gemacht, hätte er fast gesagt, aber er verkniff es sich angesichts Frau Isenwalds immer noch unterkühlter Miene.

»Was soll's?«, fragte Severin, unverändert wütend. »Schreibn tut der sowieso, was er will. Aber für des Interview hätt i sechs große Scheine kriagn solln. Scheiße! Dreitausend Euro! Weißt, was des für mi gwesn war?« Er starrte die Wand an.

Dreitausend Euro dafür, dass ein Halberwachsener ihm erzählt, was er hören will. So funktioniert Högewalds Journalismus, dachte Schwemmer. Die Tatsachen so lange verdrehen, bis sie wirklich krumm sind. Und sie mir dann in die Eier rammen.

»Sie haben weder sich noch uns einen Gefallen damit getan, Herr Kindel«, sagte Frau Isenwald. Der Blick, mit dem sie Schwemmer streifte, hatte fast wieder Raumtemperatur.

»Wieso nennt Georg Schober Sie Chef?«, fragte Schafmann.

»Chef? Des is mein Name bei de andern. A in da Schul.«

»Also *sind* Sie der Chef?«

»Naaaa! Des kommt von Sev und des halt von Severin. Des is ois. I bin ned da Chef.«

»Und wer ist der Chef?«

Severin zuckte die Achseln. »Mir habn koan Chef. A

wenn da Schibbsie sich manchmal so aufführt... Wieso wissens des überhaupt? Dass da Girgl mi Chef nennt?«

Schafmann ging nicht darauf ein. »Und der Name Schibbsie kommt woher?«, fragte er.

»Von Schieb, Siegfried. So heißt der halt. Aber kein Mensch heißt eam Siegfried. Und dann muss da a Sportlehrer gwesen sei, der hat die Anwesenheit immer so kontrolliert, mit de verdrehtn Namen. Eben Schieb, Siegfried. Und da hat sei Klass eam halt Schibbsie gheißn.«

Schafmann drehte sich zu Schwemmer und Isenwald. »Ich glaub, wenn meine Eltern mich Siegfried Schieb getauft hätten, würd ich auch Death-Metal spielen«, sagte er.

Severin starrte ihn böse an. »Mir spuiln kein Death-Metal.«

Schwemmer nickte zustimmend. »Die spielen Grindcore«, sagte er. »Die sind politisch.«

* * *

»Klingt mir nicht glaubwürdig, diese Chef-Sache«, sagte Schafmann. »Wenn jemand Chef genannt wird, wird er es auch sein.«

»Ja«, sagte Frau Isenwald. »Die Sache mit dem Spitznamen kommt mir auch komisch vor.«

Frau Fuchs brachte Espresso für Frau Isenwald, Kaffee für Schwemmer und Lebkuchen-Latte für Schafmann herein.

»Ich bin nicht sicher. Als ich noch in Ingolstadt war«, sagte Schwemmer und ignorierte routiniert die beiden verdrehten Augenpaare, »da gab es einen Kollegen, den nannten alle ›Elch‹, obwohl er Wolfgang Leitmeier hieß. Alle nannten ihn so, aber als ich mal nachgefragt habe, wusste keiner, wieso eigentlich. Er erzählte mir dann Folgendes: Weil er überdurchschnittlich lang war, nannten sie ihn in der Schule ›Elend‹, als Kurzform von ›Langes Elend‹. Daraus wurde irgendwann erst ›Elias‹ und daraus dann eben ›Elch‹. Den Namen ist er nie mehr losgeworden.«

»Aha«, sagte Isenwald.

»Nur ein paar Freunde, die nannten ihn Pappi«, ergänzte Schwemmer.

»Hatte er Kinder?«, fragte Schafmann.

»Keine Ahnung.«

»Ja, dann«, sagte Schafmann.

»Eben«, sagte Schwemmer. »Spielte übrigens toll Saxophon, der Kollege.«

Schwemmer hatte das Fenster seines Büros geöffnet, um die laue Luft hereinzulassen, bevor der feuchte Aprilabend zu kühl wurde. Die weitere Vernehmung hatten sie Würzbach und Haderteuer überlassen, die schlecht genug gelaunt waren, um alles aus Severin Kindel herauszukitzeln, was herauszukitzeln war.

»Ich denke, Kindel bringt uns nicht weiter«, sagte Isenwald. »Wer ist der Blonde? Glauben wir, dass Kindel ihn nicht kennt?«

Sogar Schafmann nickte.

»Er wusste, dass Kindel etwas aus einem Versteck geholt hat«, fuhr Isenwald fort, »und er wurde vor unserm Team gewarnt. Von wem? Das interessiert mich momentan am dringendsten.«

Schwemmer ahnte, was kommen würde.

Ist nicht mein Tag heute, dachte er. Wär ich mal zu Haus geblieben.

»Können Sie für die Verschwiegenheit Ihrer Mitarbeiter die Hand ins Feuer legen, Herr Schwemmer?«, fragte die Staatsanwältin. »Können wir davon ausgehen, dass es nicht wieder ein Leck gibt?«

Schwemmer hatte sich eine Antwort zurechtgelegt, schon bevor die Isenwald angefangen hatte, aber Schafmann kam ihm zuvor und sprang für ihn in die Bresche.

»Wir sind genauso dicht oder undicht wie jede andere Dienststelle mit sechzig Leuten«, sagte er bestimmt. »Und der Einzige, den ich in der Lagebesprechung eine SMS habe schreiben sehen, ist vom BKA.«

Schwemmer war sehr gespannt, wie Isenwald reagieren würde. Eigentlich rechnete er mit einem heftigen Anschiss für seinen Stellvertreter, aber stattdessen war ihr Blick ungewöhnlich nachdenklich geworden.

Eine Weile sagte niemand etwas.

Ein Engel geht durch den Raum, hatte seine Mutter in so einem Moment immer gesagt. In der Sowjetunion hatten die Leute gesagt: Ein Polizist wird geboren.

Wieso fällt mir das ausgerechnet jetzt ein, dachte Schwemmer.

»Auf was wollen wir hinaus, Werner?«, fragte er. Schafmann und er nannten sich selten beim Vornamen. Eigentlich nur, wenn es ernst war.

»Er hat eine SMS geschrieben«, sagte Schafmann. »Unmittelbar nachdem die SOKO von unserer Observation erfahren hat.«

»Das stimmt«, sagte Isenwald, ungewohnt leise. »Ich hab es auch gesehen.«

»Zur selben Zeit kriegt der Blonde eine SMS und verduftet.« Schafmann hob fragend die Hände. »Ja. Auf was wollen wir hinaus?«

Frau Isenwald räusperte sich verhalten. »Ich habe beim BKA angefragt zu Bredemaiers Rolle hier, und die Antwort war ungewöhnlich vage. Er arbeitet an einem internen Forschungsbericht zu paranormalen Phänomenen in Verbindung mit Kriminalfällen, und das weitgehend selbstständig. Er ist offiziell bei OK, aber ich habe nicht rausfinden können, wem er eigentlich berichtet. Wenn Wiesbaden Wind von einer ungewöhnlichen Sache wie unserer hier bekommt…«

»Und zwar durch die Staatsanwaltschaft«, brummte Schafmann, aber Isenwald ging nicht drauf ein.

»…dann bekommt er das auf den Schreibtisch und entscheidet eigenständig, was er unternimmt.«

»Klingt nach ʼnem Traumjob«, sagte Schafmann.

»Klingt kaum glaubhaft«, sagte Schwemmer.

»Das dachte ich auch«, sagte Isenwald. »Ich vermute, dass er verdeckte Aufgaben bei OK hat.«

»Und welche?«

»Keine Ahnung«, sagte Isenwald. Zwei Worte, von denen Schwemmer sich sicher war, sie noch nie aus ihrem Mund gehört zu haben.

Schafmanns Handy läutete. Er meldete sich, hörte kurz zu und klappte nach einem kurzen Dank das Gerät wieder zusammen.

»Der Zugriff auf Georg Schober in Rheda-Wiedenbrück

ist misslungen. Verwechslung. Sie haben den Falschen erwischt. Zurzeit keine weiteren Hinweise auf seinen Aufenthalt.«

»Sakrament«, sagte Schwemmer. »Wieso muss so was *immer* in die Hose gehen? Man möchte glauben, bei denen klappt nie was.«

»Tja, wenn man nicht alles selber macht…«, sagte Frau Isenwald und blickte dabei angelegentlich zur Decke. Schafmann versuchte, ein Grinsen im Zaum zu halten.

Schwemmer hustete ärgerlich. »Konkrete Vorschläge zur Causa Bredemaier?«, fragte er dann knapp.

Frau Isenwald zog ihr Handy und ihren Terminplaner hervor und wählte eine Nummer aus dem Kurzwahlspeicher, während sie mit der Linken in dem kleinen Ringordner blätterte.

»Staatsanwaltschaft München, Isenwald«, meldete sie sich. »Wir brauchen eilig die Verbindungsdaten der Handynummer.« Sie las Bredemaiers Nummer ab. »Mir würde eine mündliche Auskunft im Moment schon reichen… So gegen vierzehn Uhr, heute, eine SMS, abgehend… Oh… ja…« Sie sah die beiden an und verzog skeptisch die Miene. »Natürlich, die richterliche Genehmigung reich ich nach. Vielen Dank.«

Sie verstaute das Gerät wieder.

»Bredemaier hat heute genau zweimal telefoniert. Beide Male mit der Taxizentrale Garmisch.«

»Keine SMS?«, fragte Schafmann.

»Nein.«

»Dann haben wir uns wohl geirrt«, sagte Schwemmer.

»Vielleicht war es ja keine SMS, vielleicht hat er es nur auf stumm geschaltet oder so was.«

»Das kann natürlich sein«, sagte Isenwald achselzuckend.

»Aber vielleicht«, sagte Schafmann, »hat er auch mehr als ein Handy.«

Sie sahen sich schweigend an. Es war nicht ungewöhnlich, dass Polizisten neben ihren Diensthandys auch das private dabeihatten. Aber irgendwie passte das bei Bredemaier nicht ins Bild, fand Schwemmer.

»Weitere Vorschläge?«, fragte er. Als er keine Antwort bekam, ging er vom Fenster zu seinem Schreibtisch. »Dann probieren wir es mal mit einem Schuss ins Blaue«, sagte er.

Er setzte sich und zog bedächtig die Computertastatur heran. Er gab das Offenbacher Kennzeichen ein, das Magdalena Meixner ihm via Burgl zu überprüfen gegeben hatte.

»Autoverleih Klaus Schmitt, Offenbach«, las er vor, als ihm die Frage nach dem Halter beantwortet wurde.

»Schmitt?« Isenwald sah ihn skeptisch an.

»Es gibt Leute, die heißen so«, sagte Schwemmer. »Sagt einem das was?«

»Moment … Da war was …« Schafmann kniff grübelnd die Augen zusammen. »Doch! Kenn ich. Das ist 'ne Deckadresse. Weißt doch noch, vor drei, vier Jahren, die Riesensache mit den Drogenkurieren im Dorint-Hotel?«

Natürlich wusste Schwemmer noch. Die Kripo Garmisch-Partenkirchen hatte den Verkehr geregelt, während LKA und BKA die Herrschaften aus ihren Apartments geholt und danach den Lorbeer und die Beförderungen kassiert hatten.

»Die hatten Wagen von Schmitt«, sagte Schafmann.

»Die Drogenkuriere?«, fragte Isenwald.

»Nein«, sagte Schafmann. »Die vom BKA.«

* * *

Frau Isenwald hatte mitkommen wollen, aber Schwemmer hatte sie daran erinnert, dass sie letztes Jahr Magdalena Meixners Schuhschrank durchsucht hatte und ihr Auftauchen im »Lenas« deshalb wahrscheinlich eher unfreundlich aufgenommen werden würde. Es hatte Schwemmer sowieso schon überrascht, dass Magdalena bei ihm um Rat fragte. Aber offenbar war der Zorn verraucht, den seine Ermittlungen bei ihr hinterlassen hatten.

Der kleine Parkplatz des Hotels am Loisachufer war voll, sodass er fast hundert Meter weiter parken musste, aber ein paar Schritte an der frischen Luft taten ihm nur gut.

Aus Paris hatten sie Foto und Fingerabdrücke von Luc Deloitte bekommen. Dem ersten Eindruck nach hatte Bredemaier recht, aber sie würden den Vergleich der Abdrücke abwarten.

Siegfried Schieb war angeliefert worden, kurz bevor Schwemmer die Wache verlassen hatte, und wurde gerade von Schafmann verhört.

Seine Waffe war immer noch nicht aufgetaucht, was ihm wie ein kalter Klumpen im Magen lag, besonders seit er am Morgen den toten Franzosen gesehen hatte.

Und jetzt noch Bredemaier und das BKA.

Er hätte noch mehr frische Luft brauchen können, aber er hatte die Glastür des ›Lenas‹ erreicht und ging hinein.

Hinter dem Portierstresen stand der Angestellte von Magdalena, mit dem sie seit einiger Zeit verlobt war. Schwemmer überlegte angestrengt, und der Name fiel ihm gerade rechtzeitig noch ein.

»Grüß Gott, Herr Weidinger«, sagte er. »Die Frau Meixner hatte bei mir angerufen. Ist sie zu sprechen?«

Weidinger begrüßte ihn freundlich und ging sofort Magdalena holen. Der Mann machte einen angenehm entspannten Eindruck auf Schwemmer. Und er trug ein auffallend elegantes Hemd.

Als Magdalena aus ihrem Büro kam, starrte Schwemmer zunächst einigermaßen verdutzt auf ihren deutlich gerundeten Bauch.

»Ich wusst ja gar nicht ... Wann ist es denn so weit?«, fragte er statt einer angemessenen Begrüßung.

»Im Juli«, sagte sie lächelnd.

»Und wer ist der ... Glückliche?«

»Na, der Andi!« Sie zeigte auf Weidinger, der sich sichtlich mindestens so freute wie sie.

»Ja, dann ... wünsch ich nur das Beste«, murmelte Schwemmer.

Sie boten ihm Kaffee an, den er freundlich ablehnte, denn davon hatte er heute ausreichend gehabt. Er fragte nach ihrem Problem. Magdalena überzeugte sich, dass keine Gäste in der Nähe waren, dann bat sie ihn hinter den Tresen und zeigte nach vorn durch die Glastür.

»Mir ist das das erste Mal aufgefallen, als ich vorvorgestern Abend hier an der Buchhaltung saß. Da war in dem Haus gegenüber Licht im ersten Stock. Erst hab ich mir nix dabei gedacht, aber dann fiel mir ein, dass das Haus ja leer steht, seit der Computerladen Pleite gemacht hat.«

Schwemmer knurrte ärgerlich. In dem Laden hatte er sich einen Drucker gekauft, und als der zwei Wochen später im Eimer war, war der Laden verschwunden gewesen.

»Dann hab ich mal drauf geachtet«, sagte Magdalena. »Immer wenn ein bestimmter Gast in sein Taxi steigt, fahren die ihm hinterher.«

»Und das Komische ist«, sagte Weidinger, »die scheinen immer zu wissen, wenn wir für den ein Taxi bestellen. Die kommen runter, sobald wir angerufen haben, und sitzen schon im Wagen, wenn das Taxi kommt.«

»Wie viele Leute sind denn da drüben? Haben Sie eine Ahnung?«, fragte Schwemmer.

»Ich hab drei verschiedene Männer gesehen, die da rein- und rausgehen.«

»Und wie viele folgen dann dem Herrn Bredemaier?«

»Zwei Mann fahren hinterher, und einer ...« Magdalena sah ihn überrascht an. »Wie kommen Sie auf Bredemaier? Ich hab doch gar keinen Namen genannt!«

»Ich wollte euch nicht in Verlegenheit bringen und danach fragen.«

»Verstehe ...« Magdalena lächelte ihn an.

»Als was hat der sich denn bei euch angemeldet?«

Andi warf einen Blick auf den Computerbildschirm hinter dem Tresen.

»Beruf: Forschungsreisender«, las er vor.

Schwemmer lachte leicht. »Humor hat er ja«, sagte er.

»Bredemaier ist zurzeit unterwegs«, sagte Andi. »Das heißt, der Wagen ist weg. Da drüben dürfte jetzt nur ein Mann sein.«

»Was hat das denn zu bedeuten?«, fragte Magdalena. »Was ist mit dem Mann?«

»Das«, sagte Schwemmer, »wüsst ich auch gern.«

* * *

»Was haben Sie denn gehofft zu finden, da in Ihrem Versteck?«, fragte der Polizist, der sich als Haderteuer vorgestellt hatte.

»'s is ned *mein* Versteck. I hab des nie braucht.«

»Aber Sie kannten es doch!«, fauchte die Frau.

Der Mann war noch einigermaßen nett, aber die Frau hatte extrem schlechte Laune. Würzburg oder so ähnlich hieß sie.

Severin hatte keine Ahnung, was sie von ihm wollten. Manchmal redeten sie von dem Blonden, der war das Lieblingsthema von der Frau, dann von dem Stick, obwohl er ihnen mindestens ein Dutzend Mal gesagt hatte, dass er keine Ahnung habe, was da drauf sei, dann fragten sie ihn plötzlich nach einem Franzosen, von dem er noch nie gehört hatte.

Immerhin war er nicht verhaftet, das hatte die Staatsanwältin ja gesagt. Die war bei ihnen am Küchentisch auch erheblich netter gewesen. Mann, ein echter Besen, dachte er. Sogar die Bullen hatten Respekt vor der, das war nicht zu übersehen.

»Also *was* haben Sie da erwartet? Wenn Sie nicht wussten, was da drin ist, dann müssen Sie doch überlegt haben, was es sein könnte!« Der Polizist war vielleicht netter als die Frau, aber offensichtlich hatte er trotzdem nicht vor, ihn früher als nötig gehen zu lassen.

»I *hab* ned nachdenkt. Leider. Sonst war i ja gar ned hingangn.«

Er hatte tatsächlich nicht darüber nachgedacht. Nur darüber, von welchem Versteck Girgl geredet hatte. Und als es ihm eingefallen war, war er halt hingefahren.

Nein, er hatte nicht nachgedacht. Das war ihm nun klar, und er war nicht stolz drauf.

»Machen Sie häufig Sachen ohne nachzudenken?«, fragte Frau Würzburg.

»Schon. Solltens amoi probiern. Is a Gaudi – manchmal.«

Als sie ihn ansah, wusste er, dass er einen Fehler gemacht hatte.

»Was haben Sie erwartet? Eine Waffe?«, fragte sie.

Severin sah sie fassungslos an. »A Waffn? So an Schmarrn! Außerdem: Was für a Waffn passt scho in so a kloans Loch? A Schweizer Messer vielleicht.«

»Oder waren es Drogen? Sie nehmen doch Drogen, oder?«

»Nur wenn's was umsonst gibt«, murmelte Severin.

»Wie bitte? Ich habe Sie nicht verstanden!«, bellte die Polizistin.

»I hab nix gsagt.« Er wischte sich durchs Gesicht und ärgerte sich über die weiße Farbe an seinen Fingern.

»Urinprobe«, sagte die Polizistin.

Ihr Kollege nickte.

»Hä? Wieso'n des?«

»Wir werden Ihnen eine Urinprobe abnehmen. Für ein Drogen-Screening«, sagte der Polizist.

»Das Ergebnis dürfte Auswirkungen auf Ihre Zulassung zur Führerscheinprüfung haben«, ergänzte seine Kollegin.

»Führerschein? Was wollts denn mit meim Führerschein?«

Frau Würzburg zog ihn am Arm hoch und führte ihn zur Tür.

»I will mein Anwalt sprechn!«, schrie Severin.

»Das sagen sie alle«, meinte Haderteuer.

* * *

Schwemmer schirmte seine Augen mit der flachen Hand ab und ging nah an die Scheibe des leeren Schaufensters im Erdgeschoss heran. Aber es gab nichts zu sehen, außer einem schmuddeligen Teppichboden, einem Plastikeimer und einem Karton mit der Aufschrift ULTIMATIVE-PC-AUTOMATION GARMISCH-PARTENKIRCHEN – UND DU SCHAFFST ES!

Und eine Treppe.

Schwemmer trat ein paar Schritte zurück und sah zum ersten Stock hoch. Das Licht war ausgegangen, als er vom Hotel her die Straße überquert hatte. An den Fenstern waren Jalousien, und Schwemmer war sich ziemlich sicher, hinter einer eine Bewegung wahrzunehmen.

Sicher genug, seinen Dienstausweis hochzuhalten und auf die Eingangstür zu zeigen. Er blieb eine halbe Minute so stehen, bis ein sehr dunkelhäutiges Ehepaar in brandneuen Wanderschuhen an ihm vorbeiging und ihn sehr befremdet ansah. Das Licht hinter den Jalousien ging wieder an, und Schwemmer marschierte zur Eingangstür. Wenn der Mensch da oben unbemerkt bleiben wollte, konnte er es sich nicht leisten, einen Clown vor der Tür stehen zu haben.

Der Mann, der Schwemmer die Tür öffnete, sah nicht aus wie ein BKA-Mann, auch wenn Schwemmer aus Erfahrung wusste, dass das System hatte. Er war irgendwas zwischen fünfunddreißig und fünfundfünfzig, knapp eins siebzig groß, hatte sehr schütteres, sehr aschblondes Haar und ein staunenswert selbstbewusstes Auftreten.

Die gläserne Ladentür aufschließen, öffnen und Schwemmer am Arm ins Innere zerren war eins.

»Sagen Sie mal, haben Sie sie noch alle?«, blaffte er Schwemmer an. »Was sollte denn dieser Quatsch grade?«

Schwemmer hob die Rechte und befreite sich mit einer betont langsamen Bewegung von der Hand seines Gegenübers, die immer noch an seinem Oberarm hing.

»EKHK Schwemmer, Kripo Garmisch«, sagte er und hielt ihm seinen Dienstausweis unter die Nase. »Und Ihren Namen habe ich gerade nicht verstanden.«

Und der geht Sie auch nichts an, hätte der Mann am liebsten gesagt, jedenfalls stand das in seinem hasserfüllten Blick.

»Hauptkommissar Schneider«, sagte er dann aber doch. »BKA.«

»Angenehm, Herr Schneider«, sagte Schwemmer. »Wo Sie gerade meinen Dienstausweis gesehen haben, zeigen Sie mir doch bitte auch Ihren.«

Schneider schien einen Moment zu brauchen, bis er verstand, was Schwemmer meinte, aber dann zog er eine zerknitterte Kunstledermappe aus der Gesäßtasche und reichte sie Schwemmer.

Er las sich den Ausweis durch. Schneider war tatsächlich erst achtunddreißig. Und er war bei der Innenrevision.

Schwemmer reichte ihm die Mappe zurück. »Sollen wir nicht raufgehen? Nicht dass Sie jemandem da draußen auffallen.«

Schneider ging wortlos vor ihm her die Treppe hoch.

Im ersten Stock waren drei Räume, alle nicht sehr groß, in zweien lagen Luftmatratzen und Seesäcke, im letzten, der dem Hoteleingang am nächsten lag, stand die Technik. Eine fette Digitalkamera auf einem Stativ, die durch die schräg gestellte Jalousie gerichtet war, ein Richtmikrofon, das unbenutzt in einer Ecke lag, und drei PCs plus jede Menge Schnickschnack. Alle Computer liefen.

»Was wollen Sie hier? Uns auffliegen lassen?« Schneider setzte sich auf einen der drei billigen Klappstühle. Er bot Schwemmer keinen Platz an, also setzte er sich ohne Einladung.

»Wer hat Sie eigentlich informiert?«, bellte Schneider.

»Halten Sie bitte mal den Ball flach, Herr Kollege. Informiert hat mich das Hotel. Die haben sich beschwert über einen Mietwagen der Firma Schmitt, der Taxen mit einem bestimmten Fahrgast verfolgt. So viel zum Thema Auffliegen.«

Schneider verlor einiges von seiner Selbstsicherheit. Er schob das Kinn vor, sagte aber nichts.

»Leiten Sie die Operation?«, fragte Schwemmer.

Schneider nickte stumm.

»Wenn schon die vom Hotel Sie bemerkt haben, dann hat Bredemaier es auch«, sagte Schwemmer.

Schneiders Blick wurde hektisch. »Den Namen haben Sie nicht von uns!«, sagte er.

»Aber natürlich nicht, Herr Schneider. Den hab ich auch nicht vom Hotel. Da bin ich ganz alleine draufgekommen.«

Schneider sank zusehends in sich zusammen.

»Ich bin nämlich die Polizei«, setzte Schwemmer hinzu.

Den Spruch hab ich mir verdient, dachte er. Nach *dem* Tag darf ich mir auch mal was gönnen.

»Ich kann Ihnen keinerlei Auskünfte geben«, sagte Schneider heiser.

Schwemmer seufzte mitleidig. Er sah sich um. Einer der drei Monitore zeigte einen Ortsplan von Garmisch-Partenkirchen. Ein Punkt blinkte stetig auf dem Rathausplatz.

»Ist er im Irish Pub?«, fragte Schwemmer.

»Nein«, flüsterte Schneider. »In der Kneipe daneben.«

»Er hat ja schon einen außergewöhnlichen Geschmack«, sagte Schwemmer und bemerkte leicht amüsiert, dass Schneider nickte.

Auf dem zweiten Bildschirm war ein halbes Dutzend Tabellen zu sehen, lange Reihen von Zahlenkolonnen. Die Spalten waren mit Handynummern übertitelt.

»Wie viele Handys hat er?«, fragte Schwemmer.

Schneider schwieg.

»Na, kommen Sie schon!«, sagte Schwemmer scharf.

»Er benutzt zwei, zurzeit.«

»Hat er mit einem eine SMS abgesetzt, heute gegen vierzehn Uhr?«

Schneider sah ihn hasserfüllt an, aber er schob seinen Stuhl an den Bildschirm und fuhr mit dem rechten Zeigefinger eine der Tabellen entlang.

»Ja«, sagte er dann.

»An wen?«

»Wissen wir nicht. Sie wurde in Grainau empfangen, die Nummer kennen wir nur durch Bredemaier. Nicht registriert, hatte bisher nur Kontakt zu einer einzigen anderen Nummer, ebenfalls nicht registriert.«

»Was war der Text?«

»›Exodus Finito‹.« Unmittelbar nach Empfang wurde das Handy ausgeschaltet. Endgültig, bisher. Bredemaiers übrigens auch.«

Schwemmer kaute auf der Unterlippe. Obwohl er mit der Auskunft gerechnet hatte, war es ein sehr neues und unangenehmes Gefühl, zu wissen, dass er einen Maulwurf im Haus hatte.

Und er konnte nichts unternehmen.

Nicht alleine.

Schwemmer nahm die Maus und klickte auf das »Print«-Feld unter den Tabellen. Auf dem Tisch nebenan begann ein Laserdrucker zu surren.

»He, was machen Sie da?«, protestierte Schneider, aber Schwemmer brachte ihn mit einem Blick zum Schweigen.

»Ich muss Sie bitten, Ihren Vorgesetzten anzurufen, Herr Schneider«, sagte er. »Jetzt.«

In Schneiders Gesicht arbeitete es. Das bedeutete für

ihn, seinem Chef ungefiltert gestehen zu müssen, aufge-
flogen zu sein.

»Wenn Sie es nicht tun, tu ich es«, sagte Schwemmer.
Schneider nickte unfroh und griff nach seinem Handy.

* * *

Frau Würzburg, oder wie sie hieß, zog Severin am Oberarm den Gang entlang hinter sich her. Herr Haderteuer
ging neben ihnen. Dem leichten Grinsen auf seinem Gesicht nach schien er sich zu amüsieren, was Severin noch
saurer machte. Haderteuer schloss eine Tür auf, als Kommissar Schafmann aus dem Raum gegenüber trat.

»Zu euch wollt ich gerade«, sagte Schafmann zu den beiden Polizisten. »Bringt mir den Burschen doch mal rein.«

Severin schöpfte Hoffnung. Schafmann schien zwar
auch ein harter Brocken, aber gemessen an der übel gelaunten Frau, die gerade versuchte, ihn durch die Tür zu
schubsen, war er auf jeden Fall die angenehmere Alterna-
tive.

»Aufgeschoben, nicht aufgehoben«, zischte ihm die Polizistin ins Ohr, während sie ihn zu Schafmann hinein-
bugsierte. Als die Tür sich hinter ihr schloss, hätte Severin wohl erleichtert aufgeatmet, wenn er nicht gleichzeitig
Schibbsie entdeckt hätte, der finster blickend auf einem
Stuhl hockte.

»Hey, Oida, ois klar?«

Schibbsie antwortete nicht. Er musterte nur angewidert
seine Maskerade mit der verschmierten Schminke. Dann
drehte er den Kopf zur Wand.

»Die Herren kennen sich ja«, sagte Schafmann. »Nehmen Sie Platz, Herr Kindel.«

Der Raum war ganz ähnlich dem, aus dem er gerade abtransportiert worden war: ein Tisch, ein Aufnahmegerät, vier Stühle, eine unangenehm helle Neonleuchte an der Decke.

Als Severin sich auf den Stuhl neben Schibbsie setzte, sah er, dass er Handschellen trug.

Seine hatten sie ihm abgenommen, als sie ihn in das Vernehmungszimmer verfrachtet hatten. Schibbsie hielten sie wohl für gefährlicher.

»Der Herr Schieb redet nicht mit uns«, sagte Schafmann freundlich. »Aber vielleicht können wir uns gemeinsam ein wenig unterhalten.«

Schibbsie zog angeekelt die Mundwinkel nach unten. Immer noch hatte er Severin nicht angeschaut.

»Der Herr Kindel ist ja allgemein als ›Chef‹ bekannt«, sagte Schafmann. »Bekommen Sie von ihm Ihre Anweisungen?«

Darauf konnte Schibbsie seine Ungerührtheit nicht durchhalten. Ein höhnisches »Ha!« entfuhr ihm.

»I hab Eane doch gsagt –«

Schafmann unterbrach Severin mit einer Handbewegung.

»Ich weiß, was Sie gesagt haben. Jetzt interessiert mich *seine* Meinung.«

»Anweisungen! Mir gibt keiner Anweisungen«, zischte Schibbsie.

»Dann geben also *Sie* anderen Anweisungen?«

Schibbsie antwortete nicht.

Schafmann wartete. Severin meinte, in seinen Augenwinkeln ein zufriedenes Funkeln zu sehen.

»Herr Schieb, es geht um Mord. Wir spielen hier kein Spiel. Es könnte sehr teuer für Sie werden.«

Schibbsie starrte in die Ecke und reagierte nicht. Schafmann lehnte sich zurück und verschränkte entspannt die Hände hinter dem Kopf.

»Wissen Sie, was der Unterschied zwischen Ihnen und mir ist? Wenn ich hier rumsitze, werde ich dafür bezahlt. Wir können das ziemlich lange durchziehen, Herr Schieb.«

Schibbsie blieb unverändert reglos und stumm und sah niemanden an. Nach einer Weile drehte Schafmann sich zu Severin.

»Was genau ist eigentlich Grindcore?«, fragte er.

* * *

Burgl sah ihn froh und erleichtert an, als er durch die Tür trat, und das tat ihm gut. Sie kam auf ihn zu, küsste ihn auf den Mund und nahm ihm dann die Jacke ab, etwas, das sonst eher selten passierte.

»Wie geht es dir?«, fragte sie ernst.

»Knapp vier minus, würd ich sagen.« Schwemmer rieb sich ausgiebig den Nacken.

»Hast du Hunger?«

»Nein. Ich hab überhaupt keinen Appetit. Ich hoffe, du hast nicht gekocht.«

»Ich hatt mir schon so was gedacht. Wenn du doch was möchtest, sag Bescheid, dann mach ich uns schnell ein paar Nudeln.«

»Vielleicht nachher…« Er setzte sich an den Küchentisch und merkte, wie die Anspannung des Tages abfiel, dabei aber leider Platz machte für das Gefühl, überhaupt nicht fit zu sein.

»Möchtst was trinken? Ich hab Tegernseer im Kühlschrank.«

Er horchte in seinen Körper hinein und erhielt die Auskunft, dass keinerlei Interesse an Alkohol bestand, in welcher Darreichungsform auch immer, auch nicht in kleinen Mengen.

»Ich glaub, ich möchte in die Wanne«, sagte er, und Burgl ging sofort die Treppe hinauf, um im Bad Wasser einlaufen zu lassen.

»Ich muss morgen früh nach Nürnberg«, sagte er, als sie wieder neben ihm saß.

»Warum das denn? Und wann?«

»Um halb neun da sein.«

»O Gott! Da musst du ja vor sechs los!«

Er nickte müde und fühlte sich von Minute zu Minute schlechter. Die Vorstellung, um fünf aufstehen zu müssen, hätte allein gereicht, dass er sich krank fühlte. Eigentlich bräuchte er als pathologischer Morgenmuffel ein Attest, das ihn von Terminen vor halb zehn freistellte. Aber krankschreiben lassen könnte er sich sowieso.

Der Konjunktiv bringt einen nirgendwohin, dachte er.

»Was machst du in Nürnberg?«, fragte Burgl.

»Ich treff mich mit einem vom BKA. Wegen deinem Freund Bredemaier. Schönen Gruß von Magdalena Meixner, übrigens. Wusstest du, dass die ein Kind kriegt?«

»Ja«, sagte Burgl. »Jetzt lenk nicht ab. Was ist mit Bredemaier?«

Er sah ihr in die Augen und hob den Zeigefinger an die Lippen.

»Ja, schon klar«, sagte sie und verdrehte die Augen. »Jetzt erzähl schon.«

Natürlich wusste sie, dass er ihr nichts von alldem erzählen durfte, aber genauso wusste er, dass er sich auf ihre Verschwiegenheit verlassen konnte. Und oft genug hatte ein Rat von ihr ihn auf die richtige Spur oder zumindest den richtigen Weg gebracht.

»Allzu viel gibt es noch nicht«, sagte er. »Der Kollege vom BKA wollte am Telefon nicht drüber reden. Natürlich nicht. Die wissen, warum. Deshalb treffen wir uns morgen. Er wollte, dass ich nach Wiesbaden komme, aber ich hab Nürnberg rausgehandelt. Müsste ungefähr auf der Hälfte liegen.«

»Ja, aber *irgendwas* muss es doch geben.« Sie rückte zu ihm heran und massierte seinen Nacken. Er grunzte wohlig, obwohl er wusste, dass es ein Bestechungsversuch war.

»Bredemaier arbeitet mit jemandem zusammen, den wir nicht kennen. Man kann ihm also nicht trauen. Dieser Ansicht ist das BKA auch. Und zwar so massiv, dass sie ihn observieren.«

Er berichtete von dem Blonden, der allem Augenschein nach von Bredemaier vor den Kollegen gewarnt worden war und sich dann einer Überprüfung durch Flucht entzogen hatte. Und zwar durch eine Flucht, die durch ihre Chuzpe ziemlich beeindruckt hatte. Die Kollegin Würzbach war natürlich nicht die allerdurchtrainierteste – aber dass ein Verdächtiger klaren Kopfes einfach davonrannte, ohne Anzeichen von Hektik oder Nervosität, sondern einfach immer weiterlief, weil er sich sicher war, nicht eingeholt zu werden – das hatte Schwemmer schon imponiert.

»Vielleicht war das ja auch ein Profi«, sagte Burgl.

* * *

»Nein«, sagte Schafmann ins Telefon. »Dann muss der Elternabend eben mal *ohne* uns stattfinden ... Ich weiß ... Ja. Aber ich *bin* eben kein Finanzbeamter, ich muss auch mal länger ... Schatz, wenn es dich tröstet: Die statistische Wahrscheinlichkeit, dass wir in Garmisch noch mal drei Tote in einer Woche haben, geht gegen null, also ... Genau ... ja, ich dich auch.«

Er legte auf und seufzte.

»Mein Sohn singt im Tölzer Knabenchor. Und heut ist Elternabend. Aber ...« Er machte eine entschuldigende Geste zu Severin. Er sprach seit einiger Zeit ausschließlich mit Severin. Schibbsie saß auf seinem Stuhl und starrte die Wand an. Schafmann hatte ihnen Kaffee angeboten. Severin hatte angenommen, aber Schibbsie hatte gar nicht reagiert. Schafmann hatte ihm einfach einen Becher hingestellt. Severin hatte den Eindruck, dass es Schibbsie nicht leichtfiel, den Becher zu ignorieren.

Während Severin Schafmann den Unterschied zwischen Grindcore, Crustcore und Hardcore erklärt und die klare Abgrenzung der »Rattenbrigade« gegen Black- und Death-Metal erläutert hatte, war Schibbsie leicht unruhig auf seinem Stuhl herumgerutscht. Severin wusste, dass Schibbsie ein Thrasher war, der viel Wert auf rasend schnelle Blastbeats legte, und nicht auf Texte. Aber musikalisch war Severin eben doch der Chef der »Rattenbrigade«.

»Ist ja nicht mein Ding, was die in Tölz die Buben so singen lassen«, sagte Schafmann. »Aber der Große kriegt eine wirklich amtliche Ausbildung da. Gehör, vom Blatt singen und so weiter. Wird ihm nicht schaden, auch wenn er nach dem Stimmbruch was anderes machen will.«

»Wahrscheinlich ned«, sagte Severin und wünschte sich, Girgl wüsste auch nur den Unterschied zwischen Dur und Moll.

Von Spacko ganz zu schweigen, dachte er, und zuckte zusammen.

Schafmann schien es nicht bemerkt zu haben. »Wenn ich mich damals mehr um so was bemüht hätte, hätt ich vielleicht weitergemacht. Dann säß jetzt hier wer anders. Und ich wär Ex-Popstar und würd von meinen Tantiemen leben.« Er lachte.

»Sie habn in einer Band gspuilt?« Severin sah ihn zweifelnd an.

»Ja. Anfang der Achtziger. Gitarre. Aber mehr Rhythmus. Für Solo war mein Bruder zuständig.«

»Und was für a Musik?«

»Wir nannten das Punk, damals.«

»*Sie* habn Punk gspuilt?« Severin musste lachen. Ein Bulle, der mal Punk war. Das war zu albern.

»Was gibt's denn da zu lachen?«, fragte Schafmann, aber er musste selber grinsen. »Na ja, eigentlich war das mehr so NDW mit Gitarren.«

»Deutsche Texte?«

»Ja, freilich ... Hat schon Spaß gemacht. Ich hatt auch 'ne schöne Klampfe. Fender Telecaster von neunzehnein-undsechzig. Lake-Placid-Blue. Könnt ich eigentlich mal wieder aus dem Schrank holen.«

Severin traute seinen Ohren nicht. »Die habens noch? An einsechzger Tele?« Nun hob auch Schibbsie den Kopf. Severin wunderte es nicht. Wenn es irgendwas gab, das Schibbsie wirklich interessierte, waren es Vintage-Gitarren – je älter, je besser.

»Gibt man ja nicht weg so was, ohne Not«, sagte Schaf-mann. »Obwohl ... im Moment wär's eigentlich gar nicht schlecht. Ist grad 'ne Menge Zeug zu bezahlen. Wie immer, wenn man Nachwuchs hat.«

»Mit orginal Teilen?«, fragte Severin.

»Ja, logisch ...«, sagte Schafmann. »Die Waschmaschine ist auch hin«, murmelte er dann.

Jetzt setzte Schibbsie sich auf und starrte Schafmann unverhohlen an.

»Ich hab nix dran geändert«, sagte Schafmann, »ob-wohl das mit diesen doppelten Bridges doch grenzwertig ist. Aber die ist komplett original. Mit Tweedcase. Und immer gehegt und gepflegt. Sieht aus, als wär sie zwei, drei Jahre alt. Kennen Sie vielleicht jemanden, der an so was Interesse hätte?«

Schibbsie räusperte sich.

»Lake-Placid-Blue?«, fragte er.

6

Schwemmer steuerte mit links. Mit der Rechten rieb er seinen Nacken. Elf Kilometer zäh fließender Verkehr zwischen Dreieck Hallertau und Manching hatte man ihm angekündigt, und er glaubte jedes Wort. Neben ihm, auf dem Beifahrersitz des Dienstwagens, lag die Zeitung mit Högewalds neuestem Tiefschlag:

SATANISTENBAND: TARNUNG FÜR LINKE TERRORZELLE?

Das Fragezeichen war sehr klein geraten, fast konnte man es übersehen. Unter der Schlagzeile ein Foto von Severin Kindel in Handschellen, wie Kommissar Haderteuer ihn gerade ins Auto drückte. Von unserem Leserreporter Soundso. Im Artikel dann die Formulierung, dass der Enkel der Seherin ein Exklusivinterview zugesagt hatte, die Polizei dem aber durch die Festnahme zuvorgekommen sei.

Selbstverständlich hatte Högewald es nicht explizit geschrieben, aber der Artikel las sich, als habe Schwemmer Severin Kindel nur einlochen lassen, um der Öffentlichkeit brisante Informationen vorzuenthalten.

Und Högewald zufolge fragte sich diese Öffentlichkeit jeden Tag besorgter, was die Kripo Garmisch eigentlich zu verbergen habe.

Ganz gut, dass er sich die Zeitung an der Tankstelle gekauft hatte. Sie hatte ihn wacher gemacht als jede Tasse Kaffee. Das Handy in der Freisprecheinrichtung läutete. Es war Schafmann.

»Geht's schon?«, fragte er.

»Muss«, antwortete Schwemmer. »Nutzt ja nix.«

»Schon Zeitung gelesen?«

»Kein Kommentar.«

»Was treibst du eigentlich? Wieso musst du nach Nürnberg?«

»Irgendwie möchte ich am Telefon nicht drüber reden ... Ich hab dir einen Ausdruck ins Fach gelegt. Wirst du da draus schlau?«

»Halbwegs.«

»Die markierten Nummern sind die relevanten.«

»Die relevanten? Die von Bredemaier?«

Schwemmer brummte unzufrieden. »Erwähn den Namen nicht am Telefon.«

»Ja, sag mal? Wirst jetzt paranoid?«

»Würd ich nicht so sehen. Nicht in diesem Fall.«

»Na schön ... Über was darf ich denn reden?«

»Wie war's mit Herrn Schieb?«, fragte Schwemmer. »Hat er was gesagt?«

»Er wollte überhaupt nichts sagen. Aber ich bin dabei, ihn weichzuklopfen.«

»Wie?«

Schafmann lachte leise und ein bisschen selbstzufrieden. »Wir haben bei der Durchsuchung seines Zimmers insgesamt sieben Gitarren gefunden. Zwei, die er regelmäßig spielt, und fünf Sammlerexemplare. Da hab ich eingehakt.«

»Muss ich das verstehen?«

»Nein. Mein Bruder hat so ein Schätzchen zu Hause unter dem Bett liegen. Seit sein drittes Kind da ist, hat er nicht mehr drauf gespielt. Wie ich ihn kenne, holt er sie einmal im Monat raus, guckt sie an und weint. Als ich das Modell genannt habe, hat Herr Schieb mir zweieinhalbtausend Euro dafür geboten. Ohne sie gesehen zu haben. Das war der erste zusammenhängende Satz, den er gesagt hat.«

Schafmann amüsierte sich hörbar.

»Will dein Bruder die denn verkaufen?«

»Ach was! Darum geht's doch gar nicht. Der Schieb glaubt, das wäre meine. Der Kindel übrigens auch. Wir reden jetzt quasi von gleich zu gleich miteinander. Unter Musikern.«

»Und wenn er die Gitarre sehen will?«

»Kriegt er. Die hab ich heut Morgen noch bei meinem Bruder abgeholt.«

»Und der gibt die dir einfach so? Wo die so wertvoll ist?«

»Wo denkst du hin? Mein Bruder hätte die nie rausgerückt. Aber seine Frau. Ich musste ihr nur sagen, wo das Gebot steht.«

»Aha … Den Kindel hast wieder nach Haus geschickt?«

»Klar. Die Isenwald rückt keinen Haftbefehl raus für ihn. Und wegen Dummheit darf ich ihn ja nicht einlochen.«

»Leider … Was ist denn mit diesem USB-Dings?«

»Schlechte Nachrichten. Das Passwort haben sie zwar geknackt, aber der Inhalt ist auch verschlüsselt.«

»Heißt was?«

»Wir kommen nicht dran. Keine Chance.«

»Keine Chance? Die tönen doch immer so rum!«

»So wie ich das verstanden habe, kann man das nur auf dem Rechner lesen, auf dem es auch gespeichert wurde.«

»Cherchez la PC«, sagte Schwemmer. »Hinter jedem großen Mann steht eine große Frau. Und hinter jedem großen Problem steckt ein verdammter Computer.«

»Manchmal könnte man glauben, du bist technikfeindlich.«

»Ich hab keinen Laptop, und ich hab keine Lederhose.«

»Und *das* traust du dich am Telefon zu sagen?«

»Meine nächste Beförderung ist seit gestern sowieso im Eimer«, sagte Schwemmer.

* * *

Danni grinste. »Du schaust aber komisch aus auf dem Foto«, sagte sie. »Du bist ja ganz weiß im Gesicht!«

Sie nahm die Zeitung hoch und zeigte ihrem Bruder das Foto.

Severin sagte nichts. Er saß mit finsterer Miene da und rührte seinen Kaffee nicht an.

»Was ist denn eine linke Terrorzelle?«, fragte Danni. Sie erhielt keine Antwort, worauf sie sich leicht beleidigt mit ihrem Nutellabrot beschäftigte.

Durch die geschlossene Küchentür hörten sie gedämpft Severins Handy klingeln, das an der Garderobe in der Tasche von Johannas schwarzem Mantel steckte.

Severin rührte sich nicht.

»Willst ned drangehn?«, fragte Johanna.

Er schüttelte den Kopf. Das Läuten hörte auf. Mit einer so plötzlichen Bewegung, dass Johanna und Danni zusammenfuhren, riss er die Zeitung vom Tisch, knüllte sie zusammen und schmiss sie wütend gegen das Küchenfenster, wo sie abprallte und dann in dem Kaktus auf der Fensterbank hängen blieb.

Johanna stand wortlos von ihrem Stuhl auf, zog sie aus den Stacheln und warf sie in den Mülleimer.

»Das ist doch Altpapier«, sagte Danni zaghaft.

»Na. Des is Müll«, antwortete Johanna.

»I muss nachher zur Polizei«, sagte Severin.

»Scho wieder? Warum?«

Severin zog die Schultern hoch, als friere er.

»Der Schafmann, der denkt, i war a dabei.«

»Kommst ins Gefängnis?«, fragte Danni.

»Danni! Nu red ned so an Schmarrn, Kind!« Johanna war lauter geworden, als sie beabsichtigt hatte, und Danni stiegen die Tränen in die Augen.

»Ah, komm her, war ned so gmeint«, sagte Johanna. Sie ging um den Tisch herum und nahm ihre Enkelin in den Arm.

»I geh ned in d' Schul heut«, sagte Severin leise.

Johanna setzte sich neben Danni auf die Bank.

»Was meint ihr, solln mir drei mal miteinand fort? Für a Woch oder zwoa?«

»Fort?« Danni sah sie freudig überrascht an. »Ans Meer?«

* * *

Schwemmer bog auf den Parkplatz des Vier-Sterne-Hotels und stellte den Motor ab. Er fuhr sich mit den Händen durch die Haare, bevor er ausstieg. Es waren nicht ganz elf zäh fließende Kilometer gewesen, aber es hatte gereicht. Einen Vorteil hatte die lange Fahrt gehabt. Er hatte zum ersten Mal seit Tagen in Ruhe nachdenken können. Und es hatte sich gelohnt. Nun hatte er wenigstens eine Meinung, was die Motivlage anging. Eine Arbeitshypothese, mehr nicht, aber das war mehr, als er bisher gehabt hatte.

Draußen reckte er sich und machte ein paar Kniebeugen, um seinen Kreislauf in Schwung zu bringen, bevor er in das Hotel ging. Direkt neben dem Eingang auf dem Behindertenparkplatz stand ein schwarzer Audi A6 mit Wiesbadener Kennzeichen. Schwemmer betrat das Foyer. Dort fragte er die junge Dame hinter dem Tresen nach Polizeidirektor Frohnhoff, und sie leitete ihn zuvorkommend ins Restaurant. Die meisten Tische waren mit frühstückenden Hotelgästen besetzt. Seine Führerin wies auf einen kleinen runden Tisch am Fenster. An dem Tisch saß ein massiger, vollbärtiger Mann in einem Rollstuhl. Er begrüßte Schwemmer mit einem knurrigen »Morgen«, wies auf den freien Stuhl und beschäftigte sich dann damit, eine Semmel mit Leberwurst zu bestreichen.

Schwemmer legte ab. Ein Kellner erschien und nahm seine Bestellung auf, noch bevor er sich setzen konnte. Frohnhoff schwieg, bis der Mann verschwunden war.

»Sie sind spät«, sagte er dann mit einer Bud-Spencer-Stimme.

»Verkehr«, sagte Schwemmer.

»Früher losfahren«, sagte Frohnhoff.

Du mich auch, dachte Schwemmer. Wer wollte sich denn um diese Uhrzeit treffen? Ich etwa? »Lassen Sie es uns kurz machen«, sagte er laut. »Was ist mit Bredemaier?«

Frohnhoff trank geräuschvoll aus seiner Tasse und schenkte sich dann aus der Porzellankanne auf dem Stövchen schwarzen Tee nach.

»Weiß ich nicht«, sagte er.

»Warum wird er beschattet?«

»Weil ich wissen will, was mit ihm ist.«

»Herr Kollege ...« Schwemmer rieb sich die Nasenwurzel.

Frohnhoff wischte sich mit der Serviette den Mund ab. »Präzise Fragen«, sagte er dann, »sind das A und O.«

Schwemmer starrte ihn an.

Frohnhoff grinste nachsichtig. »*Noch* eine Frage?«

Schwemmer stand auf und griff nach seinem Mantel. Frohnhoff sah ihm gelinde überrascht zu. Der Kellner, der gerade Schwemmers Kännchen Kaffee brachte, ebenfalls. Frohnhoff wies erneut auf den Stuhl.

»Setzen Sie sich wieder hin. Ich habe verstanden.« Es klang nicht wirklich versöhnlich, aber immerhin verhandlungsbereit.

Schwemmer warf den Mantel wieder auf den freien Stuhl und setzte sich. Der Kellner, dem das Ganze sichtbar gleichgültig war, servierte und verschwand wieder. Schwemmer schenkte sich Kaffee ein.

»Bredemaier«, sagte Frohnhoff mit halb vollem Mund, »hat Kontakte, die uns nicht gefallen.«

»Welcher dieser Kontakte betrifft meinen Fall?«, fragte Schwemmer und griff nach seiner Tasse.

»Es gab vor acht Tagen einen Anruf von einer Mobil-nummer, die sich in Garmisch befand.«

»Wo?«

»Details gleich schriftlich. Lassen Sie uns erst frühstü-cken.«

Er aß schweigend, während Schwemmer auf seinen Le-berkäs mit Spiegelei wartete. Als der Kellner es lieferte, war Frohnhoff gerade mit seinen Semmeln fertig und griff in seine Aktentasche, die neben ihm auf dem Boden stand. Er legte Schwemmer eine dunkelgrüne Kunststoff-mappe hin, die ein ziemliches Gewicht hatte.

»Das sind die Verbindungsdaten der letzten drei Mo-nate von Bredemaiers Handys. Einen Teil davon haben Sie gestern schon bei Hauptkommissar Schneider erbeutet.«

»Die Frage nach einer eventuellen Gerichtsverwertbar-keit spar ich mir«, sagte Schwemmer und nahm einen Bis-sen Leberkäse.

Frohnhoff lachte laut und basslastig. »Ich bitte darum. Das sind Zahlen auf Papier, weiter nichts. Es steht nicht einmal ein Absender drauf. Kein Gericht der westlichen Welt wird sich damit befassen.«

Er nahm die Mappe und ließ sie zurück in seine Tasche fallen.

»Bredemaier scheint Geld zu haben«, sagte Schwem-mer. »Woher?«

»Vom Vater geerbt. Allerdings wird ihm das als Leib-rente ausgezahlt. Ich nehme an, der kannte seinen Pap-penheimer. Vielleicht trägt er deshalb die Klamotten sei-nes alten Herrn auf. Als Protest. Bei uns verdient er sich nur sein Taschengeld.«

»Was macht Bredemaier in Garmisch?«

»Seinen Forscherjob. Telefoniert mit Leuten, die wir nicht kennen. Säuft. Ende der Antwort.«

»Was hat er mit den Morden und der Explosion zu tun?«

»Weiß ich nicht.«

»Interessiert Sie auch nicht«, sagte Schwemmer.

»Nicht auf der Ebene, auf der es *Sie* interessiert.«

»Sie wollen nicht, dass wir ihn festnageln.«

»Nein. Ich will wissen, was dahintersteckt. Und was immer es ist, es ist größer als ein toter Teenager.«

»Was erwarten Sie von mir?«

»Ich erwarte, dass Sie mit mir vor die Tür gehen. Ich muss rauchen.«

* * *

»Was wollns denn von uns?«

Severins offenkundiges Misstrauen änderte nichts an Bredemaiers gelassener Freundlichkeit. »Ich will deiner Großmutter helfen.«

»Warum?«, fragte Danni.

»Weil Sie Hilfe *braucht.*«

»Wegen dem Seve?«

»Wegen dem auch. Aber da kann der nichts für. Oder nur ein bisschen…«

Severin starrte ihn böse an, aber Bredemaier lächelte.

»Bei all dem, was passiert ist und was in der Zeitung steht, wäre es gut und schlau, einfach mal von der Bildfläche zu verschwinden.«

»Dürfns des überhaupt, als Bulle?«, fragte Severin.

»Es geht hier keinesfalls um irgendetwas Ungesetzliches. Es geht um einen Kurzurlaub. Im Inland.«

»Kann man da im Meer baden?«, fragte Danni.

»Nicht im April, nein. Das ist noch zu kalt.«

Johanna lehnte mit verschränkten Armen an der Küchentür. »Und du redst mitm Direktor, zweng dem Unterricht?«, fragte sie Bredemaier.

Der nickte. »Ich hab schon vorgefühlt. Drei Wochen genehmigt er. Ausnahmsweise.«

»Also, i möcht gern«, sagte Danni.

Severin zuckte die Achseln. »Zweng mir. Wenn d' Polizei sagt, des war okay ...«

»Wann fahrn wir denn?«, fragte Danni.

»Ich weiß nicht. Heute?« Bredemaier sah Johanna an.

»Na. Ned heut. Des geht mir z' schnell. Morgn, in da Früh.«

Alle sahen auf, als es an der Tür klingelte.

»I geh!«, rief Danni und war schon an Johanna vorbei in der Diele.

»Grüß Gott«, hörte Johanna eine Frauenstimme sagen. »Ich bin die Schwemmer Burgl. Ist deine Großmutter da?«

* * *

Frohnhoff rauchte filterlose spanische Zigaretten, die rochen, als bestünden sie aus alten Matratzenfüllungen. Es hatte zu regnen begonnen, und der Wind trieb den kühlen Niesel unter das Hotelvordach.

»Bredemaier hat nicht geschossen. Er hat das Haus nicht gesprengt. Er hat nur telefoniert«, sagte Frohnhoff.

»Und damit ist er in ein Kapitalverbrechen verwickelt«, entgegnete Schwemmer.

»Oder zwei? Oder drei? Oder ein Dutzend?« Frohnhoff sog gierig an seiner Zigarette. »Sie rauchen nicht?«

»Nicht mehr. Wenn Sie wollen, dass ich die Finger von ihm lasse, müssen Sie mir einen überzeugenden Grund liefern. Sagen Sie mir, welchen Verdacht Sie haben.«

»Das hätten Sie wohl gern! In meiner eigenen Behörde weiß niemand, dass es überhaupt einen Verdacht *gibt*.«

»Was ist mit Hauptkommissar Schneider?«

»Der hat keine Ahnung, um was es geht. Und seine Leute glauben, es sei eine Übung.«

»Verstehe.«

»Nein, Sie verstehen *nicht*. Sie wissen nicht, womit Sie es zu tun haben. Es geht um zwei Buchstaben: O und K. Organisierte Kriminalität. Wenn Sie denen in die Quere kommen, kann nicht mal ich Ihnen helfen.«

»Was Sie andernfalls natürlich täten.«

Frohnhoff grinste nicht mal. »Sie kriegen von mir die Verbindungsdaten. Dafür lassen Sie Bredemaier in Ruhe.«

»Was soll ich mit nicht verwertbaren Verbindungsdaten?«

Frohnhoff warf den Rest der Zigarette in den Regen hinaus. »Damit sollen Sie rausfinden, was Sie überhaupt beweisen müssen. Sie haben keine Ahnung, nach was Sie suchen. Sie stochern im Trüben.«

»Ich stochre im Nebel. Im Trüben fischt man.«

Frohnhoff machte ein abfälliges Geräusch und rollte wieder ins Hotel.

»Aber so dicht ist der Nebel gar nicht«, sagte Schwemmer, der neben ihm herging.

»Sie haben doch nicht mal ein Motiv«, sagte Frohnhoff und rangierte durch die ihnen entgegenströmenden Hotelgäste, die ihr Frühstück beendet hatten.

»Woher wollen Sie das wissen?«, fragte Schwemmer.

»Hat Bredemaier mir erzählt. Offiziell dienstlich.«

Frohnhoff steuerte zurück an seinen Platz.

»Vier halbwüchsige Amateure und zwei Profis«, sagte Schwemmer, als er wieder an seinem Platz saß. »Das einzige Motiv, das in die Konstellation passt, ist Erpressung. Die Jungs haben jemanden erpresst, mit etwas, das auf einem USB-Stick gespeichert ist. Der Erpresste hat zwei Killer engagiert, die bei der Geldübergabe den Boten erschossen. Aber Oliver Speck war eben nur der Bote.«

Frohnhoff nickte. »Sehe ich auch so. Jetzt müssen Sie nur noch rausfinden, wer da erpresst wurde.« Er griff in seine Tasche und reichte Schwemmer die Kunststoffmappe. »Ich denke, wir werden uns einig«, sagte er. Dann winkte er dem Kellner.

»Die Rechnung bitte«, sagte Frohnhoff. »Zusammen.«

* * *

»Irgendwie muss ich mich doch erkenntlich zeigen für Ihre großartige Medizin«, sagte Burgl.

Johanna stand etwas hilflos da mit dem großen Strauß Frühlingsblumen, den sie ihr überreicht hatte. Seit Ewigkeiten hatte sie keinen so großen Strauß mehr geschenkt bekommen. Die Kinder kamen manchmal mit kleinen Sträußen zum Geburtstag, aber so einen richtig großen, in Zellophan verpackten hatte sie das letzte Mal von Theo zum Hochzeitstag bekommen. Elf Jahre musste das jetzt her sein.

»Danni, schau amoi im Stubnschrank, ob du a Vasn findst«, sagte sie und bat den überraschenden Gast dann höflich in die Küche.

»Des is mei Enkel Severin, und des is …«

»Oh, Frau Schwemmer ist eine alte Bekannte von mir«, sagte Bredemaier. Er erhob sich und deutete formvollendet einen Handkuss an.

»Ja, wir kennen uns noch aus dem letzten Jahrtausend.« Burgl Schwemmer lachte.

»Jo, des is ja a scho wieder a weng her.« Johanna fühlte sich unsicher. Dass zwei Fremde zugleich im Haus waren, das war fast so lange her wie der Blumenstrauß. Sie wusste nicht, was sie zuerst machen sollte. Es erleichterte sie, als Danni mit einer großen Vase hereinkam, die sie weit unten und hinten im Bauernschrank gefunden haben musste. Johanna begann sorgfältig und umständlich, die Blumen in die Vase zu stellen, während ihre Gäste plauderten.

Dann stand Severin auf. »I muss zu … du weißt schon«, nuschelte er und ging aus der Küche.

Danni wollte lieber fernsehen, und so war sie bald allein mit ihren beiden Gästen. Herr Bredemaier wirkte bei aller Höflichkeit gehemmt; Johanna vermutete, weil er nicht wagte, in Burgls Beisein den Flachmann hervorzuholen.

Sie bot Kaffee an, was beide ablehnten, aber sie bestand darauf, Kekse anzubieten. Als die Kekse auf dem Teller lagen und sie die Packung in den Mülleimer warf, fiel ihr Blick auf die zusammengeknüllte Zeitung darin. Auf einem Zipfel, der ihr entgegenragte, war ein Foto, und etwas veranlasste sie, danach zu greifen. Bredemaier und Burgl Schwemmer redeten miteinander und beachteten sie nicht. Sie zog das Papier auseinander. Ein dicker Mann aus dem Fernsehen war darauf, eine blonde Frau, auch den Bürgermeister erkannte sie auf dem Bild. Er schüttelte lächelnd die Hand eines Mannes. Der Mann hatte ein schmales, hartes Gesicht, seine Augen waren kalt, die Stirn vom Alter gefurcht.

Johanna zuckte zusammen und schnappte nach Luft. Die Kekspackung war ihr aus den Fingern geglitten.

»Alles in Ordnung, Frau Kindel?«, fragte Burgl. Sie sprang auf und war sofort an ihrer Seite. Sie half ihr, die Packung und die Kekskrümel aufzuheben, die neben dem Ascheimer auf dem Boden gelandet waren.

»Was ist denn los?«, fragte sie sanft und trat auf das Pedal, das den Deckel öffnete. Johanna starrte wieder auf das Foto. Burgls Blick folgte dem ihren, dann warf sie die Krümel und die Packung in den Eimer und ließ den Deckel zufallen. Johanna merkte, dass Burgl sie forschend ansah.

Dann sagte Burgl: »Herr Bredemaier, ich denke, wir sollten Frau Kindel ein bisschen Ruhe gönnen.«

* * *

»Ah, der Herr Kindel«, sagte Schafmann. »Pünktlich wie die Maurer.«

Severin zog die Tür hinter sich zu.

»Der Herr Schieb wird gleich da sein«, sagte Schafmann. »Nehmen Sie doch schon mal Platz.«

Hinter Schafmanns Schreibtisch lehnte ein mit hellbraunem Tweed bezogener Gitarrenkoffer an der Wand. Severin setzte sich, und es klopfte. Ein uniformierter Polizist brachte Schibbsie herein. Er trug Handschellen. Der Polizist setzte ihn auf den zweiten Stuhl und stellte sich dann neben die Tür.

»Nehmen Sie dem Herrn Schieb doch bitte die Handschellen ab«, sagte Schafmann.

Der Polizist nickte und befreite ihn. Schibbsie nickte Schafmann zu; wenn man wollte, konnte man es dankbar nennen. Er rieb sich die Handgelenke.

»Ich denke, Sie können uns allein lassen, Herr Kollege«, sagte Schafmann, und der Polizist ging hinaus.

»Is des de Tele, da im Koffer?«, fragte Severin.

»Klar«, sagte Schafmann.

Schibbsie reckte den Kopf, um einen Blick zu erhaschen.

»Dürfn mir mal schaun?«

»Ja«, sagte Schafmann nur.

Er stand auf, legte den Koffer auf seinen Schreibtisch und klappte ihn auf. Severin stand auf, und auch Schibbsie erhob sich, aber Schafmann hielt sie beide mit erhobenem Zeigefinger auf Distanz.

»Nur gucken. Nicht anfassen«, sagte er.

Er hatte nicht gelogen, was den Zustand anging. Die Gitarre sah aus wie aus dem Ei gepellt. Die Frühlingssonne fiel durch das Fenster und ließ das Blau des Korpus strahlen. Aus der Distanz war nicht ein Kratzer zu erkennen. Am Steg war das Metall ein bisschen angelaufen, das war alles.

»Nicht viel gespielt worden«, murmelte Schibbsie.

»Stimmt«, sagte Schafmann.

»Warum nicht?« Schibbsie sah ihn skeptisch an.

Schafmann bekam einen leicht melancholischen Ausdruck.

»Aus Liebe?«, sagte er und grinste schief.

Schibbsie nickte verstehend.

Schafmann hatte den Koffer gerade wieder zugeklappt, als es klopfte und Kommissar Schwemmer eintrat. Er trug eine dicke grüne Kunststoffmappe in der Hand und machte einen sehr schlecht gelaunten Eindruck.

Er trat an den Schreibtisch und besah den Koffer.

»Ist das die Gitarre?«, fragte er, und Schafmann klappte den Koffer wieder auf.

»Hübsch«, sagte Schwemmer. »Was kost denn so was?«

»Kommt drauf an«, sagte Schibbsie.

Schwemmer sah ihn fragend an. »Auf was?«

Schibbsie zuckte die Schultern, sagte aber nichts mehr.

Schwemmer grinste böse. »Und ich dachte schon, er könnte sprechen«, sagte er zu Schafmann.

Severin trat näher heran.

»Darf i de mal rausnehmn?«, fragte er.

Schafmann erlaubte es ihm mit einer Geste. Er nahm die Gitarre und schlug einen Akkord. Die Saiten waren alt, aber sie spielte sich, wie es sein musste. Er hielt sie hoch und peilte den Hals entlang, der pfeilgerade war. Das

Griffbrett hatte minimale Gebrauchsspuren. Dann begutachtete er die Metallteile, die auf den ersten Blick tatsächlich original waren.

»Müsst man mal über Verstärker hörn«, sagte er.

Schibbsies Blick hing an der Gitarre. Severin wusste, dass er genau von diesem Modell träumte. Er hatte schon zwei Strats und drei Gibsons aus den Sechzigern und Siebzigern, aber eine Telecaster fehlte ihm noch.

»Na, geben Sie sie ihm schon«, sagte Schafmann, und Schibbsie griff sofort nach dem Instrument. Severins Blick fiel auf ein Blatt, das im Koffer unter der Gitarre gelegen hatte. Er nahm es und las.

NICHT MEIN BIER

Riff:

E E(G) // E D
Es ist nicht – es ist nicht, dass du verlierst (2x)
           A
Es ist nicht, dass du jetzt leidest
           G
Es ist nicht, dass du noch träumst
           A
Es ist nicht dein schlechter Atem
NC
– Es ist das, was du versäumst

»Is des von Eane?«

»Was?«, fragte Schafmann.

»Na des da ...« Severin zeigte ihm das Blatt.

»Ach das ... Ja, das war ein Song von uns.«

»Was heißt NC?«

»Äh ...« Schafmann nahm das Blatt und warf einen Blick drauf. »Das heißt ›no chord‹. Also Abschlag, quasi.«

»Versteh ...«

Severin nahm das Blatt zurück und las weiter.

Es ist nicht, dass du's wieder mal verkackst (2x)
Es ist nicht, dass du so blau bist ·
Dass du sogar hier rausfliegst
Nicht, dass du dich auch noch vollkotzt
Es ist, dass du dich wieder mal verbiegst

Refr:
      H   *E*
Und das alles – gehört nur dir (3x)
      H   *A*
Und das alles, alles, alles
NC
Ist nicht mein Bier

Severin lachte. »Ey, cool.«

Schafmann zuckte die Achseln. »Ist lange her.«

»Fett, nur vier Akkorde. Könnt schon Punk sein, wenn man's a bisserl schnalzn lasst. Find i guat.«

Schwemmer trat zu ihm, nahm ihm das Blatt aus der Hand und begann zu lesen.

»Wie gesagt: Ich geb Ihnen zweieinhalb«, sagte Schibbsie zu Schafmann.

»Da muss ich drüber schlafen«, antwortete Schafmann

und nahm ihm die Gitarre ab. Severin sah zu Schibbsie, der diesen überheblichen Ausdruck in den Augen hatte, wie immer, wenn er zeigen konnte, dass er Geld hatte. Auch wenn's nur das von seinen Eltern war.

»I würd's lassen«, sagte er zu Schafmann. »Fünfe is die allweil wert.«

Schibbsie sah ihn ärgerlich an.

»Was soll des denn?«, fragte Severin. »Willst de Bulln noch veroarschn, wo se di scho an de Eier habn?«

Schibbsie grunzte böse. »Dreieinhalb. Mehr hab ich nicht«, sagte er.

Kommissar Schwemmer legte das Blatt weg. »Sie gehen noch zur Schule«, sagte er. »Sie haben sieben Gitarren zu Hause. Und Sie können jetzt noch mal dreieinhalbtausend Euro für eine achte aufbringen. Um welche Summe muss es dann wohl bei der Erpressung gegangen sein, die da so tragisch gescheitert ist?«

Schafmanns Blick zeigte, dass er fast so überrascht war wie Severin.

Nur Schibbsie schien gar nicht überrascht. »Auch wenn die andern auspacken: Ich sag nichts.«

»Aber Auspacken kommt generell immer gut an«, sagte Schwemmer. »Bei uns, bei der Staatsanwaltschaft und bei Gericht.«

Schibbsie stieß ein böses Lachen aus. »Glauben Sie, dass ich vor *Ihnen* Angst hätte?«

»Vor wem haben Sie denn Angst, Herr Schieb?«, fragte Schwemmer, aber Schibbsie antwortete nicht mehr.

* * *

»Also gehen wir jetzt von einer Erpressung aus?«, fragte Schafmann, aber er erhielt keine Antwort.

Schwemmer starrte auf das Blatt. Drei Strophen und ein Zwischenteil. »Du pisst dich an, wenn die Alte mault...«, las er vor und sah zu Schafmann. »›Weil du immer fickst, was übrig bleibt...‹ Ja, sag mal!«

»Gefällt's dir nicht?«, fragte Schafmann.

»Weiß nicht... Ich denk, dein Bruder ist beim Ordnungsamt? Und der hat so was geschrieben?«

»Der Text ist nicht von ihm, nur die Akkorde.« Schafmann zuckte die Achseln. »War unser bestes Stück«, sagte er dann leise.

»Unser? Hast du da mitgemacht?«

»'ne Zeit lang.«

»Ich wusste gar nicht, dass du ein Instrument spielst.«

»Ich war der Sänger.«

»Ach so. Dann hat euer Großer also dein Talent geerbt?«

»Gott sei Dank nicht. Mit *meinem* Talent hätten die Tölzer ihn nicht genommen.«

Schwemmer sah wieder auf das Blatt. »›Es ist nicht, dass du leidest, nicht mal, dass du dran stirbst, schon gar nicht dein Gejammer – es ist, dass du's wieder mal verdirbst.‹... Holpert ein bisschen, oder?«

»Wenn man's singt, geht's.«

Schwemmer legte den Kopf schräg. »Wenn der Text nicht von deinem Bruder ist...?«

Schafmann ging zum Fenster und sah hinaus. »Ist fünfundzwanzig Jahr her«, murmelte er.

Schwemmer sah Schafmanns Rücken an und schaffte

es, sich drei, vielleicht vier Sekunden zu beherrschen, dann prustete er los. Er lachte sehr herzlich und hatte das Gefühl, dass ihm das sehr guttat, ganz unabhängig vom Anlass – rein körperlich.

Schafmann rührte sich nicht, bis Schwemmer sich wieder gefangen hatte.

»Wenn's dich tröstet: Sie haben mich rausgeworfen«, sagte er dann in Richtung Fenster.

»Warum?«

»Ich war ihnen zu ernsthaft.«

»Zu *ernsthaft*?« Schwemmer zeigte auf das Blatt in seiner Hand und platzte erneut heraus. »Wie hieß eure Band denn?«, fragte er, als er wieder Luft bekam.

»Sag ich nicht.« Schafmann starrte weiter aus dem Fenster.

»Ach komm!«

»Nein.«

»So machst du mich nur neugierig!« Wieder musste Schwemmer lachen.

»Weiß gar nicht, was da dran lustig ist«, sagte Schafmann. »Was hast *du* denn in dem Alter gemacht?«

»Fußball gespielt.«

»Genau. Kreisliga. Bis zu deinem Kniescheibenbruch, den du heut noch spürst, wenn das Wetter wechselt.« Schafmann drehte sich um. »Könnt man auch drüber lachen …«

Touché, dachte Schwemmer und legte das Blatt auf Schafmanns Schreibtisch.

»Wie war's in Nürnberg?«

Schwemmer nahm den Wechsel ins Dienstliche dankbar zur Kenntnis und warf die grüne Mappe neben das Blatt.

»Mehr gibt's nicht«, sagte er. »Das sind nur Spuren, keine Beweise.«

Schafmann schlug die Mappe auf. »Die hören den ohne Genehmigung ab?«

»Bleibt doch im Haus.«

»Offenbar ja nicht …« Schafmann blätterte weiter. »Muss man alles überprüfen.« Er griff zum Telefon und wählte. »Arbeit, Frau Kollegin«, sagte er. »Bitte sofort hier abholen.« Er legte auf. »Was hast du erfahren?«

Schwemmer stieß ein ärgerliches Lachen aus. »Dass wir kleinen Krauter dem BKA bitte nicht im Weg stehen sollen. Immerhin dürfen wir weitermachen. Aber bitte aufpassen, dass wir uns nicht die Finger verbrennen.«

»Nichts Brauchbares sonst?«

»Nur die Erkenntnis, dass das BKA unsere Bedenken gegen Bredemaier teilt.«

»Immerhin. Haben die denn was Konkretes?«

»Nein.«

Es klopfte an der Tür. Oberwachtmeisterin Zettel kam herein, und Schafmann reichte ihr die Mappe.

»Bitte markieren Sie alle Gespräche, bei denen der Gesprächspartner in, sagen wir, fünfundzwanzig Kilometer Umkreis von Garmisch war. Kopieren verboten. Das Original dann umgehend zurück, und zwar nur an mich oder den Herrn Schwemmer.«

Die Kollegin nickte. »Darf ich fragen, woher wir das haben?«

»Nein«, sagte Schafmann.

»Sie dürfen es lesen, Frau Zettel«, sagte Schwemmer mit einem warnenden Lächeln, »aber Sie dürfen nicht wissen, dass es existiert. Kriegen Sie das hin?«

Sie dachte eine angemessene Zeit über seine Formulierung nach, dann sagte sie: »Jawohl.«

»Und von etwas, das nicht existiert, können Sie natürlich auch niemandem erzählen.«

»Natürlich nicht«, sagte sie ernst und verschwand wieder.

»Schnell im Kopf«, sagte Schwemmer, als die Tür sich hinter ihr geschlossen hatte.

»Ja. Hat aber schon ein Versetzungsgesuch laufen.« Schafmann seufzte. »Bist fit genug für eine schlechte Nachricht?«

Schwemmer winkte ab. »Seit wann fragst du nach so was?«

Schafmann blieb ungewöhnlich ernst.

»Die beiden Kugeln in dem toten Deloitte … die stammen aus deiner Dienstwaffe.«

Schwemmer schloss die Augen und beschimpfte sich erneut als verdammten Trottel. Ich hätte einfach nicht losfahren dürfen ohne die Waffe, dachte er. Die Verfolgungsjagd war von vornherein kompletter Unfug gewesen. Der Mann war entkommen, der Karren war Schrott, und jetzt drohte ihm sogar noch ein Disziplinarverfahren.

Ein guter Mensch, dachte er. Aber sie bringt mich in Teufels Küche.

»Sieh es mal so«, sagte Schafmann. »Nach Lage der Dinge hat Petr sie gefunden. Er wird Deloitte nicht in seine Wohnung gebeten haben. Und so wie sich das darstellt, hat er in Notwehr geschossen. Ohne deine Waffe wäre Petr tot, und Deloitte lebte noch.«

»Ich bin gespannt, ob sich das als Trost rausstellt«, sagte Schwemmer finster.

* * *

»Ich mag am Telefon überhaupt nichts mehr sagen. Schon gar nichts Außerdienstliches.«

»Wer soll denn schon die Polizei abhören?«, fragte Burgl.

»Na, die Polizei«, brummte Schwemmer. Es war ihm ernster, als es sich für Burgl angehört haben mochte. Denn er musste damit rechnen, dass jedes Gespräch in Bredemaiers Dunstkreis über Frohnhoffs Schreibtisch ging.

Oder sogar über Bredemaiers.

Es fragte sich nämlich, woher der Blonde gewusst hatte, dass Severin Kindel das Versteck aufsuchen würde. Entweder hatte er ihn auf Verdacht hin verfolgt, oder er kannte den Inhalt von Georg Schobers Anruf. Bredemaier hatte kurze Drähte zum Rechenzentrum, das hatte sich schon bei der Abfrage der Handydaten vom Reschberg gezeigt. Vielleicht hatte er da jemanden in der Hand oder gekauft – wie auch immer: Für einen Fachmann dort, zudem am richtigen Platz, war es ein Klacks, Gespräche auch abzuhören.

»Dann weiß ich nicht, ob ich dir erzählen darf, was ich eigentlich wollte«, sagte Burgl und klang dabei für seine Ohren ungewöhnlich ernst.

»Wie wär's mit einem verspäteten Mittagessen?«, fragte er. »Ich hatte nämlich noch keins.«

Er parkte in der Tiefgarage des »Mohrenplatz«. Als er das Gasthaus betrat, saß Burgl schon auf der Bank am Fenster und studierte die Karte. Vor ihr auf dem großen Tisch stand ein Weißbier. Durchs Fenster sah Schwemmer einige Angestellte, die die Tische im Biergarten aufstellten. Es wurde also wirklich Frühling.

»Schau mal…« Burgl zeigte auf die Speisekarte. »Flugentenbrust auf Schmorgemüse, wär das nix für dich?«

»Schweinsbraten«, sagte Schwemmer nur. »Um die Zeit trinkst schon ein Weißbier?«

»Ich hab nichts weiter vor heut…« Sie prostete ihm zu.

Er bestellte ein Radler, erfuhr dann aber, dass es das nur als Maß gab, und begnügte sich mit einer Apfelschorle zu seinem Schweinsbraten. Burgl bestellte Saiblingsfilet.

»Was gibt's denn Geheimnisvolles?«, fragte er.

»Ich war bei Frau Kindel, heut Morgen«, sagte sie.

»Ach? Was machst denn da?«

»Ich hab ihr einen Strauß Blumen gebracht, als Dankeschön wegen dem Hexenschuss. Aber eigentlich wollte ich mich mit ihr über ihre Visionen unterhalten. Das ging aber leider nicht, weil Herr Bredemaier auch da war.«

»Der macht seinen Forscherjob«, sagte Schwemmer. »Immerhin.«

»Sie tat mir fast ein bisschen leid. Sie war richtig überfordert mit uns beiden Fremden in der Küche. Obwohl der Bredemaier gar nicht mehr so fremd schien.«

»Und was konntest du mir nicht am Telefon erzählen?«

»Eigentlich… Es ist nicht sehr konkret, aber es war sehr auffällig. Sie wollte grad was in den Mülleimer werfen, da merk ich, wie sie zusammenzuckt. Heftig, als hätte sie was ganz Schlimmes gesehen. Und als ich ihr helfen will, seh ich, dass sie das hier anstarrt.«

Burgl zog eine Zeitung aus ihrer Handtasche und legte sie auf den Tisch. Schwemmer runzelte die Stirn, es war die mit Högewalds Terrorzellen-Schlagzeile. Aber Burgl blätterte kommentarlos darüber hinweg zum Lokalteil und wies auf ein Foto am unteren Rand der Seite.

»Sie erschreckt sich vor dem Bürgermeister?«, fragte Schwemmer. »Ich dacht, ich wär der Einzige, dem das passiert.«

Burgl zog die Nase kraus. »Jetzt red kein Schmarrn.«

Schwemmer sah sich die anderen Personen auf dem Bild an. Es stammte vom einem Richtfest. Neben dem Bürgermeister und dem Polier standen eine Menge Leute, alle mit Stamperln in den erhobenen Händen, als prosteten sie dem Betrachter zu. Neben etlichen lokalen Adabeis waren ein übergewichtiger TV-Darsteller, die Exgattin eines Exnationaltorhüters und der Bauherr zu sehen.

Schwemmer kannte ihn. Professor Doktor Ambrosius Zehetgruber. Auf den Neujahrsempfängen im Rathaus begegnete er ihm seit Jahren regelmäßig. Er war nicht nur Professor Doktor, sondern darüber hinaus Dr. h.c. mult. und betrieb eine Privatklinik für plastische Chirurgie. So erfolgreich, dass der Anbau eines neuen Flügels nötig war, von dessen Richtfest das Foto stammte.

»Na gut. Johanna Kindel erschrickt vor diesem Bild«, sagte Schwemmer. »Und was schließt du daraus?«

»Gar nichts. Schlussfolgerungen sind *dein* Job.«

Der Kellner brachte die Apfelschorle, und Schwemmer wartete, bis er außer Hörweite war, bevor er weitersprach.

»Ich freu mich ja sehr, mit dir zu Mittag zu essen, aber was soll ich damit anfangen?«

»Du hast gesagt, der Franzose war ein Profi«, sagte Burgl.

»Ja. Und weiter?«

»Profis arbeiten für Bezahlung. Also muss ihn irgendwer bezahlen.«

»Und du meinst, derjenige wäre auf diesem Foto.«

Burgl zuckte die Achseln. »Nimm es als Gedankenspiel. Wenn du Genaueres wissen willst, müsstest du die Kindel schon selber fragen.«

»Kannst du dir vielleicht vorstellen, dass ich sie nicht fragen *will*?«

»Ja, natürlich. Aber wäre das klug?«

Schwemmer wandte sich kopfschüttelnd seiner Apfelschorle zu. »Ich weiß es nicht«, sagte er.

»Du hast nicht gesehen, wie sie geschaut hat«, sagte Burgl leise. »Bredemaier übrigens auch nicht.«

* * *

»Die Brandermittler gehen zurzeit von folgendem Szenario aus.« Dräger projizierte einen Grundriss an die Wand. »Im Proberaum gab es aus noch ungeklärter Ursache einen Schwelbrand, der theoretisch schon achtundvierzig Stunden zuvor ausgebrochen sein könnte. Im Nebenraum lagerten sechs, möglicherweise auch acht Gasflaschen, von denen mindestens vier halb leer waren. Frau Schieb erzählte uns, dass ihr Mann sie letzten Monat in Mittenwald aus der Konkursmasse eines Schlossereibetriebes ersteigert hat. Es gab eine Verbindung zwischen den beiden Räumen, die mit einem Maschengitter verschlossen war. Proberaumseitig war die Öffnung durch einen an die Wand genagelten Teppich kaschiert. Der Sauerstoffmangel verhinderte ein offenes Ausbrechen, aber der Schwelbrand hat sich in den Nebenraum ausgebreitet. Unmittelbar vor der Explosion hat dann jemand, nach Lage der Dinge war das Walter Schieb, die Tür zum Nebenraum geöffnet. Die Tür öffnete nach innen und dürfte ihm vom Luftstrom sofort aus der Hand gerissen worden sein. Der plötzlich einströmende Sauerstoff verursachte einen heftigen, verpuffungsartigen Ausbruch des Feuers, durch den wiederum die Gasflaschen zur Explosion gebracht wurden. Schieb hatte keine Chance.«

»Von einer absichtlichen Sprengung gehen wir also nicht mehr aus?«, fragte Schafmann.

»Nein.«

»Finden die die Brandursache denn noch?«, fragte Schwemmer.

»Unwahrscheinlich«, sagte Dräger. »Brandstiftung ist weder auszuschließen noch zu belegen… Damit zu den Spuren am Tatort Reschberg. Das Unwichtigste zuerst: Die grünen Krümel waren tatsächlich Haschisch. Bei den Haaren ist der erste DNA-Abgleich fertig. Es stammt von dem nach wie vor flüchtigen Georg Schober, dessen Fingerabdrücke wir ja auch schon auf dem Plastikteilchen gefunden hatten.«

Kommissar Schröpfer, der den Plektrumsplitter als solchen identifiziert hatte, meldete sich zu Wort. »Dazu möchte ich noch was sagen. Ich finde das komisch, dass das da lag. Wenn mir ein Plektrum abbricht, heb ich den Rest nicht auf. Der bleibt liegen, wo er hingefallen ist. Den müsste man ja auch richtig suchen. Macht kein Mensch. Zumindest kein Gitarrist. Und wenn ich vielleicht doch mal eins aufhebe, dann schmeiß ich das nicht in den Wald.«

Er erntete nachdenkliches Schweigen.

Es war Kriminaloberwachtmeisterin Zettel, die es auf den Punkt brachte. »Dass die Haare von der Band am Tatort sind – beweist das eigentlich irgendwas? Könnte der Täter sie nicht dort verstreut haben, um eine falsche Fährte zu legen?«

»Haare, Haschkrümel, Plektrumsplitter. Das klingt, als hätte wer in dem Proberaum staubgesaugt und dann den Beutelinhalt in den Wald gekippt«, ergänzte Schröpfer.

»Und den Proberaum angezündet, um den Einbruch zu kaschieren«, schloss Zettel.

Schwemmer nickte bedächtig. »Klingt nicht schlecht. Wäre möglich. Muss aber natürlich nicht.«

»Mehr dazu?«, fragte Schafmann auffordernd.

Ein verhuschter Mann von Mitte dreißig, der genauso aussah, wie Schwemmer sich einen Datenfex vorstellte, hob zögernd die Hand.

»Ich wollt noch was zu dem USB-Stick sagen.« Seine Stimme war leise, kaum zu verstehen. »Also, ich hab da was gefunden.« Er hüstelte. »Ein Kollege vom LKA hat mich drauf gebracht, obwohl, eigentlich hat ein Kollege aus Israel den vom LKA drauf gebracht, dass, wenn man die Daten statt mit dem Algorithmus der Originalsoftware mit dem modifizierten Quellcode eines …«

»Jochen«, unterbrach Dräger ihn. »Zur Sache, Schätzchen. Was willst du uns mitteilen?«

»Ach so … ja …« Jochen lachte verlegen. »Ich wollte sagen, wir können ihn knacken, den Code. Dauert aber.«

»Dauert wie lang?«, fragte Schwemmer.

Ihm fiel auf, dass Bredemaier, der wie gestern mit ausgestreckten Beinen abseits auf einem Stuhl am Fenster hing, die Augen geöffnet hatte.

»Wenn ich das hier mit meinen Rechnern mache …« Jochen sah unsicher zur Seite.

»Wie lang?«, wiederholte Schwemmer.

»Sechs Monate«, sagte Jochen, der Datenfex.

Durch den Raum ging ein enttäuschtes Seufzen.

»Es geht auch schneller. Aber dann muss mir jemand externe Rechnerleistung besorgen …«

»Das hilft uns also momentan nicht weiter«, sagte Schafmann. »Aber wir behalten das bitte im Hinterkopf, vielleicht müssen wir darauf zurückkommen.«

Bredemaier hatte die Augen wieder geschlossen.

»Nächster Punkt«, sagte Schafmann. »Der Mieter der Wohnung in Burgrain heißt Slovomir Bretcnik, Slowake. Ist seit vier Wochen auf Montage in Vevey in der Schweiz. Wir konnten mit ihm telefonieren. Nach seiner Aussage hat er die Wohnung seinem Vetter Petr Bretcnik überlassen, für die Zeit seiner Abwesenheit. Petr Bretcnik wurde am 24.12.1993 in Bratislava geboren, ist ein Meter fünfundsechzig groß, fünfundfünfzig Kilo, hat braune Augen und dunkelblondes Haar. Jugendstrafe in der Slowakei wegen Drogenbesitzes. Foto von der Polizei in Bratislava ist avisiert. Bis dahin haben wir eine Phantomzeichnung nach den Angaben von Severin Kindel. Petr Bretcnik ist Exjunkie, nach Auskunft seines Vetters aber seit Längerem clean. Hat eine Zeit lang auf den Straßenstrichs hinter der deutsch-tschechischen Grenze angeschafft. Zu dem Toten: Der Mann ist jetzt offiziell identifiziert als Luc Deloitte. Vielen Dank für den Tipp an den Kollegen Bredemaier.«

Alle drehten sich zu Bredemaier um, der nickte gnädig lächelnd ins Rund.

»Die Kugeln, mit denen er erschossen wurde ...« Schafmann zögerte und sah Schwemmer an.

»... stammen aus meiner Dienstwaffe, die ich am Abend des ersten Mordes am Reschberg verloren habe«, beendete Schwemmer den Satz.

Diesmal war das Schweigen eher betreten als nachdenklich.

»Wahrscheinlich erscheint momentan«, fuhr Schafmann fort, »dass Petr Bretcnik ebenfalls dort war und sie gefunden hat. Das macht unwahrscheinlich, dass er der Motorradfahrer war. Man kann vermuten, dass er zu Fuß oder mit dem Fahrrad dort oben war. Deloitte hat ihn in seiner Wohnung aufgesucht, dort kam es zum Schusswechsel. Leider können wir nicht mehr feststellen, ob an dem Schloss manipuliert wurde, nachdem die Herren vom SEK da angeklopft haben. Ein Busfahrer der Linie 3 hat ausgesagt, ein junger Mann, auf den die Beschreibung passt und den er für gehbehindert hielt, sei gestern am frühen Morgen in Burgrain in den Bus Richtung Farchant gestiegen. Er weiß aber nicht, wo er ausgestiegen ist.«

Schwemmers Handy klingelte. Er meldete sich und lauschte. »Wir kommen sofort«, sagte er dann.

* * *

Ein Streifenwagen stand auf dem Forstweg, daneben dessen Besatzung und vier Waldarbeiter. Sie sahen Schwemmer und Schafmann stumm entgegen, als sie aus ihrem Passat stiegen.

»Wo ist er?«, fragte Schwemmer, und die Waldarbeiter wiesen gemeinsam den Hang empor, als hätten sie die Bewegung choreographiert.

»Wie verletzt ist er?«

»De kann se ned mehr riarn. Wuilt se aba ums Verrecka ned helfa lassn«, sagte der Chef der vier.

»Hat er was gesagt?«

»Na. Nua ›Geht weg‹, un dann hod er mit sei Pistoln af uns gzielt. Da ham mia denkt, do mia eam de Gfalln.«

»Rettungswagen ist unterwegs«, sagte einer der beiden Streifenbeamten.

»Gut«, sagte Schwemmer. Er sah zu Schafmann. »Kommst du mit?«

Schafmann wies auf Schwemmers Halbschuhe mit Ledersohle. »Scheint mir eher die Frage, ob *du* mitkommst.« Schafmann trug seine Haferlschuhe mit Profilsohle.

Schwemmer sah die Waldarbeiter an. »Hat einer der Herren Größe vierundvierzig?«, fragte er.

Es ging steil nach oben. Sie folgten dem tröpfelnden kleinen Wasserlauf, an dem die Arbeiter auf den Verletzten gestoßen waren. Nach fünfzig Metern keuchte Schwemmer vor Anstrengung, aber er setzte alles daran, sich nicht von Schafmann abhängen zu lassen. Die Schuhe, die der Waldarbeiter ihm überlassen hatte, waren zu weit, aber immer noch besser als seine Stadtschuhe, die er am Morgen nur wegen des Treffens mit Frohnhoff angezogen hatte. Sie waren vielleicht hundertfünfzig Meter weit gekommen, als sie von vorn angerufen wurden.

»Bleiben Sie weg!«, rief eine Stimme mit slawischem Akzent. »Bleiben Sie weg, oder ich schieße.«

»Kannst du ihn sehen?«, fragte Schafmann.

Schwemmer richtete sich schwer atmend auf und suchte mit zusammengekniffenen Augen zwischen den Bäumen. »Ja, da vorne liegt er ... Herr Bretcnik!«, rief Schwemmer. »Hier ist die Polizei. Lassen Sie sich bitte helfen.«

Bretcnik sagte etwas, vermutlich auf Slowakisch, es klang, als spräche er mit sich selbst. Und es klang, als wäre er verzweifelt. »Bleiben Sie weg!«, rief er dann erneut.

Schwemmer sah Schafmann an, der zuckte die Schultern.

»Herr Bretcnik!«, rief Schwemmer. »Ich bin Hauptkommissar Schwemmer von der Kripo Garmisch. Ich werde jetzt zu Ihnen kommen. Ich werde meine Hände so halten, dass Sie sie sehen können.«

Er erhielt keine Antwort.

»Werden Sie schießen?«

Es dauerte lange, bis sie ein leises »Nein« hörten.

»Ich komme jetzt zu Ihnen. Schießen Sie nicht!«, rief Schwemmer und stapfte los.

Es war gar nicht so einfach, den Hang hinaufzusteigen

und dabei die Hände hochzuhalten. Nach ein paar Metern hatte er freie Sicht auf den mageren Jungen, der neben dem schmalen Rinnsal auf dem Boden saß, den Oberkörper gegen einen Felsen gelehnt. Er zielte mit der Pistole auf Schwemmer.

»Nicht schießen«, wiederholte Schwemmer. Bretcnik nickte, aber er nahm die Pistole nicht herunter. Er war leichenblass. Das rechte Bein seiner Jeans war dunkel von Blut. Als Schwemmer ihn erreichte, sah er die Waffe in seiner Hand zittern.

»Das ist übrigens meine«, sagte er ruhig. »Sie haben sie am Reschberg gefunden, nicht wahr?«

Petr Bretcnik nickte.

»Ich war der mit dem Auto.«

Wieder nur ein Nicken.

»Was kann ich tun, damit Sie die Waffe runternehmen? Oder wollen Sie mich als Geisel nehmen?«

Diesmal schüttelte Bretcnik den Kopf. Er schluchzte unhörbar, seine Brust zitterte. Endlich ließ er die Waffe sinken.

»Helfen Sie mir«, flüsterte er heiser. »Bitte helfen Sie mir.«

* * *

»Am letzten Wochenende«, sagte Oberwachtmeisterin Zettel, »wurden insgesamt drei Gespräche geführt, während denen sich der Gesprächspartner in Garmisch-Partenkirchen befand, und zwar jeweils im Bereich Leitlestraße, Kleinfeldstraße. Die überwachte Nummer befand sich in Leck.«

»Leck?«, fragte Schafmann. »Wie Leck am Arsch?«

Zettel verzog das Gesicht. »Das ist in Schleswig-Holstein«, sagte sie.

Es klopfte, und Bredemaier streckte den Kopf herein. »Störe ich?«, fragte er.

»Ja«, sagte Schwemmer. Er warf Zettel einen warnenden Blick zu, aber sie hatte den Ordner vor sich bereits geschlossen.

»Ich wollte nur fragen, wie es mit dem Bretcnik aussieht. Ist der vernehmungsfähig?«

»Noch nicht«, sagte Schwemmer.

»Liegt er hier im Krankenhaus? Oder woanders?«

»Woanders«, antwortete Schwemmer. »Wir halten Sie auf dem Laufenden, Herr Kollege.«

»Ich danke!« Bredemaier hob die Hand, lächelte und zog die Tür hinter sich zu.

Schafmann und Zettel sahen Schwemmer fragend an.

»Das ist ab jetzt die Sprachregelung. Wenn einer fragt – Bretcnik liegt woanders«, sagte er und griff zum Telefon. »Wer bewacht ihn?«

Schafmann nannte ihm Namen und Handynummer des uniformierten Kollegen, der vor Bretcniks Zimmer im Kreiskrankenhaus saß. Schwemmer rief ihn an und wies darauf hin, dass die Order, niemanden zu Petr Bretcnik vorzulassen, auch für EKHK Bredemaier galt.

»Fahren Sie fort, Frau Zettel«, sagte er dann.

»Also: zwei Anrufe von und einer zur Leitlestraße und Umgebung. Ich hab mir deshalb eine Liste mit den dort gemeldeten Personen zusammengestellt.«

Sie reichte Schafmann das Blatt. Er überflog es.

»Leitlestraße«, sagte er dann und reichte sie mit einem Seufzen an Schwemmer weiter. »Lauter Großkopfete.«

Schwemmer nahm die Liste. Sie war alphabetisch geordnet. Der letzte Name darauf war ihm heute schon untergekommen.

»Und als ich die Liste zusammenhatte«, fuhr Zettel fort, »ist mir was aufgefallen. Es gab einen Anruf von einer normalen Festnetznummer, allerdings schon vor vier Wochen. Der kam von einer Nebenstelle einer Privatklinik in Partenkirchen. Und die gehört …«

»Professor Zehetgruber«, sagte Schwemmer. »Dr. h.c. mult.«

* * *

Johanna Kindel war sichtlich erstaunt, als sie ihm die Tür öffnete. Erstaunt und misstrauisch.

»Wollns zum Severin?«, fragte sie und hielt die Klinke der Haustür fest in der Hand, als fürchte sie, Schwemmer würde sonst an ihr vorbeistürmen.

»Nein«, sagte Schwemmer. »Ich will nicht zu Ihrem Enkel. Ich wollte zu Ihnen, Frau Kindel.«

7

Der Adler gleitet mit ihr über die Wälder. Sie weiß nicht, wo sie ist. Die Gegend ist sanft hügelig, am Horizont, gegen ein diesiges Abendrot, sieht sie die Silhouetten von Fabrikschloten und Kühltürmen. Dann ein großes altes Haus, allein an einer breiten Straße im Wald. Der Adler kreist. Ein Wagen nähert sich. Ein kleines Auto. Sie erkennt es und erschrickt: Es ist ihr eigenes. Es kommt die Straße entlang, wird langsamer, hält auf dem lehmigen, leeren Parkplatz neben dem Haus. Die Lichter erlöschen, der Motor erstirbt, da schießt wie aus dem Nichts eine silberne Limousine heran. Sie hält dicht neben ihrem Wagen. Ein Mann steigt aus, sie erkennt ihn wieder. Es ist der Blonde, der Mörder. Er hält eine Waffe in der Hand und geht zur Fahrertür. Sie hört keine Schüsse, aber sie sieht Blitze, drei, vier, fünf, sechs.

Dann lässt der Adler sie fallen.

* * *

»Nein, Frau Kindel, das sollten Sie sich wirklich nicht antun«, sagte Bredemaier. »Das sind ja schon über zehn Stunden Fahrt, wenn Sie glatt durchkommen. Und das werden Sie nicht. Fahren Sie gemütlich und übernachten Sie am besten in diesem Hotel. Ich war da schon. Das ist sauber und preiswert.«

Bredemaier gab ihr das zerknitterte Prospekt eines Hotels, das damit warb, nur einen Kilometer von der Autobahn 7 entfernt zu liegen und trotzdem in idyllischer Ruhe. Auf der Rückseite war eine Anfahrtsskizze, die so einfach war, dass sogar Johanna sich zutraute, es zu finden.

Der Kofferraum ihres kleinen Wagens war bis zum oberen Rand der Heckklappe gefüllt, und Severin und Danni stritten sich, ob sein Bass, den er hinter den Beifahrersitz gestellt hatte, ihr auf der Rückbank zu viel Platz nehmen würde oder nicht.

»Kriagn mir da denn noch a Zimmer für heut Nacht?«

»Normalerweise haben die Betten frei um diese Jahreszeit. Aber wenn Sie möchten, ruf ich an und reserviere für Sie.«

Johanna nickte, und er zog sein Handy aus der Manteltasche.

Sie schickte die Kinder noch einmal in ihre Zimmer, um zu überprüfen, ob alle Fenster zu und alle Stecker raus waren. Dann ging sie in den Keller und drehte Wasser und Gas ab.

»I bin scho arg aufgregt«, sagte sie, als sie die Haustür verriegelt hatte und wieder beim Wagen stand.

»Genießen Sie es«, sagte Bredemaier. »Nehmen Sie es einfach als kleines Abenteuer.«

»Abenteuer hab i grad gnug ghabt, de letztn Tag«, murmelte Johanna.

»Ich hab Ihnen ein Zimmer in dem Hotel reserviert. Doppelzimmer mit Beistellbett. War das recht?«

»Passt scho.«

»Sie möchten aber bitte bis achtzehn Uhr da sein, das sollten Sie locker schaffen. Und meine Mutter erwartet Sie dann morgen ab Mittag. Sie freut sich auf Sie!«

Johanna stieg ein, überprüfte, ob die Kinder ordentlich angeschnallt waren, dann fuhr sie los.

Sie sah Bredemaier im Rückspiegel winken, bis sie außer Sicht waren.

* * *

»Wollte jemand zu ihm?«, fragte Schwemmer.

»Nur der Herr vom BKA. Aber Sie hatten ja …«

»Sehr gut«, sagte Schwemmer und öffnete die Tür, hinter der Petr Bretcniks Krankenbett stand.

Er war immer noch blass, aber im Vergleich zu gestern schien er das blühende Leben. Aus gleich zwei Infusionsflaschen tropften Flüssigkeiten in eine Kanüle auf seinem linken Handrücken. In Bretcniks Blick lag so etwas wie Dankbarkeit, vor allem aber Vorsicht.

»Geht besser heute«, sagte er.

»Gut.« Schwemmer zog einen Stuhl heran und setzte sich ans Bett.

»Sie wollen wissen, was passiert ist.«

»Ja. Auch wenn ich mir das ein oder andere schon denken kann«, sagte Schwemmer. »Sie haben Professor Zehetgruber erpresst. Gemeinsam mit Siegfried Schieb, Georg Schober und Oliver Speck.«

Bretcnik nickte.

»Wofür haben Sie die drei überhaupt gebraucht? Warum haben Sie das nicht alleine gemacht?«

»War Schibbsies Idee. Ich hab Professor in der Zeitung entdeckt. Zufall. Hab ich Schibbsie und Girgl von dem Stick erzählt.«

»Was ist da drauf?«

Bretcnik zuckte die Achseln und sah weg. »Fotos«, sagte er leise.

Schwemmer verzichtete für den Moment auf Nachfragen. Das Thema würde unangenehm werden und trug im Moment nicht zur Aufklärung bei.

»Und Oliver Speck sollte die Übergabe machen?«, fragte er stattdessen.

»Schibbsie meinte, brauchen wir einen Trottel, der keine Fragen stellt. Hatte keine Ahnung, Spacko. Sollte nur Rucksack holen. Ich sollte aufpassen. Aber was konnt ich aufpassen? Armer Spacko. Tut mir so leid.«

»Und Herr Schieb? Hielt sich brav im Hintergrund?«

»Ja…« Bretcnik schüttelte den Kopf, offenbar über sich selber. »Feiger Hund. Aber immer kommandieren. Hat nichts gemacht. Wollte er haben den Stick. Hab ich ihm gegeben. Was sollte ich damit? Ich wusste, was ist drauf, aber hab ihn nicht gekriegt auf. Hab ich probiert im Internetcafé. Ging nicht. Girgl musste anrufen bei Professor. Halbe Million wollte Schibbsie von ihm. Und er hat tatsächlich gesagt Ja. Spacko sollte holen Geld… aber dann…« Er hob die Hand, als schieße er mit einer Pistole. »Bäng! Bäng! Bäng! Servus, Spacko.«

»Aber Sie konnten entkommen.«

»Haben mich nicht gesehen, die Männer. Bin zum Fahrrad und weg. Und dann lag Pistole da. Ihre.« Er sah Schwemmer direkt an. »Hat gerettet mein Leben.«

»Was ist passiert, in der Wohnung?«

»Der Mann kam, mitten in der Nacht. Ich hab gelegen wach, ganze Zeit, vor Angst, mit Pistole in der Hand. Deshalb ich ihn gehört an der Tür, obwohl er war leise. Hab ich mich hinter dem Bett versteckt. Er steht in der Tür, aber Licht geht nicht, Birne nämlich rausgedreht. Hatte ich gesehen in Film. Er sieht mich nicht, aber ich seh ihn. Hab ich geschossen. Dann er schießt, dann wieder ich. Er schießt noch mal, ich auch. Dann er ist tot. Ich Kugel im Bein, aber renn trotzdem weg. Hab Fieber. Und Schmerzen. Versteck ich mich im Wald.«

Wieder schüttelte er den Kopf, als verstünde er immer noch nicht, was ihm da widerfahren war.

»Steht die Wache noch vor der Tür?«, fragte er.

»Ja«, sagte Schwemmer. »Da wird sie auch bleiben, solange Sie hier sind.«

»Wie lange bleibe ich denn?«

»Bis Sie transportfähig sind. Dann verlegen wir Sie ins Gefängniskrankenhaus.«

Bretcnik stieß ein resigniertes Lachen aus.

»Sie waren an einer Erpressung beteiligt. Und Sie haben einen Menschen getötet. Was erwarten Sie?«

»Gefängnis …« Er zuckte die Achseln. »Von mir aus Gefängnis. War ich schon in Slowakei. Aber die bringen mich um, da.«

»Wer?«

»Wenn der hat die zwei Mann, dann er hat noch mehr. Hatt ich nicht gedacht. War ein Fehler. Ein großer Fehler. Hatt ich nicht gedacht, dass er kennt solche Leute.«

»Was hatten Sie denn gedacht?«

Wieder ein Schulterzucken. »Ist irgendein reicher Mann. Ein alter, dreckiger, reicher Mann.«

»Alt und dreckig?«

»Alt und sehr, sehr dreckig«, sagte Petr.

* * *

Der Blonde lehnte sich im Fahrersitz zurück, drehte den Innenspiegel zu sich und fuhr mit den Fingern korrigierend durch seine glatten blonden Haare. Der silberne Mercedes stand seit dreißig Minuten auf einem Parkplatz für Wanderer, nicht weit von der A7. Im CD-Spieler lief Sibelius' »Valse Triste«. Er war hierhergefahren, wie man nur auf deutschen Autobahnen fahren konnte. Dreieinhalb Stunden hatte er gebraucht, und nun saß er in seinem Wagen auf diesem Parkplatz und wartete.

Die Sache war komplett aus dem Ruder gelaufen, aber man konnte kaum jemandem die Schuld geben. Vom ersten Tag an, als plötzlich dieser Bulle mit dem Auto im Wald aufgetaucht war, lief alles schief. Dabei hatte es sich nach einem leichten Job angehört. Deloitte hatte den Rucksack als Köder hingestellt, und er hatte den Mann erledigt. Nur dass es kein Mann war, sondern ein pickeliger Teenager. Und dass er nicht alleine war.

Nun war Deloitte tot. Und er war selber schuld. Der Blonde hatte keine Ahnung, was mit Luc los gewesen war in den letzten Tagen. Zuerst hätte er sich fast von dem Bullen erwischen lassen, obwohl er mit der Enduro einfach nur irgendwo ins Gebüsch hätte fahren müssen, um ihn loszuwerden. Und als er in diesen stinkenden Probenkeller eingebrochen war, um das Zeug für die DNS-Spuren zu holen, hatte er es nicht geschafft, ein Feuer zu legen, das auch wirklich brannte. Dass das Ganze dann später in die Luft flog, war das genaue Gegenteil von dem, was man von ihnen erwartete: Unauffälligkeit.

Und am Ende hatte Luc sich von einem halbwüchsigen Stricher umlegen lassen wie irgendein Anfänger. Vielleicht hatte er doch zu viele von diesen kleinen roten Pillen genommen, die er immer dabeihatte.

Wie auch immer ... Er schüttelte missmutig den Kopf.

Noch nie war er an einem derartigen Mist beteiligt gewesen. Jedenfalls nicht außerhalb von Kriegsgebieten.

Eigentlich sollte nach alldem eine Extraprämie für ihn drin sein. Aber er machte sich nichts vor. Er konnte froh sein, wenn sie ihm überhaupt noch mal einen Job gaben. Denen war egal, dass er nichts dafür konnte.

Immerhin würde dies hier das Ende des Jobs sein. Wenn dies erledigt war, konnte er raus aus Deutschland, und das wurde langsam dringend.

Der Junge hatte ihn gesehen. Und die alte Frau kannte sein Gesicht auch, hatte der Bulle gesagt. Er zweifelte lieber nicht daran. Bisher hatte der Bulle immer recht behalten.

Es war nicht gut, wenn jemand sein Gesicht kannte. Denn zum einen war es fast neu – der Professor hatte gute Arbeit geleistet. Und zum anderen war er offiziell seit einem Jahr tot. Ein Umstand, der in seinem Beruf von großem Vorteil war.

Er sah die Landstraße entlang. Der Verkehr war dünn. Von seiner Position aus konnte er sie bis zur Autobahnausfahrt überblicken. Er sah jeden Wagen, der von dort in seine Richtung abbog. Langsam begann es zu dämmern.

Und dann, wie der Bulle es angekündigt hatte, tauchte der winzige Nissan an der Ausfahrt auf. Er blieb an der Haltelinie stehen, als sei sich der Fahrer nicht sicher, ob er hier richtig war. Aber dann bog er ab und kam nun direkt auf den Mercedes zu.

Der Blonde stellte die Musik aus und ließ den Motor an. Gemächlich rollte er zur Ausfahrt des Parkplatzes. Der kleine Wagen fuhr an ihm vorbei. Auf dem Rücksitz sah er ein Mädchen mit blonden Haaren sitzen, und er konnte die Buchstaben GAP auf dem Nummernschild lesen.

Er ließ dem Micra hundert Meter Vorsprung, bevor er folgte.

Wie erwartet, bog der Nissan auf den leeren Parkplatz des alten Waldhotels. Dessen seit Jahren vernagelte Fenster waren von dort aus nicht zu erkennen. Er gab Gas, und der V6-Motor nahm den Auftrag gerne an. Die schwere Limousine machte einen Satz nach vorn. In dem Moment, als die Lichter des kleinen Wagens erloschen, hielt der Mercedes bereits neben ihm. Er griff nach der Glock mit dem Schalldämpfer, die unter einer Zeitung auf dem Beifahrersitz lag.

Dann stieg er aus.

* * *

Schwemmer parkte den Passat vor dem Rathaus und überquerte die Hauptstraße. Die sinkende Sonne leuchtete den Ort in honigfarbenem Frühlingslicht aus.

Bredemaier saß in der hintersten Ecke der kleinen Kneipe zwischen der Nachtbar und dem Irish Pub. Er sah Schwemmer mit melancholischem Lächeln entgegen.

»Sie haben geflunkert«, sagte er, als Schwemmer sich setzte.

»Und Sie haben's gemerkt.«

Bredemaier hatte ein Helles vor sich stehen. »Trinken Sie was?«

»Keinen Alkohol«, sagte Schwemmer.

»Das ist vernünftig«, sagte Bredemaier ernst. »Sehr vernünftig.« Er nahm einen Schluck Bier und wischte mit dem Handrücken über die Lippen. »Nehmen Sie es bitte nicht persönlich, aber mit dem Bier hier bei Ihnen werd ich nicht so recht warm.«

»Warum sollte ich das persönlich nehmen?«, fragte Schwemmer. »Ist doch nicht *meine* Brauerei.«

»Gott sei Dank.« Bredemaier winkte die Bedienung heran. »Haben Sie Maltwhisky?«, fragte er, als die junge Dame an ihrem Tisch stand.

Man sah ihr an, dass sie stolz war, die Frage beantworten zu können. »Wir haben Oban, Laphroaig, Dalwhinnie –«

»Den nächsten nehm ich«, fiel ihr Bredemaier ins Wort.

»Wie jetzt?«

»Welchen hätten Sie denn als nächsten genannt?«

Sie sah ihn unsicher an. »Ich weiß nicht …«

»Geben Sie ihm den teuersten«, sagte Schwemmer. »Und ein Wasser für mich.«

Bredemaier lachte laut, während die Bedienung beleidigt abzog.

»Den teuersten! Der war gut.«

»Nobel geht die Welt zugrunde, nicht wahr, Herr Bredemaier?«

Bredemaiers Lächeln wurde wieder so melancholisch wie zuvor. »Geht sie denn zugrunde?«

»Was haben Sie mit Zehetgruber zu tun?«, fragte Schwemmer.

»Ach, daher weht der Wind …« Bredemaier lachte verstehend. »An dem Herrn Professor habe ich natürlich ein berufliches Interesse.«

»Wieso?«

»Na, immerhin ist Zehetgruber einer der besten plastischen Chirurgen Europas oder sogar weltweit. Das lockt unterschiedliche Kundschaft an. Menschen, die sich verschönern lassen wollen, aber auch Menschen, die aus, sagen wir: geschäftlichen Gründen ein neues Gesicht brauchen. Und für solche interessiert man sich eben, wenn man beim BKA ist.«

»Ich dachte, Sie sind Forscher?«

»Aber Herr Schwemmer! Doch nicht nur. Oder haben Sie das geglaubt?«

»Nein. Nicht wirklich.«

Sie bekamen ihre Getränke. »Der kost aber neun Euro«, sagte die Bedienung, und Bredemaier fragte tatsächlich nicht nach, was für einen er da serviert bekam. Er nippte und sagte: »Schmeckt.«

»Bretcnik und die drei anderen haben Zehetgruber erpresst«, sagte Schwemmer, als die Bedienung wieder weg war.

Bredemaier nickte. »Damit haben sie sich natürlich verhoben.«

»Interessiert Sie nicht, mit was?«

»Na, mit was schon? Bretcnik war Stricher. Da kann man sich doch an zwei Fingern abzählen, was auf dem Stick ist. Wie ist Bretcnik eigentlich da drangekommen?«

»Zehetgruber hat ihn vergessen. Einfach im Hotelzimmer liegen lassen.«

»Was'n Scheiß«, sagte Bredemaier ernst. »So sollten Komödien anfangen. Aber am Ende sterben Menschen.« Er kippte den Whisky mit einer entschlossenen Kopfbewegung hinunter.

»Bretcnik hat den Stick behalten, ohne zu wissen, was er damit anfangen soll. Aber als er seinen Vetter in Burgrain besucht hat, hat er Zehetgrubers Bild in der Zeitung entdeckt. Darauf hat er Schieb und Schober von dem Stick erzählt. Schieb hatte sofort die Idee mit der Erpressung und hat das Kommando übernommen. Georg Schober war mehr zufällig dabei, und Oliver Speck war der Trottel, der den gefährlichen Teil machen sollte, ohne zu wissen, um was es ging.«

»Die, die's angeht, erfahren es immer als Letzte«, sagte Bredemaier und schwenkte sein bereits leeres Glas in Richtung Theke. Die Bedienung antwortete mit einem Nicken.

»Sie kennen Zehetgruber also«, stellte Schwemmer fest.

»Persönlich? Nein. Ich kenne seine Haushälterin. Mit der telefonier ich ab und zu. Ist aber unergiebig. Besser ist da schon eine OP-Schwester aus der Klinik. Die ruft mich manchmal an.«

»Aha. Das erklärt die Anrufe von der Klinik und in die Leitlestraße.«

»Ja. Das tut es.«

»Was man Ihnen nachweisen kann, geben Sie natürlich auch zu«, sagte Schwemmer.

»Ich bitte Sie! Was sollte ich denn sonst zugeben?«

»Dass Sie persönlich in Kontakt mit Zehetgruber stehen.«

»Haben Sie das von Frohnhoff? Was wollen Sie mir denn eigentlich nachweisen – Sie und unser kettenrauchender Freund im Rollstuhl? Was genau soll ich denn getan haben?«

Bredemaier erhielt seinen Whisky und bedankte sich übertrieben artig dafür.

»Das weiß ich noch nicht«, sagte Schwemmer. »Aber Professor Zehetgruber wird gewiss etwas dazu einfallen, wenn ich ihm die richtigen Fragen stelle.«

Bredemaier begann zu lachen, leise und anhaltend. »Das wage ich aber stark zu bezweifeln. Ganz stark!« Kopfschüttelnd lachte er und lachte. Schwemmer sah ihm eine Weile verständnislos zu. Doch plötzlich durchfuhr ihn das Verstehen wie ein Stromschlag. Er sprang von seinem Stuhl auf und zog sein Handy. Noch auf dem Weg zur Tür rief er Schafmann an. In seinem Rücken hörte er Bredemaier lachen, bis die Tür der Kneipe hinter ihm zufiel.

»Such sofort nach Zehetgruber«, kommandierte er, sobald Schafmann sich gemeldet hatte. »Ruf in der Klinik an, aber wahrscheinlich ist er zu Hause. Wenn dir da keiner aufmacht, brich die Tür auf. Gefahr im Verzug.«

»Und wenn ich ihn finde?«, fragte Schafmann.

»Dann pass auf ihn auf. Falls er noch lebt. Aber das bezweifle ich leider.«

Er beendete das Gespräch und ging wieder ins Lokal. Auf Bredemaiers Gesicht war ein Grinsen, das man mit gutem Willen melancholisch nennen konnte.

Schwemmer ekelte es an, so wie ihn mittlerweile der ganze Mann anekelte: der selbstgefällige, überhebliche Klang seiner Stimme, sein snobhaftes Auftreten, das demonstrative Geldausgeben, genauso wie das weichliche Gesicht mit den Aknenarben und die blassen, kalten Augen.

»Was werden meine Leute finden, bei Zehetgruber?«, fragte Schwemmer.

»Einen zweifelsfreien Selbstmord, würde ich annehmen. Mit einer Schusswaffe wahrscheinlich. Er war ja Jäger.« Bredemaier hing entspannt in seinem Stuhl.

»Und das ist Jochens Schuld«, sagte Schwemmer.

Bredemaier machte eine abwägende Geste. »Das klingt mir zu hart. So ein Datenfex macht doch auch nur seinen Job.«

»Dass Jochen doch noch einen Weg gefunden hat, den Stick zu knacken – das war Zehetgrubers Todesurteil«, sagte Schwemmer. »Bretcnik als Zeugen hätten Sie einfach beseitigen können. Beim nächsten Mal hätte es bestimmt besser geklappt. Aber einen Zeugen *und* einen Beweis gegen einen Mann, der die neuen Gesichter von Mafiabossen geschaffen hat … Das Risiko, dass der Professor auspackt, war denen zu groß.«

»Genau so ist es, Herr Kollege. Fein erkannt. Aber: leider nicht rechtzeitig.« Er kippte den Whisky hinunter. »Fräulein! Noch so einen leckeren, bittschön!«, rief er dann zu laut in Richtung Theke.

»Und *Sie* haben die Information an diese Leute weitergegeben«, sagte Schwemmer.

»*Ich*? Aber Herr Kollege! Es ist doch bekannt, dass Ihre Dienststelle leckt wie ein Sieb!«

»Sie meinen, ich kann es nicht beweisen.«

»Nein, das *meine* ich nicht. Sie *können* es nicht beweisen.« Bredemaier griente. »Und hätte ich Sie vor der Gefahr für Zehetgruber warnen können? Selbstverständlich! Wenn *Sie* mir gesagt hätten, was Sie schon wussten. Hätten Sie mir den Namen Zehetgruber genannt, hätte ich Sie gewarnt. Mein Fehler? Doch eher nicht!«

Schwemmer zwang sich zur Ruhe. Aber es fiel ihm zunehmend schwerer. Bredemaier erhielt seinen dritten Scotch und lächelte die Bedienung dankbar an.

»Wen hat man denn zu Zehetgruber geschickt, jetzt, wo Deloitte tot ist?«, fragte Schwemmer.

Bredemaier zuckte gut gelaunt die Achseln. »Da findet sich immer einer.«

Es entstand eine Pause, in der Schwemmer ihm angewidert zusah, wie er genießerisch an seinem Malt nuckelte.

»Wenn man mal mit solchen Menschen zu tun hatte«, sagte Schwemmer dann, »diesen sogenannten Profis, dann weiß man, dass die auch Profis sind, wenn sie erwischt werden. Die kalkulieren dann eiskalt, wie sie ihre Chancen verbessern können.«

»Eiskalt find ich gut, besonders im Bezug auf Deloitte«, sagte Bredemaier. Immerhin lachte er nicht darüber.

»Ein Profi, der einen Maulwurf im BKA benennen könnte, würde das machen«, sagte Schwemmer.

»Sicher. Haben Sie einen?«

»Noch nicht.«

»Na sehen Sie.«

Schwemmers Handy klingelte.

»Oh, oh«, sagte Bredemaier. »Schlechte Nachrichten vom Herrn Professor?«

Schwemmer sah auf das Display und schüttelte verneinend den Kopf. Er meldete sich und lauschte.

»Gut«, sagte er dann, »sehr gut«, und klappte das Handy zu. »Ich sage Ihnen, was ich Ihnen nachweisen will, Herr Bredemaier: Sie haben Zehetgruber die Leute besorgt, die ihm die Erpresser vom Hals schaffen sollten. Sie haben alles koordiniert. Sie kennen unsere Arbeit und unsern Wissensstand und haben den weitergegeben. Sie sind der Mann im Hintergrund. Der Mann von OK. Der mit den Verbindungen zu beiden Seiten. Sie sind der Maulwurf.«

»Das wollen Sie mir nachweisen? Ja, denn man tau, wie man in meiner Heimat sagt.«

»Ein Profi«, sagte Schwemmer, »der einen Maulwurf im BKA benennen könnte, würde das machen.«

Bredemaier runzelte die Stirn. »Hatten wir das nicht gerade schon? Also schön, noch mal: Klar, das würde er. Und? Haben Sie einen?«

Unterhalb der Tischkante löste Schwemmer mit einer unauffälligen Bewegung die Sicherungsschlaufe an der Waffe, die in seinem Gürtelholster steckte. »Sagt Ihnen der Name Føsdergård etwas, EKHK Bredemaier?«, fragte er dann ruhig. »Das ist so ein drahtiger Blonder. Sie haben Johanna Kindel ein Foto von ihm gezeigt.«

Bredemaier setzte den Whisky ruckartig ab. Alles Glasige war aus seinen Augen verschwunden. Sein Blick fuhr den möglichen Fluchtweg durch den Raum ab. Langsam näherte sich seine Rechte der Knopfleiste seines Jacketts.

»Versuchen Sie's«, sagte Schwemmer und entsicherte die Walther, die er unter dem Tisch in der Hand hielt. »Versuchen Sie's, und ich knall Sie ab.«

Er hatte nicht geglaubt, dass er einen solchen Satz einmal aussprechen würde.

* * *

Der Blonde warf noch einen prüfenden Blick auf die Landstraße. Sie war leer, kein Mensch und kein Auto weit und breit. Dann ging er ohne Eile um seinen Wagen herum. Als er direkt vor dem Micra stand, hob er die Glock mit dem Schalldämpfer und zielte auf die Frau hinter dem Steuer.

Doch dann rief jemand seinen Namen.

»Føsdergård!« Eine Megafonstimme, vom Waldrand her, hinter ihm. »Ein halbes Dutzend Waffen ist auf Ihren Kopf gerichtet. Lassen Sie die Waffe fallen!«

Sein Gehirn brauchte weniger als eine Sekunde, um eine Entscheidung zu fällen. Er hechtete über die Motorhaube hinweg, dabei hörte er das Pfeifen von Kugeln, die ihn knapp verfehlten. Er rollte ab, in die relative Deckung zwischen den beiden Wagen. Sofort riss er die Fahrertür des Kleinwagens auf. Wenn er die alte Frau als Deckung benutzte, würde er eine Chance haben.

Doch als er in den Wagen sah, blickte er in den Lauf einer Neun Millimeter. Die Frau auf dem Fahrersitz war nicht alt. Sie war Mitte zwanzig, trug eine graue Perücke und eine schusssichere Weste.

»Fallen lassen«, sagte sie. »Hände hinter den Kopf.«

Er war Profi. Er wusste, wann er verloren hatte. Er gehorchte.

Von hinten näherten sich die Schritte schwerer Stiefel. Jemand riss ihn hoch und legte ihm Handschellen an. Er sah, dass der Mann auf dem Beifahrersitz ebenfalls eine Perücke trug und auf dem Rücksitz eine lebensgroße blonde Puppe festgeschnallt war.

Man schob ihn auf den Platz hinaus, der nicht mehr leer war, sondern von Polizisten in dunkelblauen Jacken mit der Aufschrift BKA wimmelte. Ein großer Mann steuerte seinen Rollstuhl auf ihn zu. Die Zigarette in seinem Mundwinkel verbreitete einen widerwärtigen Qualm.

»Følsdergård«, sagte der Mann. »Ich hätte nie gedacht, dass ich mich mal freuen würde, dass Sie noch leben.«

Mit einer Handbewegung gab er Order, ihn abzutransportieren. Jemand schob ihn vorwärts auf einen großen Audi mit verdunkelten Scheiben zu. Følsdergård legte den Kopf in den Nacken und sah hinauf in den purpurnen Himmel.

Über ihm kreiste ein großer Greifvogel. Ein Adler, vielleicht.

* * *

Es war kein schöner Anblick. Ohnehin war die Einrichtung der Villa nicht nach Schwemmers Geschmack, zu viel dunkles Holz, kombiniert mit zu vielen dunklen Ölschinken und zu vielen ausgestopften Tieren. Aber der halbe Quadratmeter Wand, vor dem Zehetgruber in seiner letzten Sekunde gesessen hatte, wäre in keinem Ambiente angenehm anzuschauen gewesen.

Die Leiche lag jetzt vor dem Sessel, und Schwemmer war ganz froh, dass Dräger noch niemanden hineinließ. Es gab dort ohnehin nichts Sinnvolles für ihn zu tun.

Dräger würde alles daransetzen, um nachzuweisen, dass es kein Selbstmord war. Trotz der Jagdflinte auf dem Schoß des Opfers, trotz des Abschiedsbriefs. Vielleicht würde es Dräger sogar gelingen. Vielleicht könnte er sogar nachweisen, dass es Føsdergård war, der Zehetgruber umgebracht hatte.

Aber für was?, dachte Schwemmer. Føsdergård würde eine milde Strafe bekommen, wenn er Frohnhoff den Maulwurf im BKA nannte: Bredemaier – ohne den Zehetgruber noch leben würde. Und Bredemaier würde eine milde Strafe kriegen, denn der würde Frohnhoff einen der Mafia-Hintermänner liefern – einen der kleineren. Und der würde …

Schwemmer rieb sich den Nacken. Schafmann trat zu ihm und legte ihm die Hand auf die Schulter.

»Jetzt mach dir bloß keine Vorwürfe«, sagte er, als Schwemmer ihn ansah. »Und *nein*, ich habe *keine* Zigarette.«

»Ich hätte das verhindern müssen«, sagte Schwemmer. »Und wie?«

»Es reicht eben nicht immer, eins und eins zusammenzuzählen. Wir müssen auch mit drei und vier rechnen können.«

Schafmann sah ihn von der Seite an. »Und wen hättest du gern gerettet? Den verdienten Wissenschaftler, den Perversen oder den Mafiadoktor?«

»Solche Unterschiede zu machen gehört nicht zu unserm Job«, sagte Schwemmer.

»Leider wahr«, murmelte Schafmann.

Sie schwiegen eine Weile.

»Warum macht einer wie der Bredemaier so was?«, fragte Schafmann dann. »Der kommt aus gutem Hause, hat ein Vermögen geerbt … Der hat's doch echt nicht nötig.«

»Langeweile«, sagte Schwemmer.

»Ist das dein Ernst?«

Schwemmer nickte. »Langeweile und Geltungsbedürfnis. Dem ist immer alles leichtgefallen. Der hat nie was riskieren müssen. Im Job war er so weit, wie er kommen konnte. Es hat ihm nicht gereicht. Er wollte jemand Besonderes sein. Er hat gewusst, was er tut. Für ihn war das ein Abenteuer.«

»Woher weißt du das?«

»Man konnte es in seinen Augen lesen«, sagte Schwemmer. »Man hätte es nur glauben müssen.«

8

Sie ist wieder auf dem Hof, droben in Schlattan. Sie tritt aus der Tür und sieht den Adler. Er hockt auf dem Pfosten des Weidezaunes. Hinter ihm leuchtet der Wetterstein in der Sonne. Genau dort hat er schon einmal gesessen. Dort hat er auf sie gewartet, um sie mitzunehmen, das erste Mal. Seine gelben Augen starren sie an. Johanna erwidert den Blick, und er rührt sich nicht. Sie nähert sich ihm, so weit, dass sie ihn berühren könnte. Er lässt sie nicht aus den Augen. Die kurzen Federn an seinem Hinterkopf werden vom Wind gezaust. Unvermittelt wendet er den Blick von ihr.

Mit einem schrillen Krächzen breitet er die mächtigen Schwingen aus, fliegt davon und lässt sie zurück.

Sie sieht ihm lange nach.

* * *

Silvie zog den Helm ab und schaltete den knatternden Zweitakter ihres Rollers aus.

»Hi.« Sie lächelte ihn an. »Wieder da? Und ganz ungeschminkt?«

»Siehst ja.«

»Schön«, sagte sie, und für Severin klang es, als meine sie es so.

»Danke, wollt i noch sagn. Zweng der Sach mit deim Vater. Auch wenn's ned klappt hat.«

»Konnt ja keiner was für.« Sie schloss den Roller ab, und sie gingen nebeneinander zum Schulhof. »Gott sei Dank hat er ja jetzt eine neue Sau, die er durchs Dorf treiben kann.«

PROMI-CHIRURG: HORROR-SELBSTMORD war heute die Schlagzeile gewesen.

»Sag mal … Hast Lust, im August mit nach Wacken zu kommen?«

Severin lachte auf. »Lust? Klar hätt i Lust. Aber I hab koa Kohle. I brauch an neuen Verstärker.«

Silvie blieb stehen. Sie nestelte etwas aus ihrer Umhängetasche und reichte es ihm. Zwei eingeschweißte Backstage-Ausweise.

WACKEN OPEN-AIR stand darauf.

Und: PRESS/ACCESS ALL AREAS.

»Äh …«, war alles, was Severin dazu einfiel.

»Er ist ein Arschloch. Aber ein paar Vorteile hat's doch, seine Tochter zu sein.«

»Ja … aber …«, sagte Severin.

»Bis dahin hab ich auch den Führerschein. Und wenn nicht, fahren wir mit meinem Roller. Wird bestimmt lustig.«

»Ja … gwiss.« Severin hatte keine Ahnung, wie er reagieren sollte, also küsste er sie auf den Mund.

Sie kamen zu spät zum Unterricht.

* * *

Schwemmer hatte sich aufs Büro gefreut. Auf einen ganz normalen Arbeitstag. Ohne Verfolgungsjagd. Ohne Tote. Ohne BKA.

Ohne Aufregung.

Aber als er sein Büro betrat, saß Schafmann da und wartete schon auf ihn.

»Ach nein«, sagte Schwemmer weinerlich. »Bitte … Was ist jetzt schon wieder?«

Schafmann hob bedauernd die Hände und wies dann auf eine Akte, die auf Schwemmers Schreibtisch lag. »Ich besorg dir einen Kaffee, und du liest das.«

Er ging ins Vorzimmer und ließ Schwemmer allein. Er schlug die Mappe auf und las.

03:12 Notruf von öffentlichem Fernsprecher am Zugspitzbahn-Haltepunkt Grainau. Anrufer anonym, männlich.

Wortlaut: Kommen Sie zum Friedhof Grainau. Da liegt einer.

03:21 Eintreffen der Funkstreife mit den Beamten Schickl und Auhuber am Friedhof Grainau. Die Beamten finden einen bewusstlosen Mann. Seine Hände und Füße sind mit Kabelbindern gefesselt. Der Mund ist mit Paketband verklebt.

Die Beamten befreien den Mann, der noch vor Eintreffen des Notarztes aus der Bewusstlosigkeit erwacht. Kommissar Schickl identifiziert ihn als Kugler, Alois, wohnhaft in Oberau.

»Ach du Scheiße«, sagte Schwemmer müde.

Kugler liegt unmittelbar neben dem Grab der Familie Kunkel. Das Grab ist ausgehoben, ein Spaten, eine Spitz-

hacke und eine Schaufel liegen daneben. Der Sarg wurde gewaltsam geöffnet. Neben dem Grab liegt eine verschlossene Holzkiste. Maße (geschätzt) 30x20x5 Zentimeter.

Kugler wurde nach ärztlicher Behandlung festgenommen.

Schafmann kam herein und stellte Schwemmer seinen Kaffeebecher hin.

Schwemmer nahm einen Schluck und verbrannte sich prompt die Zunge. Fluchend stellte er den Becher wieder ab.

»Kochen muss Frau Fuchs ihn schon«, sagte Schafmann.

Schwemmer winkte ungehalten ab und zeigte auf den Bericht. »Was ist das schon wieder für eine Scheiße?«, fragte er. »Noch so was und ich lass mich versetzen. Nach Ingolstadt.«

Schafmann nickte so geduldig, dass es Schwemmer noch weiter die Laune verhagelte.

»Und? Irgendwelche Erkenntnisse? Oder haben wieder alle darauf gewartet, dass der Chef endlich aus dem Bett kommt?«

Schafmann seufzte ironisch. »Trink deinen Kaffee«, sagte er. »Kugler wurde mit Chloroform betäubt. Die Werkzeuge sind übersät mit seinen Fingerabdrücken.«

»Und die Kiste?«

»Enthält einen .22er Smith & Wesson-Revolver und ein Jagdmesser, an dem Dräger Blutspuren gefunden hat. Auf beiden Waffen sind Kuglers Fingerabdrücke.«

Schwemmer nippte an seinem Becher und versuchte das Gehörte zu verarbeiten.

Antonia Kunkel hatte tatsächlich die Beweise mit ins Grab genommen.

Wenn dies wirklich die Tatwaffen waren, gäbe es ein Wiederaufnahmeverfahren, so sicher wie das Amen in der Kirche. Kugler käme doch noch hinter Gitter, und Johanna Kindel wäre rehabilitiert.

Aber was zum Teufel war vorgefallen auf dem Friedhof letzte Nacht? Er sah Schafmann an, der den Blick völlig korrekt als das Flehen um eine Erklärung interpretierte.

»Kugler«, sagte Schafmann, »gräbt nach den Beweisen, die seine Mutter mit ins Grab genommen hat. Er findet sie. In diesem Moment wird er überwältigt, betäubt und gefesselt. Jemand ruft 110 an.«

»Und wer soll das gewesen sein?«

Schafmann reichte Schwemmer eine Klarsichthülle. Das Blatt darin war zuvor mehrfach gefaltet gewesen. »Das steckte in Kuglers Tasche«, sagte er.

Es trug nur drei gedruckte Zeilen.

»›Wir wissen, wo die Beweise sind‹«, las Schwemmer vor. »›Wir werden sie uns holen. Du bist fällig.‹«

»Jemand hat ihn unter Druck gesetzt.«

»Aber wer?«

Das Telefon auf Schwemmers Schreibtisch läutete. Es war Dräger. Er klang ungewohnt unsicher.

»Wäre es möglich, Sie unter vier Augen zu sprechen?«, fragte er.

Dräger stand an einem der hohen Labortische. Einem Kollegen, der sich ebenfalls im Raum befand, bedeutete er mit einer Kopfbewegung, sie allein zu lassen. Er wirkte verstimmt.

Vor ihm stand offen die ominöse Kiste aus schwarz lackiertem Sperrholz. Die beiden Waffen lagen luftdicht verpackt daneben. »Die Kiste war verschlossen«, sagte Dräger. »Und das schon lange. Das Schloss war völlig eingerostet. Die ist seit Jahren nicht geöffnet worden. Das nur vorab.«

»Und was ist das Problem?«, fragte Schwemmer ungeduldig.

Dräger nahm eine Pinzette und warf damit den Deckel der Kiste zu. Er war mit silbergrauem Puder bestäubt und voller Fingerabdrücke.

»Insgesamt sind vier verschiedene Abdrücke drauf. Die von Kugler. Dann zwei bisher unbekannte – da würde ich vermuten, die der Verstorbenen und von dem, der die Kiste in den Sarg gelegt hat. Und noch einer.«

Er wies mit der Pinzette auf die Mitte des Deckels. Schwemmer ging nahe heran und kniff die Augen zusammen. Dort, mitten auf dem Deckel, war ein Abdruck, fast konnte man sagen, er prangte dort.

»Die Stelle ist abgewischt worden, und dann hat er seinen Daumen draufgedrückt«, sagte Dräger. »Er hätte genauso gut seinen Personalausweis hinlegen können.«

»Er? Kennen wir ihn denn?«

»Ich kenne ihn nicht. Aber Sie, Sie kennen ihn.«

* * *

Lortzig kniete in dem Blumenbeet an der Front seines Hauses. Ein sehr schönes Haus, fand Schwemmer, leider direkt an der B 23 gelegen. Lortzig kehrte ihm den Rücken zu. Er trug grüne Gummistiefel und eine Kniebundhose und jätete Unkraut zwischen den sprießenden Tulpen. Als Schwemmer ihn ansprach, sah er auf. Er war kein bisschen überrascht. Etwas mühsam stand er auf und wischte sich die Finger sorgfältig an der Hose ab, bevor er Schwemmer die Hand reichte. Nach einem festen Händedruck bat er ihn ins Haus.

Es war hell und fast modern eingerichtet, was Schwemmer leicht überraschte. Irgendwie hatte er es etwas traditioneller erwartet. Lortzig bemerkte seinen Blick.

»Meine Frau hat Innenarchitektur studiert«, sagte er lächelnd. »Nehmen Sie Platz.« Er wies auf eine senfgelbe Polstergarnitur mit Stahlrohrrahmen. »Kann ich Ihnen was anbieten? Ich hab Kaffee fertig.«

Schwemmer nahm dankend an und ließ sich in einen der Sessel sinken. Er war bequemer, als er aussah. Lortzig kam mit zwei Tassen und einer Thermoskanne herein und setzte sich zu ihm. Etwas umständlich schenkte er ein. Sie tranken beide. Bevor das Schweigen unangenehm wurde, sagte Lortzig:

»Ich habe Sie natürlich erwartet.«

»Natürlich«, sagte Schwemmer. »Den Kollegen Dräger vom K3 haben Sie nicht mehr kennengelernt, oder?«

»Leider nein«, antwortete Lortzig mit einem feinen Lächeln. »Aber ich höre Wunderdinge über ihn.«

»Ja… wir sind sehr froh, ihn bei uns zu haben. Er hat auch das gefunden, warum ich jetzt hier bin.«

Lortzig nickte verstehend.

»Ihnen war klar, dass Ihre Abdrücke nach wie vor im ASIF gespeichert sind?«

»Ja«, sagte Lortzig.

»Trotzdem hatten wir den Eindruck, der Abdruck sei mit voller Absicht da hinterlassen worden.«

»Das ist auch gut möglich«, sagte Lortzig unverändert freundlich. »Steht das so auch in Drägers Bericht?«

»Der Bericht«, sagte Schwemmer, »ist noch nicht abgeschlossen.«

»Ah ja …« Lortzig sah ihn abwartend an.

»Die Kugler-Geschichte hat Ihnen immer schwer im Magen gelegen, nicht wahr?«

»Das kann man so sagen«, antwortete Lortzig.

Schwemmer nahm noch einen Schluck Kaffee.

»Ich denke es mir so«, sagte er dann. »Sie haben mitbekommen, was der alte Kunkel über seine Frau und die Beweise in ihrem Grab erzählt. Das brachte Sie auf die Idee, Kugler einen Drohbrief zu schreiben. Und wie beabsichtigt, bekam der es mit der Angst, dass jemand die Beweise ausgraben würde, und hat selber gegraben. Sie haben sich auf dem Friedhof versteckt, gewartet, bis er fertig war, ihn dann mit Chloroform betäubt und gefesselt liegen lassen.«

»Ja«, sagte Lortzig. »Das war der Plan, und er hat funktioniert. Aber es waren zwei Drohbriefe.«

»Warum zwei?«

»Leider ist er ja beim ersten Mal von diesem eifrigen Herrn Gärtner gestört worden. Er ist geflohen, bevor der Sarg auf war. Danach schien er etwas den Mut verloren zu haben, deshalb hab ich ihn ein zweites Mal aufgescheucht. Ich wollte ja nicht ewig die Nächte auf dem Friedhof verbringen.«

»Warum haben Sie nicht einfach selber gegraben?«

»Das wäre eine Straftat gewesen.«

»Was Sie jetzt getan haben, war auch eine.«

»Ja. Aber eine unvermeidbare.«

Lortzig griff nach seiner Tasse. Schwemmer kam die Bewegung ein wenig fahrig vor. Offenbar war sein Amtsvorgänger nicht so ruhig und entspannt, wie seine gelassene Rede vorgab.

»Herr Lortzig, dass Sie *mir* jetzt den Schwarzen Peter zugeschoben haben, finde ich akzeptabel – nicht schön, aber akzeptabel«, sagte Schwemmer. »Aber Sie haben auch den Kollegen Dräger in ein schwieriges Dilemma gebracht, und das hat der eigentlich nicht verdient.«

»Es tut mir auch ehrlich leid. Aber ich habe keinen besseren Weg gesehen.«

»Sie hätten direkt zu mir kommen können. Wir hätten einen Weg gefunden.«

»Sie meinen, wir beide hätten das unter uns geregelt?«

Schwemmer zuckte die Achseln. »Wenn Sie so wollen … ja.«

»Aber mit welcher Begründung hätten Sie dann die Ermittlungen eingestellt, Herr Schwemmer? Das wäre doch schwerlich möglich gewesen. Und wenn Dräger so gut ist, wie man mir berichtet, wäre er mir früher oder später ja doch auf die Spur gekommen Der Fingerabdruck war ein Statement. Dräger sollte wissen, woran er ist. Und er soll sich bitte frei entscheiden, was er in seinen Bericht schreibt. Richten Sie ihm das von mir aus, bitte?«

Schwemmer nickte. »Was erwarten Sie jetzt von mir, Herr Lortzig?«, fragte er.

»Ich erwarte, dass Sie tun, was Sie für richtig halten.«

Schwemmer sagte nichts, nippte nur an seinem Kaffee.

»Ist Schafmann eingeweiht?«, fragte Lortzig.

»Nein. Warum hätte ich ihn damit belasten sollen?«

»Ja. Das wäre tatsächlich unnötig«, sagte Lortzig. »Ich habe Schafmann immer sehr geschätzt als Mitarbeiter. Stets einer der Verlässlichsten in der Truppe.«

»Ist er es, der Sie immer auf dem neuesten Stand über meine Wache hält?«, fragte Schwemmer.

»Trauen Sie ihm das zu?«

»Ich bin Polizist. Genau wie Sie. Wir müssen immer allen alles zutrauen. Auch wenn's manchmal schmerzt.«

»Da haben Sie natürlich recht. Deshalb mein Wort: Nein. Auf Schafmanns Loyalität können Sie sich verlassen. Ein guter Polizist. Hab ich ehrlich gesagt nicht erwartet, damals, als er bei uns anfing. Ich dachte, der springt bald wieder ab. Er hat ja viel Musik gemacht. Wer weiß – wenn er damit ein bisschen mehr Erfolg gehabt hätte …«

»Ja … Ich war überrascht zu hören, dass er in einer Punk-Band gesungen hat.«

»Was für eine Art Band das war, entzieht sich meiner Kenntnis. Sie hatte allerdings einen sehr seltsamen Namen.«

»Welchen denn?«

»›Männer beim Arzt‹.«

Schwemmer sah ihn fassungslos an. »Sie nehmen mich auf den Arm!«

»Keineswegs. Und seien wir nicht ungnädig. Schließlich war der Kollege Schafmann damals erst Anfang zwanzig.«

»›Männer beim Arzt‹ …« Schwemmer schüttelte ungläubig den Kopf. »Na ja. Passt ja zu ihm, der Name«, murmelte er. Ein stilles Wasser, dachte er und trank seinen Kaffee aus.

»Was werden Sie nun unternehmen?«, fragte Lortzig. »Werden Sie Anzeige gegen mich erstatten?«

»Wenn ich weggucke und das irgendwie rauskommt, kostet mich das die Pension und Sie und Dräger auch. Das ist Ihnen klar?«

»Natürlich, Herr Schwemmer. Deswegen erwarte ich das auch nicht.«

»Das ehrt Sie. Und das freut mich zu hören.«

Schwemmer stand auf. Auch Lortzig erhob sich.

»Mir ist heute Morgen im Labor ein kleines Malheur passiert«, sagte Schwemmer. »Irgendwie bin ich gestolpert, und beim Abstützen bin ich mit der Hand auf ein Beweisstück geraten, das Dräger unvorsichtigerweise da hatte rumstehen lassen. Eine Holzkiste. Einige Fingerabdrücke darauf sind dabei zerstört worden, leider auch etliche, die noch nicht protokolliert waren.«

»Wie ungeschickt von Ihnen«, sagte Lortzig.

»Ja. Ungeschicklichkeit ist eins meiner Probleme. Meine Frau beklagt das auch häufig.«

»Wie gut, dass Sie meist am Schreibtisch sitzen.«

»Ja. Da passiert nie was.«

»Wird Dräger das so in seinen Bericht schreiben?«, fragte Lortzig.

»Selbstverständlich. Da wird nichts beschönigt. Die Kiste hätte da nicht stehen dürfen. Er hat bereits eine Ermahnung von mir erhalten. Aber so etwas kommt leider vor.«

»Ja. So etwas kommt vor.« Lortzig geleitete Schwemmer höflich zur Haustür. Dort reichte er ihm die Hand. Schwemmer ergriff sie.

»Ein schönes Gefühl, die Wache in guten Händen zu wissen«, sagte Lortzig.

Schwemmer wusste nicht, was er entgegnen sollte. Er nickte nur.

»Und grüßen Sie die Frau Kindel von mir, falls Sie sie sehen«, sagte Lortzig noch, dann schloss er die Tür.

Schwemmer blinzelte in die Sonne und ging zu seinem Wagen. Ich könnte ein paar Tage freimachen, dachte er. Wandern, mit Burgl.

Nächste Woche oder übernächste.

Vielleicht.

Zunächst musste die Sache mit dem Verkehrskasper geklärt werden.

* * *

»So ein komischer Traum! Er hat mi mitgenommen, einfach so. Wir sind *hoch* geflogen, erst. Den ganzen Ort hab i gesehen, und dann rrrrooaaaam! Runter! Ganz steil! Das war a Gaudi! Und dann ist er gelandet, auf einem Baum, gleich beim Haus von der Frau Wiesinger, die von der Bäckerei, weißt? Und i hab gesehen, wie sie in ihrer Küche gestanden ist, und sie hat sich ganz schlimm mit dem Messer geschnitten. Und dann sind wir wieder hochgeflogen, und dann hat er mi einfach fallen lassen, und dann lag i wieder in meim Bett… Aber Großmama…« Danni sah sie erschrocken an. »Warum weinst denn?«

Ich danke

Sabine Gammel und Michael Johann Maria Thalhauser für heimatsprachliche Unterstützung; der Familie Rath für liebevolle Unterbringung, den Elternabend, das Infanterie-Cello sowie Berge von Tempotüchern; meinem Freund Wolli Gippert für den Hinweis auf das Wesentliche am Konjunktiv; Wolfgang Heinemeyer (long time no see) für den Elch; C.S. Henn für die Spanplatte; der Familie Stürmer für die Alfa-Teile; Georg Dahme für die Auffrischung meiner Erinnerungen an die differenzierte Oberstufe; Werner, Suse, Lisa und Steve für das Offline-Paradies am See, die Teekanne und auch sonst; und den vielen Musiker-Kollegen, die sich an der regen Mail-Diskussion beteiligt haben, ob es nun »der« oder »das« Riff heißt. (Ich hab da jetzt einfach mal Fakten geschaffen. Begründete Einwände? Mail an schueller@schuellerschreibt. de)

Ein besonderes Dankeschön geht an die Band MÄNNER BEIM ARZT, deren Song NICHT MEIN BIER ich verwenden durfte. (Anhören unter www.myspace.com/maennerbeimarzt)

Der größte und tiefste Dank gilt auch diesmal wieder Christel, weil es ohne dich auch nicht eines meiner mittlerweile elf Bücher gegeben hätte, aber gewiss nicht nur deshalb.